명강

고전
산문

명강 고전 산문

교재 개발에 도움을 주신 모든 선생님들께 깊이 감사드립니다.

검토진

강수진 전남 목포	강영애 경기 일산	고경은 일산	국찬영 광주	김건용 서울 종로
김경주 순천, 여수	김광철 광주	김미란 경남 김해	김민석 창원	김선황 창원
김예사 제주	김옥경 세종	김용호 울산	김유석 대구 달서	김은영 경북 칠곡
김은옥 서울 강남	김은지 서울 강북	김정옥 전남 남악	김정욱 용인 수지	김종덕 광주
김 현 분당	김현철 경기 수원	김형섭 경기 용인	김혜리 경기 안산	마 미 경기 화성
명가은 서울 강서	문경희 대구	문소영 경남 김해	박경미 인천	박석희 전북 군산
박수영 서울 은평	박윤선 광주	박지연 용인	박하섬 경남 양산	박현정 경기 오산
박혜선 경북 안동	백덕현 대전	백승재 경남 김해	성부경 울산	성태진 강원 태백
송화진 김해 장유	신영수 서울 광진	신혜영 부산	신혜원 경기 군포	안보람 서울
안재현 인천	안정광 순천, 광양	안혜지 부산	우제성 경기 오산	유진아 대구 달서
유현주 부산	윤성은 서울	윤인희 서울	윤장원 충북 청주	이경원 충북 청주
이근배 대전	이기연 강원 원주	이성우 경기 일산	이성훈 마석	이애리 경남 거제
이영지 경기 안양	이윤지 경기 의정부	이정선 서울	이지영 속초	이지은 부산
이지훈 전북 전주	이지희 서울	이흥중 부산 사하	임지혜 경남 거제	장기윤 경북 구미
장수진 충북 청주	장연희 대구	장지연 강원 원주	전정훈 울산	정미정 경기 고양
정미정 대구	정서은 부산 동래	정세영 베트남 호찌민	정지윤 전북 전주	정필모 서울 서대문
정해연 전남 순천	정희숙 서울	조동윤 경북	조은예 전남 순천	조혜정 대치, 구성
조효준 충남 천안	지상훈 대구	채송화 제주	최보나 서울 은평	최보린 은평 구파발
최선희 대구	최인실 서울 강동	최 후 경기	표윤경 서울	하 랑 서울 송파
하영아 김해, 창원	한광희 세종	한정원 울산	함영훈 경북 구미	홍선희 부평 산곡
황동현 대전 서구	황미선 부산 해운대	황성원 경기 부천		

명강

고전
산문

교과서 필수 작품, 기출 작품, 수능 출제 예상 작품 37지문 엄선,
최근 출제 경향을 반영한 우수한 실전 문제로
수능 1등급을 완성하는 고전산문 실전서!

1 개념&유형 학습

2 작품 학습

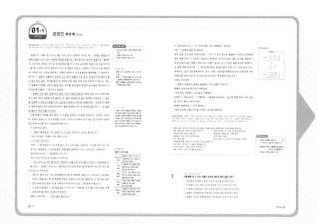

고전산문 핵심 개념 학습

• 작품을 바르게 이해하고 문제를 해결하기 위해서는 주요 개념을 충실하게 이해해야 한다.

• '핵심 개념'에 제시된 개념들을 꼼꼼하게 공부하고, 그러한 개념들이 문제에 어떻게 적용되는지도 확인한다.

기출문제를 통한 유형 학습

• 수능에 출제되는 문제 유형에 익숙해지지 않으면 실전에 임했을 때 당황할 수 있다.

• 기출문제를 통해 수능 출제 유형을 확인하고 그 해결 방법을 익힌다.

작품 감상과 내용 파악

• 한자어가 많이 쓰이고 문체가 낯설어 작품 해석이 어려운 경우가 많으므로, 평소에 많은 고전산문 작품을 접하면서 실력을 키워야 한다.

• 인물 간의 관계에 주목하여 작품을 감상하면서 사건의 전개 과정과 작품의 주제를 생각해 본다.

작품 핵심 내용 정리

• 고전산문은 출제될 만한 작품이 한정되어 있어 이미 출제되었던 작품이 다시 출제될 수 있다.

• 핵심 정리, 작품 해제, 작품 핵심, 한눈에 보기 등 주어진 학습 요소를 통해 작품의 핵심 사항을 꼼꼼하게 정리한다.

특징 1

수능 빈출 문제 유형과 그 바탕이 되는 핵심 개념을 제시하여 기초를 다질 수 있는 교재

특징 2

꼭 알아야 할 필수 작품들을 주제별로 공부하여 수능과 내신에 대비할 수 있는 교재

특징 3

다양한 유형의 실전 문제를 통해 최신 출제 경향과 그 해법을 익힐 수 있는 교재

3 실전 문제 학습

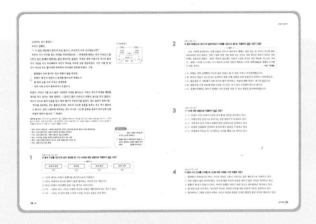

시험을 보듯 문제를 풀고 채점하기

- 처음 문제를 풀 때는 시험을 보듯 시간을 정해 빠르게 문제를 풀고 채점한다.
- 채점 후 틀린 문제, 맞았지만 헷갈렸던 문제는 다시 풀어 보고 '정답과 해설'을 통해 정답인 이유와 오답인 이유를 확인한다.

문제 해결 방법 익히기

- 문제에 딸려 있는 〈보기〉나 선택지가 다른 문제 해결의 실마리가 되기도 한다.
- 문제를 해결하는 과정에서 자기만의 문제 해결 방법을 정립한다.

4 '정답과 해설' 활용 및 복습

'정답과 해설'의 활용

- 문제를 틀렸다면 '정답과 해설'을 보면서 왜 그 문제를 틀렸는지 파악한다.
- 맞은 문제라 하더라도 '정답과 해설'을 참조하여 자신의 풀이 방법이 적절했는지 점검한다.

복습 계획 수립

- 한 번이라도 틀렸던 문제, 다시 봐도 헷갈리는 문제는 작품의 내용을 다시 학습한 뒤 문제를 또 한 번 풀어 본다.
- 자신이 자주 틀리는 유형을 정리해 둔 다음, 같은 실수를 반복하지 않도록 집중적으로 학습한다.

이 책의 차례

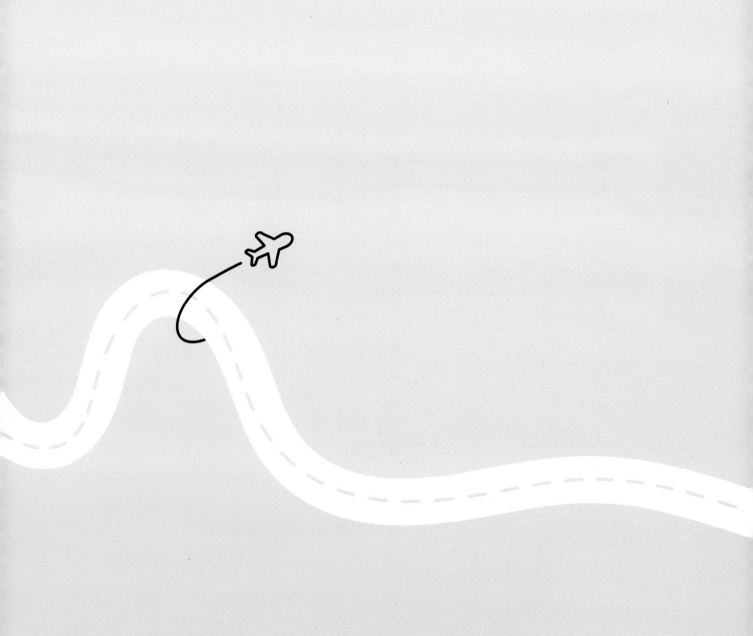

개념&유형 학습

인물의 성격, 심리, 태도

핵심 개념

❶ 인물
작가의 상상력으로 창조되어 소설 속에 등장하는 사람. 주로 작품 속에서 사건과 행동의 주체가 됨

❷ 인물의 유형

① 역할에 따라

주동 인물	작품의 주인공으로, 사건을 주도하여 이끌어 가는 인물
반동 인물	주인공과 대립하며 갈등을 일으키는 부정적 인물

② 특성에 따라

전형적 인물	특정 부류나 계층의 공통적인 성격을 대표하는 인물
개성적 인물	특정 부류나 계층에 속하지 않고 개성적 특색을 드러내는 인물

③ 성격 변화에 따라

평면적 인물	작품의 시작부터 끝까지 성격의 변화를 보이지 않는 인물
입체적 인물	사건의 진행에 따라 성격의 변화를 보이는 인물

❸ 인물의 성격 제시 방법
① 직접 제시(말하기, telling): 서술자가 직접 인물의 성격이나 심리 상태를 설명하는 방법
예 길동이 점점 자라 여덟 살이 되자, 총명하기가 보통이 넘어 하나를 들으면 백 가지를 알 정도였다.　(허균, 「홍길동전」)
② 간접 제시(보여 주기, showing): 인물의 행동이나 대화, 외양 묘사를 통해 독자가 인물의 성격을 짐작하게 하는 방법
예 충줏집을 생각만 하여도 철없이 얼굴이 붉어지고 발밑이 떨리고 그 자리에 소스라쳐 버린다.　(이효석, 「메밀꽃 필 무렵」)

❹ 인물의 심리와 태도
① 인물의 심리: 분노, 기쁨, 즐거움, 슬픔, 의심, 좌절, 두려움, 회한 등
② 인물의 태도: 부정적, 긍정적, 소극적, 적극적, 객관적, 비판적 태도 등

❺ 고전 소설에 등장하는 인물의 특징
· 일반적으로 전형적이고 평면적인 인물
· 재자가인(才子佳人)형 인물
· 선한 사람과 악한 사람이 확연하게 구분됨

대표 기출문제

2022 10월 고3 학력평가

[앞부분 줄거리] 원수는 서번과 서달을 물리치고 황성으로 돌아가던 중 단원사에서 모친과 경패 낭자를 상봉한다.

원수가 모친께 아뢰었다.

"소자도 그때 도적이 데리고 가다가 중도에서 버렸기에 의탁할 곳이 없었는데, 마침 낭자의 부친이 데려다가 사랑하고 아껴 주시고 낭자와 백 년의 가연을 정해 주었습니다. 또 통판이 계시하신 대로 호 씨의 구박을 견디다가 결국 낭자와 이별하고 동서로 걸식하며 다녔습니다. 그러다 천행으로 서주의 왕 상서 댁에 의탁하여 왕 상서의 사환으로 지냈습니다. 그리고 나서 상서의 명으로 황성에 갔다가 천행으로 과거를 보아 장원 급제하여 한림학사를 지냈던 것입니다."

이어 서주에 내려가 왕 상서의 여식과 혼인한 이야기와 황성에 올라가 원천의 딸을 후궁으로 삼은 이야기를 부인과 낭자에게 말씀 드리니 ⓐ부인과 낭자가 이 말을 듣고 더욱 즐거워하였다.

"천자께서 명하시어 소자를 불러 이르시기를, '서번과 서달이 삼십육도 군장과 도모하여 대국을 침범하였노라. 너를 대사마 대원수로 삼으니, 이 사인검을 가지고 정병 팔십 만을 조발하여 번국을 소멸하여라.' 하셨습니다. 이에 소자가 한 번 전장에 나아가 서번과 서달, 삼십육도 군장을 모두 소멸하여 천은을 만분의 일이나마 갚고 돌아오다 서천관에 이르러 유숙하고 있을 때, 금산사 화주승이라 하는 노승이 꿈에 나타나 여남으로 가라고 하였습니다. 이에 여남에 이르렀는데 또 그 도사가 꿈에 나타나 단원사를 찾아가면 절로 부모와 낭자를 만날 것이라 하기에 이리로 온 것입니다."

이렇게 그간의 사연을 말씀드리니, ⓑ부인과 낭자가 이 말을 듣고 더욱 황제의 은혜에 감사드리고 도사의 신기함에 감복하였다. 〈중략〉

원수는 행군의 여정이 피곤하여 잠깐 졸았는데, 전날 밤중 꿈속에 나타났던 도사가 또 와서 이렇게 말하였다.

"원수는 부친을 눈앞에 두고 어찌 잠만 깊이 자십니까?"

그러고는 문득 사람이 보이지 않거늘, 깨어 보니 남가일몽이었다. ⓒ마음이 뒤숭숭하였으나 도사의 영감과 신기함은 탄복할 만하였기에, '도사의 은혜를 생각하면 갚을 길이 없구나.' 하면서 혹시라도 부친을 찾을까 하여 큰 잔치를 배설하여 각 도와 각 읍의 자사와 수령을 모두 청하였다.

자리를 정하고 즐기며 차례로 술잔을 권했는데, 부남은 남방의 대관이었기에 부남 태수가 오른쪽의 가장 높은 자리에 앉게 되었다. 잔이 두세 번 돌아간 뒤에 부남 태수가 눈을 들어 원수의 거동을 자세히 살펴보니, 선풍도골이어서 천상의 선관이 하강한 듯하였다. 그런데 조금도 즐거워하는 빛이 없었고 차고 있던 장도를 만지면서 슬퍼하는 듯하였다. 이를 보고 ⓓ부남 태수가 문득 풍운이 생

각나 흐느끼며 생각하기를 '풍운도 살아 있다면 내가 주었던 장도를 만지면서 저렇듯이 슬퍼하지 않겠는가.' 하며 자세히 보니 원수의 장도가 풍운에게 채워 주었던 장도와 똑같았다. 이에 마음속으로 너무 놀라 자리에서 잠시 일어나 공경을 표하고 원수에게 물었다. / "원수가 차신 장도는 반드시 보검일 듯합니다. 황송하오나 한번 구경하고자 하옵니다."

원수가 이 말을 듣고 속으로 오히려 반기면서 장도를 끌러 주었다. ⓔ부남 태수가 자세히 보더니, '이것은 정녕 자식 풍운의 칼이로다.' 하고 눈물을 흘리며 슬퍼하였다. 원수가 이에 더욱 이상하게 여겨 물어 말하였다.

"태수는 이 칼을 보시고 어찌 슬퍼하며 흐느끼십니까?"

태수가 아뢰어 말하였다.

"〈중략〉 이 장도 이름은 연평검이니 하관이 매우 아끼던 것입니다. 제가 늦게야 한 아들을 낳았는데 용모가 비범하였기에 행여 단명할까 염려가 되어 절강의 도사에게 가 관상을 보았습니다. 그랬더니 열 살 이전에 부모와 이별할 것이라고 하기에 혹 이별하더라도 서로 잊지 않기 위해 장도를 자식에게 채우고 생년월일시를 써 비단 주머니에 넣어 두었습니다. 그 뒤에 난리가 났는데, 하관은 황명을 받아 가달을 치러 경사로 올라갔고, 처 양 씨가 아들을 데리고 집에 있었습니다. 하관이 가달을 평정하고 돌아오니 천자께서 하관에게 부남 태수를 제수하셨습니다. 이에 부남으로 내려올 때 고향에 들렀더니 집은 비었고 처는 간 데가 없었습니다. 어쩔 줄 모르고 사방으로 찾았으나 종적을 알 수 없어 홀로 부남에 도임하였습니다. 오늘날 원수가 차신 장도를 보니, 문득 자식이 생각나 슬픈 마음이 듭니다. 이 칼을 어디서 얻으셨습니까?"

원수가 이 말을 듣고 정신이 아득해졌다. 바로 그 주머니에서 생년월일시를 써 둔 유서를 내어 태수에게 드리고 땅에 엎드려 통곡하며 말하였다.

"소자가 불초자 풍운이로소이다."

그리고는 지극히 애통해하니, 태수가 정신을 차리고 그 유서를 받아 보니 과연 자신의 친필이 분명하였다.

－ 작자 미상, 「장풍운전」

⭐ ⓐ~ⓔ를 통해 인물들의 심리와 태도를 추리했을 때 적절하지 <u>않은</u> 것은?

① ⓐ: 원수가 한림학사를 제수받은 이후의 행적을 모친과 낭자가 긍정적으로 여겼다.

② ⓑ: 원수의 모친과 낭자가 황제와 도사에게 고마운 마음을 느꼈다.

③ ⓒ: 원수가 자신의 꿈속에 나타난 도사를 신뢰했다.

④ ⓓ: 부남 태수가 자신의 아들에 대한 그리움을 느꼈다.

⑤ ⓔ: 부남 태수가 원수를 자신의 아들로 확신했다.

서술상의 특징과 효과

핵심 개념

① 서술자

소설의 내용을 독자에게 이야기해 주는 사람. 독자에게 소설의 이야기를 효과적으로 전달하기 위해 작가가 만들어 낸 허구적 대리인임

② 시점

1인칭 주인공 시점	주인공인 '나'가 자신의 이야기를 전달함
1인칭 관찰자 시점	관찰자인 '나'가 주인공의 이야기를 전달함
전지적 작가 시점	작품 밖의 서술자가 인물의 심리와 사건에 대해 모든 것을 알고 전달함
작가 관찰자 시점	작품 밖의 서술자가 관찰자의 입장에서 인물과 사건을 전달함

※ 대체로 고전 소설은 전지적 작가 시점을 취함

③ 서술 방식

서술	서술자가 독자에게 인물·사건·배경 등을 직접 설명하는 방법. 해설적·요약적 성격을 지님
대화	인물들이 주고받는 말. 사건을 전개시키고 인물의 심리를 드러냄
묘사	서술자가 인물·사건·배경 등을 그림을 그리듯이 구체적으로 보여 주는 방법

④ 어조

서술자의 말투. 상황이나 인물에 대한 서술자의 태도를 드러내며 작품의 분위기를 조성하여 주제를 간접적으로 드러냄

풍자적 어조	다른 것에 빗대어 부정적인 인물이나 불합리한 현실을 비판하는 어조
해학적 어조	익살을 통해 낙관적인 웃음을 유발하는 어조
반어적 어조	본래의 의미와 반대로 표현하여 그 의도를 강조하는 어조

⑤ 서술자의 개입

- 작품 밖의 서술자가 등장인물의 심리를 설명해 주거나, 사건에 개입하여 자신의 생각을 직접 드러내는 것
- 고전 소설에 흔히 나타나며, '편집자적 논평'도 서술자의 개입에 속함. 편집자적 논평은 '~보소', '-리오', '-(이)로다' 등의 의문형이나 감탄형으로 끝나는 경우가 많음

대표 기출문제

상서의 셋째 부인 여씨는 둘째 부인 석씨의 행실과 마음 씀이 매사 뛰어남을 보고 마음속에 불평하여 생각하되, '이 사람이 있으면 내게 상서의 총애가 오지 않으리라.' 하여 좋은 마음이 없더라. 날이 늦어져 모임이 흩어진 후 상서의 서모(庶母) 석파가 청운당에 오니 여씨가 말하길,

"석 부인은 실로 적강선녀라. 상공의 총애가 가볍지 않으리로다."

"석 부인은 비단 얼굴뿐 아니라 덕행을 겸비하여 시모이신 양 부인이 더욱 사랑하시나이다."

이때 석씨가 석파를 청하자 석파가 벽운당에 이르러 웃고 왈,

"나를 불러 무엇 하려 하느뇨? 내 석 부인이 받는 총애를 여 부인에게 자랑하였나이다."

석씨가 내키지 않아 하며 당부하되,

"후일은 그런 말을 마소서."

하니, 석파 웃더라.

여씨의 거동이 점점 아름답지 않으나 양 부인과 상서는 내색하지 않더라. 〈중략〉

이후 여씨 밤낮으로 생각하더니, 문득 옛날 강충이란 자가 저주로써 한 무제와 여 태자를 이간했던 일을 떠올리고, 저주의 말을 꾸며 취성전을 범하니 일이 치밀한지라 뉘 능히 알리오?

일일은 취성전에서 양 부인이 일찍 일어나 앉았으나 석씨가 마침 병이 나서 문안에 불참하매 시녀 계성에게 청소시키니, 계성이 짐짓 침상 아래를 쓸다가 갑자기 봉한 것을 얻어 내며,

"알지 못하겠도다. 누가 잃은 것인고? 필연 동료 중 잃은 것이니 임자를 찾아 주리라."

하고 스스로 혼잣말 하거늘 부인이 수상히 여겨 가져오라 하여 풀어 보니, 그 글에 품은 한이 흉악하여 차마 보지 못할 바이러라. 필적이 산뜻하니 완연히 석씨의 것이라 크게 괴히 여겨 다시 보니 그 언사의 흉함이 차마 바로 보지 못할지라. 양 부인이 불을 가져다가 사르고 시녀들을 당부하여 왈,

"너희들이 이 일을 누설한즉 죽을죄를 당하리라."

좌우 시녀 듣고 송구하여 입을 봉하되, 홀로 계성은 누설치 못함을 조급해하고 양 부인은 이후 석씨와 자녀를 보나 내색하지 않더라.

[중략 부분 줄거리] 석씨가 쫓겨난 후, 첫째 부인 화씨를 모함하려고 여씨가 여의개용단을 먹고 화씨로 둔갑해 나타나자, 상서는 친누나 소씨, 의남매 윤씨, 석파를 불러 모아 함께 실상을 밝히려 여씨의 심복을 찾는다.

시녀가 여씨 심복 미양을 가리켜 아뢰니, 상서가 미양을 잡아내어 엄하게 조사하더라. 미양이 혼비백산하여 사실대로 고하고 두 가지 약을 내어 드리니, 소씨 등이 다투어 보고 웃되, 상서는 홀로 눈을 들어 보지 않으니 사악한 빛을 보

지 않으려 함이라. 석파가 그중 회면단을 물에 풀어 두 화씨에게 나누어 주니 진짜 화씨 노기 가득하여 먹고 왈,

"약을 먹더라도 부모님 남긴 몸이 달리 되랴? 네 굳이 내 얼굴이 되고자 하니, 이 무슨 괴이한 생각으로 패악을 떨려 하느뇨?"

상서 왈,

"어지럽게 굴지 말라."

진짜 화씨는 회면단을 마시되 용모 변치 않더라. 상서가 또 여씨에게 권하니, 여씨 먹지 않거늘 윤씨 웃고 왈,

"아니 먹는 죄 의심되도다."

소씨 나아가 우김질로 들이붓더라. 여씨가 마지못하여 먹으니 화씨 변하여 여씨 되는지라. 좌우 사람들이 박장대소하더라. 상서 바야흐로 단정히 고쳐 앉으며 왈,

"군자 있는 곳에는 요사스러운 일이 없거늘 이 아우가 어질지 못하여 집안에 이런 변이 있으니 대장부 되어 아녀자를 거느리지 못하여 이런 행동거지 있으니 어찌 부끄럽지 않으리오. 석씨를 모함함도 여씨의 일이니 누님은 따져 물으소서."

석파가 먼저 나서며 미양을 붙들고 물으니 미양이 당초부터 여씨가 계교를 꾸몄던 일들을 낱낱이 말하더라. 소씨, 윤씨 두 사람이 웃으며 왈,

"이제 보건대, 당초 우리 의심이 그르지 않았도다."

석파가 몹시 좋아해 뛰면서 기쁨을 이기지 못하고, 여씨는 부끄러움을 이기지 못하여 움직이지 못하고, 화씨는 꾸짖기를 마지않더라. 날이 새어 취성전에 들어가 어젯밤 일을 일일이 아뢰더라. 양 부인이 놀라고 여씨를 불러 마루 아래에 꿇리고 벌주니 가장 엄숙하여 언어 명백하며 들음에 모골이 송연하더라. 이에 여씨를 내치고 계성과 미양 등을 엄히 다스리고 집안을 평정하더라.

– 작자 미상, 「소현성록」

📌 작품 분석

핵심 정리
- 갈래: 고전 소설(가정 소설)
- 성격: 유교적, 교훈적
- 주제: 유교적 가부장제 속에서 소현성의 가족이 겪는 갈등과 그 해결
- 특징: ① 3대에 걸친 소씨 가문의 이야기를 담은 장편 소설임
② 가정 내 갈등과 그 해결 과정이 주된 내용을 이루며, 이를 통해 유교적 가부장제에서 가족 구성원들이 추구하는 가치를 보여 줌

서술상의 특징
- 시간 순서에 따라 서사가 진행됨
- 가족 구성원들 간의 갈등을 중심으로 이야기가 전개됨
- 인물들의 대화를 통해 사건의 내용이 제시됨

⭐ **윗글에 대한 설명으로 가장 적절한 것은?**

① 배경 묘사를 통해 인물의 성격 변화를 암시하고 있다.

② 독백을 반복하여 내적 갈등의 해결 과정을 드러내고 있다.

③ 과거와 현재를 교차하여 사건을 입체적으로 전개하고 있다.

④ 한 인물과 다른 인물들 간의 다면적 갈등 관계를 제시하고 있다.

⑤ 두 공간에서 동시에 일어나는 사건을 병렬적으로 배치하고 있다.

📌 유형 해결 전략

1. 서술상의 특징 파악: 작품의 주제, 서사적인 줄거리를 효과적으로 전달하기 위해 사용된 서술 방법을 파악한다.

2. 작가의 의도와 효과 파악: 그러한 서술 방법을 통해 드러내고자 한 작가의 의도를 파악하고 그 효과를 확인한다.

3. 선지의 내용 점검: 보통 선지는 'A(서술상의 특징) + B(효과)'의 형식으로 구성되므로, A와 B가 긴밀하게 관련되어 있는지 반드시 확인해야 한다.

사건 전개와 구성

핵심 개념

❶ 사건과 구성
① 사건: 등장인물 간에 구체적으로 전개되는 이야기로, 소설 전체의 줄거리를 이루며 주제를 형상화함
② 구성: 소설의 인물, 사건, 배경 등을 일정한 의도에 따라 짜임새 있게 배열한 것

❷ 고전 소설에 드러나는 사건의 특징
① 우연성: 필연적 이유나 상황이 아닌 우연적인 만남이나 상황에 의해 사건이 발생함
② 비현실성: 현실 세계에서 일어나기 어려운 사건을 다루는 등 사건 전개에 있어 사실성이 떨어짐
③ 전기성(傳奇性): 비현실적이고 신비로운 내용의 진기한 사건이 일어남
④ 행복한 결말: 고난과 어려움을 겪던 주인공이 모든 어려움을 이겨 내고 행복하게 된다는 것으로 사건이 마무리됨

❸ 고전 소설에 자주 쓰이는 구성 방식
① 평면적 구성: 사건이 순차적인 시간의 흐름에 따라 전개되는 구성. 순행적 구성
② 일대기적 구성: 인물의 일생 동안의 일에 초점을 맞추어, 인물의 '출생 → 성장 → 고난의 극복과 성취' 등의 과정으로 내용을 전개하는 구성
예 조웅전: 좌승상 조정인의 아들로 태어남(고귀한 혈통) → 아버지의 자살로 유복자가 됨(비정상적 출생) → 비범한 능력을 지님(비범한 능력) → 이두병의 모해를 피해 도망감(시련) → 도사를 만나 무술을 배움(구출·양육) → 반란으로 천자가 된 이두병과 대결함(성장 후 위기) → 전쟁에서 승리하고 제후가 됨(고난 극복과 승리)
③ 환몽 구성: '현실 → 꿈 → 현실'로 된 구성. 현실 속의 주인공이 현실에서 채우지 못한 욕망을 꿈속에서 실현하는 등 우여곡절을 겪은 뒤, 꿈에서 깨어나 현실로 돌아오는 구조가 많음
예 옥루몽: 문창성과 다섯 선녀가 술을 마시며 희롱하다가 천상계에서 쫓겨남(현실) → 인간 세계에서 양창곡으로 태어나 영웅적 활약을 하고, 다섯 부인과 인연을 맺어 부귀영화를 누림(꿈) → 문창성과 다섯 선녀의 모습으로 천상계로 돌아감(현실)
④ 적강 구조: 신성한 인물이 초월적 공간에서 인간계로 내려오는 구성
예 유충렬전: 주인공 유충렬은 천상에서 적강한 신적 능력의 소유자. 천상에서의 이름은 자미성으로, 천상에서 익성과 대결한 죄로 적강해 지상에서 유심의 아들로 태어남

대표 기출문제

2021 6월 모의평가

[앞부분 줄거리] 전우치는 구미호로부터 천서를 빼앗아 술법을 배웠으나 구미호가 전우치를 속여 천서의 일부를 가져간다.

우치 집에 돌아와 천서를 보아 못 할 술법이 없으매, 과거에 뜻이 없어 스스로 생각하되, '내 벼슬하여 모친을 봉양하려 하면 자연히 더디리라.' 하고 이에 한 계교를 생각하여 몸을 흔들어 변하여 선관이 되어 오색구름을 타고 하늘에 올라 바로 궐내로 들어가 대명전에 자리하니 서기가 공중에 어리었으니 궁중이 황홀했다. 이에 조정의 신하들이 당황하여 갈팡질팡하고 임금께 아뢰기를,

"고금에 드문 괴변이라."

하니, 왕이 대경하사 여러 신하를 모아 의논하시더니, 우치가 운무 중에 서고 청의동자가 외쳐 왈,

"고려국 왕은 옥황상제 전교를 들으라."

하거늘, 왕이 명하사 바닥에 깔 자리와 향로를 올려놓은 상을 갖춰 놓게 하고 나아가 보니 한 선관이 금관 홍포로 동자를 좌우에 세우고 오색구름 중에 싸여 단정히 섰거늘, 왕이 네 번 절한 후 땅에 엎드리시니, 우치 왈,

"하늘의 궁궐이 오래되어 낡고 헐었기에 이제 수리하고자 하여 인간 여러 나라에 뜻을 전하여 모든 물건을 다 바쳤으나 다만 황금 들보 하나가 없는지라. 옥황상제께서 그대 나라에 황금이 유족함을 아시고 이제 뜻을 전하사 칠 월 칠 일 오시에 상량하리니, 그날 미쳐 대령하되 길이 십 척 오 촌이요, 너비 삼 척 이 촌, 만일 그날 미치지 못하면 큰 변을 내리우시리라."

하고 말을 마치자 선악 소리 은은하며 오색구름이 남녘으로 향하여 가더라. 〈중략〉

우치 무안하여 달아나고자 하더니 화담이 알고 변신하여 삵이 되어 달려드니, 우치가 보라매 되어 날려 한 즉, 화담이 또한 청사자가 되어 우치를 물어 쓰러뜨리고 크게 꾸짖어 왈,

"너 같은 요술이 임금을 속이고 세상을 희롱하니 어찌 죽이지 아니하리오?"

우치 애걸 왈,

"선생의 도술이 높으심을 모르고 존엄을 범하였으니 죄당만사(罪當萬死)이오나, 소생에게 노모가 있사오니 원컨대 선생은 잔명을 빌리소서."

화담 왈,

"내 이번은 살리거니와 다시 그런 버릇없는 일을 행치 말고 그대 모친을 봉양하다가 그대 모친이 돌아가신 후에 나와 영주산에 들어가 선도(仙道)를 닦음이 어떠하뇨?"

우치 왈,

"선생의 교훈대로 봉행하리이다."

하고 인하여 하직한 후에 집에 돌아와 요술을 행치 아니하고 모친을 봉양하더니, 세월이 여류하여 우치 모부인이 졸하니 우치 예를 갖추어 선산에 안장하고

삼 년을 받들더니, 하루는 화담이 왔거늘, 우치가 황망히 나와 맞아 인사를 마치고 자리에 앉은 후에 화담 왈,

"그대와 약속한 일이 있으매 그대 상중에 있는 것을 알고 왔거늘, 이제 그 산에 있는 구미호를 잡아 돌상자에 가두고 그 굴에 불 지름이 어떠하뇨?"

우치 왈,

"이제 선생이 그 여우를 없이하시면 진실로 온 나라의 아주 다행스러운 일이 아닐까 하나이다."

화담 왈,

"내 이제 그대를 데려가려 하나니, 행장을 꾸리거라."

하거늘, 우치 크게 기뻐하며 재산을 흩어 노복을 주며 왈,

"나는 이제 영원히 이별하려 하니, 너희들은 탈 없이 있어 나의 조상의 제사를 받들라."

하고 조상의 무덤에 하직한 후에 화담을 모시고 구름을 타고 영주산으로 향하니, 그 뒷일은 알지 못하니라.

– 작자 미상, 「전우치전」

❂ 〈보기〉는 선생님의 안내에 따라 학생들이 윗글을 이해한 내용이다. ⓐ~ⓔ 중 적절하지 **않은** 것은?

보기

선생님: 일반적으로 영웅 소설에서 주인공은 고난을 겪지만 조력자를 만나 병서나 무기 등을 얻어 탁월한 능력을 갖게 됩니다. 이후 주인공이 위기에 처한 나라를 구하는 공을 세워 이름을 떨치며 부귀영화를 누리는 것으로 마무리됩니다. 이때 주인공은 유교적 이념을 존중하는 인물입니다. 이와 같은 전형적인 영웅 소설과 「전우치전」이 어떻게 유사하고 다른지 이야기해 봅시다.

학생 1: 전우치가 천서를 익혀 뛰어난 능력을 얻게 된 것은 병서를 익혀 탁월한 능력을 갖게 된 일반적인 영웅 소설과 비슷해요. ···················· ⓐ

학생 2: 전우치가 충을 다함으로써 효를 실천하는 것은 충효라는 유교적 이념을 중시하는 일반적인 영웅 소설과 비슷해요. ···················· ⓑ

학생 3: 전우치가 입신양명의 길을 선택하지 않은 것은 나라에 공을 세워 이름을 널리 떨치는 일반적인 영웅 소설과는 달라요. ···················· ⓒ

학생 4: 전우치가 옥황상제의 권위를 이용하여 나라의 재산을 취하려 한 것은 위기에 처한 나라를 구하는 일반적인 영웅 소설과는 달라요. ···················· ⓓ

학생 5: 전우치가 재산을 흩어 노복에게 주고 떠나는 것으로 마무리되는 것은 부귀영화를 누리게 되는 일반적인 영웅 소설과는 달라요. ···················· ⓔ

① ⓐ　　　② ⓑ　　　③ ⓒ　　　④ ⓓ　　　⑤ ⓔ

갈등의 양상

핵심 개념

❶ 갈등
소설 속의 인물이 사건을 겪으면서 처하게 되는 대립적인 심리 상태. 갈등으로 인해 사건이 나타나고, 갈등을 해소하는 과정에서 작품의 주제가 나타남

❷ 갈등의 기능
① 갈등을 통해 인물의 성격이 뚜렷이 제시되고 사건이 진행됨
② 작가는 갈등의 발생과 해소를 통해 말하고자 하는 주제를 구현함. 갈등은 주제를 드러내고 독자의 흥미를 이끌어 냄

❸ 갈등의 유형
(1) **내적 갈등**: 한 인물의 내면에서 일어나는 대립적 심리 상태
예 '우리 부처의 법문(法門)은 한 바리 밥과 한 병 물과 두어 권 경문(經文)과 일백여덟 낱 염주뿐이라. 도덕이 높고 아름다우나 적막하기 심하도다.' (김만중, 「구운몽」)

(2) **외적 갈등**: 인물과 주변을 둘러싸고 있는 외부적 요인으로 인해 발생하는 갈등
① **인물과 인물의 갈등**: 인물 사이의 가치관, 성격, 욕구, 이해관계, 정치·문화적 견해 등의 차이로 발생하는 갈등
예 한두 달이 지나면서 사 부인의 태기(胎氣)가 확실하게 나타났다. 온 집안의 사람들은 모두 기뻐하였다. 그러나 교 씨만은 홀로 앙앙불락(怏怏不樂)하였다. 교 씨는 납매와 함께 은밀하게 음모를 꾸몄다. 마침내 낙태하게 만드는 약을 사서 부인이 복용하는 약 속에 몰래 섞어 놓았다. (김만중, 「사씨남정기」)

② **인물과 사회의 갈등**: 인물이 사회적 배경 속에서 제도나 윤리, 경제, 이념 등의 문제로 겪게 되는 갈등
예 한번 궁궐의 담을 넘으면 인간 세상의 즐거움을 알 수 없습니다. 그럼에도 저희가 궁궐의 담을 넘지 않는 것은 어찌 힘이 부족하며 마음이 차마 하지 못해서 그러하겠습니까? 저희들이 이 궁중에서 꾀할 수 있는 일은 오로지 주군의 위엄이 두려워 이 마음을 굳게 지키다가 말라 죽는 길뿐입니다. (작자 미상, 「운영전」)

③ **인물과 자연의 갈등**: 인물이 자신이 처한 자연환경과 부딪쳐 싸우며 겪게 되는 갈등

④ **인물과 운명의 갈등**: 인물이 타고난 운명에 저항하는 과정에서 겪게 되는 갈등으로, 대부분의 인물이 운명에 패배하거나 순응하는 내용으로 끝나게 됨

대표 기출문제

차시 양경이 정공의 딸이 죽은 줄 알았더니 천만 의외에 그 딸이 태자비가 됨을 보고 심중에 분함을 품고 생각하되,

'요망한 정녀가 죽었다고 하고 나를 속였으니 어찌 분하지 아니리오. 태자비라는 위세로 당당히 우리 가문을 해할 것이니, 내 먼저 계교를 도모하리라.'

하고, 즉시 양귀비 궁에 들어가 남매가 비밀스럽게 상의하여 계교를 꾸미더라.

일일은 양귀비가 태자비 침전에 이르니, 정비 맞아 예를 갖추매, 양귀비 가로되,

"황상이 태자비의 바느질 솜씨를 보고자 하사 첩으로 하여금 황룡단(黃龍緞) 한 필을 정비에게 주어 삼 일 내로 용포(龍袍)를 지어 올리라 하시더이다."

하고 촉금단 한 필을 내어놓으니, 정비가 허리를 굽혀 황상의 명을 받든 후 주과를 내어 양귀비를 대접하더라. 양귀비 늦도록 앉았다가 돌아와 즉시 자기 딸 비연 공주를 불러 계교를 가르치니, 비연이 순순히 응낙하고 즉시 장락전에 이르러 낮 문안을 마치고 황상의 곁에 있다가 문득 양귀비더러 왈,

"소저가 정비께 갔더니 정비께서 용포를 짓더이다." 〈중략〉

황상이 속으로 깊이 생각하시되,

'태자에게 용포가 당치 않거늘 용포를 지어 무엇에 쓰려 하는고? 반드시 수상한 뜻이 있음이로다.'

하시고 좌우를 명하여 태자를 부르라 하시니 양귀비 왈,

"이 일이 비록 의심스러우나, 어린 애의 모호한 말을 어이 믿고 궁중을 요란케 하시리까? 앞으로 서서히 보아 처치하소서. 태자의 천성이 어질고 효성 또한 깊더니, 최근 정비를 취한 후로 행동이 조금 변하오니, 폐하는 노여움을 참으시고 후일을 보소서."

황상이 양귀비의 말을 아름답게 여기사 이후로는 양귀비를 더욱 총애하시고, 태자와 정비를 보시면 안색에 노기 어리시니, 태자와 정비 황공함을 이기지 못하나 그 연유를 모르고 마침내 용포를 지어 양귀비께 드리니, 양귀비 이를 황상께 드리며 왈,

"폐하께서 정비를 보시고 좋지 않은 기색을 보이시니, 정비는 본디 총명한 인물이라. 그 기미를 짐작하고 짐짓 용포를 지어 첩에게 보내며 황상께 드리라 하니, 그 허물이 신첩에게 있는지라. 도리어 황공하여이다."

황상이 듣기를 마치고 크게 노하사 즉시 용포를 불태워 버리시니, 정비 이 말을 듣고 근심하더라.

[중략 부분 줄거리] 양귀비는 자기의 아들이 독질로 사망하자 정비가 독살한 것으로 꾸민다. 정비를 아끼던 황후는 사약을 받을 위기에 처한 정비를 구해 주고 멀리 떠나도록 한다. 이후 정비는 아버지 정공과 죽마고우인 이 시랑을 만나 그의 집에 숨어 지낸다.

차시 정비가 이 시랑 집에서 밤낮으로 무예를 연습하며 황성 소식을 탐지하더니, 문득 비복이 들어와 고하기를,

"황성 소식을 들으니, 육주의 자사가 다 반란을 일으켜 경성을 범하오되, 천자와 태자가 적진에 싸이어 양식이 끊어진 지 칠 일이나 되었다 하더이다."

정비 크게 놀라며 왈, / "이는 필경 양경의 소행이라. 어찌 일시라도 지체하리오. 급히 달려가 천자와 동궁을 구하고 도적을 평정하리라." 〈중략〉

평원광야에 수만의 철갑을 입은 군사들이 천자와 태자를 에워쌌으니, 살기등등(殺氣騰騰)하여 급함이 경각(頃刻)에 있는지라. 정비 크게 노하여 소리 질러 왈,

"너희는 어떤 도적이기에 감히 천자를 범하나뇨? 한칼로 죽여 씨를 없이 하리라."

하니 적진 중에서 한 장수가 나와 크게 웃으며 왈,

"천자가 덕이 없어 만민이 도탄에 빠지매, 우리가 천명(天命)을 받아 의병을 이루어 어리석은 임금을 없애고 만민을 구하려 하거늘, 너는 어찌 하늘의 때를 모르고 덤비느냐?"

정비 크게 노하여 창을 들어 공중을 찌르며 왈,

"너희 양씨 가문이 대대로 국록을 먹고, 너희 누이 총애를 받으니 은혜가 망극하거늘, 도리어 역당(逆黨)을 모아들여 임금을 해코자 하니, 하늘이 어이 무심하리오. 자고로 임금이 있은 후에 백성이 평안하나니, 군신지의(君臣之義)는 삼강(三綱)의 으뜸이라. 너희가 오륜을 모르니, 일러 무엇하리오."

하고 칼을 들어 급히 치니, 양춘이 크게 노하여 창을 들어 맞아 싸워 몇 합(合)을 겨루지 않았는데, 정비 칼을 들어 양춘의 말 다리를 찌르니 양춘이 말에서 떨어지더라. 정비 칼을 날려 그 머리를 베어 꿰어 들고 적진 앞을 가로지르며 왈,

"너희 중에 나를 당할 자가 있거든 빨리 나와 승부를 결하라."

– 작자 미상, 「정비전」

작품 분석

핵심 정리
- 갈래: 고전 소설 (여성 영웅 소설)
- 성격: 영웅적
- 주제: 고난을 극복하고 나라를 구한 여성 영웅의 삶
- 특징: ① 영웅의 일대기 구성에 따라 주인공이 시련을 극복하고 나라를 구하는 과정을 그림
  ② 남성 중심 사회에 대한 비판과 여성의 사회적 진출에 대한 욕구를 보여 줌
  ③ 왕권의 약화, 국력의 쇠퇴, 정쟁의 심화 등으로 충효가 절실히 필요했던 시대의 요구를 반영함

갈등의 양상
- 작품의 주된 갈등은 인물과 인물 간의 대립을 의미하는 외적 갈등임
- 첫 번째 갈등은 태자비가 된 정비에게 위기감을 느낀 양귀비가 정비를 무너뜨릴 계교를 꾸미면서 발생함
- 두 번째 갈등은 황상의 권위를 빼앗기 위해 양춘이 반란을 일으키면서 발생함

⭐ 〈보기〉는 윗글에 나타난 인물들의 갈등 양상을 정리한 것이다. 이를 이해한 내용으로 적절하지 **않은** 것은?

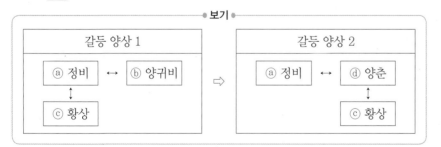

보기

갈등 양상 1
ⓐ 정비 ↔ ⓑ 양귀비
ⓒ 황상

⇒

갈등 양상 2
ⓐ 정비 ↔ ⓓ 양춘
ⓒ 황상

① '갈등 양상 1'은 ⓐ의 신분 변화로 인해 ⓑ의 가문이 느낀 위기감에서 비롯된다.
② '갈등 양상 1'에서 ⓒ는 ⓐ의 행동을 의심하여 그 진위를 직접 확인한다.
③ '갈등 양상 2'는 ⓓ가 ⓒ의 권위를 빼앗으려는 데에서 비롯된다.
④ '갈등 양상 2'에서 ⓓ는 ⓐ가 천명을 막고 있음을 내세우면서 대립한다.
⑤ '갈등 양상 2'에서 ⓐ는 유교적 명분에 입각하여 ⓓ에게 죄가 있음을 질타한다.

유형 해결 전략

1. 사건의 전개 과정 파악 : 인물 간의 갈등은 전체적인 사건의 흐름 속에서 파악해야 하므로, 〈보기〉를 참고하여 사건의 전개 과정을 정리한다.

↓

2. 인물의 특성 파악 : 인물이 주동 인물인지 반동 인물인지 파악하고, 인물 간의 관계와 인물의 성격 등을 정리한다.

↓

3. 갈등의 양상 정리 : 사건의 전개 과정과 인물의 특성을 고려하면서, 갈등의 발생 원인과 갈등을 대하는 각 인물의 태도가 어떠한지 판단한다.

배경과 소재의 기능

핵심 개념

① 배경
소설 속 사건이 일어나고 인물이 행동하는 구체적인 시간과 공간
① 시간적 배경: 사건이 일어나는 시간
② 공간적 배경: 사건이 일어나는 공간
③ 사회적 배경: 작품 속 사회 현실 또는 역사적 상황
※ 고전 소설에는 중국을 배경으로 한 작품이 많으나, 조선 후기에는 우리나라를 배경으로 한 작품이 다수 창작됨. 또한 비현실적 배경이 자주 등장함

② 배경의 기능
① 작품의 분위기를 조성한다.
② 작품에 현실감을 부여한다.
③ 작품의 주제 의식을 부각한다.
④ 인물의 심리 및 사건 전개 방향을 암시한다.
예 새침하게 흐린 품이 눈이 올 듯하더니, 눈은 아니 오고 얼다가 만 비가 추적추적 내리는 날이었다. (현진건, 「운수 좋은 날」)
→ 겨울비가 내리는 음산하고 암울한 분위기의 배경 묘사를 통해 작품의 비극적 결말을 암시함

③ 소재
작가가 한 편의 이야기를 전개하기 위해 사용하는 글의 재료. 특정 사물이나 환경, 인물의 행동이나 감정 등이 모두 소재가 될 수 있으며, 작가가 주제를 효과적으로 표현할 수 있는 재료를 선택함

④ 소재의 기능
① 갈등을 유발하거나 해소한다.
예 언제 구웠는지 아직도 더운 김이 홱 끼치는 굵은 감자 세 개가 손에 뿌듯이 쥐였다. (김유정, 「동백꽃」)
② 인물의 심리나 성격을 드러낸다.
예 날개야 다시 돋아라. 날자. 날자. 날자. 한 번만 더 날자꾸나. 한 번만 더 날아 보자꾸나. (이상, 「날개」)
③ 주제를 상징적으로 드러낸다.
예 나무다리가 놓인 뒤에 일이라, 이 돌다리는 동네 사람들에게 완전히 잊혀 버린 채 던져져 있던 것이었다. (이태준, 「돌다리」)
④ 장면 전환이나 사건 전개를 암시한다.
예 윤 주사는 조끼 호주머니에서 간밤의 그 전보를 꺼내어 부친한테 올립니다. (채만식, 「태평천하」)

대표 기출문제

일일은 할미 집에 온 다음 해 3월 보름에 할미는 술 팔러 가고, 낭자 홀로 초당에서 수를 놓고 있는데, 청조가 날아와 매화 가지에 앉아 울거늘, 낭자가 왈,

"저 새도 나처럼 부모를 여의었는가? 어찌 혼자 우는가?"

하고 눈물을 흘리다가 홀연 졸더니, 그 새가 낭자에게 왈,

"낭자의 부모님이 저기 계시니, 저와 함께 가사이다."

하거늘, 낭자가 그 새를 따라 한 곳에 다다르니, 백옥 같은 연못 가운데 구슬로 대를 쌓고 그 위에 누각을 지었으되, 주춧돌과 기둥은 만호와 호박으로 만들었고 지붕은 유리로 이었는지라. 광채가 찬란하여 바로 보지 못할네라. 산호로 만든 현판에 금으로 '요지'라 쓰여 있었으니, 서왕모의 집일너라.

너무 으리으리하여 낭자가 들어가지 못하고 문밖에서 주저하더니, 문득 서쪽에서 오색구름이 일어나고 기이한 향내 진동하더니, 무수한 선관과 선녀들이 용도 타며 봉황도 타며 쌍쌍이 들어가고, 청운(靑雲)이 어린 곳에 옥황상제께서 육룡이 모는 옥수레를 타고 오셨으며, 그 뒤에 서천 석가여래 오신다 하고 제천 제불과 삼태 칠성과 관음 나한과 보살이 시위하여 오되, 사방에서 풍류 소리 진동하니, 그 위엄 있고 엄숙한 행차와 거동이 일대 장관이더라. 이윽고 구름이 크게 일어나며 그 속에 백옥교자 탄 선녀가 백년화 한 가지를 꺾어 쥐고 단정히 앉아 있는데, 좌우에 무수한 선녀가 시위하여 오더니, 이는 월궁항아의 행차러라. 항아가 숙향을 보고 왈, / "반갑다, 소아야! 인간 세상에서 고행을 얼마나 겪었는가? 나를 좇아 들어가 요지의 경치나 보고 가거라."

하거늘, 숙향이 항아를 따라 들어가니, 그 집 형상과 으리으리한 모습은 이루 말로 표현하기 어렵더라. 각양각색의 풍류 소리가 진동하는 가운데, 한 보살이 젊은 선관을 앞에 세우고 들어와 상제께 뵈오니, 상제 그 선관에게 이르시되,

"태을아, 인간 재미 어떠하며, 소아를 만나 보았느냐?"

그 선관이 땅에 엎드려 무수히 사죄하더라. 〈중략〉

상제 소아에게 명하셔서 ⓐ반도 두 개와 계화(桂花) 한 가지를 태을선군에게 주라 하시니, 소아가 상제 명을 받들어 한 손에 반도를 옥쟁반에 담아 들고, 한 손에 계화 한 가지를 가지고 내려와 태을선군에게 주니, 그 선관이 두 손으로 받으며 소아를 눈여겨보거늘, 소아가 부끄러워 돌아설 때 손에 낀 ⓑ옥지환의 진주가 계화에 걸려 떨어지거늘, 소아가 쥐고자 할 차에 벌써 그 선관이 쥐거늘, 소아가 부끄러워 돌아서서 들어가고자 할 때, 할미 들어와 낭자를 깨워 왈,

"봄날이 곤하거니와 무슨 낮잠을 그다지 오래 자는가?"

하며 깨우거늘, 소저 그 소리에 놀라 깨어 일어 앉으니, 요지의 풍경이 눈에 어른거리고, 천상의 풍류 소리가 귀에 쟁쟁하더라. 〈중략〉

3월 보름에 대성사에 올라가니, 몸이 곤하여 졸려 난간에 의지하여 잠깐 잠을

들었더니, 꿈에 부처 와 이르되,

"오늘 서왕모가 요지에서 잔치하니, 그대도 나를 좇아 구경이나 하자꾸나."

하거늘, 이선이 매우 기뻐 부처를 따라 한 곳에 다다르니, 선녀가 무수히 모여 분주하며, 기이한 화각(畫閣)과 빛나는 구름과 아름다운 향내는 이루 말로 표현하기 어렵더라. 부처 이선에게 손으로 가리키며 왈,

"북쪽 옥륜대 위에 높이 앉은 이는 옥황상제이시고, 그 뒤에는 삼태 칠성이 모든 별을 거느렸고, 동편 백옥교에는 석가 여래 모든 부처를 거느리고 차례로 앉아 있으니, 내 먼저 들어가거든, 그대는 내 뒤를 좇아서 상제를 뵈온 후에 차례로 좌우에 있는 선관들에게 인사를 드리시게."

이선 왈, / "너무 으리으리하여 동서를 분별치 못할까 하나이다."

부처 웃고 소매 안에서 ⓒ대추 같은 과일을 주며 왈,

"이것을 먹으면 자연 알리라."

하거늘, 선이 받아먹으니, 전생에서 하던 일이 어제 같아, 모든 선관이 다 전의 친하던 벗일네라. 새로이 반가운 마음을 금치 못하여 부처께 사례하니, 부처 먼저 들어가거늘, 선이 뒤를 따라 들어가 상제께 큰절을 하고 모든 선관들에게 차례로 인사하니, 다 반겨하더라. 상제 전교하시되,

"태을아, 인간 재미 어떠하더냐? 네 소아를 만나보았느냐?"

선이 땅에 엎드려 사죄하더니, 상제 한 선녀를 명하셔서 반도 두 개와 계화 한 가지를 바치라 하시니, 이선이 땅에 엎드려 두 손으로 받으며 선녀를 얼핏 보니, 선녀 부끄러워 몸을 돌아설 때 손에 낀 옥지환의 진주가 계화에 걸려 선의 앞에 떨어지거늘, 가만히 한 손으로 쥐고 다시 희롱코자 하더니, 대성사 중들이 저녁 공양을 하기 위해 종을 치니, 그 소리에 놀라 깸에 요지의 풍경이 눈에 선하고 천상의 풍류 소리가 귀에 쟁쟁하며, 손에 진주가 분명 쥐어져 있거늘, 너무 신기하여 즉시 글을 지어 꿈속의 일을 기록하고, 부처께 하직한 후 집에 돌아오니라. 이후로는 부귀공명에 뜻이 없고, 오로지 소아만 생각하며 지내더라.

— 작자 미상, 「숙향전」

⭐ ⓐ~ⓒ에 대한 설명으로 가장 적절한 것은?

① ⓐ는 인물이 꿈속에서 겪은 일을 실제 있었던 일로 믿는 증표가 되고 있다.

② ⓑ는 인물이 상대 인물에게 보인 수줍음이 완화되는 계기를 제공해 주고 있다.

③ ⓒ는 인물로 하여금 자신이 접하게 되는 주변 인물들을 알아볼 수 있게 해 주고 있다.

④ ⓐ, ⓑ는 모두 인물이 자신이 처한 상황의 어려움을 구체적으로 깨닫게 하고 있다.

⑤ ⓑ, ⓒ는 모두 인물이 상대 인물과의 인연을 마음에 품게 만들어 잊지 않도록 하고 있다.

작품 분석

핵심 정리
- 갈래: 고전 소설 (애정 소설, 적강 소설, 영웅 소설)
- 성격: 전기적, 도교적
- 주제: 시공을 초월한 남녀의 사랑
- 특징: ① 천상계와 지상계의 이원적 공간이 설정됨
  ② 영웅의 일대기 구조에 따라 사건이 전개됨

배경과 소재의 기능
- 배경: 비현실적이고 환상적인 분위기를 조성하며, 숙향과 이선이 평범한 인간이 아닌 천상계 인물임을 드러내는 요소로 작용함
- 소재: 숙향과 이선의 만남을 극적으로 구성하는 데 기여하며, 꿈속의 일이 허구가 아닌 실제 일어난 일임을 보여 주는 기능을 함

유형 해결 전략

1. 작중 상황의 파악: 배경, 소재의 의미와 기능은 작중 상황에 따라 달라지므로, 먼저 사건의 전개 과정과 맥락을 정리한다.

2. 인물의 심리와 태도 파악: 각 소재가 인물들에게 어떤 의미가 있는지, 또 인물들은 각 소재에 어떤 심리와 태도를 보이고 있는지 파악한다.

3. 소재의 기능 파악: 작중 상황 및 인물의 심리와 태도를 고려하여 각 소재의 기능과 역할을 파악한다.

감상의 적절성 평가

❶ 내재적 접근 방법(절대론적 관점)
- 작품을 구성하는 내적 요소(인물, 사건, 표현 등)를 중심으로 감상하는 방법
- 작품을 작가나 시대, 독자 등과 분리하여 이해하고 감상함

```
         작품
내적 요소(인물, 사건, 표현 등)
```

❷ 외재적 접근 방법
① 반영론적 관점
- 작품을 단순한 상상력의 산물이 아니라 현실의 반영이라고 보는 관점
- 대상이 되는 세계가 작품 속에 잘 구현되었는지 확인하며 감상함

② 표현론적 관점
- 작품을 작가의 사상, 감정, 체험, 의도가 담긴 것으로 보는 관점
- 작가의 사상, 체험, 세계관 등을 중심으로 이해하고 감상함

③ 효용론적 관점
- 작품을 읽고 난 후 독자가 얻는 교훈, 감동 등에 초점을 두는 관점
- 작품을 수용하는 독자의 인식 및 태도 변화를 중심으로 감상함

```
            현실
        (반영론적 관점)
            ↓
작가  →  작품  →  독자
(표현론적 관점)   (효용론적 관점)
```

❸ 고전 소설의 유형과 주제

유형	주제
영웅·군담 소설	전쟁을 승리로 이끌어 나라를 위기에서 구하는 영웅의 활약상 예 유충렬전, 박씨전
애정(염정) 소설	사랑하는 두 남녀의 결합을 방해하는 고난을 극복하는 과정 예 운영전, 숙영낭자전
가정 소설	처첩 간의 갈등, 계모의 학대 등 가정에서 일어나는 불화와 그 극복 예 사씨남정기, 장화홍련전
풍자·도덕 소설	불의한 인물을 통한 세태 풍자 예 호질, 배비장전
판소리계 소설	구전되던 판소리 사설을 바탕으로 풀어내는 서민들의 익살과 해학, 소망 예 토끼전, 심청전

이때 태보 궐문 밖으로 나오니 그제야 정신없어 기절하거늘 좌우 제신이며 일가 제족이 구완하여 겨우 인사 차려 좌우를 돌아보며 왈,

"이 몸이 명재경각(命在頃刻)이라. 어찌 살기를 바라리오. 군 등은 태보가 죽거든 죽기로써 간하여 왕비를 내치지 못하게 하옵소서." 〈중략〉

금부에 수일 잡혀 갇혔더니, 상이 구태여 왕비는 내치시고 태보는 진도로 정배하라 하시니라.

[중략 부분 줄거리] 박태보의 정배를 따라가려다 되돌아온 박태보의 부인은 꿈에서 남편을 만난다.

한림이 울어 왈,

"내 무죄하여 탕탕한 청천이 감동하사 사생풍진을 다 버리고 전고 충신을 따라 황성에로 구경 가나니, 슬프다! 부인은 기다리지 말고 만세 무양하옵소서."

하되, 부인이 대경 왈,

"어디를 가시며 기다리지 말라 하시니까? 한림은 그다지 독하시오. 첩도 한가지로 가사이다."

하며 한림의 소매를 잡고 못 가게 하니 한림이 왈, / "부인은 안심하소서. 구구한 사정을 어찌 잊으오리까? 일후 상봉할 날이 있으오리다."

하고 떨치고 나가거늘 부인 한림의 손을 잡고 따라가니 어떤 남자 십여 명이 의관을 정제하고 서 있거늘 겸연쩍어 방으로 들어앉으며 가만 보니 학발의관(鶴髮衣冠)을 갖춘 어린 제자 오륙 인이 분명하거늘 부인이 놀라 깨달으니 남가일몽이라.

부인이 몽사를 생각함에 심신이 산란하여 명월을 대하여 내념에

'분명 한림이 기사하였도다.'

시비를 데리고 몽사를 설화하더니 이미 동방이 밝았거늘 시부모 당하에 문안 차로 나가니, 이화촌에 개 짖으며 문밖에 울음소리 들리거늘 부인이 놀라 문을 열어 보니 한림의 하인 동일이라 하는 사람이 한림의 편지를 드리거늘 대감 부부와 부인이 망극하야 서로 붙들고 통곡하다가 기절하거늘 비복 등이 급히 구완하여 겨우 인사를 분별하는지라.

이때에 원근 제족과 만조백관이 다 조문 후에 장안 백성이 뉘 아니 낙루하리오. 이러구러 곡성이 진동하니 어찌 천신이 감동치 아니하리오. 그 편지를 떼어 보니 하였으되,

'불효자 태보는 두어 자 문안을 부모 전에 올리나이다. 천 리 원정에 가다가 과천의 관에서 신병과 심회가 울적하거늘 구천에 들어가오니, 사람의 죄 삼천을 정하였으되 불효한 죄가 제일이라 하였으니 삼천 수죄(首罪) 지었으나 국은을 또한 갚지 못하옵고 중로 고혼이 되어 구천에 돌아가는 자식을 생각지 마옵고 말년 귀체를 안보하시다가 만세 후에 부자지정을 만분지일이나 바라나이다.'

하였더라.

이날 대감이 판서 노복 등을 거느리고 즉시 과천으로 행할새, 장안 백성이 다 애연하며 구름 뫼듯 하더라. 대감과 판서 애통함이 측량없더라. 초종례로 극진히 한 후에 채단으로 염습하고 도로 집으로 옮겨와 장사를 지내니 일문이 애통함을 차마 못 볼러라.

각설, 이때에 상이 민 중전을 내치시고 태보를 정배 후, 자연 심신이 산란하여 밤이면 성내 성외를 미복으로 순행하시더니 일일은 한 곳에 다다르니 명월은 명랑한데 어떤 아이 오륙 인이 월색 희롱하며 노래하야 즐거워하거늘 상이 몸을 은신하시고 자세히 들으니 그 노래에 하였으되,

"저 달은 밝다마는 우리 주상은 불명하야 충신을 무슨 일로 천 리 원정에 내치시며, 무슨 일로 민 중전은 외관에 내치시고 군의신충 없었으니 이 부자자효 쓸데없다. 인심은 분명하건마는 국운이 말세 되어 백성도 못할 일을 국가에서 행하고 한심하고 가련하다. 사백 년 사직을 뉘라서 붙들랴. 이 애야, 저 애야. 흥망성쇠는 불관하다마는 당상 부모 모셨어라. 심산궁곡에 들어가 초목으로 붓을 적시고, 금수로 벗을 삼아 세월을 보내다가 성군을 기다리자."

서로 비기며 애연히 가거늘 상이 그 노래를 들으시매 심신이 산란하여 그 아이들 성명을 묻고자 하시니 아이들이 달아나는지라 못내 애연하시며 곧 환궁하시니라.

– 작자 미상, 「박태보전」

작품 분석

핵심 정리
• 갈래: 고전 소설 (역사 소설)
• 성격: 사실적, 비판적
• 주제: 죽음 앞에서도 임금에게 충간을 아끼지 않은 박태보의 드높은 지조와 삶
• 특징: ① 역사적 인물과 사건을 소재로 하여 사실성을 확보함
② 서술자가 개입하여 인물에 대해 주관적으로 평가함
③ 인물의 행동과 대화를 통해 인물의 성격을 효과적으로 드러냄

감상의 초점
'박태보'는 조선 숙종 시대의 실존 인물로, 이 작품은 임금에게 직간을 하다 죽은 박태보의 삶을 다루고 있다. 작품 속의 사건들이 『정재집』, 『숙종실록』에도 기록되어 있을 만큼 박태보의 삶을 사실적으로 그린 것이 특징이다. 당대의 역사적 배경을 고려하여 인물의 성격과 태도를 중심으로 작품을 감상하는 것이 좋다.

⭐ 〈보기〉를 참고하여 윗글을 감상한 내용으로 적절하지 <u>않은</u> 것은?

━● 보기 ●━

　「박태보전」은 숙종 대의 실존 인물 박태보의 삶을 소설화한 작품이다. 이 작품에서 박태보는 임금의 부당함으로 드러나는 부도덕한 세계와의 대결에서 패배하여 숭고한 뜻을 이루지 못한다. 그럼에도 그는 가족과 국가에 윤리적 책무를 다하는 인물로 인정받음으로써 도덕적 영웅으로 고양된다. 이때 다양한 서사 장치들은 사건의 입체적 전개에 기여한다.

① 하늘이 태보를 무죄로 판명하여 전고 충신을 따르게 함을 몽사로 드러내어, 태보가 윤리적 명분 면에서 인정받은 도덕적 영웅임을 보여 주는군.

② 국은을 갚지 못하고 죽는다는 태보의 한탄을 편지로 제시하여, 태보가 임금을 올바른 길로 인도하려는 숭고한 뜻을 이루지 못하고 세계와의 대결에서 패배했음을 보여 주는군.

③ 만세 후에도 부자지정을 바라는 태보의 염원을 편지로 제시하여, 태보가 죽음에 이른 상황에서조차 부모에 대한 윤리적 책임을 다하려 한 인물임을 보여 주는군.

④ 주상이 밝은 달의 속성과 대비되는 불명한 인물임을 노래를 통해 제시하여, 백성들이 주상을 부도덕한 인물로 평가하여 신임하지 않았음을 보여 주는군.

⑤ 태보에 대한 민심을 편집자적 논평을 통해 반복적으로 나타내어, 태보가 기우는 국운을 회복한 영웅으로 추대되어 백성들의 지지를 받았음을 보여 주는군.

유형 해결 전략

1. **작품의 주제와 내용 파악**: 감상의 기본은 작품의 주제와 내용을 있는 그대로 파악하는 것이다. 작가가 작품에서 무엇을 말하려고 하는지를 이해한다.

↓

2. **〈보기〉의 내용 파악**: 〈보기〉에 제시된 기준과 조건에 따라 작품을 평가해야 하므로, 〈보기〉의 내용을 꼼꼼하게 읽고 정리한다.

↓

3. **조건에 따른 선지의 적절성 판단**: 모든 선지는 작품의 내용 및 〈보기〉와 긴밀하게 연결되어 있으므로, 주어진 조건에 근거하여 선지의 적절성을 판단한다.

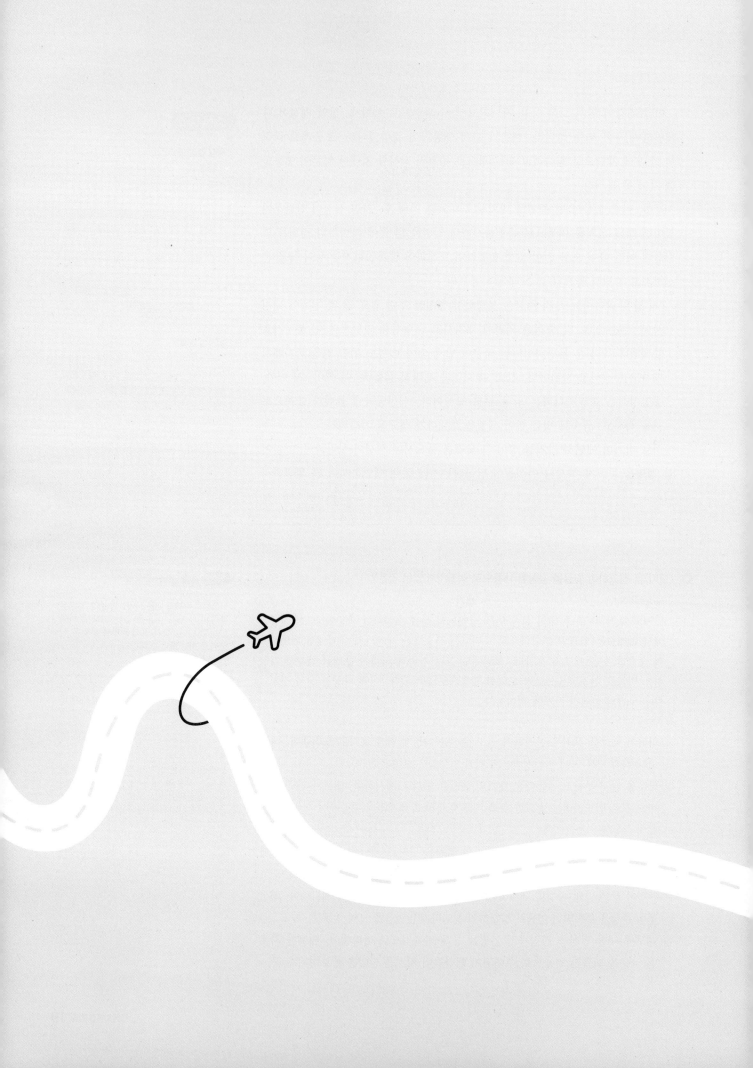

2부

실전 학습

춘향전 春香傳 _작자 미상

[앞부분 줄거리] 성 참판과 퇴기 월매 사이에서 태어난 춘향은 뛰어난 미모와 재주를 지녔다. 남원 부사의 아들 이몽룡이 광한루에 구경 나왔다가 그네를 타는 춘향을 보고 한눈에 반해 방자에게 춘향을 불러오라고 명한다.

춘향이가 그제야 못 이기는 체로 겨우 일어나 광한루 건너갈 제, ㉠대명전 대들보의 명매기걸음*으로, 양지 마당에 씨암탉 걸음으로, 백모래 바다 금자라 걸음으로, 월태화용 고운 태도 완보로 건너갈 새 흐늘흐늘 월 서시 토성 습보하던 걸음으로 흐늘거려 건너올 제, 도련님 난간에 절반만 비껴 서서 완완히 바라보니 춘향이가 건너오는데 광한루에 가까운지라. 도련님 좋아라고 자세히 살펴보니 요요정정하여 월태화용 이 세상에 무쌍이라. ㉡얼굴이 조촐하니 청강에 노는 학이 설월에 비침 같고, 단순호치 반개하니 별도 같고 옥도 같다. 연지를 품은 듯 자하상 고운 빛은 어린 안개 석양에 비치온 듯, 취군이 영롱하여 문채는 은하수 물결 같다. 연보를 정히 옮겨 천연히 누에 올라 부끄러이 서 있거늘 통인 불러, / "앉으라고 일러라."

ⓐ춘향의 고운 태도 염용*하고 앉는 거동 자세히 살펴보니 백색 창파 새 비 뒤에 목욕하고 앉은 제비 사람을 보고 놀라는 듯, 별로 단장한 일 없이 천연한 국색이라. ㉢옥안을 상대하니 여운간지명월*이요, 단순을 반개하니 약수중지연화*로다. 신선을 내 몰라도 영주에 놀던 선녀 남원에 적거하니 월궁에 뫼던 선녀 벗 하나를 잃었구나. ㉣네 얼굴 네 태도는 세상 인물 아니로다.

이때 춘향이 추파를 잠깐 들어 이 도령을 살펴보니 금세의 호걸이요, 진세간 기남자라. 천정이 높았으니 소년 공명할 것이요, 오악이 조귀하니 보국 충신 될 것이매 마음에 흠모하여 아미를 숙이고 염슬단좌*뿐이로다.

이 도령 하는 말이,
ⓑ"성현도 불취동성*이라 일렀으니, 네 성은 무엇이며 나이는 몇 살이뇨?"
"성은 성가옵고, 연세는 십육 세로소이다."
㉤이 도령 거동 보소.
"허허, 그 말 반갑도다. 네 연세 들어 보니 나와 동갑 이팔이라. 성자를 들어 보니 천정*일시 분명하다. 이성지합 좋은 연분 평생 동락하여 보자. 너의 부모 구존하냐?"
"편모하로소이다." / "몇 형제나 되느냐?"
"육십 당년 나의 모친 무남독녀 나 하나요."
ⓒ"너도 남의 집 귀한 딸이로다. 천정하신 연분으로 우리 둘이 만났으니 만년락을 이뤄 보자." / 춘향이 거동 보소. 팔자청산 찡그리며 주순*을 반개하여 가는 목 겨우 열어 옥성으로 여쭈오되,

㉮ ⌈ "충신은 불사이군*이요 열녀불경이부절*은 옛글에 일렀으니, 도련님은 귀공자요 소녀는 천첩이라. 한 번 탁정한 연후에 인하여 버리시면 일편단심 이 내 마음 독숙공방 누워 우는 한은 이 내 신세 내 아니면 누가 길꼬. 그런 분부 마옵소서."
이 도령 이른 말이, / "네 말을 들으니 어이 아니 기특하랴. 우리 둘이 인연 맺을 적에 ⌊ 금석뇌약 맺으리라. 네 집이 어디메냐?"
춘향이 여쭈오되, / ⓓ"방자 불러 물으소서."

수능 연계 포인트
① 판소리의 영향에 따른 문체상의 특징 파악
② 인물의 심리와 태도 파악
③ 작품에 반영된 사회상 파악

핵심 정리
- 갈래 고전 소설(애정 소설, 판소리계 소설)
- 주제 ① 신분을 초월한 남녀 간의 사랑
  ② 불의한 지배층에 대한 서민의 항거
- 특징 인물들의 결합을 통해 자유연애와 평등사상을 고취함

작품 해제
이 글은 신분적 차별을 뛰어넘는 사랑을 그린 애정 소설이자 판소리계 소설로, 판소리에서 유래한 독특한 문체와 정서를 드러내고 있다. 단순한 남녀 간의 혼사를 넘어서 인간적인 해방과 신분 상승의 욕구를 추구한다는 점에서 당대 민중들의 심리가 잘 반영되었다고 할 수 있다.

작품 핵심

「춘향전」의 근원 설화

관탈 민녀 설화	임금이나 관리가 민가의 여자를 빼앗는다는 내용의 설화 예 도미 설화
신원 설화	억울하게 죽은 원혼의 한을 풀어 준다는 내용의 설화 예 남원 추녀 설화
열녀 설화	여자가 시련 속에서도 정절을 지켜 낸다는 내용의 설화 예 지리산녀 설화
염정 설화	기생과 양반 자제의 사랑을 내용으로 하는 설화 예 성세창 설화
암행어사 설화	암행어사가 탐관오리나 부도덕한 인물을 벌하는 내용의 설화 예 박문수 설화

이 도령 허허 웃고, / "내 너더러 묻는 일이 허황하다. 방자야."

"예." / "춘향의 집을 네 일러라."

방자 손을 넌짓 들어 가리키는데, / "저기 저 건너 동산은 울울하고 연당은 청청한데 양어 생풍*하고 그 가운데 기화요초 난만하여 나무나무 앉은 새는 호사를 자랑하고, 암상의 굽은 솔은 청풍이 건듯 부니 노룡이 굼니는 듯, 문 앞의 버들 유사무사양류지*요 들쭉 측백 전나무며, 그 가운데 행자목은 음양을 좇아 마주 서고, 초당 문전 오동, 대추나무, 깊은 산중 물푸레나무, 포도, 다래, 으름넝쿨 휘휘친친 감겨 단장 밖에 우뚝 솟았는데, 송정 죽림 두 사이로 은은히 보이는 게 춘향의 집입니다."

도련님 이른 말이,

ⓔ"장원이 정결하고 송죽이 울밀하니 여자 절행 가지로다*."

춘향이 일어나며 부끄러이 여쭈오되,

"시속 인심 고약하니 그만 놀고 가겠네다."

도련님 그 말을 듣고, / "기특하다. 그럴듯한 일이로다. 오늘 밤 퇴령 후에 너의 집에 갈 것이니 괄시나 부디 마라."

춘향이 대답하되, / "나는 몰라요."

"네가 모르면 쓰겠느냐? 잘 가거라. 금야에 상봉하자."

[뒷부분 줄거리] 이몽룡과 춘향은 사랑에 빠져 백년가약을 맺으나, 이몽룡의 부친이 한양으로 가게 되어 둘은 이별한다. 새로 부임한 변학도는 춘향에게 수청을 강요하고, 이를 거부한 춘향은 죽을 지경에 이른다. 이몽룡은 장원 급제를 하여 암행어사로 내려와 변 사또의 생일날 어사출두를 하고 탐관오리를 숙청한 뒤, 춘향과 부부로서 부귀영화를 누린다.

* 명매기걸음: '명매기'는 제비와 비슷한 날새로, '명매기걸음'은 예쁘게 걷는 여인의 걸음을 빗댄 말임
* 염용: 몸가짐을 조심하고 용모를 단정히 함
* 약수중지연화: 물속의 연꽃 같음
* 불취동성: 같은 성끼리 혼인하지 않음
* 주순: 붉은 입술
* 열녀불경이부절: 열녀는 두 번 시집가지 않는 절개를 지킴
* 양어 생풍: 기른 물고기가 뛰놀아 바람을 일으킴
* 유사무사양류지: 가늘고 연약한 수양버들 가지
* 절행 가지로다: 절개 있는 행실을 알겠도다.

* 여운간지명월: 마치 구름 속의 밝은 달과 같음
* 염슬단좌: 무릎을 꿇고 단정히 앉음
* 천정: 하늘이 정함
* 충신은 불사이군: 충신은 두 임금을 섬기지 않음

😊 한눈에 보기

⟨광한루⟩

이몽룡
• 금세의 호걸
• 진세간 기남자

↓

관심

↑

춘향
• 여운간지명월
• 약수중지연화

지문 Master

1 춘향과 이몽룡은 남원의 (　　　　)에서 서로 만나 처음 이야기를 나눈다.

2 춘향에게 하는 이몽룡의 말 중에서 (　　　　)(이)라는 어휘를 통해 이몽룡의 신분을 짐작할 수 있다.

1

인물의 심리와 태도 파악

㉮를 통해 알 수 있는 인물의 심리와 태도로 옳지 않은 것은?

① 이몽룡은 춘향의 신중한 모습을 마음에 들어하고 있다.

② 이몽룡은 굳은 약속으로써 춘향을 안심시키려 하고 있다.

③ 이몽룡은 춘향과의 신분 차이를 중요한 문제로 여기고 있다.

④ 춘향은 이몽룡의 말 속에 담긴 진의를 확인하려 하고 있다.

⑤ 춘향은 여성의 절개에 대한 사회 관습을 따르려 하고 있다.

2

서술상의 특징 파악

〈보기〉는 이 글의 다른 부분이다. 〈보기〉에서 확인할 수 있는 이 글의 서술상 특징으로 가장 적절한 것은? [3점]

● 보기 ●

"공방, 공방!" / 공방이 포진 들고 들어오며,

"안 하려는 공방을 하라더니 저 불 속에 어찌 들랴!"

등채로 휘닥딱. / "애고, 박 터졌네!"

좌수 별감 넋을 잃고, 이방 호장 실혼(失魂)하고, 삼색나졸(三色羅卒) 분주하네. 모든 수령 도망할 제 거동 보소. 인궤(印櫃) 잃고 과줄 들고, 병부(兵符) 잃고 송편 들고, 탕건 잃고 용수 쓰고, 갓 잃고 소반 쓰고, 칼집 쥐고 오줌 누기. 부서지니 거문고요, 깨지나니 북 장구라.

① 서술자는 특정 인물의 시각에서 다른 인물을 관찰하고 있다.

② 서술자는 주인공의 심리를 주로 직접 제시의 방법을 통해 나타내고 있다.

③ 서술자가 특정 인물의 입장에서 인물의 생각을 독자에게 전달하고 있다.

④ 서술자는 주인공과 심리적 거리를 유지하면서 인물에 대한 논평을 하고 있다.

⑤ 서술자는 운율감이 느껴지는 어투를 사용하여 인물의 상황을 독자에게 전달하고 있다.

3

외적 준거에 따른 작품 감상

〈보기〉를 바탕으로 ㉠~㉫을 이해한 내용으로 적절하지 않은 것은?

● 보기 ●

「춘향전」은 판소리가 종합 예술의 형태로 연희되어 오다가 산문으로 정착된 판소리계 소설이다. 이 때문에 과장된 표현과 비유적 표현의 활용, 유사한 내용의 반복을 통한 의미 강조, 양반 계층을 고려한 한자 어구의 사용 등 일반적인 고전 소설과 다른 서술 양식을 지닌다. 또한 판소리의 소리꾼이 사설을 이끌어 갈 때의 흔적으로 보이는 말투나 편집자적 논평 등과 같이 서술자가 작품의 전면에 나서는 방식을 통해 독자를 이야기에 끌어들인다.

① ㉠: 유사한 내용의 표현을 반복하여 춘향의 걸음걸이가 매력적이라는 것을 부각하고 있군.

② ㉡: 비유적 표현을 적극적으로 활용하여 춘향의 얼굴과 표정을 인상 깊게 묘사하고 있군.

③ ㉢: 한자어와 한자 어구를 사용한 대구적 표현을 활용하여 양반 계층을 고려하고 있군.

④ ㉣: 서술자의 개입에 의한 편집자적 논평으로 춘향의 아름다운 외모를 강조하고 있군.

⑤ ㉤: 소리꾼이 관객에게 말을 건네는 듯한 말투를 통해 독자를 이야기에 끌어들이고 있군.

4

구절의 의미와 기능 파악

ⓐ~ⓔ에 대한 설명으로 적절하지 않은 것은?

① ⓐ: 이몽룡이 춘향에 대해 관심이 있음이 드러나고 있다.

② ⓑ: 당대의 윤리적 규범을 지키려는 이몽룡의 태도가 드러나고 있다.

③ ⓒ: 춘향과의 인연이 운명적이라고 여기는 이몽룡의 생각이 드러나고 있다.

④ ⓓ: 이몽룡의 말을 믿지 못하는 춘향의 심리가 드러나고 있다.

⑤ ⓔ: 춘향과 관련된 것들을 긍정적으로 보려는 이몽룡의 태도가 드러나고 있다.

운영전 雲英傳 _작자 미상

01-2 애정 소설

[앞부분 줄거리] 유영은 수성궁에 놀러 갔다가 운영과 김 진사를 만나 그들의 사랑 이야기를 듣게 된다. 13세에 입궁한 운영은 안평 대군을 찾아온 김 진사를 만난 후 사랑을 느끼고 상사병에 빠진다. 이에 편지를 썼으나 전하지 못하여 가슴을 태우다가 안평 대군의 잔칫날 김 진사에게 편지를 전한다.

수능 연계 포인트

① 몽유록 형식의 액자식 구성 방식 이해
② 갈등의 양상(개인과 사회의 갈등) 파악
③ 결말의 특징 이해

하루는 동문 밖에 사는 한 무녀가 영이(靈異)함으로써 명성을 얻고 ㉠대군의 궁에 드나들면서 매우 사랑과 신용을 받고 있다는 소문을 듣고 진사가 그 집을 찾아갔답니다. 그 무녀는 나이가 아직 서른도 못 되는 얼굴이 예쁜 여자로서 일찍 과부가 되고는 음녀(淫女)*로 자처하고 있었는데, 진사님이 옴을 보고는 ㉡주찬을 성대히 갖추고서 대접하므로 진사는 잔을 잡았으나 마시지는 아니하고 말하기를,

"오늘 바쁘고 급한 일이 있으니 내일 다시 오겠소."

했답니다. 다음 날 또 가니 또한 그렇게 하므로 진사는 감히 입을 열지 못하고 또 말하기를,

"내일 또 오겠소."

했답니다.

ⓐ ┌ 무녀는 진사의 얼굴이 속된 티를 벗어난 것을 보고 마음속으로 기뻐하였답니다. 그러나 연일 진사가 왔다가 말 한 번 하지 않으므로 나 어린 선비로 반드시 부끄러워 말을 하지 않는 것이니, 내가 먼저 정으로써 돋우어 붙들어 놓고 밤을 새우면서 같이 자리라 마음먹었답니다. 〈중략〉

[중략 부분 줄거리] 무녀는 단장을 하고 기다리나, 그녀를 찾아온 진사는 즐거워하지 않는다.

"과부의 집에 젊은 남자가 어찌 왕래하기를 꺼리지 아니하는지요."

진사가,

"점이 신통하다던데, 어찌 내가 찾아오는 뜻을 알지 못하시오?"

하니, 무녀가 즉시 영전에 나아가 앉아서 신에게 절을 하고는, 방울을 흔들고 점대롱을 어루만지면서 온몸을 추운 듯이 떨며 한참 몸을 움직이다가 입을 열어 말하더랍니다.

"당신은 정말 가련합니다. 불안한 방법으로써 그 뜻을 이루기 어려운 계교를 성취시키고자 하니, 다만 그 뜻을 이루지 못할 뿐만 아니라 삼 년이 못 가서 황천의 사람이 되겠습니다."

그래서 진사가 울면서 사례하고는,

"㉢당신이 비록 말하지 아니해도 나는 다 알고 있소. 하오나 마음속에 맺힌 한은 백 가지 약으로도 풀 수 없으니, 만일 당신으로 말미암아 다행히 편지를 전하게 된다면 죽어도 또한 영광이겠소."

하자 무녀가,

"비천한 무녀로서 비록 신사(神祀)*로 인해 때로 혹 드나들지만, 부르시는 일이 없으면 감히 들어가질 못합니다. 그러하오나 진사님을 위해 한번 가 보겠습니다."

하더랍니다. 진사가 품속에서 한 봉서를 내어 주면서 말씀했답니다.

"조심하오. 잘못 전하고서 화의 기틀을 만드는 일이 없도록 하여 주오."

무녀가 편지를 가지고 궁문을 들어가니, ㉣궁 안 사람들이 모두 그 옴을 괴이히 여기

핵심 정리

• **갈래** 고전 소설(염정 소설, 몽유 소설)
• **주제** 김 진사와 운영의 신분을 초월한 비극적 사랑
• **특징** ① 액자식 구성으로 되어 있음 ② 고전 소설의 일반적 특성에서 벗어나 자유연애와 비극적 결말의 특징을 보임

작품 해제

이 글은 유영이 수성궁에 놀러 갔다가 취몽 중에 김 진사와 운영을 만나 두 사람의 비극적 연애담을 듣고 잠에서 깨어난다는 액자식 구성을 취하고 있는 애정 소설이다. 조선 시대 소설 중에서 남녀 간의 애정을 미화한 대표적인 작품이며, 고전 소설의 전형적인 행복한 결말에서 벗어나 비극적인 결말로 끝을 맺는다는 특징이 있다.

작품 핵심

「운영전」의 비극적 결말

이 글은 고전 소설 중에서 결말을 비극적으로 처리한 거의 유일한 작품이다. 이 작품의 비극성은 작중 인물들이 하나같이 자신들의 욕망을 실현하지 못하고 좌절한 인물들이라는 사실과 연관된다. 운영과 김 진사는 사랑을 쟁취하려다 실패한 인물들이며, 안평 대군 역시 권력 다툼에서 밀려나 불우하게 일생을 마친 인물이다. 또 다른 주인공인 유영 역시 김 진사가 기록한 책을 보며 식음을 폐하고 방랑 생활을 하다가 생사조차 확인할 수 없는 비극적 인물이다.

기에, 그 무녀는 권사(權詐)*로써 대답하고는 틈을 엿보아 들을 사람이 없는 곳으로 저를 끌고 가서 편지를 주더이다. 제가 방으로 들어와서 뜯어보니 그 편지의 사연은 이러했습니다.

"한 번 눈으로 인연을 맺은 후부터 마음은 들뜨고 넋이 나가 능히 마음을 진정하지 못하고 매양 성 저쪽을 향하여 몇 번이나 애를 태웠는지요. ㉤이전에 벽 사이로 전해 주신 편지로 해서 잊을 수 없는 옥음(玉音)*을 공경히 받아들고 펴기를 다하지 못하여 가슴이 메이고, 읽기를 반도 못하여 눈물이 떨어져 글자를 적시기에 능히 다 보지를 못하였으니 장차 어찌하오리까. 이러한 후로부터 누워도 능히 자지를 못하고, 음식은 목을 내려가지 않고, 병은 골수에 사무쳐 온갖 약이 효험이 없으니 저승이 보이는 것 같습니다. 오직 소원은 조용히 죽음을 따를 뿐이오니, 하느님께서 불쌍히 여겨 주시고 신께서 도와주시와 혹 생전에 한 번이라도 이 원한을 풀어 주게 하신다면 마땅히 몸을 부수고 뼈를 갈아서라도 천지신명의 영전에 제를 지내겠습니다. 편지를 쓰다 서러워서 목이 메이니, 다시 무슨 말씀을 하오리까. 예를 갖추지 못하고 삼가 쓰나이다."

사연 끝에는 칠언 사운(七言四韻) 한 수가 적혀 있었는데, 그 시는 이러했지요.

[뒷부분 줄거리] 운영은 서궁으로 거처를 옮기게 되고, 김 진사와의 연락은 두절된다. 노비 특의 도움을 받아 김 진사는 밤만 되면 수성궁의 담을 뛰어넘어 운영과 사랑을 속삭인다. 운영은 수성궁을 탈출하고자 하나 실패하고, 결국 안평 대군에게 탄로가 나 이로 인해 운영이 목을 매고 자살을 한다. 이후 김 진사도 운영의 뒤를 따라 죽는다. 유영이 취중에 졸다 깨어 보니, 운영과 김 진사의 일을 기록한 책이 남아 있어 그것을 들고 명산대천을 두루 돌아다니다 생을 마감한다.

* 음녀 : 성격이나 행동이 음란하고 방탕한 여자
* 신사 : 신에게 제사를 지내는 일
* 권사 : 권모와 사술
* 옥음 : 남의 편지나 말을 높여 이르는 말

😊 한눈에 보기

외화(현재)
유영이 운영과
김 진사를 만남

↓

내화(과거)
운영과 김 진사의
비극적 사랑

↓

외화(현재)
유영이 잠에서 깨어
속세를 떠남

지문 Master

1 김 진사는 자신의 감정을 (   )에게 전하기 위해 무녀의 집을 찾아간다.

2 김 진사가 찾아온 이유를 알아맞히는 무녀의 모습에서 고전 소설의 특징인 (   )을/를 확인할 수 있다.

1

인물의 심리와 태도 파악

이 글의 인물들에 대한 설명으로 가장 적절한 것은?

① 김 진사는 무녀에게 자신의 이야기를 고백하는 것이 부끄러워 망설이고 있다.

② 김 진사는 운영과의 사랑이 이루어질 수 있는지 알아보기 위해 무녀를 찾아간다.

③ 무녀는 김 진사가 계교로써 자신의 바람을 성취시키려고 하는 것을 걱정하고 있다.

④ 무녀는 김 진사가 찾아온 이유를 눈치 채고 자신과 이야기할 수 있는 자리를 마련한다.

⑤ 김 진사는 자신의 바람이 이루어지지 않을 것이라는 사실을 알면서도 뜻을 굽히지 않는다.

2 구절의 의미 파악

㉠~㉤에 대한 이해로 적절하지 <u>않은</u> 것은?

① ㉠: 김 진사가 대군에게 접근하기 위해 무녀를 선택한 이유로 볼 수 있다.

② ㉡: 김 진사의 진심을 모르고 김 진사를 유혹하려는 의도를 드러내고 있다.

③ ㉢: 운영에 대한 자신의 사랑이 이루어지기 어렵다는 것을 인식하고 있다.

④ ㉣: 대군이 부르지 않았는데도 무녀가 궁에 온 것을 의아하게 여기고 있다.

⑤ ㉤: 운영이 대군 몰래 김 진사에게 자신의 마음을 전하였음을 알 수 있다.

3 작품의 종합적 감상

이 글의 '뒷부분 줄거리'를 참고하여 감상한 내용으로 적절하지 <u>않은</u> 것은? [3점]

① 일반적인 고전 소설의 결말과는 달리 비극적 결말을 가지고 있다는 점이 특이하군.

② 남녀 간의 사랑을 주제로 하고 있는 것으로 보아 내용상 염정 소설로 분류할 수 있겠어.

③ 몽유록 형식의 소설로, 외부 이야기와 내부 이야기로 이루어진 액자식 구성이라 할 수 있겠구나.

④ 작가는 운명에 순응하는 인물을 통해 궁중에 갇혀 억압된 삶을 살아야 했던 궁녀들의 삶을 그리고 자 한 것 같아.

⑤ 두 인물의 개인적 사랑이 안평 대군으로 상징되는 사회적 관습과 제도에 의해 좌절되므로 이 글의 갈등 양상을 '개인과 사회의 갈등'이라고 할 수 있겠어.

4 속담의 이해

ⓐ에 나타난 '무녀'의 행동을 비판하기에 가장 적절한 말은?

① 선무당이 사람 잡는다.

② 우물에 가 숭늉 찾는다.

③ 까마귀 날자 배 떨어진다.

④ 떡방아 소리 듣고 김칫국 찾는다.

⑤ 무당이 제 굿 못하고 소경이 저 죽을 날 모른다.

채봉감별곡 彩鳳感別曲 _작자 미상

[앞부분 줄거리] 채봉은 평양성 밖 김 진사의 딸로, 꽃구경에 나섰다가 장필성을 만나 연정을 품게 된다. 이 모습을 본 채봉의 어머니 이 씨는 채봉을 질책하지만, 필성이 마음에 들어 김 진사가 서울 가고 없는 동안에 둘을 약혼시킨다. 한편 서울에 간 김 진사는 세도가 허 판서의 힘으로 벼슬을 얻어 보고자 채봉을 허 판서의 첩으로 들여보내기로 약속한다. 김 진사는 평양으로 돌아와 부인에게 채봉을 허 판서의 첩으로 들일 것을 제의한다.

"진사님도 서울 가시더니 환장을 하셨구료? 전날엔 항상 말씀하시기를 얌전한 신랑을 택해서 슬하에 두고 걱정 근심이나 아니 시키자고 하시더니, 그래 그것을 금지옥엽같이 길러서 남의 첩으로 준단 말씀이오?"

"아무리 남의 첩이 되더라도 호강만 하고 몸 편하면 좋지."

"남의 눈의 가시가 되어서 무슨 욕을 당할지 모르는 바늘방석에 가 앉아도 호강만 하면 제일강산*이란 말씀이오? 나는 죽어도 그런 호강은 아니 시키겠소."

이 말을 들은 ⓐ김 진사 뱉이 벌컥 나서 주먹으로 마루청을 탕 치며,

"그래 그런 데가 싫어? 조런 복찰 것 보았나. 딴 소리 말고 내 말을 좀 들어 보아. 우선 춤출 일이 있으니."

"무엇이 그토록 좋아서 춤을 춘단 말이오?"

"우선 허 판서 주선으로 과천 현감을 할 테지. 이제 채봉이가 그리로 들어가면 감사도 있고, 대신도 있은즉 그때엔 정경부인*은 갈 데 없으니 이런 경사가 어디 있소? 두말 말고 데리고 올라갑시다."

ⓑ이씨 부인도 그 소리에는 귀가 솔깃하니,

"진사님께서도 기어코 하려고 드시면 전들 어떻게 하겠나이까만, 애기가 즐겨 들을지가 걱정이옵니다."〈중략〉

[중략 부분 줄거리] 채봉은 초당에서 글을 읽다 아버지의 음성을 듣고 나아가 인사를 올린다. 아버지는 채봉의 안부를 묻고 기뻐하며 채봉에게 묻는다.

김 진사는 다시 채봉을 바라보며 말하기를,

"아가, 너 재상의 소실이 좋으냐, 여염집 부인이 좋으냐? 아비 어미 부끄러워 말고 네 소원대로 말해 봐라."

채봉은 배운 바 학문도 있고, 김 진사 내외의 하는 말도 들은 바 있는지라 서슴지 않고 대답하더라.

ⓒ"차라리 닭의 입이 될지언정 소의 뒤가 되기는 원치 않사오니이다." / "허허, 네가 남의 별실 구경을 못 해서 그런 소리를 하는가 보다만, 세상에 더한 호강은 없느니라."

옆에서 듣고 있던 이씨 부인이 나서서 말하기를,

"그렇던 저렇던 위선 방으로 듭시와요. 마루에서 무슨 이야기를 길게 하시오니이까?"

"들어갑시다. 아가, 넌 네 방으로 가거라."

하고 채봉을 초당으로 내보내고 두 내외는 서울로 올라갈 의논을 하느라 부산하더라.

채봉은 자기 방으로 돌아와 추향을 보고 말하기를,

"추향아, 이 일을 어쩌면 좋으냐?" / "글쎄올습니다. 진사님께서는 마음을 돌리실 것 같지 않은데, 마님께서 솔깃해하시니요."

채봉은 묵묵히 앉아 생각에 잠겼다가 혼자 중얼거리더라.

ⓓ"박명한 채봉이 이제부터 무한한 풍상(風霜)을 겪으리로다."

하며, 두 줄기 눈물을 주르르 흘리니, 추향은 이 모양을 보고 채봉을 위로하더라.

"아가씨, 아가씨, 우지 마셔요. 어동어서(於東於西)* 간에 좋은 경사인데 왜 우시오니까?"

이 말을 들은 채봉은 소리쳐 꾸짖더라.

"발칙한 년, 네가 어찌 내 귀에 그런 말을 들린단 말이냐? 이게 어동어서 간의 경사냐? 아무리 무식하기로서니 내 말을 들어 봐라. 옛 성현의 말씀이 '사람을 믿지 아니할진대 들이지 마라.' 하였으니 사람이 신의가 없으면 무엇에 쓴단 말이냐? 하물며 여자의 몸으로 누구에게든 한 번 허락한 다음에야 다시 딴 마음을 먹을 수 있단 말이냐? 너도 생각해 봐라. 전날 후원에서의 일은 네가 다 소개한 일인데 내가 어찌 딴 마음을 먹는단 말이냐?"

"아가씨의 뜻은 그러하오나 부모가 하시는 일을 자손된 도리에 어찌 거역을 한단 말씀이오니까?"

ⓔ"여자의 마음이라는 것은 한번 정한 일이 있으면 비록 천자의 위력으로도 빼앗을 수 없는데 부모님께서 어찌 하신단 말이냐?"

하고 추향의 귀에다 입을 대고 무어라 한참 속삭이더니,

"추향아, 너 이런 소리를 입 밖에 내지 말고 너만 알고 있어야 된다."

"그러시면 어떻게 하시려 하오니까?"

"그렇지만 어찌 할 수 있느냐? 어떻게든 모면을 해야지."

하면서, 어떤 마음의 다짐을 하고 있는 모양이더라.

[뒷부분 줄거리] 김 진사 내외는 상경길에 도적을 만나 전 재산을 빼앗기고, 채봉은 추향의 집으로 도망한다. 이 사실을 안 허 판서는 김 진사를 하옥시키고, 채봉은 아버지를 구하고자 기생이 된다. 채봉은 절개를 지키던 끝에 결국 필성과 다시 만나게 되지만 평양 감사 이보국이 채봉을 데려가고, 필성은 이방이 되어 채봉 곁을 맴돈다. 어느 가을밤 채봉이 '추풍감별곡'을 읊으며 필성을 그리자, 이보국은 이에 감동하여 결국 둘을 결혼시킨다.

* 제일강산: 최고로 생각할 만한 사람이나 물건을 비유적으로 이르는 말
* 정경부인: 조선 시대에, 정일품 · 종일품 문무관의 아내에게 주던 봉작
* 어동어서: 어떤 일을 할 경우에 이것이나 저것에. 이리도 저리도

😊 한눈에 보기

김채봉
장필성

효(孝)
애정

김 진사
이씨 부인

권세에 굴하지
않는 사랑의 성취

관직 ↕ 물욕,
색욕

허 판서

지문 Master

1 김 진사는 (   ) 자리를 얻기 위해 채봉을 허 판서의 첩으로 보내려 한다.

2 채봉이 추향을 꾸짖는 모습에서 채봉의 (   ) 성품이 드러나고 있다.

서술상의 특징 파악

1 **이 글의 서술상의 특징을 〈보기〉에서 골라 바르게 묶은 것은?**

보기

ㄱ. 서술자는 주인공의 시점에서 다른 인물들을 관찰하고 있다.
ㄴ. 배경을 구체적으로 묘사하여 앞으로 전개될 사건을 암시하고 있다.
ㄷ. 인물의 성격은 직접 제시 방법보다는 간접 제시 방법을 통해 나타나고 있다.
ㄹ. 우연성에 의한 사건의 전개보다는 사실성에 초점을 맞추어 사건을 전개하고 있다.
ㅁ. 의문형 어미를 적절하게 활용하여 인물 간의 갈등과 인물의 심리 상태를 효과적으로 형상화하고 있다.

① ㄱ, ㄴ, ㄷ
② ㄱ, ㄴ, ㄹ
③ ㄱ, ㄹ, ㅁ
④ ㄴ, ㄷ, ㅁ
⑤ ㄷ, ㄹ, ㅁ

2 인물의 태도 파악

이 글에 나타난 인물의 태도로 적절하지 않은 것은?

① 추향은 유교 도리를 바탕으로 채봉의 생각을 우려한다.

② 김 진사는 자신의 딸을 허 판서의 첩으로 보내고자 한다.

③ 채봉은 신의를 저버리는 사람이 가장 나쁘다고 생각한다.

④ 채봉은 결국 자신의 부친인 김 진사의 뜻에 따르기로 결심한다.

⑤ 이씨 부인은 딸을 첩으로 보내는 것에 대해 결과적으로 찬성한다.

3 인물의 말하기 방식 파악

이 글의 '김 진사'를 ㉮, 〈보기〉의 화자를 ㉯라고 할 때, 이에 대한 설명으로 가장 적절한 것은? [3점]

> ● 보기 ●
>
> 공것이거나 값을 치거나 간에 소를 빌려 주었으면 좋겠지만
> 다만 어젯밤에 건넛집 저 사람이
> 목 붉은 수꿩을 구슬 같은 기름에 구워 내고
> 갓 익은 좋은 술을 취하도록 권하였는데
> 이러한 은혜를 어이 아니 갚겠는가?
> 내일로 빌려 주마 하고 굳게 약속하였기에
> 약속을 어기기가 편하지 못하니 말하기가 어렵구료.
>
> – 박인로, 「누항사」

① ㉮는 자신의 행위에 대해 변명하고 있고, ㉯는 상대방을 설득하고 있다.

② ㉮는 자신의 생각을 권유하고 있고, ㉯는 자신의 의견을 강요하고 있다.

③ ㉮는 의견을 직설적으로 제시하고 있고, ㉯는 요구를 우회적으로 거절하고 있다.

④ ㉮와 ㉯ 모두 다른 일을 내세우며 상대방의 요구를 거절하고 있다.

⑤ ㉮와 ㉯ 모두 상대에 대한 진실한 배려가 느껴지는 어투를 사용하고 있다.

4 구절의 의미와 기능 파악

ⓐ~ⓔ에 대한 설명으로 적절하지 않은 것은?

① ⓐ: 김 진사의 권위적이고 급한 성격이 드러난다.

② ⓑ: 김 진사와 채봉 사이에서 갈등하는 이씨 부인의 심리가 드러난다.

③ ⓒ: 고사를 인용하여 자신의 생각을 분명히 전달하고 있다.

④ ⓓ: 채봉 자신이 앞으로 험난한 고난을 겪을 것임을 예감하고 있다.

⑤ ⓔ: 채봉과 부모의 갈등을 겉으로 드러내고 있다.

숙영낭자전 淑英娘子傳 _작자 미상

[앞부분 줄거리] 선비 백상군과 부인 정씨는 명산대찰에 빌어 외아들 선군을 얻는다. 장성한 선군은 꿈에 나타나 천생의 연분임을 알린 숙영과 사사로이 혼인하여 팔 년 동안 행복한 세월을 보낸다. 그러던 어느 날 부친 백상군은 아들에게 과거 응시를 권유한다.

"나라에서 이번에 과거를 실시한다 하니 너도 꼭 응시하여라. 다행히 급제하게 된다면 조상을 빛내고 부모도 영화롭지 않겠느냐?"

부친의 타이름을 들은 선군(仙君)은 정좌(正坐)한 채로 여쭈었다.

"아버님, 불효한 자식 굽어 살피소서. 과거며 공명은 모두가 한낱 속물이 탐하는 헛된 욕심이옵니다. 우리 집에는 수천 석을 헤아리는 전답(田畓)이 있삽고, 비복(婢僕)이 천여 명이나 되며, 하고자 하는 일을 마음대로 할 수 있사온데 무슨 복이 또 부족하여 과거에 급제하여 벼슬아치 되기를 바라시나이까? 만약에 제가 과거에 응시하고자 집을 나선다면 낭자와는 이별하게 될 것이온즉 사정이 절박하옵니다."

하고는 동별당으로 돌아와 낭자에게 부친과 주고받은 말을 전하였다. 그 말을 듣고 낭자는 조용히 미소를 지으며 사랑이 그윽한 눈길로 선군을 타일렀다.

[A] "과거를 보시지 않겠다는 낭군님의 말씀이 그릇된 줄로 아옵니다. 대장부가 세상에 나면 출세하여 부모님을 영화롭게 하여 드리는 것이 자식 된 도리입니다. 그리하온데 낭군께서는 어찌하여 저 같은 규중처자에 얽매인 나머지 장부의 당당한 일을 포기하고자 하시니, 이것은 불효가 되고 그 욕이 마침내 저에게 돌아오니 결코 마땅한 일이 아닌 줄로 아옵니다. 하오니 낭군께서는 깊이 생각하시어 속히 과거 준비를 하시고 상경하여 남의 웃음을 면하시도록 유념하소서."

이처럼 말하면서 과거에 응시할 차림과 여정의 행장을 갖추어 주었다. 행장이 차려지자 낭자는 다시 강경한 다짐을 선군에게 하면서,

[B] "낭군께서 이번 과거에 급제하시지 못하고 낙방거사(落榜居士)*가 되어 돌아오신다면 저는 결코 살지 아니할 것이옵니다. 하오니, 다른 잡념 일체를 버리시고 오직 시험에 대한 일념으로 상경하셔서 꼭 급제하여 돌아오시기 바라옵니다." 〈중략〉

[중략 부분 줄거리] 과거를 보러 간 선군은 몰래 숙영을 만나고 간다. 숙영의 방에 있던 선군을 외간 남자로 오해한 백상군은 며느리의 정절을 의심하여 시비 매월을 시켜 숙영을 염탐하게 한다. 매월은 숙영이 정실부인으로 오기 전 선군에게 사랑받았던 몸종이었는데, 숙영에게 심한 질투심을 느끼고 있던 차에 간계(奸計)를 꾸며 누명을 씌운다.

숙영 낭자가 억울함을 이기지 못하여 흐느껴 울자, 백공(白公)은 크게 노하여 큰 소리로 꾸짖었다.

"무엄하구나, 닥쳐라! 내 두 귀로 직접 듣고, 또 내 두 눈으로 똑똑히 보았거늘, 네가 끝내 속이려 들다니, 너는 죄를 더욱 무겁게 만들려고 하느냐? 양반의 집안에 이런 해괴한 일이 있음은 참으로 망측한 변괴다. 너와 상통한 놈의 이름을 대라!"

시아버지의 호령은 늦가을 서리만큼이나 차갑고 매서웠다. 그러나 죄가 없는 숙영 낭자는 안색이 조금도 변하지 않고 구김이 없는 목소리로 말하였다.

"아무리 시부모님의 간택으로 육례(六禮)*를 치르지 못한 며느리라고는 하나 어이하여 그다지도 끔찍한 말씀을 하시나이까? 이처럼 억울한 일을 맞이하여 제가 누명을 벗기 위해 변명하는 것도 삼가 부끄러운 노릇이오나, 아버님께서도 상세히 조사해 보

시옵소서. 제 몸이 지금은 비록 인간으로 되어 있다 하오나 빙옥(氷玉) 같은 굳은 정절로 살아오다가 어이 이런 더러운 말씀을 들을 수 있사오리까? 억만 번을 죽는다 하여도 사실에 없는 일을 어찌 여쭈오리이까?"

낭자는 정신이 혼미한 가운데서도 고통을 참고 말하였다.

[C]
"지난번에 낭군께서 길을 떠난 날 밤과 그 이튿날 밤 두 번을 삼십 리쯤 가다가 숙소를 정하였으나 저를 잊지 못하고 밤중에 집으로 몰래 돌아왔삽기에 제가 한사코 타일러서 다시 돌려보낸 일은 있었사옵니다. 그때는 어린 제 소견으로 시부모님께 꾸중을 들을까 봐 겁을 내어 지금까지 고하지 않고 있었을 뿐이옵니다. 하오나 조물주가 그것을 밉게 여기시고 귀신이 그것을 시기하여 이런 씻지 못할 누명을 입은 듯하옵니다. 이제 와서 늦은 변명같이 되었사오나, 밝은 하늘이 낱낱이 살펴 아시오니 아버님께옵서는 그러한 사실을 밝히시어 저의 정상(情狀)을 다시 헤아려 주시옵소서."

그러나 한 번 눈과 귀로 확인한 의심인지라, 백공은 점점 더 노하여 비복에게 더욱 심한 매질을 가하도록 호령하였다. 낭자는 참을 수 없는 매 밑에서 하늘을 우러러 호소하였다.

"아아, 푸른 하늘은 무고한 이내 몸을 굽어 살피소서. 오월에 서리가 나리고 십 년을 원망해야 할 이 원한을 어느 누가 풀어 주오리이까?"

하고는 엎어져서 혼절하고 말았다.

[뒷부분 줄거리] 누명을 쓴 숙영은 분함을 못 이겨 자결한다. 과거에 급제하여 돌아온 선군은 숙영의 죽음을 알게 되고, 매월이 범인임을 밝혀 낸다. 며칠 뒤 옥황상제의 은덕으로 재생한 숙영은 선군과 부귀영화를 누리다 같은 날 함께 승천한다.

* 낙방거사: 과거 시험에 떨어진 선비
* 육례: 우리나라에서 전통적으로 내려오는 혼인의 여섯 가지 예법

😀 한눈에 보기

선군 ——사랑—— 숙영

효와 애정의 대립

매월이 누명을 씌움

백상군

지문 Master

1 '선군'과 '숙영'이 이별하게 된 것은, 선군이 백상군과 숙영의 권유를 받아들여 (   )을/를 보게 되었기 때문이다.

2 '숙영'은 (   )의 간계로 인해 곤경에 처하게 된다.

1 인물의 태도 파악

이 글의 인물에 대한 이해로 가장 적절한 것은?

① '숙영'은 밤에 몰래 다녀간 '선군'의 이야기를 끝까지 숨겼다.

② '매월'은 '선군'에 대한 배신감 때문에 '숙영'에게 누명을 씌웠다.

③ '백상군'은 자신의 눈으로 직접 보았기에 '숙영'의 유죄를 확신하고 있다.

④ '숙영'은 '백상군'의 오해를 풀기 위해 숨겨 둔 자신의 신분을 밝히고 있다.

⑤ '선군'은 과거를 보러 떠났다가 '숙영'이 염려되어 밤에 몰래 돌아와 만나고 갔다.

2

인물의 말하기 방식 파악

[A]~[C]에 대한 설명으로 적절하지 않은 것은? [3점]

① [A]와 [B]는 모두 미래 상황을 가정하여 발화 의도를 강조하고 있다.

② [A]와 달리 [C]는 발화 목적을 달성하지 못하고 있다.

③ [A]로 인해 달라진 상황이 [C]에 나타난 사건의 계기가 되고 있다.

④ [C]와 달리 [B]에는 청자를 설득하기 위한 화자의 거짓말이 나타나 있다.

⑤ [A], [B], [C]에는 모두 청자가 갖고 있는 생각을 바꾸려는 화자의 의지가 나타나 있다.

3

한자 성어의 이해

이 글의 상황에 대한 독자의 반응으로 적절하지 않은 것은?

① 숙영은 선군이 금의환향(錦衣還鄕)하기를 소망하고 있어.

② 백상군은 매월의 속임수에 부화뇌동(附和雷同)하고 있군.

③ 숙영은 초지일관(初志一貫) 자신의 결백을 호소하고 있어.

④ 매월의 권모술수(權謀術數)로 인해 숙영은 위기를 맞았어.

⑤ 백상군은 숙영이 이실직고(以實直告)하지 않는 것에 화가 나 있군.

4

외적 준거에 따른 작품 감상

〈보기〉를 참고하여 이 글을 감상한 내용으로 적절하지 않은 것은?

● 보기 ●

「숙영낭자전」은 애정 지상주의를 내세워 유교적 가치관에 대한 도전을 꾀하고 있는 작품으로 평가된다. '효'는 유교 도덕에 바탕을 둔 전통적 가치관이고, '애정의 추구'는 인간의 본능적 욕구에 바탕을 둔 새로운 가치관이다. 부모가 바라는 '효'와 자식이 바라는 '애정의 추구'가 선택적 관계에 놓이게되면, 인물들은 두 가치관 사이에서 갈등을 겪게 된다.

① '백상군'은 '선군'에게 과거에 응시하여 가문을 빛낼 것을 권유하는, 유교적 가치관을 지닌 인물이군.

② '선군'이 처음에 '백상군'의 과거 응시 권유를 거절한 것은, 효보다 애정의 추구를 중시했기 때문이겠군.

③ '숙영'은 '백상군'과 '선군'의 갈등이 더 이상 깊어지지 않도록 하기 위해 과거를 보라고 '선군'을 설득하였군.

④ '선군'은 과거를 보러 갔다가 몰래 '숙영'을 찾아올 정도로, 이전과는 다른 새로운 가치관을 지닌 인물로 볼 수 있군.

⑤ '백상군'은 과거 응시를 빌미로 '선군'과 '숙영'을 헤어지게 하는 것으로 보아, 전통적 가치관을 고수하면서 새로운 가치관을 받아들이지 못하고 있군.

숙향전 淑香傳 _작자 미상

01-5
애정 소설

[앞부분 줄거리] 숙향은 전쟁으로 부모와 헤어져 장 승상 댁 양녀로 성장하지만 쫓겨나게 되고, 자살하려 하나 그때마다 구출되어 마고할미와 살게 된다. 어느 날 숙향은 천상 선녀로 놀던 전세의 꿈을 꾸고, 그 광경을 수놓는다. 숙향의 수를 본 이선은 그림이 자신의 꿈과 같음을 알고 숙향과 가연을 맺는다. 이를 안 이선의 아버지 이 상서는 낙양 태수 김전에게 숙향을 죽이도록 명하나, 김전은 부인 장씨의 꿈으로 숙향이 자신의 딸임을 알게 된다. 숙향은 이선의 부모와 만나 오해를 풀고 과거에 급제한 이선과 혼인한다.

양왕은 황제의 셋째 아우인데, 그 무남 독녀는 용모와 재주가 겸해 뛰어나고 시서(詩書)에 능통하였다. ㉠ 양왕이 공주를 낳을 때 얻은 꿈에 선관이 매화꽃 한 가지를 주면서, "이 꽃은 봉래산(蓬萊山)의 설중매(雪中梅)니, 그대는 이 매화나무에 오얏[李]나무를 접하면, 지엽(枝葉)이 번성하리라." 하더니, 과연 그 달부터 부인이 잉태하여 만삭에 공주를 낳았으므로 이름을 매향(梅香)이라 하고 자를 봉래산이라 하였으니, 점점 자람에 따라 용모와 재주가 비상하니, 양왕이 애중하여 배필 고르기를 여간 엄격하게 하지 않더라.

그러던 중에 우연히 이선을 한번 보고 대현군자(大賢君子)인 줄 알고 구혼하여 그의 부친 위왕의 허락을 얻고, 장차 길일을 택하려고 하던 차에 이선이 다른 데 취처함을 알고 크게 노하여 퇴혼하려고 하였으나, 매향 공주가 말하기를,

"충신불사이군(忠臣不事二君)이요, 열녀불경이부(列女不更二夫)라 하나이다. 소녀 차라리 불효를 끼쳐서 목숨을 바칠지라도 타문(他門)에는 결단코 가지 않겠습니다."

〈중략〉

하고 공주가 뜻을 변하지 않으므로 양왕은 매우 근심하던 차에 이선의 벼슬이 초공에까지 이름을 보고, 왕비 최씨와 상의하여 말하되,

"이제 이랑의 벼슬이 초공에 이르고 위인이 특출하니, 매향은 그 둘째 부인으로 삼아도 좋을까 하는데 당신의 의향은 어떻소?"

"그 애한테 물어 보십시다."

공주를 불러 물어본즉,

"타문에는 가지 않기로 결심한 저인데 차비(次妃) 됨을 어찌 욕되다 하오리까."

"그러면 위왕을 만나서 다시 의논해 보겠다."

하고 이튿날 아침 조회에 들어가서 어전에서 위왕을 보고,

"위왕은 우리 집과 혼인을 이미 허락하고 타처와 하신 것은 웬일이오?"

하고 추궁하자, 위왕이 부끄러워하면서 사과하고,

"저로서 약속을 어김은 낯 둘 곳이 없사오나, 당초에 제가 상경한 사이에 맏누이에게 선의 수양을 시켰더니 제가 서울에서 귀가(貴家)의 소저와 약혼한 줄을 모르고 타문에 혼인하였으니, 지금 와서 변명할 길이 없습니다."

황제가 나서서 말하기를,

"이선의 일은 짐이 다 아는 바이니, 그의 불민함도 아니고 천정(天定)함이니, 다투지 말고 양왕은 다른 데 구혼함이 어떤가?"

양왕이 머리를 숙이고 말하되,

"성교(聖敎) 지당하오나 신의 딸이 그냥 늙을지언정 타문을 밟지 않으려 하오니 그 정상이 가장 민망하옵니다."

황제가 매향 공주의 뜻을 칭찬하시고,

"경녀(卿女)의 절행(節行)이 족히 고인에 못지 않으니 기특하다. 이제 이선의 벼슬이 족히 두 부인을 두리니, 경의 뜻이 어떤고?"

양왕은 황제의 말에 즉시 찬성하여 사은하였으나, 위왕은 엎드려서 아뢰되,

"양왕의 공주는 금지옥엽(金枝玉葉)이라 선의 차위(次位)에 굴(屈)함이 불가하오나, 어찌 성교를 위월(違越)*하오리까?"

"짐이 이제 이선을 불러 결단하겠소."

하고 선을 부르시니, 초공이 필경 양왕의 혼사인 줄을 알고, 병을 빙자하고 부르심에 응하지 않자 근심한 정렬부인 숙향이,

"황상께서 명초(命招)하시는데 어찌 칭병하십니까?"

㉠"이번에 부르심이 양왕의 혼사 때문이라 칭병하고 피할 생각이오."

이 말을 들은 부인이 정색을 하고,

"공(公)이 비록 나를 위하여 주니 감사하오나, 신자(臣子)의 도리로 옳지 못합니다."

"나도 그런 줄을 알지만, 어전에서 사혼(辭婚)하면 죄를 면치 못할 것이요, 만일 그 여자를 취하여 불미한 일이 생기면 부인의 괴로움이 적지 않을 것이요. 하물며 그 여자가 국척(國戚)의 위세를 빙자하여 가중(家中)을 탁란(濁亂)시키면 우리 가문의 청덕(淸德)이 이로 인하여 손상되리니, 황송하나 거절함만 같지 못하오."

"그러나 그 혼사를 거절함은 두 가지 뜻에서 불가하옵니다. 하나는 군명(君命)을 거역함이 신자(臣子)의 도리가 아니요, 하나는 그 여자가 타문에는 출가하지 않고 백 년을 독수공방하오면 그 원한을 사나이 대장부가 살 바가 아닙니다."

부인의 이런 충고에도 이선이 마침내 듣지 아니하더라.

사관이 돌아가서 그대로 고하자, 황제가 양왕에게 이선이 병으로 입궐하지 못한다 하니 다음 기회로 하자고 말씀하셨으나, 양왕은 초공이 혼사를 거절하고 거짓 병으로 어명(御命)까지 거역함을 짐작하고 격분하여 장차 이선을 해칠 앙심을 품게 되니라.

[뒷부분 줄거리] 이선에게 앙심을 품은 양왕은 황제의 불사약을 구하는 데 이선을 추천하고, 이선은 약을 구하러 가게 된다. 이선은 여러 죽을 고비를 넘기고 황제의 명을 수행한 뒤 양왕의 딸을 둘째 부인으로 맞는다. 이선과 숙향은 늙어 칠십 세에, 신선이 따로 준 약을 먹고 하늘로 올라간다.

* 위월: 법률, 명령, 약속 따위를 지키지 않고 어김

😈 한눈에 보기

숙향, 이선 ↔ 유교적인 도덕관
남녀의 인간적 애정 / 봉건적 신분 질서의 유지

사랑의 성취

지문 Master

1 황제의 셋째 아우 양왕은 자신의 딸인 매향 공주를 (   )와/과 혼인시키고자 한다.

2 이선은 (   )하여 매향과의 혼인을 피하려 한다.

---

1 세부 내용의 파악
이 글의 내용을 통해 해결할 수 없는 질문은?

① 양왕은 왜 이선에게 앙심을 품게 되었는가?

② 매향은 왜 퇴혼하려는 부모의 뜻을 거역하였는가?

③ 이선은 왜 입궐하라는 황제의 명을 거역하였는가?

④ 숙향은 어떤 명분으로 칭병하는 이선을 설득하였는가?

⑤ 황제는 어떤 방식으로 이선과 양왕의 갈등을 해결하였는가?

2

다른 작품과의 비교 감상

〈보기〉의 '선군'의 입장에서 ㉮를 비판한다고 할 때, 가장 적절한 것은? [3점]

● 보기 ●

아버지를 곁에서 모시고 있던 선군이 다 듣고 있다가 임 진사에게,

"귀 소저의 금옥 같은 말씀을 듣자오니 고인(古人)이 부끄럽지 않으나, 사정인즉 난처하옵니다. 국법에 아내가 있고 취처함을 다스리는 율이 있으니 의논할 것이 안 되고, 거사가 양처를 두는 법이 있으나 귀 소저가 어찌 남의 부실(副室)이 되시겠습니까? 형세가 이렇고 보니 이 모두 우리 탓이라 죄스럽고 송구스러울 따름입니다."

하고 공손히 말했다.

– 작자 미상, 「숙영낭자전」

① 황제의 명을 거역하는 것은 신하의 도리가 아닙니다.

② 속마음을 속이고 핑계를 대는 것은 부끄러운 일입니다.

③ 선비가 아내에 대한 사랑만을 내세우는 것은 대의에 어긋납니다.

④ 병을 핑계로 일시적으로 상황을 모면하려 하는 것은 당당하지 못한 처사입니다.

⑤ 의무는 다하지 않으면서 개인과 가문의 영달만을 꾀하는 것은 바람직하지 않습니다.

3

외적 준거에 따른 작품 감상

〈보기〉를 바탕으로 이 글을 감상한 내용으로 적절하지 않은 것은?

● 보기 ●

봉건 사회에서 혼인은 당사자들 간의 만남보다는 대개 부모의 주도로 이루어졌는데, 이는 혼인이 가문 간의 결합으로 간주되었음을 의미한다. 유교적 가치관이 지배하던 사회에서 사대부의 혼인 약속은 이미 결혼한 것과 마찬가지로 여겨졌다. 한편 고전 서사에서 남녀 간의 혼인에 장애가 생기는 것을 혼사 장애 모티프라고 한다. 혼사 장애의 주된 요인은 권세가의 개입이나 상대 부모의 반대 등이지만 때로는 당사자가 혼인을 거부하기도 한다. 이런 혼사 장애는 대부분 새로운 사건을 유발한다.

① 이선이 숙향의 강력한 권유에도 불구하고 매향 공주를 자신의 둘째 아내로 들이는 것을 거부함으로써 새로운 사건을 유발하고 있군.

② 매향 공주가 타문에는 시집가지 않겠다고 결심한 것은 자신이 이미 이선과 혼인한 것과 마찬가지라고 여기기 때문이라고 볼 수 있군.

③ 독단적으로 매향 공주와의 혼약을 파기한 이선의 행동이 양왕과 위왕 간의 첨예한 갈등으로 이어져 두 가문의 대립을 야기하고 있군.

④ 양왕이 매향 공주의 앞날을 근심하여 이선과의 혼사 장애를 해결하기 위한 차선책을 제안하자 매향 공주는 그 제안을 받아들이고 있군.

⑤ 양왕이 위왕에게 딸의 구혼을 하고 위왕이 허락하여 자녀들의 혼약을 맺는 과정은 혼인이 가문 간의 결합임을 보여 준다고 할 수 있군.

4

한자 성어의 이해

문맥으로 보아 ㉠에 부합하는 한자 성어는?

① 금상첨화(錦上添花)　　② 다다익선(多多益善)　　③ 유만부동(類萬不同)

④ 전화위복(轉禍爲福)　　⑤ 천생연분(天生緣分)

하생기우전 何生奇遇傳 _신광한

[앞부분 줄거리] 고려 평원땅의 하생은 조실부모한 가난한 선비이다. 그는 고을 원님의 추천으로 태학에 들어가게 된다.

(하생은) 국학(國學)에 나아가서 여러 서생(書生)들과 예능을 겨루매 그를 능가하는 자가 아무도 없었다. 하생은 '장원 급제도 마음만 먹으면 할 수 있고 높은 벼슬도 마음만 먹으면 오를 수 있다.'고 여기며 거만하게 세상을 깔보는 생각을 가지게 되었다. 이때 조정은 이미 어지러워져 인재 선발도 공정하게 이루어지지 않았다.

그럭저럭 4, 5년을 학사(學舍)에서 늘 울적하게 뜻을 굽히고 지냈다. 하루는 같은 학사의 서생에게 하생이 말하기를,

"채택(蔡澤)*은 자기가 모르던 수명(壽命)에 대하여 당생(唐生)을 찾아가서 해결하였다. 내 들으니, 낙타교(駱駝橋) 가에 점쟁이가 있는데, 사람들에게 오래 살고 일찍 죽고 복을 받고 화를 당하는 등의 일에 대해 말해 주는 것이 날짜까지 정확히 맞춘다고 한다. 나도 그 점쟁이한테 가서 나의 궁금증을 풀어 보겠다."

하였다. 집으로 돌아온 하생은 궤짝 속을 뒤져 보물처럼 숨겨 두었던 금전(金錢) 몇 닢을 찾아 내어 그것을 가지고 점쟁이를 찾아갔다. 점쟁이가 말하기를,

"그대는 부귀하게 될 운명을 본디부터 타고났소. 다만, 오늘은 매우 불길하고, 명이(明夷)*가 가인(家人)*으로 가는 점괘가 나왔소. ㉠명이는 밝음이 땅속으로 들어가는 상이고 가인은 정숙한 유인(幽人)*을 만나는 것이 이로운 상이오. 도성의 남문(南門)을 나가서 달려 멀리 떠나되 해가 저물기 전에는 집으로 돌아와서는 안 되오. 그렇게 하면 액땜을 할 수 있을 뿐만 아니라 또한 좋은 배필을 얻게 될 것이오."

하였다. 하생은 그 말이 그럴듯하게 느껴졌다. 두려운 마음으로 일어나 작별을 하고 도성 남문을 따라가다가 해가 지고 어둠이 깔리는 줄도 몰랐다. 사방을 둘러보니, 고요히 아무도 없는 산속이었다. 어디 하룻밤 묵어갈 곳도 없었다. 지치고 배고픈 몸으로 길에서 서성거렸다. 때는 중추(仲秋)* 열여드레, 달은 아직 솟지 않았고 멀리 나무숲 사이에서 등불이 하나 별처럼 깜빡거리고 있었다. 사람 사는 집이 있겠거니 생각하고 길을 더듬어 앞으로 나아갔다. ㉡길게 자란 들풀에 싸늘한 안개가 어리고 이슬이 흠뻑 내려 촉촉이 젖어 있었다. 그곳에 이르니, 달도 환히 솟아올랐다. 보니, 아담하고 아름다운 집 한 채가 있었는데, 그림으로 꾸며진 마루가 높다랗게 담장 위로 보였다. 고운 비단 창 안에는 촛불 그림자가 비쳤다. 바깥문은 반쯤 열려 있고 인적은 조금도 없었다. 하생이 이상히 여기며 몰래 들어가 방 안을 엿보니, 나이 이팔청춘의 아름다운 여인이 각침(角枕)*에 기대어 비단 이불을 반쯤 내리덮고 있었는데, 수심에 젖은 아름다운 모습이 눈으로 바로 보지 못할 정도였다. 〈중략〉

[중략 부분 줄거리] 그날 밤 하생과 여인은 시를 지어 서로 화답하며 인연을 맺는다. 여인은 하생의 팔을 벤 채 눈물을 흘리며 자신이 죽은 사람이라는 사실과 죽은 이유를 밝히고, 하생과 평생을 함께 하기로 약속한다. 다음날 여인은 하생에게 무덤 속의 순장품을 들고 나가게 하고, 하생은 우여곡절 끝에 여인의 가족을 만나 사연을 말한다. 여인의 아버지는 믿지 않다가 하생의 말이 사실인 것 같다는 부인의 말을 듣고 여인의 무덤을 파자 여인이 마치 살아 있는 것과 같았다. 집으로 데리고 오자 여인이 살아난다.

"하생은 용모와 기개로 보아 실로 보통 사람이 아니니, 사위로 삼는 데 있어 무슨 망설일 게 있겠소? 다만 집안이 우리와는 맞지 않고 이번 일도 꿈같이 허탄하니, 그와 혼사를 이루면 세상 사람들이 괴이하게 여길까 염려되오. 그냥 많은 답례품이나 주어서

수능 연계 포인트

① 이승과 저승의 인물이 장애를 극복해 가는 과정 파악
② 사건 전개에 따른 인물의 태도 파악
③ 삽입시의 의미와 기능 이해

핵심 정리

• 갈래 고전 소설(한문 소설, 염정 소설, 명혼 소설)
• 주제 혼사 장애의 극복을 통한 애정의 성취 과정과 입신양명의 욕망 성취
• 특징 장애를 극복하려는 인물의 의지가 두드러짐

작품 해제

이 글은 집안이 가난하고 조실부모하여 장가도 들지 못한 하생과 죽은 여인의 사랑을 다룬 한문 소설이다. 이승과 저승이라는 다른 세계의 두 인물이 온갖 장애를 극복하고 사랑을 성취해 가는 극적 전개에 그 묘미가 있다. 설화에서 전통을 계승한 초기 소설 형성기의 면모를 보이며, 흥미로운 서사적 설정 및 삶에 대한 낙관적인 태도가 독특하다.

작품 핵심

작품에 나타난 특징

이 글은 현실과 허구의 경계를 넘나드는 자유분방한 서사 구조를 특징으로 한다. 주인공 하생이 죽은 여인의 무덤에서 여인과 인연을 맺는다는 점에서 '결연 모티프'를 활용하고 있으며, 죽은 여인이 다시 살아나 하생과 부부의 인연을 맺는다는 점에서는 '재생 모티프'를 활용하고 있다. 그리고 하생이 묘 도둑으로 잠시 오인받아 핍박과 고난을 받지만, 결과적으로 그 오해가 풀리고 여인과 혼인하여 행복한 여생을 보낸다는 점에서 행복한 결말이라는 고전 소설의 일반적 구조를 갖춘 작품이라 할 수 있다.

보답하는 것이 좋겠소."

부인이 말했다.

"ⓒ이 일은 대인께서 알아서 하실 일이니, 부녀자가 어찌 나서겠습니까?"

하루는 다시 잔치를 열고 하생을 위안하였는데, ⓔ하생에게 원하는 바가 무엇인지 물으면서 혼인 문제에 대해서는 끝내 한마디도 없었다. 하생은 분한 마음으로 처소로 돌아가서 가슴을 치고 속상해하며 여인이 약속을 저버린 것을 원망하였다. 이어 시를 한 편 지어 여인의 유모 할미에게 부탁하여 여인에게 전하게 하였다. 시에,

[A]
흙탕물이 옥에 묻어도 옥은 변함이 없을 테지만
봉황이 제 둥지 찾았으니 잡새를 돌아보려 하겠는가.
팔 위의 눈물 자국 아직도 또렷한데
다만 이제 도리어 꿈속에서나 보겠구나.

하였다. 여인이 시를 보고 놀라 그동안의 사정을 물어보고, 비로소 부모가 하생을 배반할 생각을 하고 있다는 것을 알았다. ⓜ갑자기 몸이 아프다고 하면서 음식을 먹지 않았다. 부모가 속으로 딸의 마음을 알고 병의 빌미가 무엇인지를 물었다. 딸이 울면서 말하기를,

"부모를 멀리하는 것도 불효입니다만, 부모의 사소한 잘못을 들추는 것도 역시 불효라고 합니다. 감히 소원하게 대하려는 것이 아니라, 사소한 잘못을 들추어 부모님께 누를 끼칠까 염려가 됩니다." / 하였다.

[뒷부분 줄거리] 여인은 부모를 설득하여 결국 결혼을 허락받는다. 혼인을 정한 날에 하생이 점쟁이를 찾아가나 그 흔적을 찾지 못한다. 이후 하생 부부는 서로 공경하며 사십여 년을 함께 산다. 하생은 벼슬이 상서령에까지 이르고 슬하에 두 아들을 두었는데, 두 아들 모두 세상에 이름을 드러낸다.

* 채택: 연나라 사람으로, 고향에서 불우하게 살다가 진나라에 들어와 재상이 되어 출세하였음
* 명이: 육십사괘의 하나. 밝음이 땅속에 들어감을 상징한다.
* 가인: 육십사괘의 하나. 바람이 불에서 남을 상징한다.
* 유인: 어지러운 세상을 피하여 조용한 곳에 숨어 사는 사람
* 중추: 가을이 한창인 때라는 뜻으로, 음력 8월을 달리 이르는 말
* 각침: 침향나무로 만든 베개

지문 Master

1 (　　　　)은/는 하생과 여인을 맺어 주는 신이한 존재이다.

2 하생은 여인이 부부지연의 약속을 어겼다고 생각하고 속상한 마음에 여인에게 (　　　　)을/를 지어 보낸다.

1

작품의 서사 구조 파악

이 글의 구조를 〈보기〉와 같이 정리할 때, (가)~(라)에 대한 설명으로 적절하지 않은 것은?

● 보기 ●

| 임과의 만남 | → | 헤어짐 | → | 장애 발생 | → | 장애 극복 |
| (가) | | (나) | | (다) | | (라) |

① (가)의 계기는 하생이 점쟁이를 찾아감으로써 마련된다.

② (다)는 하생과의 혼인을 탐탁지 않게 생각하는 여인의 부모 때문이다.

③ (라)는 하생이 여인에게 보낸 시를 계기로 이루어진다.

④ (다) → (라)로 보아, (다)는 하생과 여인의 사랑을 재확인하게 되는 계기가 된다.

⑤ (가) → (라)는 이 글이 영웅 소설적 구조를 지니고 있음을 보여 준다.

2 인물의 태도 파악

이 글의 하생(A)과 〈보기〉의 글쓴이(B)가 대화를 나눈다고 할 때, 적절하지 않은 것은? [3점]

● 보기 ●

> 조선 시대에 들어와서는 인재 등용의 길이 더 좁아져서 대대로 명망 있는 집 자식이 아니면 좋은 벼슬자리를 얻지 못하고, 바위 구멍과 띠풀 지붕 밑에 사는 선비는 비록 뛰어난 재주가 있어도 억울하게도 등용되지 못한다. 〈중략〉 하늘이 냈는데도 사람이 그것을 버리는 것은 하늘을 거스르는 것이다. 〈중략〉 나라를 다스리는 자가 하늘의 순리를 받들어 행하면 나라의 명맥(命脈)을 훌륭히 유지할 수 있을 것이다.
>
> — 허균, 「유재론」

① A: 한때는 장원 급제뿐만 아니라 높은 벼슬도 할 수 있을 거라고 자신만만했습니다.

② B: 뛰어난 재능이 있으면서도 공정하지 못한 인재 선발로 인해 등용되지 못하다니 안타깝군요.

③ A: 불공정한 이 사회에서 어찌 살아야 할지 막막하고, 벼슬에 대한 의욕도 생기질 않습니다.

④ B: 불합리한 인재 등용에 대해 나라를 다스리는 자가 먼저 각성해야 한다고 봅니다.

⑤ A: 점쟁이에게라도 찾아가 불행한 저의 운명을 바꿀 수 있는 방법을 물어봐야겠습니다.

3 구절의 의미 파악

㉠~㉤에 대한 설명으로 적절하지 않은 것은?

① ㉠: 하생이 무덤 속에서 여인을 만나게 될 것임을 암시하고 있다.

② ㉡: 비현실적인 공간으로 들어가는 듯한 분위기가 조성되고 있다.

③ ㉢: 가부장적 질서 속에서 남편의 말에 간접적으로 동의하고 있다.

④ ㉣: 하생의 인물됨에 실망하여 혼사의 뜻이 없음을 드러내고 있다.

⑤ ㉤: 하생과의 약속을 꼭 지키겠다는 의지를 행동으로 보이고 있다.

4 삽입시의 의미 파악

이 글의 사건 전개를 고려할 때, [A]에 대한 이해로 가장 적절한 것은?

① '흙탕물이 옥에 묻어도'에서, 자신과 여인은 신분이 다르다는 점을 체념적으로 수용하고 있다.

② '옥은 변함이 없을 테지만'에서, 자신에 대한 여인의 마음은 변하지 않을 것임을 추측하고 있다.

③ '봉황이 제 둥지 찾았으니'에서, 죽어서 묻혔던 여인이 본래 집으로 돌아왔음을 제시하고 있다.

④ '팔 위의 눈물 자국'에서, 자신과의 약속을 저버린 여인에 대한 원망의 마음을 표출하고 있다.

⑤ '꿈속에서나 그대를 보겠구나'에서, 자신이 여인과 꿈같은 인연을 맺었던 밤의 추억을 떠올리고 있다.

만복사저포기 萬福寺樗蒲記 _김시습

남원(南原)에 양씨 성을 가진 서생이 있었다. 그는 일찍 부모를 여의었고 아직 장가도 들지 못하고 만복사(萬福寺) 동쪽 방에서 홀로 살고 있었다. 그 방 밖에는 배나무 한 그루가 서 있었다. 바야흐로 봄이 되어 꽃이 무성히 피어서 마치 구슬나무에 은덩이가 매달린 것 같았다.

서생은 달밤이면 늘 그 나무 아래에서 머뭇거리며 낭랑하게 시를 읊곤 했다.

한 그루 배꽃나무 쓸쓸한 마음 벗해 주나
달 밝은 밤을 외로이 저버리니 가련하도다.
청춘의 나이에 홀로 누운 호젓한 창가에
어디선가 어여쁜 이가 통소를 부는구나.

비취새는 외로이 날아 짝을 짓지 못하고
원앙새는 짝 잃고 맑은 강물에 멱감는데
어느 집에 언약 있나 바둑돌 두드리고
밤 등불에 점치고는 시름겨워 창에 기대노라.

읊고 나자, 홀연히 공중에서 소리가 들려왔다.
"그대 좋은 배필을 얻으려 할진대, 어찌 이루어지지 않는다고 걱정하리오?"
서생은 속으로 기뻐했다.

다음 날은 곧 3월 24일이었는데, 이 고을 풍속에 만복사에서 등불을 켜고 복을 빌었다. 총각 처녀들이 몰려들어 각각 자기의 소원을 비는 것이었다. 해가 저물어 불공을 마치니 사람들이 드물어졌다. 서생은 소매 속에 저포(樗蒲)*를 넣고 가서 불전(佛前)에 던지면서 말했다.

"제가 오늘 부처님과 저포 놀이를 하려고 합니다. 만약 제가 지면 법연(法筵)을 베풀어 제사를 지내겠습니다. 만약 부처님께서 지시거든 아름다운 여인을 얻어 제 소원을 이루어 주실 것을 빌 뿐입니다."

축원을 마치고 나서 저포를 던지니 과연 서생이 이겼다. 곧 불전에 무릎을 꿇고 말하기를,

"업(業)은 이미 정해졌으니 허튼 말이 되어서는 안 됩니다."

하고는 불좌(佛座) 밑에 숨어서 그 약속을 기다렸다.

얼마 후, 한 아름다운 여인이 나타났는데 나이는 열대여섯쯤이요, 머리는 두 가닥으로 늘어뜨리고 화장기가 별로 없었다. 자태가 아름다워서 선녀나 천녀(天女) 같았는데, 바라보니 태도가 단정하고 조심스러웠다.

손으로 기름병을 이끌어 등불을 돋우고 향을 꽂은 다음, 세 번 절하고 무릎을 꿇고는 한숨지으며 탄식했다.

"인생의 박명(薄命)함이 어찌 이렇듯 할까?"

그러고 나서 품속에서 글을 꺼내어 탁자 앞에 바쳤다. 그 글은 다음과 같다.

'아무 지역 아무 곳에 거주하는 하씨 아무개가 삼가 올립니다. 지난번 변방이 무너져

핵심 정리

- **갈래** 고전 소설(한문 소설, 전기 소설, 명혼 소설, 염정 소설)
- **주제** 생사를 초월한 남녀 간의 사랑
- **특징** ① 우리나라를 배경으로 우리나라 사람이 등장함 ② 사물을 극히 미화(美化)시켜 표현함 ③ 시를 삽입하여 등장인물의 심리를 효과적으로 전달함

작품 해제

이 글은 우리나라 최초의 소설집으로 알려진 「금오신화」에 실려 있는 한문 소설로, 이승의 사람인 양생과 저승의 영혼인 여인(하씨)이 결합한다는 점에서 기이함과 환상성이 두드러지게 나타난다. 이 글에 와서야 비로소 우리나라의 소설 문학이 완전한 형태를 갖추게 되었다고 할 수 있다.

작품 핵심

「금오신화」의 소설적 특징

「금오신화」에는 「만복사저포기」, 「이생규장전」, 「용궁부연록」, 「남염부주지」, 「취유부벽정기」 등 5편이 수록되어 있다. 설화의 수준을 넘지 못하던 산문 문학이 「금오신화」를 계기로 소설로서의 비약적인 발전을 이루었다고 평가된다. 「금오신화」의 소설적 특징은 다음과 같다.

① 우리나라를 배경으로 우리나라 사람이 등장하여 한국인의 감정과 사상을 표현함
② 재자가인(才子佳人)형 인물을 설정함
③ 세련되고 아름다운 한문 문장을 구사함
④ 초현실적이며 신비로운 내용을 담고 있음

왜구가 침입하여 무기들이 눈앞에 가득 찼고 횃불은 한 해 내내 이어졌습니다. 집들을 불태우고 백성들을 잡아가니 사방팔방으로 달아나고 도망쳐서 친척과 하인들도 난리통에 흩어졌습니다. 첩은 버들 같은 약한 몸으로 멀리 달아날 수 없어서 깊은 규방에 들어가 끝내 그윽한 정절을 지켜, 밤이슬에 옷이 젖는 짓을 하지 않고 뜻밖의 재앙을 피했습니다. 부모님은 여자가 수절한 것을 틀리지 않았다고 여겨 외딴 곳으로 피하여 들판에 살도록 하였는데, 이제 이미 3년이 지났습니다. 그러나 달 밝은 가을과 꽃 피는 봄을 상심하면서 헛되이 보내고, 들판 위로 구름이, 아래로 물이 흐르는 것처럼 무료하게 세월을 보냈습니다. 텅 빈 골짜기에 숨어 지내며 한평생이 박명함을 한탄하였고, 좋은 밤을 홀로 보내면서 오색 빛깔의 난새*가 홀로 춤춘다고 상심하였습니다. 세월 속에 혼백이 사라지고 여름날 겨울 밤에 가슴이 찢어집니다. 이러한 저를 부처님께서 불쌍히 여겨 주시기를 간곡히 바라옵니다. 사람의 생애는 미리 정해져 있고 업보(業報)는 피할 수 없습니다. 저에게 주어진 운명에도 인연은 있을 것이니, 일찍 배필을 얻어서 즐기도록 해 주십시오. 이토록 지극히 간절한 기도를 내버려 두지 마옵소서.'

여인은 글을 바친 후 여러 번 소리 내어 오열하였다.

[뒷부분 줄거리] 양생과 하씨는 인연을 맺은 후 다시 만날 것을 약속하고 헤어진다. 양생은 약속한 장소에서 하씨를 기다리다가 딸의 대상(大祥)*을 치르러 가는 양반집 행차를 만나고, 자기와 사랑을 나눈 여자가 3년 전에 죽은 그 집 딸의 혼령임을 알게 된다. 어느 날 밤, 하씨는 양생 앞에 나타나 자신은 타국에서 남자로 다시 태어났으니 당신도 불도를 닦아 윤회를 벗어나라고 한다. 양생은 하씨를 그리워하며 다시 장가들지 않고 지리산으로 들어가 버린다.

* 저포: 백제 때에 있었던 놀이의 하나. 주사위 같은 것을 나무로 만들어 던져서 그 끗수로 승부를 겨루는 것으로, 윷놀이와 비슷하다.
* 난새: 중국 전설에 나오는 상상의 새. 모양은 닭과 비슷하나 깃은 붉은빛에 다섯 가지 색채가 섞여 있으며, 소리는 오음(五音)과 같다고 함
* 대상: 사람이 죽은 지 두 돌 만에 지내는 제사

😊 한눈에 보기

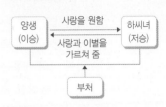

1 양생이 읊은 시에서 '배꽃나무, 비취새, 원앙새' 등은 화자의 모습과 심리를 드러내는 (　　　　　)이다.

2 불좌 앞에 나타난 여인이 탁자 앞에 바친 글의 주제는 '(　　　　　)을/를 얻고 싶은 소망'이다.

서술상의 특징 파악

1 이 글의 서술상 특징으로 가장 적절한 것은?

① 서술자와 등장인물 사이의 거리가 멀다.

② 배경 묘사를 통해 정서를 드러내고 있다.

③ 인물 간의 갈등을 통해 사건을 전개하고 있다.

④ 비현실적인 배경을 통해 극적 긴장감을 조성하고 있다.

⑤ 대화를 통해서 인물의 생각을 구체적으로 드러내고 있다.

2 다른 갈래에의 적용
이 글을 영화화하려고 할 때 고려할 사항으로 가장 적절한 것은?

① 만복사의 등불놀이는 현재 사찰에서 행해지는 모습을 참고하여 재현하도록 합니다.
② 배경 음악은 주로 흥겨운 분위기를 고조시킬 수 있는 노래로 준비하는 것이 좋겠습니다.
③ 하씨 역의 배우는 양갓집 규수 이미지로 단정하고 생기발랄하게 분장하면 좋겠습니다.
④ 하씨가 등장할 때의 조명은 어둡게 하되, 환상적이고 아름다운 느낌은 살리도록 합니다.
⑤ 하씨의 글 내용을 영상화할 때는 하씨가 들판에서 작은 집을 짓고 생활하는 모습을 사실적으로 보여 주도록 합니다.

3 인물의 성격과 태도 파악
이 글의 등장인물에 대한 설명으로 적절하지 <u>않은</u> 것은?

① '양생'의 배필이 되는 '하씨'는 재자가인형의 인물이다.
② '하씨'는 자신의 억울한 죽음을 복수하기 위해 환생한다.
③ '하씨'는 자신의 처지를 한탄하며 아름다운 인연을 원한다.
④ '양생'은 부처님과의 내기를 통해 자신의 세속적 욕망을 실현하고자 한다.
⑤ '양생'은 신의 세계와 인간의 세계가 동일한 이치를 따르는 세계라고 생각한다.

4 작품의 종합적 감상
〈보기〉를 참고하여 이 글을 감상한 내용으로 적절하지 <u>않은</u> 것은? [3점]

> ● 보기 ●
>
> * 작가와 작품은 밀접한 관련을 맺는다.
>
> ㉮ 김시습은 학문적 능력이 탁월했지만 현실과의 갈등 속에서 불우한 생애를 보냈다.
>
> ㉯ 김시습은 어렸을 때부터 시를 짓는 능력이 다른 사람들보다 매우 뛰어났다.
>
> * 김시습의 『금오신화』에는 몇 가지 공통점이 있다.
>
> ㉰ 우리나라를 배경으로 우리나라 사람이 등장하는 등 주체적 면모를 보인다.
>
> ㉱ 대체로 현실적인 것과 거리가 먼 기이(奇異)한 내용을 그리고 있다.
>
> ㉲ 다른 고전 소설 작품들과 달리, 주인공들은 세상을 등지게 된다.

① ㉮: 남녀 주인공의 불우한 가정 환경은 작가의 체험을 반영한 것이다.
② ㉯: 작가의 시작(詩作) 능력은 인물이 시를 읊는 부분에 잘 드러나 있다.
③ ㉰: 남원이라는 구체적 지명과 왜적의 침입으로 힘들었던 시대적 배경이 제시되어 있다.
④ ㉱: 이승의 인물과 저승의 인물이 만나 사랑을 하고 있으므로 기이한 내용에 해당된다.
⑤ ㉲: 남녀 주인공이 사랑을 나누지만 결국 헤어지는 것으로 보아 행복하게 끝맺는 다른 고전 소설들과 결말이 다르다.

이생규장전 李生窺墻傳 _김시습

[앞부분 줄거리] 개성에 사는 이생은 선죽교 근처를 지나면서 귀족 집안의 최씨 처녀를 보고 글을 써서 담 너머로 던진 뒤 사랑을 이룬다. 하지만 학문과 관련하여 이생이 마을을 떠나게 되어 두 사람은 헤어진다. 최씨녀는 이로 인해 상사병을 앓고 그녀의 부모가 이 사실을 알게 되어 두 사람을 혼인시킨다. 하지만 홍건적의 난이 일어나 최씨녀는 죽게 되고 이생은 목숨을 보전하다가 부모님이 살던 옛집을 찾아간다. 그런 다음 최씨의 집에 가서 밤중이 되어 귀신이 된 최씨녀를 만난다.

수능 연계 포인트

① 서사 구조와 갈등 양상 이해
② 작품에 나타난 전기적 요소 파악
③ 「만복사저포기」와의 공통점 파악

이튿날 여인은 이생과 함께 옛날 살던 집을 찾아가니 거기에는 금·은 몇 덩어리와 재물 약간이 있었다. 그들은 두 집 부모님의 유골을 거두어 금·은과 재물을 팔아서 각각 오관산(五冠山) 기슭에 합장(合葬)하고는 나무를 세우고 제사를 드려 모든 예절을 다 마쳤다.

그 후 이생은 벼슬을 구하지 않고 아내와 함께 살게 되니, 피난 갔던 노복(奴僕)들도 또한 찾아들었다. 이생은 이로부터 인간의 모든 일을 다 잊어버리고서 친척과 귀한 손의 길흉사(吉凶事) 방문에도 문을 닫고 나가지 않았으며, 늘 아내와 함께 시를 지어 주고받으며 즐거이 세월을 보냈다.

어느덧 두서너 해가 지난 어떤 날 저녁에 여인은 이생에게 말했다.

"세 번째나 가약을 맺었습니다만, 세상 일이 뜻대로 되지 않았으므로 즐거움도 다하기 전에 슬픈 이별이 갑자기 닥쳐왔습니다."

하고는 마침내 목메어 울었다. 이생은 깜짝 놀라면서 물었다.

"그 무슨 까닭으로 그런 말씀을 하시오?" / 여인은 대답했다.

"저승길은 피할 수가 없습니다. 하느님께서 저와 낭군의 연분이 끊어지지 않았고 또 전생에 아무런 죄악도 없었으므로, 이 몸을 환신(幻身)시켜 잠시 낭군을 뵈어 시름을 풀게 했던 것입니다. 오랫동안 인간 세상에 머물러 있으면서 산 사람을 유혹할 수는 없습니다."

여인은 시비(侍婢)에게 명하여 술을 올리게 하고는 옥루춘곡(玉樓春曲)에 맞추어 노래를 지어 부르면서 이생에게 술을 권했다.

도적떼 밀려와서 처참한 싸움터에
떼죽음을 당하니 원앙도 짝을 잃고
여기저기 흩어진 해골 그 누가 묻어 주리
피투성이 떠도는 혼은 뉘게 하소할까
슬프다 이 내 몸은 무산(巫山) 선녀 될 수 없고*
깨진 거울 다시 갈라지니 마음만 쓰려
일로 작별하면 둘 모두 망망
천상과 인간 세상 소식도 단절되리.

노래 한 가락씩 부를 때마다 눈물에 목이 막혀 거의 곡조를 이루지 못했다. 이생도 또한 슬픔을 걷잡지 못했다.

"나도 차라리 부인과 함께 황천(黃泉)으로 갔으면 하오. 어찌 무료히 홀로 여생을 보내겠소. 지난번 난리를 겪고 난 후에 친척과 노복들이 각각 서로 흩어지고, 돌아가신 부

핵심 정리

• 갈래 고전 소설(한문 소설, 전기 소설, 명혼 소설, 염정 소설)
• 주제 죽음을 초월한 남녀 간의 사랑
• 특징 ① 시를 삽입하여 인물의 심리를 효과적으로 표현함 ② 최씨녀의 죽음 이전과 이후의 이중 구조로 이루어짐

작품 해제

이 글은 '이생과 최씨녀의 결혼'을 내용으로 하는 현실 이야기와, 홍건적의 난 이후 '죽은 최씨녀와 이생의 사랑'을 내용으로 하는 비현실적인 이야기로 이루어진 한문 소설이다. 이 글은 다른 고전 소설과는 달리 여성이 이야기를 이끌어 가는 주체로 등장하는데, 소설이 창작될 당시의 시대적 배경과 연관 지어 볼 때 이는 상당히 파격적이라고 할 수 있다.

작품 핵심

「이생규장전」의 현실성
「이생규장전」은 「금오신화」의 다른 작품들에 비해 현실적이라고 볼 수 있다. 이는 다른 작품들의 귀신들이 본래부터 귀신이었던 데 비해, 이 글은 최랑이 귀신이 될 수밖에 없었던 현실적 조건들을 제시하고 있다는 점에서 그러하다. 이 글은 귀신과 사람 사이의 사랑보다는 세계의 횡포에 맞서는 인간의 강한 의지에 초점을 맞추고 있다고 볼 수 있으며, 바로 이러한 점에서 이 글의 주제를 단순한 사랑으로만 단정할 수 없는 것이다.

모님의 유골(遺骨)이 들판에 버려져 있을 때, 부인이 아니었더라면 누가 능히 장사를 지내 주었겠소. 옛사람의 말씀에 부모님이 살아 계실 때에는 예절로써 섬기고 돌아가신 후에도 예절로써 장사 지내야 한다 했는데, 이런 일을 모두 부인이 실천했소. 그것은 부인이 천성(天性)이 순효(順孝)하고 인정이 두터운 때문이니 감격해 마지 않았으며, 스스로 부끄러움을 이기지 못하였소. 부인은 이승에서 함께 오래 살다가 백 년 후에 같이 세상을 떠나는 것이 어떻겠소?"

여인은 대답했다.

"낭군의 수명(壽命)은 아직 남아 있으나, 저는 이미 저승의 명부(名簿)에 이름이 실려 있으니 오래 머물러 있을 수가 없습니다. 만약 굳이 인간 세상을 그리워해서 미련을 가진다면, 명부(冥府)*의 법에 위반됩니다. 그렇게 되면 죄가 저에게만 미칠 것이 아니라 낭군님께까지 그 허물이 미칠까 두렵습니다. 베풀어 주시겠다면 유골을 거두어 비바람 맞지 않게 해 주십시오."

두 사람은 서로 바라보며 눈물을 흘렸다. 오래지 않아 여인은 말했다.

"낭군님, 부디 안녕히 계십시오."

말을 마치자 점점 사라져서 마침내 종적을 감추었다. 이생은 아내가 말한 대로 그녀의 유골을 거두어 부모의 무덤 곁에 장사를 지내 주었다.

그 후 이생은 아내를 지극히 생각한 나머지 병이 나서 두서너 달 만에 그도 또한 세상을 떠났다.

이 사실을 들은 사람들은 모두 슬퍼하고 탄식하면서, 그들의 절개를 사모하지 않는 이가 없었다.

* 무산 선녀 될 수 없고: 초나라의 양왕이 꿈에서 무산의 선녀를 만나 즐거움을 누린 후 다시 만날 것을 간청하자 무산 선녀가 '큰 산이 막혀 직접 올 수 없으니 아침에는 구름이 되고 저녁에는 비가 되어 가깝게 모시겠다'고 한 고사를 인용한 표현
* 명부: 사람이 죽은 뒤에 심판을 받는 곳

😍 한눈에 보기

이생

현실을 초월한
사랑의 완성

홍건적의 난
(사랑의 장애물)

현실적
사랑의 실패

최씨녀

지문 Master

1 이생과 최씨녀는 세 번의 (   )을/를 맺었다.

2 이 글은 (   )을/를 초월한 남녀 간의 애절한 사랑을 그리고 있다.

1

서술상의 특징 파악

이 글에 대한 설명으로 가장 적절한 것은?

① 회상을 통해 과거와 현재를 빈번하게 교차하고 있다.

② 공간적 배경에 대한 묘사가 자세하게 이루어지고 있다.

③ 말하려는 바를 돌려 말함으로써 풍자를 구현하고 있다.

④ 다양한 상징적 사물을 통해 인물의 심리를 제시하고 있다.

⑤ 시를 삽입함으로써 분위기를 서정적으로 느껴지게 하고 있다.

2 다른 작품과의 비교 감상
이 글과 〈보기〉의 공통점으로 보기 어려운 것은? [3점]

● 보기 ●

　　남원에 사는 양생은 어느 날 부처님과 저포 내기를 하여 이기고, 불좌 밑에 숨어서 배필을 기다린다. 그때 아름다운 여인이 나타나 부처님께 자신의 외로운 처지를 한탄하면서 배필을 구해 달라고 기도한다. 이를 지켜보던 양생은 여인과 마음이 통하여 남녀의 인연을 맺게 되었는데, 그 여인은 왜구들의 난리 때 죽은 처녀의 환신이었다. 양생은 여인의 집에서 융숭한 대접을 받고, 여인은 양생과의 인연이 끝나 혼자서 저승으로 떠나 버린다. 그 후 양생은 여인을 그리워하며 장가도 들지 않고 지리산으로 들어가 약초를 캐며 산다.
　　　　　　　　　　　　　　　　　　　　　　　　　　　　　　　－ 김시습, 「만복사저포기」 줄거리

① 전기적(傳奇的)인 요소로 인해 사실감이 떨어진다.
② 여주인공은 자신에게 비우호적인 세계로 인해 한을 지니게 되었다.
③ 남자 주인공의 삶에서 지고지순한 사랑의 아름다움을 느낄 수 있다.
④ 비극적인 결말은 세속적인 부귀의 덧없음을 일깨우기 위한 의도라고 할 수 있다.
⑤ 삶과 죽음의 세계를 뛰어넘는 사랑의 힘을 보여 주지만, 결국은 운명에 굴복하게 된다.

3 다른 갈래에의 적용
이 글을 시나리오로 각색할 때 고려할 사항으로 적절하지 않은 것은?

① 이생 역을 맡은 배우는 심리의 변화가 잘 나타날 수 있도록 연기해야 해.
② 이생과 여인이 즐겁게 시를 주고받을 때에는 따뜻한 느낌의 조명을 비추는 것이 좋겠군.
③ 여인이 노래하는 부분에는 후회의 감정을 잘 살릴 수 있는 배경 음악을 삽입하면 좋겠군.
④ 부모님의 유골을 제사 지내는 모습을 보여 주기 위해 제사에 필요한 소품을 준비하면 좋겠군.
⑤ 이생과 여인이 작별 인사를 하는 끝부분의 장면에서는 애절함이 드러나는 배우들의 표정 연기가 필요하겠군.

4 갈등의 양상 이해
〈보기〉는 소설에서의 갈등 양상을 도식화한 것이다. A~E 중, 이 글에서 보이는 주된 갈등 양상을 나타내는 것은?

● 보기 ●

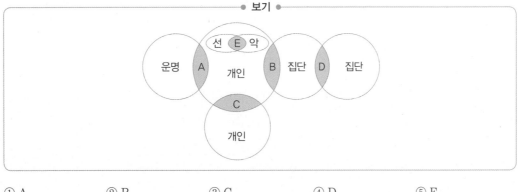

① A　　　　　② B　　　　　③ C　　　　　④ D　　　　　⑤ E

유충렬전 劉忠烈傳 _작자 미상

[앞부분 줄거리] 명나라 사람 유심은 산천에 기도해 아들 유충렬을 얻는다. 천상의 신선이었다가 적강한 유충렬은 간신 정한담의 박해로 죽을 고비에 처하나, 전 승상 강희주에게 구출되어 그의 사위가 된다. 강희주도 정한담을 규탄하다가 유배되고, 충렬은 쫓기다 백룡사의 노승을 만나 때를 기다리며 도술을 배운다. 이때 남적과 북적이 명나라에 쳐들어오자 정한담은 남적의 선봉장이 되어 천자를 공격한다.

한담이 대희해 천둥 같은 소리를 지르고 순식간에 달려들어 구척장검을 휘두르니 천자가 탄 말이 백사장에 거꾸러지거늘, 천자를 잡아내어 마하(馬下)에 엎어뜨리고 서리 같은 칼로 통천관(通天冠)*을 깨어 던지며 호통하기를,

[A]
"이봐, 명제야! 내 말을 들어 보아라. 하늘이 나 같은 영웅을 내실 때는 남경의 천자가 되게 하심이라. 네 어찌 계속 천자이기를 바랄쏘냐. 내가 네 한 놈을 잡으려고 십 년을 공부해 변화무궁한데, 네 어찌 순종하지 않고 조그마한 충렬을 얻어 내 군사를 침노하느냐. 네 죄를 논죄컨대 이제 바삐 죽일 것이로되, 나에게 옥새를 바치고 항서를 써서 올리면 죽이지 아니하리라. 그러나 만약 그렇지 아니하면 네놈은 물론 네놈의 노모와 처자를 한칼에 죽이리라."

천자 어쩔 수 없이 하는 말이,

"항서를 쓰자 한들 지필(紙筆)이 없다."

하시니, 한담이 분노해 창검을 번득이며 왈,

"곤룡포*를 찢어 떼고 손가락을 깨물어서 항서를 쓰지 못할까."

하는지라. 천자 곤룡포를 찢어 떼고 손가락을 깨물었으나 차마 항서를 쓰지는 못하고 있었으니, 어찌 황천(皇天)인들 무심하리오.

이때 원수 금산성에서 적군 십만 명을 한칼에 무찌른 후, 곧바로 호산대에 진을 치고 있는 적의 청병을 씨 없이 함몰하려고 달려갔다. 그런데 뜻밖에 월색이 희미해지더니 난데없는 빗방울이 원수 면상에 떨어졌다. 원수 괴이해 말을 잠깐 멈추고 천기를 살펴보니, 도성에 살기 가득하고 천자의 자미성*이 떨어져 변수 가에 비쳐 있었다. 원수 대경해 발을 구르며 왈,

"이게 웬 변이냐."

하고 산호편*을 높이 들어 채찍질을 하면서 천사마에게 정색을 하고 이르기를,

"천사마야, 네 용맹 두었다가 이런 때에 아니 쓰고 어디 쓰리오. 지금 천자께서 도적에게 잡혀 명재경각*이라. 순식간에 득달해 천자를 구원하라."

하니, 천사마는 본래 천상에서 내려온 비룡이라. 채찍질을 아니 하고 제 가는 대로 두어도 비룡의 조화를 부려 순식간에 몇천 리를 갈 줄 모르는데, 하물며 제 임자가 정색을 하고 말하고 또 산호채로 채찍질하니 어찌 아니 급히 갈까. 눈 한 번 꿈쩍하는 사이에 황성 밖을 얼른 지나 변수 가에 다다랐다.

이때 천자는 백사장에 엎어져 있고 한담이 칼을 들고 천자를 치려 했다. 원수가 이때를 당해 평생의 기력을 다해 호통을 지르니, 천사마도 평생의 용맹을 다 부리고 변화 좋은 장성검도 삼십삼천(三十三天)*에 어린 조화를 다 부리었다. 원수 닿는 곳에 강산도 무너지고 하해도 뒤엎어지는 듯하니, 귀신인들 아니 울며 혼백인들 아니 울리오. 원수의 혼신이 불빛 되어 벽력같은 소리를 지르며 왈,

---

🔑 핵심 정리

· 갈래 고전 소설(국문 소설, 군담 소설, 영웅 소설)
· 주제 유충렬의 고난과 영웅적인 행위
· 특징 ① 영웅 소설의 전형적 요소를 두루 갖춤 ② 천상계와 지상계의 이원적 공간을 설정함

😊 작품 해제

이 글은 조선 후기 대표적인 영웅 군담 소설로, 병자호란의 경험이 바탕이 되었다는 견해가 일반적이다. 천상의 신선인 자미성과 익성은 죄를 지어 지상으로 내려와 충신 유충렬과 간신 정한담이 된다. 천상계와 지상계라는 이원적 세계관과 적강(謫降) 모티프를 보여 주는 작품으로, 영웅의 일대기 구조를 충실히 따르고 있다.

😊 작품 핵심

작품에 나타난 영웅의 일대기 구조

고귀한 혈통	개국 공신의 후예인 유심의 아들임
비정상적 출생	부모가 산천에 기도하여 태어남
비범한 능력	적강(謫降)한 천상 신선으로 비범한 능력을 지님
어렸을 때의 위기	간신 정한담의 박해로 죽을 위기에 처함
구출과 양육	강희주를 만나 사위가 되고 노승을 만나 도술을 배움
성장 후의 위기	외적의 침입과 정한담의 반역으로 국가적 위기를 맞음
극복과 승리	반란을 평정하고 부귀영화를 누림

"이놈 정한담아, 우리 천자 해치지 말고 나의 칼을 받아라!"

하는 소리에 나는 짐승도 떨어지고 강신 하백*도 넋을 잃어버릴 지경이거든 정한담의 혼백과 간담인들 성할쏘냐. 원수의 호통 소리에 한담의 두 눈이 캄캄하고 두 귀가 멍멍해 탔던 말을 돌려 타고 도망가려다가 형산마가 거꾸러지면서 한담도 백사장에 떨어졌다. 한담이 창검을 갈라 들고 원수를 겨누는 순간 구만장천(九萬長天)* 구름 속에 번개 칼이 번쩍하면서 한담의 장창대검이 부서졌다. 원수 달려들어 한담의 목을 산 채로 잡아 들고 말에 내려 천자 앞에 복지*했다.

이때 천자는 백사장에 엎드린 채 반생반사(半生半死) 기절해 누웠거늘, 원수 천자를 붙들어 앉히고 정신을 진정시킨 후에 복지 주 왈,

"소장이 도적을 함몰하고 한담을 사로잡아 말에 달고 왔나이다."

하니, 천자 황망 중에 원수란 말을 듣고 벌떡 일어나서 보니 원수 복지했는지라. 달려들어 목을 안고 왈,

"네가 일정 충렬이냐? 정한담은 어디 가고 네가 어찌 여기에 왔느냐? 내가 거의 죽게 되었더니, 네가 와서 살렸구나!"

하시었다. 원수 전후수말*을 아뢴 후에 한담의 머리를 풀어 손에 감아 들고 천자와 함께 도성으로 돌아왔다.

* 통천관: 황제가 정무(政務)를 보거나 조칙을 내릴 때 쓰던 관
* 곤룡포: 임금이 입던 정복
* 자미성: 큰곰자리 부근에 있는 자미원의 별 이름. 북두칠성의 동북쪽에 있는 열다섯 개의 별 가운데 하나로, 중국 천자(天子)의 운명과 관련된다고 한다.
* 산호편: 산호로 꾸민 채찍
* 명재경각: 거의 죽게 되어 곧 숨이 끊어질 지경에 이름
* 삼십삼천: 불교에서 말하는 삼십삼 개의 하늘
* 하백: 물을 맡아 다스린다는 신
* 구만장천: 아득히 높고 먼 하늘
* 복지: 땅에 엎드림
* 전후수말: 자초지종. 처음부터 끝까지의 과정

😊 한눈에 보기

유충렬

충성 | 천자를 구함

천자

반란 | 천자를 죽이려 함

정한담

지문 Master

1 정한담은 천자에게 (   )을/를 써서 올리라며 호통을 치고 있다.

2 유충렬은 (   )을/를 타고 한담에게 잡힌 천자를 구하러 간다.

1

서술상의 특징 파악

〈보기〉의 ㉮~㉲ 중, 이 글에 나타나지 <u>않은</u> 것은?

● 보기 ●

고전 소설에 흔히 나타나는 특징을 간단히 정리하면 다음과 같다. 우선 고전 소설에서 서술자는 인물의 심리를 직접 서술하거나 사건에 직접 개입하여 ㉮편집자적 논평을 한다. 또한 주인공이 초인적인 활약을 펼치거나 도술을 부리는 등 ㉯전기적 요소도 등장한다. 주인공은 주로 ㉰전형적 인물로 선인과 악인으로 나뉘어 대결하기도 하는데, 이때 선인이 대결에서 승리하는 ㉱권선징악의 구조가 나타난다. 그리고 사건이 일어나는 배경은 아예 비현실적 공간이거나 이와는 반대로 ㉲구체적 공간인 조선을 무대로 삼는다.

① ㉮　　　② ㉯　　　③ ㉰　　　④ ㉱　　　⑤ ㉲

2 인물의 태도 파악

〈보기〉를 바탕으로 [A]를 판단할 때, 가장 적절한 것은? [3점]

● 보기 ●

　천상의 신선인 자미성과 익성은 백옥루 잔치에서 다툰 죄로 지상으로 내려와 자미성은 충신 유충렬이 되고 익성은 간신 정한담이 된다. 간신 정한담은 오랑캐들과 결탁해 반란을 일으킨다.

① 천자를 몰아내고 자신이 천자가 되려고 하다니 그 나물에 그 밥이군.
② 자신의 욕심을 하늘의 뜻으로 포장하다니 다 된 밥에 재 뿌리는 격이군.
③ 천자에게 당한 설움을 한 번에 갚고 있으니 되로 주고 말로 받는 셈이군.
④ 자신이 천자가 될 것처럼 말하다니 못된 송아지 엉덩이에 뿔이 난다는 말이 맞군.
⑤ 천자를 잡으려고 십 년 노력한 결실을 거두고 있으니 나중 난 뿔이 우뚝한 셈이군.

3 작품의 서사 구조 파악

〈보기〉를 참고할 때, 이 글의 다음에 이어질 내용으로 적절한 것은?

● 보기 ●

　영웅 소설의 구조는 일반적으로 '고귀한 혈통 → 기이한 출생 → 비범한 능력 → 고난과 시련 → 구출과 양육 → 성장 후 위기 → 극복과 승리'로 이루어진다. 이 글은 외적의 침입과 정한담의 반역으로 국가적 위기를 맞았을 때 유충렬이 천자를 구하는 부분이다.

① 정한담이 다시 비범한 능력을 얻게 된다.
② 정한담이 자신에게 닥친 고난을 극복한다.
③ 유충렬이 새로운 능력자를 만나 양육의 과정을 거친다.
④ 유충렬이 한 단계 성장했다가 위기의 상황을 맞게 된다.
⑤ 유충렬이 공을 더 세우고 큰 벼슬을 얻어 부귀영화를 누린다.

4 다른 갈래에의 적용

이 글을 영화로 만들기 위해 토론한 내용으로 적절하지 <u>않은</u> 것은?

① 한담이 기뻐하며 천자를 호통치는 장면에서는 한담의 위용이 돋보이게 카메라 앵글을 설정하는 것이 좋겠어.
② 천자가 한담 앞에서 항서를 쓰려는 장면에서는 두려움에 떨면서도 망설이는 천자의 심리를 잘 표현해야겠지.
③ 유충렬이 천자를 구하러 가는 장면에서는 충렬이 탄 천사마가 하늘을 나는 것처럼 표현하면 좋겠네.
④ 한담이 혼비백산하는 장면에서는 폭파 장면에서 주로 쓰는 화면 흔들림 효과를 주면 좋을 것 같아.
⑤ 천자가 자신을 구한 유충렬을 대하는 장면에서는 대견함과 고마움이 드러나는 표정 연기에 신경을 써야겠지.

전우치전 田禹治傳 _작자 미상

[앞부분 줄거리] 조선 초에 송경(松京) 숭인문 안에 한 선비가 있었으니 성은 전(田)이요, 이름은 우치(禹治)라 했다. 일찍이 높은 스승을 좇아 신선의 도를 배우되, 본래 재질이 훌륭하고 겸하여 정성이 지극하므로 마침내 오묘한 이치를 통하고 신기한 재주를 얻었으나, 소리를 숨기고 자취를 감추어 지내므로 비록 가까이 노는 이도 알 리 없었다.

이때 남쪽 해안 여러 고을이 여러 해 해적들의 노략을 입은 나머지에 엎친 데 덮쳐 무서운 흉년을 만나니, 그곳 백성의 참혹한 형상은 이루 붓으로 그리지 못했다.

그러나 조정에 벼슬하는 이들은 권세를 다투기에만 눈이 붉고 가슴이 탈 뿐이요, 백성의 질고(疾苦)는 모르는 듯 내버려 두니 뜻있는 이는 팔을 뽑아내어 통분함이 이를 길 없더니, 우치 또한 참다 못하여 그윽이 뜻을 결단하고 집을 버리며 세간을 헤치고 천하를 집을 삼고 백성으로 하여금 몸을 삼으려 하였다.

하루는 몸을 변하여 선관(仙官)이 되어, 머리에 쌍봉 금관(雙鳳金冠)을 쓰고 몸에 홍포(紅袍)를 입고 허리에 백옥대(白玉帶)를 띠고 손에 옥홀(玉笏)을 쥐고 청의 동자(靑衣童子) 한 쌍을 데리고 구름을 타고 안개를 명에하여 바로 대궐 위에 이르러 궁중에 머물러 섰으니, 이때가 춘정월 초이틀이었다.

상(上)이 문무 백관(文武百官)의 진하(進賀)를 받으시니, 문득 오색(五色) 채운(彩雲)이 만천(滿天)하고 향풍(香風)이 촉비(觸鼻)하더니 공중에서 말하여 가로되,

"국왕은 옥황의 칙지(勅旨)를 받으라." / 하거늘, 상이 놀라서 급히 백관을 거느리시고 전(殿)에 내리사 분향첨망(焚香瞻望)하니, 선관이 오운 속에서 이르되,

"이제 옥제(玉帝) 천하에 구차한 중 죽은 영혼을 위로하실 양으로 태화궁을 창건하실새 인간 각 나라에 황금 들보 하나씩을 만들어 올리되, 길이가 오 척이요, 너비는 칠 척이니 춘삼월 망일(望日)에 올라가게 하라."

하고 말을 마치매 하늘로 올라가거늘, 상이 신기히 여기시며 전에 오르사 문무를 모아 의논하실새 간의 태위(諫議太尉)가 여쭈옵길,

"이제 팔도에 반포하여 금을 모아 천명을 받듦이 옳으니이다."

상이 옳게 여기사 팔도에 금을 모아 바치라 하고, 공인(工人)을 불러 길이와 너비의 치수를 맞추어 지어 내니, 왕공 경사의 집안에 있는 것은 말도 말고 팔도에 금이 진하고 심지어 비녀에 올린 금까지 벗겨 올리니, 상이 기쁘사 3일 재계(齋戒)하시고 그날을 기다려 포진(鋪陳)하고 등대(等待)하더니 진시(辰時)쯤 하여 상운(祥雲)이 대궐 안에 자욱하고 향내가 코를 찌르며 오운 속에 선관이 청의 동자를 좌우에 세우고 구름에 싸였으니 그 형용이 극히 황홀하더라.

상이 백관을 거느리시고 부복(俯伏)하시니, 그 선관이 전지를 내려 가로되,

"고려 왕이 힘을 다하여 천명을 순종하니 정성이 지극한지라. 고려국이 우순풍조(雨順風調)*하고 국태민안(國泰民安)하여 복조(福祚)가 무량하리니 상천을 공경하여 덕을 닦고 지내라."

말을 마치며, 우편으로 쌍동제학을 타고 내려와 요구*에 황금 들보를 걸어 올려 채운에 싸여 남쪽 땅으로 행하니, 무지개가 하늘에 뻗치고 비바람 소리가 진동하며 오색 채운이 각각 동서로 흩어지거늘, 상과 제신이 무수히 사례하고, 육궁 비빈이 땅에 엎디어 감히 우러러보지 못하였다. 상이 어전에 오르시어 백관을 조회 받으실새 만세를 부른 후

수능 연계 포인트

① 작품의 주제 의식 파악
② 전우치의 행적에 담긴 의미 파악
③ 실존 인물을 소재로 한 영웅 소설의 특성 파악

핵심 정리

• 갈래 고전 소설(영웅 소설, 도술 소설, 사회 소설)
• 주제 ① 빈민 구제와 당대의 정치 비판 ② 전우치의 의로운 행적
• 특징 ① 다른 전기체 소설과는 달리 주인공의 가계, 출생, 자손에 대한 서술이 드러나지 않음 ② 모순된 사회 현실을 반영함

작품 해제

이 글은 조선 시대에 실존했던 인물인 전우치의 생애를 소재로 한 영웅 소설로, 전우치에 관한 민간 설화들이 독립적인 삽화로 나열된 구조를 지녔다. 도술을 이용해 악한 무리를 징벌하고 억울하고 가난한 백성들을 도와준다는 내용의 이 글은 인물의 도술 행각에 강한 사회적 의미를 부여하고 있다.

작품 핵심

「전우치전」과 「홍길동전」

두 작품은 많은 공통점을 가지고 있어 「전우치전」을 「홍길동전」의 모방작으로 보기도 한다. 우선 두 작품은 모두 실존 인물을 주인공으로 한다. 주인공이 도술을 부려 부패한 무리를 벌하고 가난한 백성들을 도와준다는 내용 역시 공통점이다. 두 작품은 서사 구조의 측면에서 차이점을 보이기도 한다. 「홍길동전」은 일대기적 구성에 따라 홍길동의 일생을 서술한 반면, 「전우치전」은 삽화식 구성으로 전우치의 신이한 행적을 나열하고 있다. 두 작품은 당대의 사회적 현실과 백성들의 소망을 반영했다는 점에서 의의가 있다.

에 큰 잔치를 배설(排設)하여 즐기시더라.

이때 우치는 그 들보를 가져다가 이 나라 안에서는 처치하기가 어려운지라. 그 길로 구름을 멍에하여 서공 지방으로 향하여, 먼저 들보 절반을 베어 헤쳐 팔아 쌀 십만 석을 사고 다시 배를 마련하여 나눠 싣고 순풍을 타고 가져가 십만 빈호(貧戶)에 알맞게 갈라 주고 당장 굶어 죽는 어려움을 건지고 이듬해의 농량(農糧)과 종자로 쓰게 하니, 백성들은 너무나 기쁜 나머지 다만 손을 마주 잡고 여천대덕(如天大德)을 칭사할 뿐이요, 관장들도 또한 기가 막히고 어리둥절하여 어찌된 곡절인지를 몰라 하였다.

우치는 이러한 뒤에 한 장의 방을 써서 동구에 붙였는데 그 글에다.

"이번에 곡식을 나누어 줌으로써 혹 나를 칭송하지만 이는 마땅치 아니한지라. ㉠《대개 나라는 백성을 뿌리 삼고 부자는 빈민이 만들어 줌이어늘 이제 너희들 양순한 백성과 충실한 임금으로 이렇듯 참혹한 지경에 이르렀건마는 벼슬한 이가 길을 트지 아니하고, 가멸한* 이가 힘을 내고자 아니함이 과연 천리에 어그러져 신인이 공분하는 바이기로 내 하늘을 대신하여 이러저러한 방법으로 이리저리 하였으니, 너희들은 모름지기 이 뜻을 깨달아 잠시 남에게 맡겼던 것이 돌아온 줄로만 알고 나의 힘을 입는 줄로는 알지 말지어다. 더욱이 자청하여 심부름한 내가 무슨 공이 있다 하리요.》 이렇게 말하는 나는 처사 전우치로다."

하였었다.

[뒷부분 줄거리] 이후 나라에서 전우치를 잡아갔으나, 전우치는 쉽게 탈출하여 사방으로 돌아다니면서 횡포한 무리를 징벌하고 억울하거나 가난한 사람들을 도와준다. 자수를 하고 무관 말직을 얻어 도둑의 반란을 평정한 전우치는 역적의 혐의를 받자 다시 도망친다. 도술로 세상을 희롱하며 다니던 끝에 친한 벗을 위해 절부(節婦)를 훼절시키려다가 강림 도령에게 제지를 당하고, 서화담에게 굴복해 그와 함께 산중에 들어가 도를 닦게 된다.

* 우순풍조: 비가 때맞추어 알맞게 내리고 바람이 고르게 분다는 뜻으로, 농사에 알맞게 기후가 순조로움을 이르는 말
* 요구: 갈고리
* 가멸한: 재산이 많은

😊 한눈에 보기

지문 Master

1 전우치는 (   )(으)로 변하여 임금에게 황금 들보를 받아 낸다.

2 전우치가 붙인 방에는 (   )와/과 (   )의 잘못으로 백성들이 참혹한 지경에 이르렀다는 지적이 들어 있다.

1

비평 관점에 따른 감상
〈보기〉의 관점에 부합하는 감상으로 가장 적절한 것은? [3점]

● 보기 ●

작가나 독자, 창작 당시의 시대상 등 작품 외적인 요소를 배제하고 작품 자체의 구성 요소에만 초점을 두고 작품을 감상하는 관점을 내재적 관점 또는 절대론적 관점이라고 한다.

① 가난한 백성을 구제하는 전우치의 행동을 통해 의로움이 무엇인지에 대해 깨닫게 되었어.

② 전우치가 선관이 되어 행하는 일들은 현실에서는 일어날 수 없는 전기적 요소라 할 수 있어.

③ 작가는 전우치의 행동을 통해 백성들이 이룰 수 없었던 꿈을 대리 만족시켜 주고 싶었던 거야.

④ 해적들의 노략이 반복되고 심각한 흉년까지 든 상황은 당시 백성들을 괴롭혔던 요소로 볼 수 있어.

⑤ 무능한 관리를 대신하여 백성들을 구제하는 전우치의 모습은 이 시대를 살아가는 위정자들에게도 교훈이 될 거야.

2 다른 갈래에의 적용

이 글을 드라마로 제작하기 위해 구상한 장면으로 적절하지 않은 것은?

① 옥황상제의 명을 받은 전우치가 임금에게 황금 들보를 만들어 바치도록 하는 장면

② 전우치가 황금 들보를 팔아 곡식을 사서 백성들을 구휼하고 그들에게 칭송받는 장면

③ 신선으로 변한 전우치가 동자 한 쌍과 함께 신비로운 모습으로 임금 앞에 나타나는 장면

④ 임금이 신하들과 의논하여 팔도의 금을 모으도록 하고 예의를 갖추어 전우치를 기다리는 장면

⑤ 조화를 부리며 황금 들보를 가지고 사라지는 전우치의 모습에 임금과 신하들이 기뻐하는 장면

3 외적 준거에 따른 작품 감상

〈보기〉를 바탕으로 이 글을 감상한 내용으로 적절하지 않은 것은?

● 보기 ●

　「전우치전」은 전우치라는 인물을 등장시켜 당시의 부패하고 부조리한 정치 상황을 풍자하고 있다. 전우치는 도술을 부리는 능력을 지니고 있지만 초월적 세계를 지향하는 현실 도피적인 생활을 한다. 하지만 백성들의 피폐한 삶을 보다 못해 그들을 구제하기 위해 나선다. 그리고 자신의 도술 실력을 활용하여 굶주리는 백성을 직접 구제한다. 전우치의 행위는 공공의 이익을 추구한 것이지만 근본적인 대책이 되지 못한다는 한계가 있다.

① 선관으로 변신한 전우치가 임금을 속여 황금 들보를 탈취하는 상황은 공공의 이익을 위해 도술 실력을 활용한 것이군.

② 숨어 살던 전우치가 천하로 집을 삼고 백성으로 하여금 몸을 삼으려 하는 것은 백성을 구제하려는 의지를 드러낸 것이군.

③ 전우치가 쌀 십만 석을 사서 빈호에 직접 나누어 주는 방식은 당시 백성들의 힘겨운 삶을 근본적으로 해결하기 어렵겠군.

④ 벼슬하는 이들이 백성의 질고를 외면한 채 권세 다투기에만 열중하는 모습에서 부패하고 부조리한 정치 상황이 드러나는군.

⑤ 대궐 위의 공중에 머물러 서 있던 전우치가 하늘로 올라가는 장면은 초월적 세계를 지향하는 심리를 상징적으로 보여 주는군.

4 인물의 말하기 방식 파악

㉠에 대한 설명으로 가장 적절한 것은?

① 자신의 주관적 견해를 근거로 현실 상황을 비판하고 있다.

② 잘잘못을 따져 원인 제공자를 비판한 뒤 상대방을 위로하고 있다.

③ 문제 상황의 원인을 밝히고, 자신의 행위를 겸손하게 표현하고 있다.

④ 문제 상황을 해결해야 할 주체를 제시한 뒤 자신의 행위를 변명하고 있다.

⑤ 상대방의 감정이 상하지 않도록 하늘의 이치를 들어 우회적으로 표현하고 있다.

조웅전 趙雄傳 _작자 미상

[앞부분 줄거리] 중국 송나라 문제(文帝) 때 좌승상인 조정인은 간신인 우승상 이두병의 참소(讒訴)를 입고 음독 자살한다. 천자는 이를 애석히 여겨 조정인의 아들 조웅을 궁중으로 불러들인다. 이두병은 후환이 두려워 조웅을 죽이려 하고 왕 부인은 아들을 데리고 피신한다. 문제가 세상을 떠나자 이두병은 태자를 폐위시키고 스스로 제위에 오른다. 조웅 모자는 한 대사를 만나 산사로 들어간다. 어느덧 15세가 된 조웅은 도승을 찾아가 병법과 무술을 공부한다. 하루는 모친을 만나러 가는 도중에 만난 장 소저와 부모 몰래 백년가약을 맺는다. 조웅을 보낸 장 소저는 연모 끝에 병이 들어 죽지만, 조웅이 도사가 주는 약을 가져와 그녀를 소생(蘇生)시킨다. 이에 장 진사는 자기 딸과 조웅의 결혼을 승낙한다. 산사에서 공부를 마친 조웅은 도사의 분부를 받들어 송나라 황실을 회복하려고 나선다.

각설, 웅이 여쭙기를,

"지금 서번이 강성하여 대국을 탈취하려고 하니, 소자가 비록 재주가 없사오나 한번 구경코자 하나이다."

부인이 대답하기를,

"자식을 낳아 전장에 보내고 어찌 살아오기를 바라겠는가? 우활(迂闊)한 말을 말라."

하니, 웅이 다시 여쭈어 말하기를,

"소자인들 모친을 외로이 두고 전장에 가기를 즐기겠습니까마는, 선생의 명령이 이러이러하오니 어찌 하오리까?"

부인이 이윽히 생각하다가 말하기를,

"선생의 지위(知委)가 그러하면 마지못하려니와 가기는 하되 위왕은 네 부친과 동렬(同列)이요 이름은 신광이니, 먼저 위왕을 도와 대공을 이루고 돌아와 내 얼굴을 다시 보게 하라."

하였다. 웅이 하직하고 도사가 가리키던 길로 천 리 준총 위에 삼 척 장검을 들고 나가니, 눈 아래 태산이 구름 같은지라. 누가 능히 당할 자 있으리오.

종일토록 가되 인가 없고 유숙할 길이 없어 말을 이끌고 길고 긴 비탈길을 만나 지향 없이 가고 있었는데, 개 소리 들리거늘 반겨 찾아가니 수삼 호 인가에 솔불을 밝히고 농사일을 의논하고 있었다. 사립문을 두드려 주인을 찾으니 한 노옹이 나와 맞아 객실에 들어가 주인과 손님 간의 예를 나누고 그 집을 살펴보니 빈집이거늘 노옹더러 묻기를,

"이 집이 어찌 비었나이까?"

노옹이 대답하기를,

"길을 가다가 탈이 나거나 지친 손이 오면 유숙할 데가 없어 이 집을 지어 지나가는 나그네들을 머물게 하였나이다."

하고 저녁밥을 재촉하여 올리거늘 밥을 먹고 등촉을 밝히고 병서를 보고 있었다. 삼경*이 못 되어 한 ㉮절세미인이 녹의홍상(綠衣紅裳)에 월패(月佩)*를 차고 들어와 뵈오니 참으로 빼어난 미인이었다.

조웅이 묻기를,

"너는 어떤 계집이기에 깊은 밤에 남자를 찾아다니는가?"

그 미인이 대답하기를,

"첩은 이 마을에 사옵니다. 장군의 행차가 적막하기에 위로코자 왔습니다."

하거늘, 분명히 귀신인 줄을 알고 축귀문(逐鬼文)을 외우니 그 미인이 과연 울고 나가거늘, 웅이 마음이 산란하여 잠을 이루지 못하여 병서를 외우고 있었다. 삼경 후에 광풍이

수능 연계 포인트

① 사건의 전개 과정과 영웅 소설의 구조 파악
② 인물들의 관계 및 갈등의 양상 파악

핵심 정리

- **갈래** 고전 소설(영웅 소설, 군담 소설)
- **주제** 진충보국(盡忠報國)과 자유연애
- **특징** 영웅의 출생 과정이 다른 영웅·군담 소설과는 차별화됨

작품 해제

이 글은 군신 간의 충의와 자유연애를 주제로 삼은 영웅·군담 소설이다. 전반부는 조웅의 고행담과 애정담, 후반부는 조웅의 영웅적 무용담으로 이루어져 있다. 이 글은 명산대천에 기도를 드림으로써 아들을 얻게 되는 기자(祈子) 치성 이야기가 없고, 주인공의 전생 이야기가 나타나지 않으며, 장 소저와 혼전에 동침한다는 것 등이 이색적이다.

작품 핵심

「조웅전」과 다른 영웅 소설과의 차이점
이 작품은 다른 영웅·군담 소설과 비교할 때 몇 가지 독특한 점을 지니고 있다. 이 작품에는 명산대천(名山大川)에 기도를 드림으로써 아들을 얻게 되는 기자(祈子) 치성 이야기가 없고, 주인공이 특별한 인연으로 지상에 하강한다는 식의 천상인(天上人) 적강(謫降) 화소가 나타나지 않는다. 또한 주인공 조웅이 장 소저와 혼전에 동침을 한다는 애정담 역시 이색적이다. 이러한 특징은 이 작품이 대중들의 기호에 맞게 통속화되는 과정에서 생겨난 것으로 볼 수 있다.

대작하여 모래와 자갈이 날리고 나뭇가지가 부러지고 천지가 뒤눕는 듯하며 문이 절로 닫히락열리락 하거늘, 웅은 마음이 놀라워 진정치 못하고 있었다. 이윽고 밖에서 '길을 비켜라' 하는 소리가 나며 한 ㉲대장이 들어오거늘, 보니 팔 척 장신에 온몸을 가리는 갑옷을 입고 삼척검(三尺劍)을 높이 들고 천천히 책상을 지나 앉거늘, 한 번 보이고는 다시 보기 어려운지라. 웅이 눈을 부릅뜨고 칼을 뽑아 서안을 치며 우레 같은 소리를 벽력같이 질러 말하기를,

"사악한 것으로써 결코 올바른 것을 범할 수 없거늘 너는 어떤 흉측한 귀신이길래 당돌히 대장부 좌전에 들어오는가?"

하니 그 장군이 놀라 일어나 멀찌감치 앉거늘, 다시 고함 지르며 칼을 들고 냅다 치니 그 장군이 대경하여 도망가 버렸다. 이에 웅은 심신이 산란하여 잠을 이루지 못하여 촛불 아래에 앉았더니, 이윽고 한 사람이 정관(正官) 도복에 흑대(黑帶)를 띠고 들어와 뵈거늘, 웅이 답례하고 묻기를,

"어둡고 깊은 밤에 사람과 귀신을 분별치 못하거니와, 무슨 소회(所懷) 있어 심야에 왔나이까?"

그 선비 대답하기를,

"나는 본디 마음이 넓고 뜻이 큰 사람으로 관서에서 약간 장군의 지략(智略)이 있어 전장에 다니옵더니, 마침내 뜻을 이루지 못하고 죽어서 벌판에 뒹구는 시체 신세가 되었사오니 어찌 원이 없사오리까. 아까 갑옷 입고 뵈옵기는 장군의 지략을 보려 하였삽거니와, 뜻밖에 장군의 행차를 만나니 이는 나의 원한을 씻을 때이라. 어찌 즐겁지 아니하겠습니까. 그 미인은 나의 평생 사랑하는 총첩입니다."

[뒷부분 줄거리] 조웅은 전쟁에서 죽은 장군으로부터 보검과 갑옷을 얻게 된다. 이후 조웅은 서번을 격퇴하고 간신 이두병마저 몰아낸다. 천자로 복위된 태자는 조웅을 제후로 봉한다.

※ 삼경: 밤 열한 시에서 새벽 한 시 사이
※ 월패: 예전에, 허리나 가슴에 차던 달 모양의 패옥(佩玉)

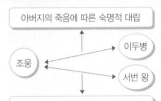

👀 한눈에 보기

아버지의 죽음에 따른 숙명적 대립

조웅 ↔ 이두병 / 서번 왕

아버지가 서번 왕과 대립하는 위왕과 우호 관계였기 때문에 형성된 대립

지문 Master

1 조웅은 (   )의 명령으로 나라를 위기에서 구하려고 한다.

2 축귀문을 외워 귀신을 쫓았다는 내용에서 고전 소설의 일반적 특성인 (   )이/가 드러난다.

1

인물의 태도 파악

이 글의 인물에 대한 이해로 적절하지 않은 것은?

① '부인'은 처음에 '조웅'의 참전을 반대하다가 조건을 달아 허락한다.

② '조웅'은 자신을 유혹하는 '미인'의 정체를 간파하고 곧바로 쫓아낸다.

③ '노옹'은 '조웅'의 비범한 능력을 알아채고 잠잘 곳과 음식을 제공한다.

④ '선비'는 장군의 신분으로 전장을 누비다가 이미 죽음을 맞은 인물이다.

⑤ '조웅'과 '부인'은 모두 '선생'의 판단을 인정하고 그의 명령을 수용한다.

2 작품의 서사 구조 이해

이 글이 〈보기〉와 같은 영웅 서사 구조를 따른다고 할 때, (가)~(마) 중 이 글이 해당되는 단계로 적절한 것은?

───● 보기 ●───

영웅 서사 구조는 우리 고전 소설에서 흔히 나타나는 구성 방식 중 하나이다. 이 영웅 서사 구조를 따르는 소설에서 ㉮주인공은 적강·난생 등으로 비정상적인 출생을 하거나 고귀한 혈통을 갖고 태어나며, 비범한 능력을 지니는 것이 일반적이다. 또, ㉯주인공은 어려서 적대자의 침입 혹은 주변의 권력 투쟁 등으로 인해 버림을 받거나 죽을 고비를 맞는 등 시련을 겪게 된다. 그리고 ㉰조력자나 양육자의 도움으로 이 위기에서 구출된다. 이후 ㉱주인공은 위기와 시련을 이겨 내고 본격적인 영웅적 면모를 보이며 활약을 한다. ㉲작품의 결말부에서는 나라를 위기에서 구하거나 복수에 성공하는 등 주인공이 소망하던 바를 성취하게 된다.

① (가) 단계　　② (나) 단계　　③ (다) 단계　　④ (라) 단계　　⑤ (마) 단계

3 사건의 의미 파악

이 글의 전개를 고려할 때, ㉮와 ㉯가 조웅을 찾아온 궁극적인 이유로 가장 적절한 것은?

① 조웅의 지략을 알아보기 위해
② 조웅의 마음을 산란하게 하기 위해
③ 조웅에게 어떠한 계시를 전달하기 위해
④ 조웅에게 자신들의 원한을 해결해 달라고 하기 위해
⑤ 조웅에게 자신들의 뜻을 사람들이 무시했음을 알리기 위해

4 작품의 종합적 감상

이 글에 대한 감상으로 적절하지 않은 것은? [3점]

① 조웅이 죽은 장군과 그의 첩을 만나는 장면에서 이 글의 전기적(傳奇的) 요소를 엿볼 수 있다.
② 사건에 대한 서술자의 구체적인 설명보다는 등장인물들의 대화를 중심으로 이야기가 서술되고 있다.
③ 서술자가 개입하여 작품 속의 상황이나 인물에 대해 논평하기도 하는 고전 소설의 일반적 특징이 나타난다.
④ 내용상 왕에 대한 충성이라는 주제를 바탕으로 전쟁에서의 무용담을 그리고 있는 군담 소설이라 할 수 있다.
⑤ 인물 간의 외면적 갈등이 표면화되어 나타나지 않고 인물의 내면적 갈등을 중심으로 이야기가 전개되고 있다.

임경업전 林慶業傳 _작자 미상

[앞부분 줄거리] 임경업은 무과에 급제한 후, 명나라에 구원을 청한 호국을 도와 가달을 물리친다. 이후 강해진 호국은 임경업을 피해 경성을 곧바로 침략하여 인조의 항복을 받고 회군한다. 호왕은 임경업을 제거하려 하고, 임경업은 명나라로 도망가 호국을 정벌하고자 하나 승려 독부의 배신으로 위기에 빠진다.

"장군을 기다린 지 오랜지라. 바삐 항복하여 죽기를 면하라."

하거늘 경업이 대노하여 독부를 찾으니, 이미 간 데 없는지라 불승분노(不勝忿怒)*하여 망지소조(罔知所措)*라, 호군이 철통같이 포위하고, 잡으라 하는 소리 진동하거늘 ⓐ경업이 대노하여 용력을 다하여 대적하고자 하나, 망망대해에 다만 단검으로 무수한 호병을 어찌 대적하리요. 전선에 뛰어올라 좌충우돌하여 호군을 무수히 죽이고 피코자 하는데 기력이 점점 쇠진하여 아무리 용맹한들 천수를 어찌 도망하리요. 필경 호병에게 잡히니 호병이 배를 재촉하여 북경 지경에 다다르니, 호왕이 크게 기뻐하여 삼십 리에 창검을 벌려 세우고, 경업을 잡아들여 꾸짖으니 경업이 조금도 겁냄이 없이 도리어 대들어 말하기를,

"이 무도한 오랑캐 놈아, 내 비록 잡혀 왔으나 너희 알기를 초개(草芥)같이 아나니, 죽이려거든 지체하지 말라."

하거늘 호왕이 대노하여,

"병자년에 네 나라를 항복받고 돌아왔거늘 네 어찌 내 군사를 죽이며 네 청병으로 왔을 적에 내 군사를 해하였기로 문죄하고자 하여 사자로 하여금 잡아오게 하였거늘 네 도망하여 남경에 들어감은 무슨 뜻이뇨?"

경업이 소리쳐 말하기를,

"내 나라를 위하여 원수를 갚고자 하거늘 너희 간계로 우리 임금을 겁박하고 세자와 대군을 잡아가니 그 통분함을 어찌 참으리요. 그러므로 네 장졸을 다 죽이려 하다가 왕명 때문에 용서하였거늘 네 그토록 교만하여 피섬을 치라 할 제 네게 부린 바 되니 왕명이 지중하기로 마지못하여 왔으나 네 군사를 남기지 아니하려다가 참고 그 길로 돌아갔거늘 네 이제 몹쓸 마음을 먹고 나를 해하여 하기로 잡혀 오다가 중로에서 도망하여 남경으로 들어가 합심하여 북경을 쳐서 네 머리를 베어 종묘에 제(祭)하고 세자와 대군을 모셔 가려 하였더니, 불의에 이 지경을 다하니 이는 천만의외로 어찌 죽기를 아끼리요. 속히 죽여 나의 충의(忠義)를 나타내라."

하니 호왕이 대노하여 이르기를,

"네 목숨이 내게 달렸거늘 종시 굴하지 아니하느냐? 네가 항복하면 왕을 봉하리라."

경업이 가로되, / "병자년에 우리 주상이 종사(宗社)를 위하여 네게 항복하셨거니와 내 어찌 몸을 위하여 네게 항복하리요."

하니 호왕이 분통이 터져 군사에게 명하여, / "내어 베라."

하니 경업이 대구하여,

"내 명은 하늘에 있거니와 네 머리는 십보지하에 있느니라."

하고 안색도 변하지 않고 무사를 보며, 바삐 죽이라 하니, 호왕이 경업의 강직함을 보고 탄복하여, 묶은 것을 풀고 손으로 이끌어 올려 앉히고 말하기를,

"장군이 내게는 역신(逆臣)이나 조선에는 충신(忠臣)이라. 내 어찌 충절을 해하리요.

---

① 작품에 반영된 시대상 및 작품의 창작 의도 파악
② 사건의 전개 과정과 갈등의 양상 파악

핵심 정리

• **갈래** 고전 소설(영웅 소설, 역사 소설, 군담 소설)
• **주제** ① 민중적 영웅 임경업의 비극적 일생 ② 병자호란에 대한 보상 심리
• **특징** ① 실존 인물을 주인공으로 하여 창작됨 ② 조선 후기의 민족의식을 잘 드러냄

작품 해제

이 글은 병자호란을 배경으로 인조 때의 명장 임경업의 일생을 소설화한 작품이다. 다른 군담 소설과 달리 실존 인물을 바탕으로 하고 있으며, 역사적인 사실에 허구적인 면을 가미하여 병자호란의 치욕으로 인한 한을 풀고자 하는 민중의 정서를 반영하고 있다. 아울러 사리사욕만을 채우던 집권층에 대한 강한 비판 의식을 드러내고 있다는 점도 특징이다.

작품 핵심

민중적 영웅으로서의 임경업

이 작품에서 임경업은 다른 영웅 소설에서처럼 귀족적 영웅이 아닌, 민중적 영웅으로 형상화되고 있다. 보잘것없는 집안에서 태어나 목민관으로서 백성들과 동고동락하는 모습을 강조하여 민중적 존경을 받도록 허구화한 것이다. 그리하여 '아기장수 전설'에서처럼 미천한 출신으로 뛰어난 능력을 지니고 태어나지만 그 뜻을 이루지 못하고 원통하게 죽는다는 '민중적 영웅의 공식'이 그대로 적용되고 있다. 이러한 설정은 민중들의 소망이 좌절된 현실을 반영한 결과라고 볼 수 있다.

장군의 원대로 하리라."

하며, / "세자와 대군을 놓아 보내라."

하더라.

이때 세자와 대군이 별궁에 계시면서 임 장군을 주야로 기다리는데, 문득 문 지키는 관원이 들어와 고하되 임 장군이 천자께 청하여 세자와 대군을 놓아 보낸다 하거늘, 세자와 대군이 기뻐하여 궁문 밖으로 나와 기다리다가 경업이 와서 울며 절하되, 세자와 대군이 경업의 손을 잡고 함께 들어가 호왕을 뵈오니 호왕이 이르기를,

"경 등을 임경업이 생사 불구하고 구하여 돌아가려 하기로 내 경업의 충절에 감동하여 경 등을 보내노니 각각 소원을 말하면 내 정을 표하리라."

하거늘 세자는 금은(金銀)을 청하고 대군은 조선에서 잡혀 온 사람을 청하여 쉬이 돌아 가기를 원하니 호왕이 각각 원대로 하라 하고 대군을 기특히 여기더라. 경업이 세자와 대군을 뫼시고 나와 하직하거늘, 세자와 대군이 울며 말하기를,

"장군의 덕택으로 고국에 돌아가거니와 장군을 두고 가니 마음이 어두운지라 어찌 슬 프지 아니하리요. 바라건대 장군도 쉬이 돌아오기를 바라노라."

하니 경업이 대답하기를,

"하늘이 도와 세자와 대군이 고국에 돌아가시니 불승만행이오나, 모시고 가지 못하오 니 가슴 아픔을 어찌 측량하오리까."

하니 세자가 가로되, / "장군과 동행하지 못하니 결연함이 비할 데 없는지라, 중로에서 기다릴 것이니 속히 돌아옴을 주선하라."

하니 경업이 탄식하며, / "바라건대 지체하지 마시고 바삐 가시면 신도 머지않아 갈 것 이니 염려하지 마소서."

[뒷부분 줄거리] 호왕은 임경업의 충의에 감복하여 그와 세자 일행을 모두 조선으로 돌려보낸다. 이에 간신 김자점은 자 신의 죄를 숨기고자 임경업을 암살한다. 꿈속에서 임경업의 현신을 본 인조는 김자점을 처형하고 임경업의 충의를 포상 한다.

※ 불승분노: 분노를 참지 못함
※ 망지소조: 너무 당황하거나 급하여 어찌할 줄을 모르고 갈팡질팡함

😀 한눈에 보기

김자점 ↔ 임경업 ↔ 호왕

후에 우호적
관계로 전환

지문 Master

1 이 글은 (   )을/를 배경으로
한 역사 군담 소설이다.

2 임경업의 강직한 성품은 볼모로 잡혀
있던 (   )와/과 (   )
을/를 풀려나게 한다.

1

서술상의 특징 파악
이 글에 대한 설명으로 가장 적절한 것은?

① 대화와 행동을 통해 인물의 성품을 드러내고 있다.

② 공간의 이동에 따라 인물 간의 갈등이 심화되고 있다.

③ 전기적(傳奇的) 요소를 통해 인물의 비범함을 부각하고 있다.

④ 상징적인 소재를 사용하여 사건 전개의 방향을 암시하고 있다.

⑤ 서술자가 개입하여 인물의 심리 변화를 직접적으로 보여 주고 있다.

2 사건의 전개 양상 파악

〈보기〉는 이 글의 사건을 도식화한 것이다. ㉠~㉣에 대한 설명으로 적절하지 <u>않은</u> 것은? [3점]

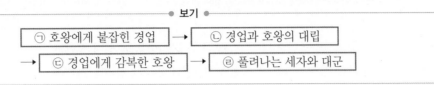

● 보기 ●

| ㉠ 호왕에게 붙잡힌 경업 | → | ㉡ 경업과 호왕의 대립 |
| → | ㉢ 경업에게 감복한 호왕 | → | ㉣ 풀려나는 세자와 대군 |

① ㉠~㉣은 시간적 순서로 배열되어 사건의 인과성을 보이고 있다.

② ㉠에서 경업이 발휘한 초월적인 능력은 ㉣을 이끌어 내는 계기가 되고 있다.

③ ㉡의 대화 상황에는 ㉠ 이전에 일어난 사건의 정황이 나타나 있다.

④ ㉡에 나타난 호왕과 경업의 갈등은 ㉢을 통해 해소되고 있다.

⑤ ㉡에서 호왕은 경업에게 적대감을 지니고 있었으나 ㉣에서 오히려 경업의 소망을 들어준다.

3 한자 성어의 이해

ⓐ의 임경업이 처한 상황을 나타내기에 가장 적절한 것은?

① 망운지정(望雲之情)　　② 맥수지탄(麥秀之嘆)　　③ 오월동주(吳越同舟)

④ 자승자박(自繩自縛)　　⑤ 중과부적(衆寡不敵)

4 외적 준거에 따른 작품 감상

〈보기〉를 참고하여 이 글을 감상한 내용으로 가장 적절한 것은?

● 보기 ●

　문학 작품은 그것이 창작될 당시의 사람들의 생각과 시대 상황을 담고 있다. 병자호란 이후 백성들은 전쟁의 패배로 인해 큰 좌절감에 빠졌다. 아울러 호국에 대한 적개심과 함께, 나라가 위기에 처했는데도 자신의 사리사욕만을 일삼던 집권층에 대한 비판 의식이 높았다. 따라서 17세기 이후의 소설에는 영웅적 활약을 펼쳐 국난의 극복이라는 민족적 과제를 수행하는 영웅들이 자주 등장한다.

① 국제 정세를 구체적으로 묘사하여 창작될 당시의 시대 상황을 형상화하고 있군.

② 드높은 기개를 지닌 경업을 통해 영웅을 갈망하는 민중들의 소망을 반영하고 있군.

③ 포악한 호왕과 충절을 지닌 경업의 갈등을 극대화함으로써 호국에 대한 적개심을 드러내고 있군.

④ 위험에 처한 경업을 돕는 여러 조력자들을 설정하여 국난 극복이라는 당대의 민족적 과제를 부각하려 하였군.

⑤ 전란으로 고통을 겪는 백성들과 사리사욕을 일삼는 관리들을 대비하여 집권층에 대한 비판 의식을 나타내고 있군.

박씨전 朴氏傳 _작자 미상

영웅 소설

[앞부분 줄거리] 조선 인조 때 박 씨는 이시백과 혼인하지만, 이시백은 부인이 박색임을 알고 대면조차 하지 않는다. 박 씨는 후원 피화정에서 시비 계화와 지내며 신이한 능력을 보이다가, 3년 만에 허물을 벗고 절세가인이 된다. 이때 호국이 조선을 침략할 계획을 꾸며 기홍대를 변복시켜 이시백과 임경업을 살해하려는 것을 박 씨가 알고 막아 내자, 호국 왕은 다시 용골대 형제에게 조선을 침략하게 한다. 하지만 이 역시 박 씨가 도술로 물리친다.

차설, 호군이 나올 때 복병(伏兵)*하였던 천병(天兵) 군사가 중로(中路)에 있어 장안과 의주를 통로(通路)치 못하게 하니, 슬프다. 이 같은 변(變)을 만나 의주에 봉서(封書)*를 내리시어 임경업(林慶業)을 명초(命招)*하셨으나 중간에서 스러지고, 경업은 국가 패망(國家敗亡)은 전혀 모르고 있다가 늦게야 소식을 듣고 주야배도(晝夜倍道)*하여 올라 더니, 전면에 일지군마(一枝軍馬)*가 길을 막았거늘, 경업이 바라보니 이 곧 호병(胡兵)이라. 분기대발(憤氣大發)하여 칼을 들고 적진을 취(取)하여 일 합(一合)*이 못 되어 다 무찌르고, 분기를 참지 못하여 필마단기(匹馬單騎)*로 의주를 떠나 바로 장안을 향하여 행(行)하니라. 〈중략〉

[중략 부분 줄거리] 임경업이 돌아가는 용울대의 군대를 공격한다.

차시, 경업이 일 합에 적진 장졸(將卒)을 무수히 죽이고 바로 용울대를 취하려 하는데, 마침 경성에서 내려오는 사자(使者)가 조서를 드리거늘, 경업이 북향 사배(北向四拜)*하고 조서를 떼어 보니 그 조서에 대강 하였으되,

"국운이 불행하여 모월 모일에 호적이 북으로 돌아 동대문을 깨치고 장안을 엄살하기에 짐이 남한산성으로 피난하였더니, 십만 적병이 산으로 좇아 여러 날 에워 있어 치기를 급히 하니, 경(卿)도 천 리 밖에 있고 수하(手下)에 양장(良將)*이 없어 능히 당치 못하매 부득이 강화(講和)*하였으니 어찌 슬프지 않으리오. 도시(都是)* 천수(天壽)라, 분한하나 어찌 하리오. 경의 충성이 도리어 유공무익(有功無益)이라. 호진 장졸이 내려가거든 항거치 말고 넘겨 보내라."

하였더라.

임경업이 보기를 다하고 칼을 땅에 던지고 대성통곡 왈,

"슬프다, 조정에 만고(萬古) 소인이 있어 나라를 이같이 망하게 하였으니, 명천(明天)이 이같이 무심하시리오."

하며 통곡하기를 마지아니하다가, 분함을 이기지 못하여 다시 칼을 들고 적진에 몰입하여 적장을 잡아 엎지르고 꾸짖어 왈,

"네 나라가 지금까지 지탱함은 도시(都是) 나의 힘인 줄 모르고, 무지한 오랑캐 놈들이 이같이 역천지심(逆天之心)을 두어 아국(我國)에 들어와 이같이 하니 너희 일행을 씨도 없이 할 것이로되, 아국 운수가 여차 불행한지라. 왕명을 거역지 못하는고로 너희 놈들을 살려 보내나니, 세자 대군을 평안히 모시고 들어가라."

하고, 일장 통곡한 후에 보내니라.

각설, 상(上)이 박 씨의 말을 처음 듣지 아니하심을 회과(悔過)*하시며 못내 후회하시니, 모든 신하가 탄식 주왈,

"박 씨의 말대로 하였던들 어찌 이런 변이 있사오리까."

상이 개탄불이(慨歎不已)*하시고 가라사대,

수능 연계 포인트

① 사건 전개에 따른 여성 영웅의 활약상 및 갈등 구조 파악
② 작품에 반영된 시대상 및 작품의 창작 의도 파악

핵심 정리

- **갈래** 고전 소설(영웅 소설, 여걸 소설, 역사 소설, 군담 소설)
- **주제** ① 박 씨의 영웅적 기상과 재주 ② 청나라에 대한 적개심과 복수심
- **특징** ① 역사에서 찾은 소재를 사실과 허구의 적절한 조화로 표현함 ② 변신 모티프를 중심으로 전반부의 가정담과 후반부의 전쟁담으로 구성됨

작품 해제

이 글은 박색이었으나 때가 되어 천하일색으로 변한 박 처사의 둘째 딸인 박 씨가, 병자호란이 발발하자 청나라 장수인 용골대 형제를 굴복시키는 등 많은 활약을 하게 된다는 내용의 역사 군담 소설이다. 다른 고전 소설의 일반적인 여주인공과는 달리 이 글의 여주인공인 박 씨는 매우 진취적인 사고를 가지고 자신과 나라의 운명을 개척해 나가는 모습으로 그려지고 있다.

작품 핵심

「박씨전」에서 각색된 병자호란
병자호란은 1636년 청나라가 조선을 침공하여 인조의 굴욕적인 항복으로 끝난 전쟁이다. 이후 소현 세자와 봉림 대군은 전쟁의 포로로 잡혀가고 조선은 청에 복속하게 되었다. 이 작품에서는 실제 인물을 등장시키고 소현 세자와 봉림 대군이 붙잡혀 갔던 사실은 노출시켰으나, 우리가 막을 수 있었지만 하늘의 뜻이니 굳이 막지 않겠다고 각색하여 민족의 자긍심을 지키려고 했다.

"박 씨 만일 장부로 났던들 어찌 호적을 두려워하리오. 그러나 규중(閨中) 여자가 적수단신(赤手單身)*으로 무수한 호적의 예기(銳氣)*를 꺾어 조선의 위엄을 빛냈으니 이는 고금에 없는 일이라."

하시고, 충렬 부인의 정렬을 더 봉하시고 일품록(一品祿)*에 만금상(萬金賞)을 주시고, 또 궁녀로 하여금 조서를 내리시니, 충렬 부인이 북향 사배하고 뜯어 보니 그 조서에 대강 하였으되,

"짐이 밝지 못하여 충렬의 선견지명과 위국지언(爲國之言)*을 쓰지 아니한 탓으로 국가가 망극(罔極)하여 이 지경이 되었으니, 정렬에게 조서함이 오히려 무료(無聊)*하도다. 정렬의 덕행, 충효는 이미 아는 바라, 규중에 있으면서 나라의 위엄을 빛내고 왕비의 위태함을 구하였으니 다시 정렬의 충성을 일컬을 바 다 없거니와, 오직 나라로 더불어 영화고락(榮華苦樂) 같이함을 그윽이 바라노라."

하였더라.

박 정렬(朴貞烈)이 보기를 다하고 천은(天恩)이 망극함을 못내 사례하더라.

[뒷부분 줄거리] 왕은 박 씨의 공을 치하하여 많은 상금을 내리고, 박 씨와 이시백은 행복한 여생을 보낸다.

* 복병 : 적을 기습하기 위하여 적이 지날 만한 길목에 군사를 숨김
* 봉서 : 편지
* 명초 : 임금의 명으로 신하를 부름
* 주야배도 : 밤낮을 가리지 아니하고 보통 사람 갑절의 길을 걸음
* 일지군마 : 한 무리의 군사와 말
* 일 합 : 칼이나 창으로 싸울 때, 칼이나 창이 서로 한 번 마주침
* 필마단기 : 혼자 한 필의 말을 탐
* 북향 사배 : 북쪽(임금이 있는 곳)을 향해 네 번 절함
* 양장 : 재주와 꾀가 많은 훌륭한 장수
* 강화 : 싸우던 두 편이 싸움을 그침
* 도시 : 도무지
* 회과 : 잘못을 뉘우침
* 개탄불이 : 탄식을 그치지 않음
* 적수단신 : 맨손과 홀몸이라는 뜻으로, 재산도 없고 의지할 데도 없는 외로운 몸을 이르는 말
* 예기 : 날카롭고 굳세며 적극적인 기세
* 일품록 : 가장 높은 품계의 녹봉
* 위국지언 : 나라를 걱정하는 말
* 무료 : 부끄럽고 열없음

한눈에 보기

전반부(결혼담)
• 박 씨가 이시백의 아내가 됨
• 가정 내의 갈등

박 씨의 용모 변신 | 사건의 전환점

후반부(전쟁담)
• 병자호란을 배경으로 한 박 씨의 활약
• 사회적 갈등

지문 Master

1 임금은 (   )에게 용울대의 군사를 놓아주라는 조서를 내렸다.

2 임금은 박 씨의 (   )와/과 위국지언을 받아들이지 않아 나라가 위태롭게 되었다고 생각하고 있다.

1

서술상의 특징 파악

〈보기〉를 바탕으로 이 글의 서술상의 특징을 설명한 것 중 가장 적절한 것은?

보기

[작품 밖]
ⓐ

[작품 안]
ⓑ

① 서술자가 ⓐ에 위치하며 등장인물들의 심리를 간접적으로 서술하고 있다.

② 서술자가 ⓐ에 위치하며 이야기에 적극적으로 개입하는 모습을 보이고 있다.

③ 서술자가 ⓑ에 위치하며 등장인물들의 심리를 직접적으로 서술하고 있다.

④ 서술자가 ⓑ에 위치하며 등장인물들의 행동과 말을 객관적으로 전달하고 있다.

⑤ 서술자가 ⓐ와 ⓑ에 번갈아 위치하며 자신의 경험을 객관적으로 전달하고 있다.

2 세부 내용의 파악
이 글의 내용으로 알맞지 <u>않은</u> 것은?

① 임경업은 국가의 패망을 처음에는 알지 못하였다.

② 임금은 임경업에게 두 번의 편지를 보냈으나 첫 편지는 전해지지 않았다.

③ 임금은 임경업에게 청의 군대가 돌아갈 수 있도록 길을 터 줄 것을 명령하였다.

④ 현재 호국이 유지될 수 있는 것은 이전에 임경업이 호국을 도운 적이 있기 때문이다.

⑤ 임금은 박 씨에게 조서를 내려 공로를 치하한 후 정렬의 덕행을 다하는 규중의 부인이 되라고 당부하였다.

3 인물의 태도 파악
이 글의 '임경업'과 '임금'에 대한 평가로 가장 적절한 것은?

① 임경업과 임금은 박 씨에 대해 호의적 태도를 보인다.

② 임경업과 임금은 현실에 대해 운명론적 태도를 보인다.

③ 임경업은 미래 지향적, 임금은 과거 회귀적 태도를 보인다.

④ 임경업은 상황에 감정적으로, 임금은 이성적으로 대처한다.

⑤ 임경업은 명령에 복종하는 태도를, 임금은 백성을 중시하는 태도를 보인다.

4 외적 준거에 따른 작품 감상
〈보기〉를 고려할 때, 이 글에 대한 감상으로 적절하지 <u>않은</u> 것은? [3점]

● 보기 ●

　등장인물 중 이시백, 임경업 등은 역사적 실존 인물이고, 호왕의 침입과 인조의 항복 역시 역사적 사실이다. 작품의 전반부에서 박 씨는 뛰어난 능력에도 불구하고 박색이어서 시어머니와 남편 이시백에게 미움을 받았으나, 부친의 도술에 의해 절세미인으로 변모하면서 그들의 사랑을 받게 된다. 작품의 후반부에서 박 씨는 병자호란이 일어나자 남편을 통해 국왕에게 방비책을 진언하지만, 좌절되자 서울에 침입한 호국 장졸들을 도술로 물리쳐 대공을 세운다.

① 작품 속에서 박 씨는 진취적인 사고와 비범한 능력을 지닌 인물로 그려지고 있군.

② 역사적 사실과 실존 인물을 등장시켜 독자에게 실제 이야기라는 느낌을 갖게 하는군.

③ 전반부에서 개인적 시련을 극복한 박 씨가 후반부에서는 사회적 시련에 맞서 활약하는군.

④ 비극적 역사에 작가의 상상력을 더해 그 비극을 극복하려는 민중의 심리를 반영하고 있군.

⑤ 국난을 해결하기 위해 작가는 임경업 같은 남성과 박 씨 같은 여성이 협력해야 함을 강조하고 있군.

홍계월전 洪桂月傳 _작자 미상

[앞부분 줄거리] 명나라 때 홍 시랑과 부인 양씨 사이에서 태어난 무남독녀 계월은 어렸을 때 부모와 헤어지고 여 공의 구조를 받는다. 여 공은 계월을 친자식처럼 사랑하며 자신의 아들인 보국과 함께 공부를 시켜, 계월은 장원으로, 보국은 부장원으로 과거 급제한다. 서번과 가달국이 중원을 침범하자, 계월은 원수로, 보국은 부원수로 출정한다. 보국이 호기를 부리다 대패하자 홍 원수 자신이 나가 적을 섬멸하고 잃었던 부모와 상봉한다. 계월이 병이 나서 천자가 어의를 보내고 이 과정에서 계월이 여자임이 탄로 난다. 계월이 천자께 큰 죄를 범했다며 용서를 구하자, 천자는 그럴 것 없다면서 벼슬도 유지하게 한다.

차시 천자께서 계월이 보국을 욕 뵈였단 말을 들으시고 상사(賞賜)를 많이 하시니 이때 전안(奠雁)* 일이 당하매 위의를 갖추어 행례할새 계월이 녹의홍상으로 단장하고 시비 등이 좌우에 부축하여 나오는 거동이 엄숙하야 비녀 꽂은 장부러라. 아름다운 태도와 요요정정(夭夭貞靜)한 형상이 당세에 제일일러라. 또한 장 밖에 제장 군졸이 갑주를 갖추고 기치 검극(旗幟劍戟)을 좌우로 갈라 세우고 옹위하였으니 그 위의 엄숙함을 측량치 못할러라.

차시 보국이 또한 위의를 갖추고 금안 준마(金鞍駿馬)에 두려시 앉아 봉미선(鳳尾扇)으로 얼굴을 가리고 계월궁으로 들어와 전안 교배(奠雁交拜)하는 거동은 하늘의 선관 선녀로 귀한 것을 바치는 거동일너라. 교배를 파하고 일모(日暮)하매 신랑이 촉(燭)을 잡고 방에 이르니 시녀 화촉을 대령하여 들어가매 일위 선녀 홍군 취삼(紅裙翠衫)*으로 일어 맞아 양 신인(兩新人)이 촉하에 상대하니 남풍 여모 일월이 밝게 비춰더라. 보국이 만면 춘풍(滿面春風)을 띠여 한참 동안 바라봄에 흠신 공수(欠身拱手)* 왈,

"전일 대원수 지위에 높이 앉아서 보국을 무단히 죄고 얽어 꿇릴 적에 오늘이 있을 줄 어찌 뜻하였으리오?"

신부 운환(雲鬢)을 숙이고 미소 부답하니 보국이 나로여 촉을 멸하고 옥수를 이끌어 금장 수막(錦帳繡幕)에 나아가 동침하니 원앙비취지락(鴛鴦翡翠之樂)이 극진하더라.

이때 밤을 지내고 이튿날 평명(平明)*에 두 사람이 위공과 정렬 부인께 뵈온대 위공 부부 희락을 이기지 못하더라. 또 기주후와 공렬 부인께 뵈일새, 기주후 대희하여 왈,

"세상사를 가히 측량치 못하리로다. 너를 내 며느리 삼을 줄 어찌 알았으리오?"

한대 계월이 다시 절하고 왈,

"소부* 죽을 명을 구하옵신 은혜와 십삼 년을 양육하옵시되 근본을 알외지 아니한 죄 만사무석*이옵고 또한 하늘이 도우사 구고(舅姑)*를 섬기게 하옵시니 이는 소녀의 소원이로소이다."

하고 종일 뫼시고 말씀하다가 하직하고 본궁으로 돌아올새 금덩을 타고 옹위하야 중문에 나올새 눈을 들어 영춘각을 바라보니 애첩 영춘이 난간에 거러앉았거늘 계월이 대로(大怒)하여 덩을 머무르고 무사를 호령하여 영춘을 잡아 내려 덩 앞에 꿇리고 호령 왈,

"네 중군의 세로 교만 방자하야 내 행차를 보고 감히 난간에 높이 거러앉아 요동치 아니하니 네가 중군의 힘만 믿고 이같이 교만하니 너 같은 요망한 년을 어찌 살려 두리오? 당당히 군법을 세우라."

하고, 무사를 호령하여 문밖에 내여 버히라 하니, 무사가 영을 듣고 달려들어 영춘을 잡아 나려 버히치니 군졸과 시비 등이 황겁하여 바로 보지 못하더라.

이 적에 보국이 영춘을 죽였단 말을 듣고 분한을 이기지 못하여 부모께 엿자오대,

핵심 정리

· **갈래** 고전 소설(영웅 소설, 군담 소설, 여장군 소설)
· **주제** 여장군 홍계월의 고행과 영웅적 활약상
· **특징** ① 영웅의 일대기적 구성과 전 7회의 회장체(긴 이야기를 몇 개의 부분으로 나누는 고전 소설의 한 형식) 구성으로 이루어짐 ② 남성 인물들은 나약한 모습으로 그려지고 여성이 영웅으로 등장함

작품 해제

이 글은 명나라를 배경으로 주인공인 여장군 홍계월의 고행과 무용담을 그린 여성 영웅 소설이다. 이 글은 다른 소설과는 달리 남성보다 우위에 있는 여성이 등장하는데, 특히 남편이 아내의 지배를 받거나 아내에게 엄벌을 받는 내용도 담고 있다. 여성에게 우월성을 부여함으로써 기존 여성 소설의 한계를 과감하게 탈피하고 있다.

작품 핵심

작품에 나타난 영웅의 일대기 구조

고귀한 혈통	명문거족인 이부시랑 홍무의 딸로 태어남
비정상적 출생	어머니가 선녀의 꿈을 꾸고 잉태함
비범한 능력	어렸을 때부터 비범한 능력을 보임
어렸을 때의 위기	장사랑의 난이 일어나 부모와 헤어짐
구출과 양육	여공에게 구출되어 평국으로 이름을 바꾼 후 보국과 함께 양육됨
성장 후의 위기	여자라는 사실이 밝혀지고 보국과 갈등함
극복과 승리	천자를 구하고 남편과 부귀영화를 누림

"계월이 전일은 대원수 되야 소자를 중군으로 부리매 장막지간(將幕之間)*이라 능멸이 여기지 못하려니와 지금은 소자의 내실이오매 소자의 사랑하는 영춘을 무단이 죽여 심사를 불평케 하오리까?"

"계월이 비록 네 아내 되었으나 벼슬이 그저 있어 놓지 아니하고 의기 당당하여 족히 너를 부릴 사람이로되 예로써 너를 섬기니 어찌 심사를 그르다 하리오? 영춘이 네 첩이라 하고 제 스스로 교만하다가 죽었으니 뉘를 한하며 또한 계월이 그릇 궁노 궁비(宮奴宮婢)를 죽인다 하여도 뉘라서 그르다 하리오? 너는 조금도 괴렴치 말고 마음을 변치 말라. 만일 영춘을 죽였다 하고 혐의 두면 부부지의도 변할 것이요 또한 천자께서 주장하신 바이라. 네게 해로움이 있을 것이니 부대 조심하라."

하신대, 보국이 엿자와 왈,

"부친께서는 부당지설(不當之說)을 하시나이다. 세상에 대장부 되어 계집의 괄세를 당하오리까?"

하고 그 후로부터는 계월의 방에 드지 아니하니, 계월이 생각하되 '영춘의 혐의로 아니 오는도다.' 하고 왈,

"뉘라서 보국을 남자라 하리오. 여자에도 비(比)치 못하리로다."

하고 남자 못됨을 분하여 눈물을 흘리며 세월을 보내더라.

[뒷부분 줄거리] 오왕과 초왕이 침범해 오자 다시 평국(계월)과 보국이 나서서 오왕과 초왕의 반란을 물리친다. 특히 맹길이 천자를 급습하여 위태로울 때 평국이 혼자서 돌아와 이를 막아 낸다. 계월의 절대적 우위를 확인한 보국은 계월을 인정하게 되고 결국 그녀와 행복하게 살게 된다.

＊ 전안: 혼례 때, 신랑이 기러기를 가지고 신부 집에 놓고 절하는 예(禮)
＊ 홍군 취삼: 붉은 치마와 푸른 적삼
＊ 흠신 공수: 존경의 뜻을 나타내기 위해 몸을 굽히고 두 손을 앞으로 모음
＊ 평명: 아침 해가 밝아올 무렵
＊ 소부: 결혼한 여자가 자기를 낮추어 이르는 말
＊ 만사무석: 만 번 죽어도 아까울 것이 없음
＊ 구고: 시부모
＊ 장막지간: 장수와 막하(부하) 사이

😆 한눈에 보기

보국

• 계월에 비해 능력이 모자람
• 여성인 계월에게 열등감을 가지고 있음
• 사회적으로 보장된 남성의 권위를 통해 열등감을 극복하려 함

↕ 갈등

계월

• 보국보다 능력이 뛰어남
• 보국을 혼내 주기도 하고 망신을 주기도 함
• 가정으로의 복귀를 거부하면서 영웅으로서의 능력을 유지함

지문 Master

1 혼례를 치르는 계월의 위엄이 있고 엄숙한 모습을 단적으로 보여 주는 표현은 (   )(이)다.

2 계월은 (   )을/를 죽인 일로 보국과 갈등을 일으키게 된다.

1

서술상의 특징 파악
이 글에 대한 설명으로 가장 적절한 것은?

① 구체적인 배경 묘사로 사건의 사실감을 살리고 있다.

② 잦은 장면의 전환으로 사건을 요약적으로 제시하고 있다.

③ 구체적인 대상을 비유적 표현으로 추상화하여 제시하고 있다.

④ 회상의 방법을 통해 인물들이 서로 갈등하는 이유를 밝히고 있다.

⑤ 서술과 대화를 적절히 활용하여 사건의 진행 상황을 보여 주고 있다.

2 세부 내용의 파악

이 글의 내용을 바탕으로 추측할 수 있는 내용이 <u>아닌</u> 것은?

① 천자는 계월과 보국의 혼례를 주선하고 성사시킨다.

② 기주후는 계월을 며느리로 삼기 위해 데려다 기른다.

③ 계월은 영춘의 죄를 다스리기 위해 대원수의 신분을 이용한다.

④ 계월은 영춘을 죽인 일에 불만을 가진 남편의 속좁음을 원망한다.

⑤ 보국은 계월이 자신을 능멸했던 것과 영춘을 죽인 것은 의미가 다르다고 생각한다.

3 인물의 태도 파악

이 글에 드러난 인물의 태도로 적절한 것은? [3점]

① '기주후'는 '계월'을 대원수의 신분에 맞게 존대하고 있다.

② '보국'은 '기주후'에게 자신의 외로움을 이해시키려 하고 있다.

③ '기주후'는 '계월'의 행동에 잘못이 없다는 입장을 내보이고 있다.

④ '계월'은 실리를 중시하는 반면에 '기주후'는 명분을 중시하고 있다.

⑤ '보국'은 '기주후'의 충고를 받아들여 자신의 생각을 바꾸려 하고 있다.

4 외적 준거에 따른 작품 감상

〈보기〉를 참고하여 이 글을 감상한 내용으로 적절하지 <u>않은</u> 것은?

> ● 보기 ●
>
> 「홍계월전」의 주인공 홍계월은 여성으로서 매력을 지니고 있지만, 여성으로서의 삶을 거부한 채 남장을 하고 남성처럼 살아간다. 그리고 남성 중심의 사회에서 능력을 인정받으며 영웅적인 활약을 보인다. 이런 계월과 함께 가부장적 가치관에 빠져 치졸한 모습을 보이는 남성도 등장하여 계월의 비범함을 부각한다. 남성보다 우월한 모습을 보이며 사회적으로 인정까지 받는 계월의 활약은 여성의 능력이 결코 남성에 뒤떨어지지 않음을 의미하며, 가부장제 사회에서 억압당하던 당대 여성들의 소망을 엿볼 수 있게 한다.

① 계월이 보국보다 사회적으로 우월한 존재로 그려지는 것은 여성의 능력이 결코 남성에 뒤지지 않음을 보여 주는군.

② 보국이 대장부로서 계집의 괄시를 당할 수 없다는 이유로 계월의 방을 찾지 않는 것은 가부장적 가치관을 보여 주는군.

③ 계월이 영춘을 죽이는 상황은 여성에게 가정에만 충실하기를 강요하는 당대의 요구를 거부하는 주체적 태도를 보여 주는군.

④ 계월이 혼례를 위해 단장을 하자 요요정정한 모습이 당대 제일이라는 서술은 계월이 여성으로서의 매력이 있음을 보여 주는군.

⑤ 계월이 보국과 결혼하고 나서도 이전의 벼슬을 유지하고 있는 상황은 계월이 남성 중심의 사회에서 인정받았음을 보여 주는군.

정수정전 鄭秀貞傳 _작자 미상

[앞부분 줄거리] 송나라 병부상서 정국공은 자신의 딸 수정을 장운의 아들과 혼인시키기로 약속한다. 이후 국공은 간신 진량의 모함으로 귀양 갔다가 그곳에서 죽는다. 충격을 받은 국공의 아내는 병이 들어 죽고, 홀로 남은 수정을 돌봐 주던 장운마저 급환으로 세상을 뜬다. 이에 정수정은 남장을 하고 병서와 무예를 익힌다.

차설, 장연이 삼년상을 마침에 왕 부인이 이르기를,

"네 이미 장성하였으니 과업을 힘쓰라." / 하니, 연이 명을 받들어 주야로 힘쓰더니, 이때 상(上)이 인재를 얻으려 예부에 하교하여 날을 잡고 과거를 치르니라. 과거 날에 장연이 과장에 들어가 글제를 살핀 후 일필휘지하여 바치고 나오더니, 장원에 장연이라 호명하거늘, 장연이 임금 앞에 나아가 네 번 절하니, 상이 불러 이르기를,

"네 아비 충성으로 나를 섬기더니 일찍 죽으매 짐이 매양 그 충직(忠直)을 아끼더니, 네 이제 급제자 목록에 오름을 다행으로 여기노라."

하시고 인하여 한림학사를 제수하시니, 한림이 사은(謝恩)하고 집으로 돌아오니라.

차설, 장 한림이 삼일 유가(遊街) 후에 선영에 제사 지내고 직임(職任)을 받더니, 해 바뀜에 조정의 여러 관직에 결원이 많은 것을 파악하고 ⓐ표(表)를 올려 별과(別科)를 청하거늘 상이 허락하시어 과거를 치르니, 이때 정수정이 과거 기별을 듣고 준비물을 챙겨 황성(皇城)에 들어가더라. 과거 날에 과장에 나아가 글을 지어 바치고 나와 쉬더니, 상이 한 답안지를 빼내 문장이 탁월함을 크게 칭찬하고 답안 쓴 자의 신분을 확인하시니 정국공의 아들 정수정이라. 즉시 불러 하교하시기를,

"정국공이 아들이 없다 하더니 이 같은 귀자(貴子) 둠을 몰랐도다."

하시고 의아해하시더니, 문득 진량이 아뢰기를,

"정국공이 본래 아들이 없음을 신이 익히 아는 바라. 그런데도 정수정이 정국공의 아들이라 하여 나라를 기망하오니 폐하는 살피소서."

하거늘, 정수정이 제 부친을 해한 진량인 줄 알고, 분노를 이기지 못해 이르기를,

"네가 국가를 속이고 대신을 모해한 진량이냐? 무슨 원수로 ㉠우리 부친을 해하여 만리 머나먼 곳에서 죽게 하고, 이제 나를 또 해코자 없는 사실까지 덧붙이니, 천륜이 중하거늘 어찌 윤리와 법도를 해치는 말을 군부(君父) 앞에서 하는가? 이제 네 간을 씹고자 하노라."

하며, ㉡눈물이 비 오듯 하거늘, 상이 수정의 말을 들으시고 진량의 간흉함을 깨달으사,

"너 같은 것이 충신을 애매히 죽게 하니, 짐의 어리석음을 뉘우치노라."

하시고, 진량의 벼슬을 빼앗은 뒤 강서 땅으로 귀양 보내고, 정수정을 한림학사 겸 간의태부에 제수하시니, 수정이 사은하고 삼일 유가 후 선산(先山)에 제사 지내고 상경하여 황제에게 인사 드리고 나오매, 장연이 정수정을 보고 첫인사를 나누며 이르기를,

"전일 선친(先親)과 선대인(先大人)*이 서로 언약하여 소제(小弟)*와 영매(令妹)*가 혼약하였더니, 피차 불행하여 상중에 있느라 혼사를 의논치 못하였거니와 이제 우리 두 사람이 만났으니 빨리 날을 잡아 성례하고자 하나니 형의 뜻은 어떠하뇨?"

정수정이 얼굴에 잠깐 수심을 띠며 이르기를,

"소제 집안이 불행하여 부모가 일찍 떠나시매, ㉢누이가 주야로 통곡하다가 병이 나 세상을 버림에 그 슬픔이 날로 더하더니, 금일 형의 말을 들으니 새로이 슬프도다."

상이 청주후를 불러 왈, / "짐에게 한 공주(公主) 있으니 경으로 부마를 삼노라."

정수정이 듣고 혼비백산하여 엎드려 왈, / "신의 비천한 몸으로 어찌 금지옥엽과 짝을 하리잇가. ㉣만만불가하오니 성상은 하교를 거두사 신의 마음을 편케 하소서."

상이 웃으며 왈, / "사양은 짐의 은혜를 저버림이니라. 다시 고집하지 말라."

하시고, 또 장연을 불러, / "짐의 누이가 방년 십팔(十八)이니, ㉤경이 비록 취처하였으나 족히 두 처를 둘 수 있을 벼슬이니 사양치 말라."

하시니, 장연이 황공히 사은하고 물러나더라.

조회를 마치고 정수정이 집에 이르니 유모가 맞아 왈,

"무슨 불편한 일이 있나이까?"

정수정이 전후 사연을 이르고 구슬 같은 눈물을 흘리다 문득 생각하되,

'내 표를 올려 모든 것을 아뢰리라.' / 하고 ⓑ표를 올리니 왈,

"청주후 정수정은 돈수백배(頓首百拜)*하고 표를 올리옵나니, 신의 나이 십일 세에 아비가 절강 유배지에서 죽사오니 혈혈한 여자 의탁할 곳이 없어, 외람한 뜻을 내어 천지를 속이고 음양을 변케 하여 입신양명하였나이다. 이는 원수 진량을 베어 아비 원혼을 위로할까 함이러니 천만의외로 초방지친(椒房之親)*으로 삼을 뜻을 보이심에 감히 숨기지 못하여 아뢰나니 신첩이 임금을 기만한 죄를 밝히시옵소서. 아비 생시에 장연과 정혼하였으나 신이 본적을 감춤에 장연이 원 씨를 아내로 취하였는지라, 신첩은 이제부터 홀로 늙기를 원하옵나니 엎드려 바라건대 성상은 살피소서."

상이 읽기를 마침에 크게 놀라시고, 만조백관이 아니 놀란 이 없더라.

[뒷부분 줄거리] 정수정은 임금의 주선으로 장연의 아내가 되지만 장연의 첩을 죽여 서로 소원해진다. 이때 북적이 다시 침공하자 정수정이 대원수로, 장연이 중군장으로 출전하여 물리치고, 회군하면서 유배지에 있던 진량을 죽여 부모의 원수를 갚는다. 그리고 다투었던 장연과 화해하여 화목하게 살다가 승천한다.

* 선대인: 돌아가신 남의 아버지를 높여 이르는 말
* 소제: 말하는 이가 대등한 관계에 있는 사람이나 윗사람을 상대하여 자기를 낮추어 이르는 일인칭 대명사
* 영매: 남의 손아래 누이를 높여 이르는 말
* 돈수백배: 머리가 땅에 닿도록 수없이 계속 절을 함
* 초방지친: 왕비의 친정 쪽 친족(親族)을 이르던 말

😮 한눈에 보기

당대 남성의 가치관 상징		간신
↓		↓
장연		진량

혼인 의사 ↑↓ 거짓말   ↑ 유배

| 정수정 | 부마 제의 정체 자백 | 황제 |

| 주체적 여성 비범한 능력 | | 정수정의 능력 인정 |

지문 Master

1 여성인 정수정은 (   )을/를 한 채 사회적 활동을 시작한다.

2 (   )은/는 선친의 약속을 존중하여 정수정과 혼인하려 한다.

1 인물의 태도 파악
이 글의 인물에 대한 이해로 가장 적절한 것은?

① '장연'은 정수정이 관직에 진출할 수 있도록 별시의 시행을 유도한다.

② '장연'은 정수정 집안과의 혼인 약속을 지키려 했으나 실현하지 못한다.

③ '정수정'은 벼슬을 제수받자마자 진량을 유배 보내 선친의 복수를 한다.

④ '정수정'은 남장을 한 상황의 불가피함을 강조하며 자신의 무죄를 주장한다.

⑤ '황제'는 정수정이 쓴 과거 답안을 통해 정국공에 대한 평가를 바꾼다.

2

구절의 의미와 기능 파악

㉠~㉤에 대한 설명으로 적절하지 않은 것은?

① ㉠: 정수정이 진량의 예전 행위를 근거로 삼아 그가 자신도 모해한다고 항변하고 있다.

② ㉡: 정수정이 자신의 아버지를 먼 타지에서 죽게 만든 진량에 대한 분노를 표출하고 있다.

③ ㉢: 정수정이 아버지의 원수를 갚는 일을 자신의 혼인보다 중요하게 여기고 있음을 알 수 있다.

④ ㉣: 정수정이 자신과 장연의 관계가 발각될 것을 우려하여 황제의 제안을 거부하고 있다.

⑤ ㉤: 장연이 약혼녀였던 정수정이 아닌 다른 여성과 결혼한 상태임을 알 수 있다.

3

소재의 기능 이해

ⓐ, ⓑ에 대한 설명으로 가장 적절한 것은?

① ⓐ는 ⓑ와 달리 수신자가 작성자의 숨겨진 능력을 깨닫게 되는 계기이다.

② ⓐ는 ⓑ와 달리 작성자가 현실과 이상 간의 괴리감을 표출하는 수단이다.

③ ⓑ는 ⓐ와 달리 개인적 차원에서 당면한 문제를 해결하기 위한 수단이다.

④ ⓑ는 ⓐ와 달리 수신자에게 결핍되어 있는 요소를 지적해 주는 도구이다.

⑤ ⓐ와 ⓑ는 모두 수신자와 예상되는 갈등 상황을 예방하기 위한 방도이다.

4

외적 준거에 따른 작품 감상

〈보기〉를 참고하여 이 글을 감상한 내용으로 적절하지 않은 것은? [3점]

● 보기 ●

여성인 정수정은 부모의 원수를 갚기 위해 남자로 위장하는 전략을 사용하여 남성 중심의 사회에 진입한다. 이 과정에서 위기를 맞기도 하지만 임기응변의 기지를 발휘하여 벗어난다. 그리고 나라를 큰 위기에서 구해 내는 영웅적 활약을 함으로써 자신의 능력을 입증한다. 정수정의 이런 모습은 자신의 삶을 주체적이고 능동적으로 개척해 나가는 여성상을 보여 준다. 하지만 열녀불경이부(烈女不更二夫: 열녀는 남편을 두 번 맞지 않음) 사상이나 개가(改嫁) 금지 같은 남성 중심의 유교적 가치관에 순응하는 모습을 보이기도 한다.

① 정수정이 과거에 급제하여 벼슬길에 오른 것은 남성 중심의 사회에 진입한 것으로 볼 수 있군.

② 진량이 황제 앞에서 정국공에게 아들이 없음을 언급하는 상황은 정수정에게 닥친 위기로 볼 수 있군.

③ 음양을 변하게 하였다는 정수정의 고백은 자신이 남자로 위장한 사실을 의미하는 것으로 볼 수 있군.

④ 진량을 베어 아비의 원혼을 위로하려 했다는 것은 정수정이 자신의 정체를 속인 목적으로 볼 수 있군.

⑤ 홀로 늙기를 원한다는 정수정의 말은 남성 중심의 유교적 가치관에 항거하는 주체적 태도로 볼 수 있군.

최고운전 崔孤雲傳 _작자 미상

영웅 소설

[앞부분 줄거리] 문창 고을의 수령인 최충의 아내가 금돼지에게 납치되자 최충과 그의 아내는 기지를 발휘하여 금돼지를 죽이고 돌아온다. 그리고 6개월 뒤에 아들을 낳는다.

최충의 아내 임신 4개월에 금돼지에게 잡혀가고 돌아온 지 6개월 만에 아들을 낳으니 손톱과 발톱이 조금 이상하였다. 충은 그 금돼지의 자식이 아닌가 의심하여 시비를 시켜 큰길에 아이를 버리게 하였는데, 길 가운데에 죽은 지렁이를 보고 '일(一)' 자라 하는지라. 시비가 들어가서 아뢰니 충이 듣고 분부하되, / "아무 말 말고 갖다 버려라."

하거늘 시비가 안고 가는데 개구리 죽은 것을 보고 '천(天)' 자라 하매 차마 버리지 못하고 돌아와, / "개구리 죽은 것을 보고 하늘 천 자라 하나이다."

하고 고하니 충이 화를 내며 호령하되,

　　㉠"네가 주인의 말을 듣지 아니하면 칼로 대하겠노라."

하니 시비가 솜으로 싸서 길 가운데에 버렸더니 마소가 피하여 지나가며 밤이 되니 하늘에서 선녀가 내려와 젖을 주는지라. 관리와 백성이 거두고자 하나 큰 죄를 입을까 하여 무서워하더라. 충이 이 소문을 듣고 아이를 연못에 던지라 하였더니 연꽃 한 송이가 생겨나서 아이를 받고, 이어서 백학 한 쌍이 서로 번갈아 날개로 덮어 주더라.

이리하여 몇 달이 지나니 아이가 바닷가를 스스로 거닐며 노는데, 모래 위에는 문자(文字)가 생기고, 우는 소리가 글 읽는 소리가 되더라. 이에 최충의 처가 이 소문을 듣고 남편에게 말하기를,

"당신은 금돼지의 자식이 아닌데도 아들을 버렸으니 하늘이 그것을 아시고 선녀를 시켜 젖을 먹여 키웠사오니 원컨대 빨리 사람을 시켜 데려오도록 하소서.

하는지라. 이에 충이, / "데려오고자 하나 처음에 그 애가 금돼지의 자식이라 하여 버렸거늘 이제 와서 데려온다면 남의 웃음거리가 될 것이외다."

하니 부인이 다시, / "당신이 만일 남의 웃음을 살까 봐 이리도 걱정이시라면 병을 칭해서 피해 계시면 제가 알아서 당신이 웃음을 사지 않도록 하리다."

[중략 부분 줄거리] 최충과 화해한 아이는 홀로 지내며 하늘에서 내려온 선인들에게 글을 배운다. 이후 그는 나 승상의 딸 운영과 혼인하기 위해 운영의 거울을 깨뜨리는 꾀를 내 그 집의 노비가 된다. 이때 중국 황제가 신라에 석함을 보내고 그 안에 있는 물건을 알아내어 시를 지어 보내라고 명하며, 그러지 못하면 침공할 것이라고 경고한다. 신라 왕은 나 승상에게 책임을 떠맡기고 해결하지 못하면 큰 벌을 내리겠다고 했다. 그러자 운영이 파경노를 추천한다.

"승상께서 나를 사위로 삼는다면 내 반드시 시를 짓겠습니다."

하거늘 유모가 승상께 보고하니 승상이 소리를 지르며 이르되,

"어찌 노비를 사위로 삼을 수 있겠느냐? 네가 잘못 듣고 전하는 게 아니냐."

하고는 유모에게 선녀(仙女)가 그려진 그림을 내주며 이르되,

"그가 만약 시를 지으면 이 같은 미인에게 장가를 보내 주겠다고 하라."

하니 유모가 그대로 파경노에게 전하였다. 이에 파경노가,

　　㉡"종이 위에 그린 떡을 하루 종일 바라본들 어찌 배가 부르리까. 반드시 먹은 후에야 배가 부를 것이옵니다." / 하고는 함을 발로 차 밀치고 비스듬히 누워 말하기를,

"내 비록 마디마디 베인다 해도 시를 짓지 못하겠노라." / 하더라. 유모가 들어가서 그 말대로 아뢰니 승상이 말없이 앉아 있는데, 딸 운영이 눈물을 닦으며 고하되,

수능 연계 포인트

① 영웅 소설의 구조 이해
② 인물 간의 대립 양상 및 해소 과정 파악
③ 작품에 반영된 다양한 화소(話素) 파악

핵심 정리

• **갈래** 고전 소설(영웅 소설, 설화 소설)
• **주제** 최치원의 영웅적 면모와 그를 통한 민족의 자긍심 고취
• **특징** ① 역사적 실존 인물을 주인공으로 하여 허구성을 가미함 ② 일반적인 영웅 소설과 달리 주인공이 주로 문재(文才)를 과시함

작품 해제

이 글은 신라의 문장가이자 학자인 최치원의 일생을 허구화한 전기적(傳奇的) 성격의 영웅 소설로, '고운'은 최치원의 '자(字)'이다. 일반적인 영웅 소설과 달리 주인공의 용맹이 아니라 기지와 문재(文才)에 초점을 맞추고 있다. 또한 금돼지 설화와 기아(棄兒) 설화 등 여러 가지 설화적 화소를 집대성하는 방식으로 주인공의 영웅성을 부각하고 있다.

작품 핵심

작품에 나타난 주요 갈등 및 해결 방식

갈등	해결
친자 의혹에 따른 '최충'과의 갈등	최충이 자신의 잘못을 깨닫고 화해의 손길을 내밈
혼인 문제로 인한 '나 승상'과의 갈등	최치원이 시 짓기 실력으로 운영을 아내로 맞이함
최치원을 두려워한 '중국 황제'와의 갈등	최치원이 기지와 도술로 함정을 모두 극복함
무능력하고 거만한 '신라 왕'과의 갈등	최치원이 아내와 함께 속세를 떠나 가야산으로 들어감

실전 학습 **67**

"우리 가문의 성패가 이번 일에 달려 있사옵니다. 옛날 제영이라는 여자는 관비(官婢)가 되어 들어가서 아버지의 형을 속죄하였다 합니다. 가군께서 딸을 사랑하는 마음 때문에 파경노의 말을 좇지 않으시면 화를 면하기 어렵습니다. ⓒ바라옵건대 이 몸으로 아버님의 화를 면하도록 하여 주십시오. 제 말씀을 들어 주시지 않으면 어쩔 수 없게 되어 후회하심이 클 것입니다." / 하니, 승상이 말하기를,

"네 말이 기특하구나. 부모의 마음은 사랑하는 딸을 차마 비천한 가문에 허락할 수 없고, 또한 그것이 너에게 종신토록 근심이 될까 걱정한 것이로다. 오로지 눈썹을 불사르는 화를 면하고자 함인데 네 말이 정녕 그럴진대 무슨 걱정을 하겠느냐."

하고, 부인과 더불어 혼인시킬 것을 약속하더라. 승상은 즉시 시비에게 명하여 파경노를 목욕시켜 때를 벗기고 비단옷을 입혀 성례하여 사위로 삼더라.

다음날 아침 ⓓ승상이 시비에게 명하여 신방에서 시를 짓는지 엿보라 하였다. 이때 파경노가 자기 이름을 지어 치원(致遠)이라 하고, 자를 고운(孤雲)이라 하더라. 운영이 옆에 앉아서 ⓐ시 짓기를 재촉하니 치원이 말하기를,

"시는 내일 중으로 지을 것이니 너무 재촉하지 마오."

하고는 운영더러 종이를 벽 위에 붙여 놓도록 하고 붓 대롱을 발가락에 끼고 잤다. 운영이 근심하다가 고단하여 자는데, 꿈속에 쌍룡이 하늘에서 내려와 함 안에 서로 엉켜 있고, 무늬 옷을 입은 동자 십여 명이 함을 받들고 서서 노래하니 함이 열리는 듯하더라. ⓔ이에 쌍룡의 콧구멍에서 오색 서기가 나와 함 속을 환히 비치니 그 안에 붉은 옷을 입고 푸른 수건을 쓴 사람들이 좌우로 늘어서서 혹은 시를 지어 읊고 혹은 붓을 잡아 글씨를 쓰는데, 문득 꿈에서 깨어났다. 치원 역시 잠에서 깨어 시를 지어 벽에 붙여 둔 종이에다 쓰니 마치 용과 뱀이 꿈틀거리는 듯하더라. 그 시에 이르기를,

단단한 함 속에 든 알은 / 반절은 희고 반절은 황금이라.
밤이면 시간을 알고 울려 하나 / 뜻만 머금은 채 토하지 못하네.

시를 다 짓자 운영을 통해 승상에게 올렸다. 승상이 그것을 보고 자못 기쁜 빛을 띠면서도 믿지 못하다가, 운영에게 꿈속의 일을 들은 후에야 믿었다.

[뒷부분 줄거리] 황제는 최치원을 죽이기 위해 함정을 파 놓고 그를 중국으로 부른다. 하지만 치원은 지략과 도술로 이를 해결한다. 황제의 인정을 받은 치원은 중국에서 벼슬을 하다가 황소의 난을 해결하지만 신하들의 모함으로 귀양을 간다. 하지만 도술을 부려 신라로 돌아와서 아내와 함께 가야산으로 들어가 신선이 된다.

지문 Master

1 주인공은 (   )의 자식이라는 오해를 받아 유아기 때 유기되는 시련을 겪는다.

2 (   )은/는 운영과 결혼한 뒤에 자기 이름을 최치원이라고 지었다.

1

세부 내용의 파악

이 글의 내용에 대한 이해로 가장 적절한 것은?

① 최충은 아내를 의심하였으나 선녀의 말을 통해 잘못을 깨닫는다.
② 최치원은 앞으로 운영에게 일어날 사건을 예견하고 시를 짓는다.
③ 나 승상은 파경노가 제시한 요구를 거부한 뒤에 대안을 제안한다.
④ 나 승상의 딸은 남편이 과제를 해결할 수 있도록 꿈속에서 돕는다.
⑤ 파경노의 아내는 파경노에게 거짓말을 해서 그의 능력을 시험한다.

2
구절의 의미 파악
㉠~㉤에 대한 설명으로 적절하지 <u>않은</u> 것은?

① ㉠ : 상대와 자신의 신분 차이를 전제로 하여 자신의 명령대로 행할 것을 강요하고 있다.

② ㉡ : 시급히 시를 바쳐야 하는 상대의 처지를 환기하며 운영과의 혼례를 요구하고 있다.

③ ㉢ : 자신을 파경노와 결혼시킴으로써 상대에게 생긴 시련을 극복할 것을 요청하고 있다.

④ ㉣ : 파경노의 능력을 기대하여 사위로 삼고서도 쉽게 믿지 못하는 의구심을 보이고 있다.

⑤ ㉤ : 최치원이 석함 속 물건의 정체를 바르게 파악하여 시를 지을 것임을 암시하고 있다.

3
외적 준거에 따른 작품 감상
〈보기〉를 바탕으로 이 글을 감상한 내용으로 적절하지 <u>않은</u> 것은? [3점]

● 보기 ●

　「최고운전」은 '고귀한 혈통 및 기이한 출생 – 비범한 능력 – 유년기의 고난 – 조력자의 도움 – 성장 후의 위기 – 위기 극복 및 위대한 업적'이라는 영웅의 일대기 구조를 취하여 중심인물인 최치원의 영웅성을 부각하고 있다. 이와 함께 최치원과 관련된 여성들도 상황을 보는 통찰력이나 지식, 희생정신, 적극성 등에서 일반 남성보다 뛰어난 면모를 보여 주고 있다.

① 최충의 처가 금돼지에게 잡혀갔다가 돌아온 지 6개월 만에 최치원을 낳는 모습에서 영웅은 기이하게 태어난다는 영웅 소설의 요소가 드러나는군.

② 버려진 아이에게 선녀가 내려와 젖을 주거나 백학이 보호해 주는 모습에서 최치원이 초월적 존재에게 도움을 받는 영웅적 존재임이 드러나는군.

③ 아이가 바닷가에서 거닐면 모래 위에 문자가 생기고 울음소리는 글 읽는 소리가 되는 모습에서 최치원이 비범한 능력을 타고났음이 드러나는군.

④ 최충의 처가 자기의 잘못을 바로잡기를 망설이는 최충에게 자신이 직접 문제 상황을 바로잡겠다고 말하는 모습에서 그녀의 적극성이 드러나는군.

⑤ 운영이 아버지인 나 승상에게 자신의 의견을 전달할 때 고사를 인용하여 자신의 주장을 강화하는 모습에서 그녀의 지식과 희생정신이 드러나는군.

4
소재의 기능 파악
ⓐ의 서사적 기능으로 적절하지 <u>않은</u> 것은?

① 신라에 당면한 위기 상황을 벗어날 수단이다.

② 최치원이 노비가 된 목적을 실현한 수단이다.

③ 나 승상의 목숨과 나씨 가문을 지킬 수단이다.

④ 운영과 최치원 사이의 갈등을 해결할 수단이다.

⑤ 최치원이 나 승상에게 능력을 증명할 수단이다.

임진록 壬辰錄 _작자 미상

"전하의 하교와 스승의 명령을 수화중(水火中)이온들 피하오리까."

왕이 대희하사, 즉시 사명으로 사신을 정하시고 위의를 갖추어 절월(節鉞)*을 주시니, 사명이 하직할새 전하 친히 어주(御酒) 삼 배를 권하시고 행장을 차려 보내니 위엄이 엄숙하더라. 동래에 다다르니 부사 서원덕이 중이라 하고 능멸히 알아 칭병불출(稱病不出)*하거늘, 사명이 대로(大怒) 왈,

"어명을 받아 만 리 해도에 가거늘, 네라서 나를 업수이 여기니, 나라를 위함이 아니라." 하고, 머리를 베어 효수*하고, 나라에 장계*하고 배에 올라 일본으로 향하더라.

각설. 왜왕이 조선 생불 온다는 말을 듣고 만조(滿朝)를 모아 의논 왈,

"조선 생불이 온다 하니 반드시 묘계 있으니 어찌하리오."

승상 홍굴통이 주왈,

"생불은 조화 있나니 한 계교 있사오니, 조선 사신 오는 길에 일만 팔천구백구십 장 병풍으로 일만 팔천구백구십 자 시문을 써 붙이고 외우라 하여, 잊지 아니하오면 반드시 도술이라. 진위(眞僞)를 알 것이니이다."

왜왕이 옳게 여겨, / "조선 생불을 대접하라."

하고, 왜왕이 시신을 데리고 나와 사명당을 맞아 예필(禮畢) 후에 왜왕 왈,

"생불은 모르는 것이 없다 하오니, 들어오는 길에 병풍이 서 있으니 외우나이까."

사명당 왈,

"왕은 삼척동자의 조롱이로다. 물어 무엇하리오. 그 병풍이 일만 팔천구백구십이라."

하니, / "그러하면 그 시문을 외우나이까."

사명이 염주를 왼손에 들고 가사(袈裟)를 입고 머리에 금관을 쓰고, 이튿날 오시(午時)까지 일만 팔천구백팔십구 칸 시문을 외우니, 왜왕과 만조제신이 놀라고 왈,

"한 칸을 모르니 어인 일인고."

사명당 왈, / "보지 못한 글을 어찌 알리오."

왜왕이 사람을 보내어 병풍을 적간(摘奸)*하니, 한 칸이 과연 바람에 덮였는지라.

[A] ⌈ 더욱 놀라 모계(謀計)를 의논하니, 한 신하가 주왈,

"남문 밖에 한 못이 있으되 깊이가 만여 장이라. 대연(大宴)을 배설하고 구리쇠로 천 근 방석을 만들어 주며 생불더러 '저 방석을 타고 저 물 위에 선유(船遊)하라' 만일 시행치 아니하면 어찌 살기를 바라리오."

왜왕이 옳게 여겨, 대연을 배설하고 사명을 데리고 장막을 치고 놀다가 천 근 방석을 내어 놓고 왈, / "생불은 저 방석을 타고 저 물 위에 다니면 생불의 도술을 알리이다."

사명이 잠소(潛笑)하고 사해용왕을 불러 육정육갑(六丁六甲)을 외우고 방석을 타고 물 위에 떠 선유하니, 동풍이 불면 서로 행하고, 남풍이 불면 북으로 행하는지라. 호령 왈,

"왜왕은 들으라. 나는 석가여래 제자라. 물 위에 이렇듯 선유하니 풍악을 갖추고 ⌊ 친히 나와 춤을 추어라. 그렇지 아니하면 대화(大禍)를 당하리라."

수능 연계 포인트

① 유사한 구조가 반복되는 사건 전개 양상 파악

② 다른 작품과의 비교를 통한 작품의 특징 파악

핵심 정리

· **갈래** 고전 소설(국문 소설, 군담 소설, 역사 소설, 전쟁 소설)
· **주제** 임진왜란 패배에 대한 정신적 보상과 승리
· **특징** ① 역사적 사실을 바탕으로 설화와 혼용하여 소설로 창작됨 ② 인물들의 영웅적 활약상을 나열하는 방식으로 전개됨

작품 해제

이 글은 임진왜란이라는 역사적 사실을 배경으로 민족적 영웅들의 활약상을 제시함으로써, 실제 전쟁에서의 패배로 인한 수모를 정신적으로 보상받기 위한 소망을 그린 역사 군담 소설이다. 여러 인물들의 일화를 순차적으로 엮고 있으며, 전쟁 문학의 대표작으로 평가받고 있다.

작품 핵심

사명당의 시련과 극복 과정

	시련의 극복 과정
첫 번째 시련	일만 팔천구백구십 칸 병풍에 써진 시문을 모두 외움
두 번째 시련	육정육갑을 외워 구리쇠로 된 천 근 방석을 타고 물 위를 떠돎
세 번째 시련	얼음 빙 자와 눈 설 자를 쓰고 팔만대장경을 외우자 대풍구가 부는 집에 얼음이 깔리고 눈이 뿌려짐
네 번째 시련	도술로 기상 이변을 일으켜 일본을 위협함

하니, 왜왕이 대경하여 일어나 춤추거늘, 사명당이 종일 놀다가 별궁에 돌아오더라. 〈중략〉

[중략 부분 줄거리] 왜왕은 구리쇠로 집을 짓고 사명당을 가두어 숯불을 놓고 대풍구*를 불지만, 사명당이 얼음 빙 자와 눈 설 자를 쓰고 팔만대장경을 외우자 얼음이 깔리고 눈이 뿌려진다. 또다시 왜왕은 구리쇠로 철마를 만들어 숯불에 달군 다음 사명당에게 타라고 하는데, 사명당은 도술로 기상 이변을 일으켜 일본을 위협한다.

"이제 또다시 반심(叛心)을 두어 조선을 항거할소냐."

왜왕이 복지 애걸 왈,

"차후로는 그런 범람(氾濫)한 뜻을 두지 아니하오리라."

하고, 백배사례 왈,

"잔명을 살려 주옵시면 천추만대(千秋萬代)라도 은혜를 갚사오리다."

사명당이 허락하고,

"매년에 인피(人皮) 삼백 장과 동철(銅鐵) 삼천 근과 목단(牧丹) 삼천 근과 왜물(倭物) 삼천 근을 조공(朝貢)하라."

하니, 왜왕이 ㉠항서를 써 올리거늘, 사명당 왈,

"우리 조선에는 한 도에 생불이 일천씩 계시니, 다시 반심을 두면 팔천 생불이 일시에 왜국을 공지로 만들 것이니 부디 조심하라."

왜왕이 백배 돈수(百拜頓首)하더라.

[뒷부분 줄거리] 사명당은 일본에 포로로 잡혀갔던 조선인들을 데리고 조선으로 돌아온다.

---

* 절월: 조선 시대에, 관찰사 · 유수(留守) · 병사(兵使) · 수사(水使) · 대장(大將) · 통제사들이 지방에 부임할 때에 임금이 내어 주던 물건
* 칭병불출: 병을 핑계로 나가지 아니함
* 효수: 죄인의 목을 베어 높은 곳에 매달아 놓음. 또는 그런 형벌
* 장계: 왕명을 받고 지방에 나가 있는 신하가 자기 관하(管下)의 중요한 일을 왕에게 보고하던 일. 또는 그런 문서
* 적간: 죄상이 있는지 없는지를 밝히기 위하여 캐어 살핌
* 대풍구: 큰 풀무(불을 피울 때에 바람을 일으키는 기구)

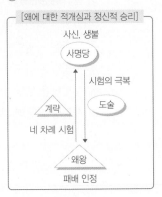

😊 한눈에 보기

[왜에 대한 적개심과 정신적 승리]

사신, 생불
사명당

시험의 극복
계략 ────── 도술
네 차례 시험

왜왕
패배 인정

지문 Master

1 사명당은 (　　　　)하는 부사 서원덕을 효수하고 일본으로 향했다.

2 사명당은 왜왕에게 인피, 동철, 목단, 왜물을 (　　　　)하라고 명하였다.

1

서술상의 특징과 효과 파악
이 글의 구조를 〈보기〉와 같이 정리할 때, 이를 통해 확인할 수 있는 서술상의 효과로 가장 적절한 것은? [3점]

● 보기 ●

| 시련 | 왜왕의 시험 1 | 왜왕의 시험 2 | 왜왕의 시험 3 | 왜왕의 시험 4 |

| 극복 | 시문 암기하기 | 천 근 방석 선유하기 | 불집에서 지내기 | 불말 타기 |

① 시련의 극복 과정을 반복하여 인물의 비범함을 드러내고 있다.
② 유사한 소재의 나열을 통해 시대적 상황을 구체적으로 제시하고 있다.
③ 각기 다른 사건을 반복하여 인물의 내면 심리를 세밀하게 묘사하고 있다.
④ 유사한 사건을 반복적으로 제시함으로써 내용에 신빙성을 부여하고 있다.
⑤ 다른 상황에 유사한 방식으로 대처하는 인물을 통해 사건의 긴장감을 조성하고 있다.

2
인물의 심리와 태도 파악
이 글의 등장인물에 대한 설명으로 적절하지 않은 것은?

① 왜왕은 사명당이 자국을 찾아오는 상황을 부담스러워한다.
② 왜왕은 사명당이 지나는 길에 병풍을 세워 재주를 시험한다.
③ 사명당은 더 많은 조공을 받아 내기 위해 왜왕을 겁박한다.
④ 사명당은 왜왕이 꾸민 계략을 역이용하여 왜왕을 모욕한다.
⑤ 사명당은 동래 부사의 목을 벰으로써 자신의 권위를 보인다.

3
다른 작품과의 비교 감상
[A]와 〈보기〉를 비교하여 설명한 내용으로 가장 적절한 것은?

● 보기 ●

　박씨 부인이 계화에게 명하여 부적을 던지고, 왼손에 붉은 부채를 들고, 오른손에 흰 부채를 들고, 오색실을 매어 화염 중에 던지니 문득 피화당으로부터 대풍이 일어나며 도리어 오랑캐 진중으로 불길이 돌치며 오랑캐 병사들이 화광 중에 들어 천지를 분변치 못하며 불에 타 죽는 자가 부지기수(不知其數)라.
　골대 크게 놀라 급히 퇴진하며 하늘을 우러러 탄식하여 가로되,
　"군사를 일으켜 조선에 나온 후 사람을 죽이지 않고 대포 소리만으로 조선을 도모하였으나, 이곳에 와 여자를 만나 불쌍한 동생을 죽이고 무슨 면목으로 임금과 귀비를 뵈오리오." – 작자 미상, 「박씨전」

① [A]는 〈보기〉에 비해 내적인 갈등이 첨예하게 드러나고 있다.
② [A]는 〈보기〉와 달리 인물의 비범한 능력이 잘 드러나고 있다.
③ [A]는 〈보기〉에 비해 전기적(傳奇的) 성격이 구체적으로 드러나고 있다.
④ [A]는 〈보기〉와 달리 인물의 지략이 사건 해결의 중요 요소로 작용하고 있다.
⑤ [A]는 〈보기〉와 달리 한 인물이 다른 인물에게 불가능한 일을 실현하도록 요구하고 있다.

4
세부 내용의 이해
〈보기 1〉은 ㉠에 들어갈 내용을 추측해 본 것이다. 〈보기 1〉의 빈칸에 알맞은 내용을 〈보기 2〉에서 골라 바르게 묶은 것은?

● 보기 1 ●

저 왜왕은 (　　　　　　) 때문에 다시는 조선에 대항하지 않겠습니다.

● 보기 2 ●

ㄱ. 잔명을 살려 주셨기
ㄴ. 반심을 품을 줄 모르기
ㄷ. 조공을 조금 바치라고 하셨기
ㄹ. 조선 생불의 비범함을 확인하였기

① ㄱ, ㄴ　　　② ㄱ, ㄹ　　　③ ㄴ, ㄷ　　　④ ㄴ, ㄹ　　　⑤ ㄷ, ㄹ

최척전 崔陟傳 _조위한

[앞부분 줄거리] 남원에 사는 최척과 옥영은 서로 사랑하게 되어 결혼을 약속하나 최척은 왜적의 침입을 막기 위해 의병으로 참전한다. 최척이 돌아오지 않자 옥영의 어머니는 부자의 아들인 양생을 사위로 맞으려 한다. 그러나 옥영은 최척이 돌아올 때를 기다려 마침내 그와 혼인을 하고, 아들 몽석을 낳는다. 하지만 정유재란으로 남원이 함락되면서 옥영은 왜병의 포로가 되고, 일본에 잡혀가 남자로 행세하면서 불심(佛心)이 깊은 왜인을 만나 장삿일을 돕는다. 최척은 흩어진 가족을 찾아 헤매다가 여유문을 만나 중국으로 건너간다. 그리고 여유문이 죽자 송우와 함께 상선을 타고 여기저기로 떠돌아다니게 된다.

경자년(庚子年) 봄, 최척은 송 공을 따라 항주로 갔다. 최척은 송 공과 함께 상선을 타고 안남(安南)을 왕래했다. 이 항구에는 왜선 10여 척이 열흘 전부터 정박하고 있었다. 이때는 4월이라 모두 노곤하여 곯아 떨어졌다.

하늘은 구름 한 점 없이 맑게 개었다. 물빛은 비단같이 아름다웠고 바람이 자 물결이 잔잔했다. 물결 소리조차 조금도 들려오지 않았다. 배 안에 있는 사람들도 모두 잠이 들어 코 고는 소리만 높은데, ㉠이따금 물새 우는 소리만이 들려왔다.

그때 왜선에서 염불하는 소리가 매우 구성지게 들려왔다. 최척은 홀로 선창에 기댄 채 신세타령을 했다. 모든 것을 잊으려는 듯, ㉡품속에서 퉁소를 꺼내어 계면조(界面調) 한 곡을 불면서 가슴속에 맺힌 애원(哀怨)한 정을 풀고 있었다. 이 퉁소 소리에 하늘마저 근심스런 빛을 띤 듯했고 구름과 연기조차 침울하기 그지없었다. 배 안에서 잠자던 사람들도 놀라 깨어났다. 그들은 하나같이 슬픈 낯빛을 지었다. 퉁소 소리가 다시 울려 퍼지자 왜선에서 염불 소리가 갑자기 멎고 조선어로 칠언 절구를 한 수 읊는 소리가 들렸다. 읊기를 다하자 한숨을 휴우 내쉬는 것이었다. 최척은 시 읊는 소리를 듣고 너무나 뜻밖이어서 들었던 퉁소마저 떨어뜨렸다. 넋을 잃은 듯 마치 죽은 사람 같았다.

송 공이 이상히 여겨

"자네는 어째서 그런 모양을 하고 있는가?"

하고 거듭 물어도 대답이 없었다. 연해 큰소리로 묻자 최척은 ㉢그 자리에서 쓰러지며 기절해 버렸다. 얼마가 지나서야 겨우 정신을 차리고 일어나 앉으며 말했다.

"저 시는 내 아내가 지은 시요, 둘만이 알지 다른 사람은 아무도 모르오. 더욱이 시 읊는 소리가 아내와 흡사하니 어찌 놀라지 않겠소. 아내가 저 배를 타고 있는 것은 아닌지, 아니 도저히 그럴 리 없어."

그러고는 왜적의 습격을 당하여 가족들이 흩어진 내력을 들려주었다. 사람들은 놀라며 이상히 여겼다. 그 속에 두홍이란 사람이 있었다. 나이가 젊고 용감한 반면 좀 덤벙대는 사람이었다. 그는 최척의 말을 듣자 의기를 나타내 주먹으로 뱃전을 쳤다. 분연히 일어서며

"내가 당장 가서 찾아보겠소."

하며 급히 서둘렀다. 송 공이 만류하며

ⓐ"깊은 밤에 일을 꾸몄다가는 무슨 변을 당할지 두려우이. 내일 아침에 정중히 찾아보는 것이 좋을 듯하이."

하니 모두들 찬성하였다.

그날 밤 최척은 잠 한숨 자지 못했다. ㉣아침을 기다리며 뜬눈으로 날을 밝혔다.

이윽고 동쪽 하늘이 밝아오자 그는 조금도 지체할 수 없어 배에서 내려왔다. 곧장 언

수능 연계 포인트

① 작품의 문학사적 의의 이해
② 기존 고전 소설과의 차이점 이해
③ 인물의 특성 및 상황에 따른 인물의 심리 파악

핵심 정리

• 갈래 고전 소설(한문 소설, 전쟁 소설)
• 주제 이산가족의 고통과 재회를 통한 가족애의 확인
• 특징 ① 역사적 사건을 배경으로 하여 백성들의 고통을 사실적으로 그림 ② 작품의 배경이 중국, 일본, 안남(베트남) 등으로 확장됨

작품 해제

이 글은 전란과 이산의 고통 속에서도 강한 의지와 슬기로 역경을 극복하는 최척과 옥영의 이야기를 담은 소설이다. 임진왜란, 정유재란, 병자호란 등의 역사적 사건과 중국, 일본, 안남(베트남) 등의 공간을 배경으로 하여 가족의 이산과 재회를 그리고 있다. 신기하고 우연한 사건으로 얽혀져 있지만, 우리 역사와 그 속에 살던 인물들을 그렸다는 점에서 큰 의의가 있다.

작품 핵심

〈최척전〉의 시대적 배경

이 글의 배경으로 나타나고 있는 임진왜란과 정유재란은 조선의 정치적·경제적·문화적인 모든 면에 큰 전환을 가져온 사건이었다. 백성들에게는 형언할 수 없는 고통과 슬픔, 시련을 안겨 주었고, 급기야는 국가의 기운마저 흔들리게 했던 것이다. 경제적인 혼란, 기아와 온갖 전염병으로 백성들은 방황해야만 했으며, 7년 동안 전쟁을 치르면서 발생한 이산가족의 수는 헤아릴 수도 없었다.

덕으로 내려가 왜선으로 다가가서 조선어로 크게 외쳤다.

ⓑ"어젯밤 시를 읊은 사람은 틀림없이 조선인일 거요. 나도 조선인이요. 이 머나먼 안남까지 와서 고국 사람을 한번 만나 보는 것도 이 또한 기쁜 일이 아니겠습니까?"

옥영은 배 안에서 퉁소 소리를 들었다. 그것은 곧 조선의 곡조요 또한 옛날에 귀에 익었던 소리였다. 그래서 남편이 그 배에 와 있지 않나 해서 시험 삼아 시를 읊었던 것이다. 이때 남편이 자기를 찾는 말을 듣자 옥영은 황망하여 몸둘 바를 몰랐다. 엎어지고 넘어지면서 급히 난간을 내려갔다. 두 사람은 서로를 알아보고 소리치면서 끌어안고 흐느껴 울었다. 너무도 감격해 가슴이 막혔다. 심정이 격하여 말도 제대로 안 나왔다. 이윽고 정신을 차렸다.

이 광경을 보느라고 양국의 뱃사람들이 담장처럼 늘어섰다. 그들은 처음에 친척이나 친구인 줄로 알고만 있다가 급기야 부부지간이라는 사실을 알고는 서로 쳐다보며 큰소리로

"이상하고도 기하도다. 일찍이 이런 일은 보지 못했는데 정말 기쁜 일이로다."

하며, 경탄하지 않는 사람이 없었다.

최척은 집안 소식을 물었다. 옥영은

"그때 저희들은 산중에서 도망하여 강가로 나왔어요. 시아버님과 어머님은 그때까지 무사했어요. 날은 저물고 창황(蒼黃) 중에 배를 타느라고 그만 서로 헤어지고 말았어요."

하고 대답했다.

ⓓ두 사람은 또 한 번 통곡했다. 이 정경을 지켜보던 사람들마저 눈시울이 뜨거워졌다.

[뒷부분 줄거리] 최척과 옥영은 중국 항주에 정착하여 둘째 아들 몽선을 낳고, 몽선이 장성하게 되자 홍도라는 중국 여인과 혼인을 시킨다. 이듬해 호족이 침입하여 최척은 명나라 군사로 출전하였다가 청나라 군대의 포로가 된다. 그는 포로수용소에서 맏아들 몽석을 극적으로 만나게 된다. 둘은 포로수용소를 탈출하여 조선으로 돌아가고, 옥영은 몽선과 홍도를 데리고 천신만고 끝에 고국으로 돌아온다. 그리고 조선에서 일가가 모두 해후하여 단란한 삶을 누리게 된다.

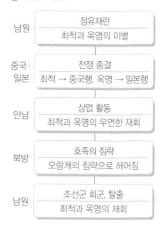

😊 한눈에 보기

남원	정유재란 최척과 옥영의 이별
중국·일본	전쟁 종결 최척 → 중국행, 옥영 → 일본행
안남	상업 활동 최척과 옥영의 우연한 재회
북방	호족의 침략 오랑캐의 침략으로 헤어짐
남원	조선군 회군, 탈출 최척과 옥영의 재회

지문 Master

1 최적의 (   )에는 아내에 대한 그리움이 담겨 있으며, 최척과 옥영이 재회하는 계기가 된다.

2 최척과 옥영의 재회는 (   )(이)라는 고전 소설의 특징을 잘 보여 준다.

1

인물의 성격과 역할 파악

이 글에 나타난 인물들에 대한 설명으로 적절하지 <u>않은</u> 것은?

① '송 공'은 논리적인 상황 판단력을 지닌 인물이다.

② '옥영'은 남편을 그리워하며 고난을 겪는 인물이다.

③ '최척'은 아내를 사랑하는 자상한 성격의 인물이다.

④ '두홍'은 '최척'이 '옥영'을 찾는 데에 결정적 역할을 한다.

⑤ 배에 타고 있는 사람들은 모두 동정심이 강한 인물들이다.

2 구절의 의미 파악
㉠~㉤에 대한 설명으로 적절하지 않은 것은?

① ㉠ : 쓸쓸하고 고즈넉한 분위기를 조성하여 최척의 애상감을 부각하고 있다.

② ㉡ : 옥영에게 조선에서 헤어진 최척을 떠올리며 기대감이 들도록 하고 있다.

③ ㉢ : 예상치 못한 일로 인한 심리적 충격이 신체적 반응으로 이어지고 있다.

④ ㉣ : 옥영을 만날 수 있다는 확신이 들어 잠을 이루지 못하며 흥분하고 있다.

⑤ ㉤ : 소식을 알 수 없는 다른 가족들의 안위를 걱정하며 안타까워하고 있다.

3 외적 준거에 따른 작품 감상
〈보기〉를 참고할 때, 이 글에 대한 감상으로 옳지 않은 것은? [3점]

● 보기 ●

　　17세기 후반부터 나온 대부분의 전쟁 소설들(「박씨전」, 「임진록」, 「임경업전」)이 민족 영웅의 활약상을 통해 민족의 자존심을 높이고자 했던 것들인 반면, 「최척전」에는 민족적 영웅도 무용담도 없다. 다만 전쟁으로 인한 당대 백성들의 고난과 역경을 사실적으로 펼쳐 보이고 있는 것이다. 특히, 여주인공 옥영은 후대 소설에 나타나는 능동적이고 강인한 여성상을 앞서 보여 주는 인물이라 할 수 있다.

① 최척과 옥영은 전쟁으로 인한 민중의 고통을 대변하고 있는 인물이야.

② 이 글은 전쟁으로 인해 최척과 옥영이 헤어지고 만나는 과정을 다루고 있는 소설이야.

③ 최척과 옥영의 재회를 지켜보며 슬퍼하는 사람들은 우리 민족의 고통에 공감하고 있다고 할 수 있어.

④ 전쟁으로 인해 고통을 겪는 최척과 옥영은 다른 고전 소설에 나타나는 영웅들의 모습과는 다른 것 같아.

⑤ 최척을 그리워하며 노래를 부른 옥영은 고전 소설에 흔히 등장하는 재자가인형의 여인상이라 할 수 있어.

4 인물의 말하기 방식 파악
ⓐ와 ⓑ에 나타난 말하기 방식의 공통점으로 적절한 것은?

① 서러움의 감정을 절제하고 있다.

② 상대방을 설득하며 만류하고 있다.

③ 침착하게 상대방을 설득하고 있다.

④ 친근감을 과시하며 이야기하고 있다.

⑤ 속마음을 내비치지 않으려 하고 있다.

박태보전 朴泰輔傳 _작자 미상

[앞부분 줄거리] 박태보는 숙종 때 과거에 급제하여 응교(應敎)의 벼슬에 이른다. 임금이 중전을 폐위하려고 하자 태보는 신하들의 뜻을 모아 임금의 행위가 잘못되었음을 간하는 상소문을 올린다. 그 상소문을 본 임금은 상소의 대표자인 오두인과 박태보 등을 직접 신문한다.

상(上)이 왈, / "여러 죄인이 네가 지은 글로 원정(原情)*하였다고 하니, 상소문도 네가 쓰고 주동도 네가 하였느냐? 엄히 치라."

공(公)이 대답하기를, / "신이 쓰기는 하였사오나 내용은 여럿이 말한 것을 취합하였사옵니다. 다만 문자를 취사하고 문장을 윤색하였사옵니다."

"네 무슨 마음으로 흉악하고 참혹한 말을 지었느냐? 홍치상의 일을 보지 아니하였느냐?"

"전하께서는 어찌 저를 치상과 비교하시옵니까? 치상은 어리석어 사리에 어두운 행동을 한 죄가 있지만 소신에게는 무슨 죄가 있사옵니까? 소신의 상소는 온 나라 사람들의 의견입니다. 신이 국정을 의논하는 자리에 출입한 지가 몇 해나 되었거늘 신의 행실이 치상과 다른 줄을 모르시옵니까?"

"너희 놈들은 홍치상과 한가지라. 내가 참소를 믿고 거짓말을 한다고 하니 나를 업신여기는 것이 아닌가! 감히 국부(國父)를 배반하고 간악한 여인을 위하여 독(毒) 같은 일을 행하니 대역무도가 아니냐?"

공이 조용히 우러르며 왈, / "전하, 어찌 이렇듯 실언을 하십니까? 옛말에 부부는 인륜의 시작이요, 성인은 인륜의 지극함이라 하였습니다. 필부(匹夫)도 비록 부부의 의를 소중히 여기거늘, 하물며 중궁은 매우 높으시고 위의(威儀)가 있으신 분이신데, 노했다고 하여 말씀을 가리지 아니하십니까?"

상이 더욱 대로하여 왈,

"네가 나를 더욱 괴롭히며 책망하고 윽박지르기까지 하는구나. 판의금은 어찌 죄인을 문초하여 자백을 받지 아니하는가? 하나하나 따져 엄하게 형문(刑問)하라."

하고 또 왈, / "간사하고 독살스러워 끝내 바로 고하지 아니하도다."

공이 대답하기를, / "상소를 통해 이미 모두 말씀드렸으니 이제 더 말씀드릴 것이 없나이다. 전하, 마음을 푸시고 신의 상소를 곰곰이 읽어 보시면 제가 무고한 것이 아닌 줄을 아실 것입니다."

"네가 상소의 말을 다 하였으니, 숨기려고 한들 어찌 숨기리오. 어서 지만(遲晩)*하라."

"이제 신에게 지만을 받으시려는 것은 무슨 말씀이며 무슨 일입니까? 신은 추호도 전하를 업신여긴 적이 없습니다."

"이러한 역적은 즉시 베어야 나라의 기강이 바로 서리로다. 엄격히 형문하여 승복을 받으라."

"전하께서 근래 『주역』을 강론하셨는데도 건곤(乾坤)의 의리를 모르십니까? 설사 중궁에게 과실이 있다더라도 옛적 명성 왕후께서 생전에 중궁을 사랑하실 때는 전하의 그런 말씀을 듣지 못하였는데, 원자(元子)께서 탄생하신 뒤부터 중궁의 과실이 점점 들리니 신의 생각에는 참소가 이것에서 비롯된 것이 아닌가 합니다." 〈중략〉

[중략 부분 줄거리] 임금은 박태보에게 다양한 형벌을 가하며 죄를 인정하라고 재촉하나 박태보는 꿋꿋하게 자신의 상소가 정당함을 주장한다. 결국 먼저 지쳐 버린 왕이 침소로 들어가자 박태보는 옥으로 이동한다.

🖊 **핵심 정리**

• **갈래** 고전 소설(역사 소설)
• **주제** 죽음 앞에서도 임금에게 충간을 아끼지 않은 박태보의 드높은 지조와 그의 삶
• **특징** ① 역사적 인물과 사건을 소재로 하여 사실성을 확보함 ② 주인공의 일생에 따라 사건을 전개함

😀 **작품 해제**

이 글은 인현 왕후 폐비 사건을 배경으로 그것의 부당함을 상소하다가 죽은 박태보의 삶을 소설화한 작품이다. 숙종이 인현 왕후를 폐하려고 하자 박태보가 상소문을 올리고, 그 일로 임금의 신문을 받은 박태보는 귀양 중에 죽음을 맞는다. 특히 신문 과정에서 나타나는 박태보와 임금의 갈등이 서사의 대부분을 차지하며 극적 긴장감을 조성하고 있다.

😊 **작품 핵심**

박태보와 임금의 대립
이 글에서 박태보는 정의롭고 이성적인 인물로, 임금은 부도덕하고 감정적인 인물로 제시되고 있다.

박태보	임금
• 중전을 내치려는 임금의 행위가 부당함을 지적하는 상소를 올림	• 상소를 올린 것을 자신을 업신여기는 반역 행위라고 여김
• 가혹한 형벌에도 주장을 굽히지 않고 논리적으로 임금을 설득함	• 박태보에게 감정적 반응을 보이며 가혹한 형벌로 굴복시키려 함

이때 태보 궐문 밖으로 나오니 그제야 정신없어 기절하거늘 좌우 제신이며 일가 제족이 구완하여 겨우 인사 차려 좌우를 돌아보며 왈,

"이 몸이 명재경각(命在頃刻)이라. 어찌 살기를 바라리오. 군 등은 태보가 죽거든 죽기로써 간하여 왕비를 내치지 못하게 하옵소서."

한데, 이때에 상소 중에 이름 올린 제원(諸員)이 모두 이르되,

[A]
"그대는 죽기로써 간하다 어명을 입고 사경이 되었으나 우리도 역시 한 탓이로다. 막중한 충을 몰랐으니 무슨 낯이 있으리오. 일은 여럿이 참여하고 죄는 그대만 혼자 당하였으니 죄스럽고 민망하기 측량없노라."

무수히 위로하다가 형옥(刑獄)으로 전송하더라. 이튿날에 형조 판서 마지못하여 위계를 갖추고 대강 직계(直啓)로 올렸더니 상(上)이 보시고 다시 하교하사,

"금부로 가두라."

하시거늘 금부 옥졸이 옹위하여 금부에 이르니 만조백관이며 장안 백성이 구름 모이듯 하더라. 이때에 생가 친척이며 양가 제족이 슬퍼하며 탄식하거늘 태보 위로 왈,

[B]
"인명이오면 재천이옵거늘 설마 무죄로 죽어 청춘 원혼이 되리오마는 나의 뜻은 정한 지 오래되었는지라. 하늘이 무너지고 땅이 꺼져도 변할 길이 없사오니 이 몸이 죽거든 영천수 흐르는 물에 훨훨 씻어 다른 곳에는 묻지 말고 남산하에 묻어 주오면 죽은 혼백이라도 궐내를 향하여 우리 주상 심하에 복지(伏地)하여 주야로 간하여 왕비를 다시 환궁하게 하올 것이니 아무리 죽은 사람의 말이라 하옵고 저버리지 마시며 부디 명심하소서."

금부에 수일 잡혀 갇혔더니, 상이 구태여 왕비는 내치시고 태보는 진도로 정배하라 하시니라.

[뒷부분 줄거리] 유배형을 받은 박태보는 유배지로 이동하던 중에 고문으로 인한 상처가 악화되어 죽는다. 육 년 뒤, 자신의 잘못을 깨달은 임금은 중전을 다시 불러들이고, 박태보에게 그의 충절에 대한 시호를 내린다. 그리고 그의 자손들에게 벼슬을 하사한다.

* 원정: 사정을 하소연함
* 지만: 죄인이 자신의 죄를 자백하고 복종함

한눈에 보기

중전의 폐위 / 박태보 — 직간 · 노여움 — 임금 / 강직한 신하 / 부도덕한 군주

지문 Master

1 박태보는 뜻을 같이하는 사람들을 대표하여 (   )을/를 작성했다.

2 박태보와 임금 간의 (   )을/를 활용하여 인물의 성격을 간접적으로 제시하고 있다.

1

서술상의 특징 파악
이 글의 서술상 특징으로 가장 적절한 것은?

① 빈번하게 장면을 전환하여 긴박한 분위기를 조성하고 있다.

② 서술자가 작품에 직접 개입하여 작중 상황을 논평하고 있다.

③ 공간적 배경을 묘사하여 인물의 내면 심리를 암시하고 있다.

④ 인물의 대화를 활용하여 사건을 시간 순서대로 전개하고 있다.

⑤ 인물의 성격과 관련된 일화들을 삽화 형식으로 나열하고 있다.

2
세부 내용의 파악
이 글의 내용에 대한 이해로 가장 적절한 것은?

① 상은 태보 무리가 상소한 내용과 다른 속셈을 지니고 있을 것이라고 확신하였다.

② 태보의 일가 제족은 태보에게 목숨을 부지할 수 있는 길을 따르기를 권유하였다.

③ 형조 판서는 태보를 문초하여 상이 추궁하지 못한 태보의 죄명을 상세히 밝혔다.

④ 제원들은 태보가 고통을 이기지 못해 기절하자 신문을 미루어 주기를 간청하였다.

⑤ 태보는 자신이 벼슬할 때는 홍치상과 달리 행실이 올곧았음을 상에게 주장하였다.

3
인물의 심리와 태도 파악
[A]와 [B]에 대한 설명으로 가장 적절한 것은?

① [A]에서 자신을 대하는 제원들의 태도로 인한 태보의 심리적 상처는, [B]에서 일가친척들과의 만남을 통해 해소되고 있다.

② [A]에서 태보의 상태를 본 제원들의 참회와 위로는, [B]에서 반드시 자신의 무죄를 밝히겠다는 태보의 결심을 초래하고 있다.

③ [A]에서 태보에게 책임을 전가한 것에 대한 제원들의 후회는, [B]에서 태보의 말을 통해 드러난 제원들의 각오로 이어지고 있다.

④ [A]에서 제원들이 칭송하는 태보의 강직함은, [B]에서 죽더라도 결코 뜻을 버리지 않겠다고 하는 태보의 다짐에서 구체화되고 있다.

⑤ [A]에서 임금의 분노를 유발한 것에 대해 책임을 통감하는 제원들의 탄식은, [B]에서 그 책임을 자신에게 돌리는 태보의 자책과 대비되고 있다.

4
외적 준거에 따른 작품 감상
〈보기〉를 참고하여 이 글을 감상한 내용으로 적절하지 않은 것은? [3점]

● 보기 ●

후사가 없었던 숙종은 후궁인 희빈 장씨가 아들을 낳자 장씨의 아들을 왕세자로 책봉하고 왕비인 인현 왕후를 폐위하려고 했다. 그러자 박태보, 오두인, 이세화 등 86인이 왕비의 폐위가 부당하다는 간언을 담은 상소를 올렸다. 상소문은 박태보가 작성하였는데, 관직에 있을 때 동료들의 인정을 받을 정도로 그의 문장력이 뛰어났기 때문이다. 그러나 숙종은 이를 왕권에 대한 도전으로 받아들여 주동자들에게 큰 벌을 내렸다. 그 후 결국 숙종은 인현 왕후를 폐위하고 희빈 장씨를 왕비로 책봉하였다.

① 상소문을 작성할 때 자신이 '문자를 취사하고 문장을 윤색하였'다는 '공(公)'의 말에서, 동료 관리들의 인정을 받을 정도로 뛰어났던 당시 박태보의 문장력을 엿볼 수 있군.

② 상소를 올린 것은 '간악한 여인을 위하여 독 같은 일을 행'한 것이라는 '상(上)'의 판단에서, 인현 왕후의 폐위가 부당하다는 간언을 부정한 숙종의 태도를 엿볼 수 있군.

③ '상소를 곰곰히 읽어 보시면 제가 무고한 것이 아닌 줄을 아실 것'이라는 '공(公)'의 말에서, 자신이 상소를 주동하지 않았음을 주장한 당시 박태보의 항변을 엿볼 수 있군.

④ '이러한 역적은 즉시 베어야 나라의 기강이 바로' 설 것이라는 '상(上)'의 말에서, 신하들의 충성 어린 간언을 왕권에 대한 도전으로 받아들였던 숙종의 반응을 엿볼 수 있군.

⑤ '원자'가 태어난 뒤부터 이전과 달리 '중궁의 과실이 점점 들리'는 현상에서, 희빈 장씨의 아들을 왕세자로 만들기 위해 인현 왕후를 폐위하려 한 당시 상황을 엿볼 수 있군.

흥보전 興甫傳 _작자 미상

[앞부분 줄거리] 심술 고약한 형 놀보와 착한 동생 흥보가 살았는데, 놀보는 부모의 유산을 독차지하고 흥보를 내쫓는다. 가난을 견디다 못한 흥보는 매품팔이*를 하기로 마음먹는다.

흥보 마샃* 돈 닷 냥 받아 차고, '얼씨구, 즐겁도다.' 제집으로 들어가며,

"애기 어멈, 게 있는가. 문을 열고 이것 보시오. 대장부 한 걸음에 삼십 냥이 들어가네."

흥보 아내 이른 말이,

"그 돈은 웬 돈이며 삼십 냥은 웬 돈이오?"

흥보 이른 말이,

"천기누설(天機漏洩)이라, 말부터 앞세우면 일이 이루어질 수 없으니, 그 돈으로 양식 팔아 배불리 질끈 먹고."

흥보 아내 이른 말이,

"먹으니 좋소만 그 돈은 어디서 났소?"

흥보 이른 말이,

ⓐ"본읍 좌수 대신으로 병영 가서 곤장 맞기로 삼십 냥에 결단하고 마샃 돈 닷 냥 받아 왔네."

흥보 아내 이 말 듣고 기가 막혀 이른 말이,

"그놈의 죄상(罪狀)도 모르고 병영으로 올라갔다가 저 모습 저 몰골에 곤장 열을 맞으면 곤장 아래 혼백 될 것이니 제발 덕분 가지 마오."

흥보 이른 말이, / "볼기의 구실이 있나니."

"볼기가 구실이 있단 말이오?"

"그렇지. 볼기 구실 들어 보소. ⓑ《이내 몸이 정승 되어 평교자(平轎子)에 앉아 볼까, 육판서 하였으면 초헌(軺軒) 위에 앉아 볼까, 사복시(司僕寺) 관리 하였으면 임금 타는 말에 앉아 볼까, 팔도 감사(監司) 하여 선화당(宣化堂)에 앉아 볼까, 각 읍 수령 하여 좋은 가마에 앉아 볼까, 좌수 별감(別監) 하여 향사당(鄕社堂)에 앉아 볼까, 이방 호장 하여 작청(作廳) 좋은 자리에 앉아 볼까, 소리명창 되어 크고 넓은 좋은 집 양반 앞에 앉아 볼까, 풍류 호걸 되어 기생집에 앉아 볼까, 서울 이름난 기생 되어 가마 안에 앉아 볼까, 많은 돈 벌어 부담마(負擔馬)에 앉아 볼까,》 쓸데없는 이내 볼기 놀려 무엇 한단 말인가. 매품이나 팔아 먹세." 〈중략〉

[중략 부분 줄거리] 흥보가 병영에 도착하니 매품을 팔기 위해 사람들이 대기하고 있었는데, 서로 가난 자랑을 하며 먼저 매품을 팔려는 것을 보고 흥보는 집으로 돌아온다.

하직하고 돌아오며, 탄식하고 집에 들어가니, ⓒ흥보 아내 거동 보소. 왈칵 뛰어 달려 들어 흥보 소매 검처 잡고 듣기 싫을 정도로 크고 섧게 울며,

"하늘이 사람들을 세상에 나게 할 때 반드시 자기 할 일을 주었으니, 생기는 대로 먹고 살지 남 대신으로 맞을까. 애고애고, 섧움이야."

이렇듯 섧게 우니 흥보 이른 말이,

"애기 어멈 울지 마소. 애기 어멈 울지 마소. ㉯《영문에 들어가니 세상의 가난한 놈은 거기 모두 모여 내 가난은 거기다 비교하니 장자*라 일컬을 수 있어, 매도 못 맞고 돌아왔네.》"

수능 연계 포인트

① 판소리계 소설의 서술 방식 파악
② 인물이 처한 상황과 심리 파악
③ 인물의 말하기 방식 파악

핵심 정리

- 갈래 고전 소설(국문 소설, 풍자 소설, 판소리계 소설)
- 주제 ① 형제간의 우애와 권선징악 ② 부농과 빈농의 갈등
- 특징 과장된 표현, 익살, 해학적 묘사를 통해 골계미가 나타남

작품 해제

이 글은 착한 아우 흥보와 악한 형 놀보의 대조를 통해 판소리계 소설 특유의 해학미를 보여 주는 풍자·도덕 소설이다. 표면적으로는 형제간의 우애를 강조하고 있으나, 그 이면에는 조선 후기에 나타난 유랑 농민과 신흥 부농의 갈등을 확인할 수 있다.

작품 핵심

판소리 사설의 흔적

「흥보전」은 판소리계 소설로, 판소리의 흔적을 엿볼 수 있다. 먼저 '흥보 아내 거동 보소'와 같이 공연 현장에서 소리꾼이 할 만한 말투가 사용되었다. 또한 '매품팔이'나 '신세타령' 등과 같이 일상적인 말이 아니라 노래로 불러야 할 듯한 운율감을 보이기도 한다. 하층민들의 비속어와 함께 전아(典雅)한 한자어가 사용되는 등 문체의 이중성을 보이는 것 또한 판소리를 향유하는 계층에 대한 배려가 남아 있는 것으로 볼 수 있다.

홍보 아내 이 말 듣고,

"얼씨구나 즐겁도다. 우리 낭군 병영 내려갔다 매 아니 맞고 돌아오니, 이런 영화 또 있을까."

"배고픔을 생각하여 음식 노래 불러 보자. 무슨 밥이 좋던 게요? 보리밥이 좋거던. 무슨 국이 좋던 게요? 비짓국이 좋거던. 음식을 맛있게 하여 먹으려면, 개장국에 늙은 호박을 따 넣고 숭늉에는 고춧가루를 많이 치고 들기름을 많이 쳐, 사곰은 괴곰이 먹을 만하고, 이만큼 시장할 때는 들깨 깻묵 두어 둘레쯤 먹고 찬물 댓 사발쯤 먹었으면 든든커던."

이렇게 말을 할 제 홍보 아내 우는 말이,

"우정 가장(家長) 애중 자식 배 곯리고 못 입히는 내 설움 의논컨대, ⓓ《피눈물이 반죽 되면 아황 여영 설움이요, 홍곡가를 지어 내던 왕소군의 설움이요, 장신 궁중 꽃이 피니 반첩여의 설움이요, 옥으로 장식한 장막 속에서 죽으니 우미인의 설움이요, 목을 잘라 절사하니 하씨 열녀 설움이요.》만경창파(萬頃蒼波) 너른 물을 말말이 다 되인들 끝없는 이내 설움 어디다 하소연할꼬."

홍보 역시 슬퍼, 샘물같이 솟아나오는 눈물 가랑비같이 흩뿌리며 목이 막혀 기절하더니 다시 살아나서, 들릴 듯 말 듯한 말로 겨우 내어 기운 없이 가는 목소리를 처량하게 슬피 울며 만류하여 이른 말이, / "마음만 옳게 먹고 의롭지 않은 일 아니하면 장래 한때 볼 것이니 서러워 말고 살아나세."

부부 앉아 탄식할 제, ⓔ청산은 높이 솟아 있고 온갖 꽃이 화려하고 찬란하게 피어 있는 때 접동 두견 꾀꼬리는 때를 찾아 슬피 우니 뉘 아니 슬퍼하리.

[뒷부분 줄거리] 놀보 집에 도움을 청하려다 매만 맞고 돌아온 홍보는 다친 제비를 치료해 주고 박씨를 얻는다. 홍보는 박씨를 심어 수확한 박에서 금은보화가 나와 큰 부자가 된다. 이 소문을 들은 놀보는 제비 다리를 부러뜨려 박씨를 얻지만 박에서 나온 것들로 인해 패가망신한다. 홍보는 놀보에게 재물을 나눠 주고, 개과천선한 놀보와 함께 행복하게 산다.

* 매품팔이 : 예전에, 관가에 가서 남의 매를 대신 맞아 주고 삯을 받던 일
* 마삯 : 말을 부린 데 대한 삯. 여기서는 홍보가 매품 팔러 갈 때 드는 비용을 뜻함
* 장자 : 큰 부자를 점잖게 이르는 말

1

서술상의 특징 파악

이 글의 서술상 특징을 〈보기〉에서 골라 바르게 묶은 것은?

● 보기 ●

ㄱ. 인물의 내면 심리를 치밀하게 묘사하고 있다.
ㄴ. 공간 이동에 따른 인물의 성격 변화가 나타나고 있다.
ㄷ. 과거의 일과 현재의 일이 반복적으로 교차되고 있다.
ㄹ. 인물의 성품이 대화와 행동을 통해 간접 제시되고 있다.
ㅁ. 인물의 행위를 과장하여 해학적 분위기를 드러내고 있다.

① ㄱ, ㄴ　　　② ㄱ, ㅁ　　　③ ㄴ, ㄷ　　　④ ㄷ, ㄹ　　　⑤ ㄹ, ㅁ

2

인물의 심리와 태도 파악

이 글에 대한 이해로 적절하지 않은 것은?

① 흥보는 가장으로서 가족의 생계를 책임지기 위해 자신을 희생하려 한다.

② 흥보는 가난을 하늘이 정해 준 운명이라고 생각하며 체념적으로 수용한다.

③ 흥보 아내는 흥보가 매품을 파는 과정에서 죽을 수도 있음을 염려한다.

④ 흥보 아내는 가족들이 제대로 먹지도 입지도 못하는 상황을 서러워한다.

⑤ 흥보 아내는 흥보가 모처럼 가져온 돈이 어디에서 난 것인지 궁금해한다.

3

인물의 말하기 방식 파악

〈보기〉는 ㉮와 같이 말하게 된 구체적인 상황이다. 이에 나타난 인물들의 말하기 방법과 거리가 먼 것은?

● 보기 ●

흥보 이른 말이, / "그리 말고 서로 가난 자랑하여 아무라도 제일 가난한 사람이 팔아 갑세."

그 말이 옳다 하고, / "저분 가난 어떠하오?"

"내 가난 들어 보오. 집이라고 들어가면 사방 어디로도 들어살 삭은 곳이 없어 닫는 벼룩 쪼그려 앉을 데 없고 삼순구식(三旬九食) 먹어 본 내 아들 없소."

한 놈 나앉으며, / "족히 먹고살 수는 있겠소. 저분 가난 어떠하오?"

"내 가난 들어 보오. 내 가난 남과 달라 이 대째 내려오는 광주산(廣州産) 사발 하나 선반에 얹은 지가 팔 년이로되, 여러 날 내려오지 못하고 아침저녁으로 눈물만 뚝뚝 짓고, 부엌의 노랑 쥐가 밥알을 주우려고 다니다가 다리에 가래톳 서서 종기 터뜨리고 드러누운 지가 석 달 되었소. 좌우 들으신 바 내 신세 어떠하오?"

① 자신의 딱한 처지를 강조하여 동의를 얻으려 하고 있다.

② 자신의 상황을 부풀려 말해서 목적을 이루려 하고 있다.

③ 앞서 말한 사람보다 자신의 처지가 부각되게 말하고 있다.

④ 한자를 섞은 현학적 표현을 사용해 상대를 압도하고 있다.

⑤ 자신의 부정적 상황을 내세워 상대를 설득하려 하고 있다.

4

외적 준거에 따른 작품 감상

〈보기〉를 바탕으로 ⓐ~ⓔ를 이해한 내용으로 적절하지 않은 것은?

● 보기 ●

「흥보전」은 신분 질서가 동요하고 화폐를 매개로 하는 시장 경제가 활성화되던 조선 후기에 형성된 판소리계 소설로, 급격한 사회적 변화와 그에 따른 당대 사람들의 의식이 반영되어 있다. 또 형식적인 측면에서는 관객에게 말을 건네는 듯한 말투와 편집자적 논평, 리듬감이 형성되는 문체, 열거와 대구, 반복 등을 통해 흥미를 고조시키는 장면의 극대화 등 판소리의 흔적이 나타난다.

① ⓐ : 화폐를 매개로 하는 경제 활동이 있었음을 알 수 있다.

② ⓑ : 신분 질서가 동요하던 당대의 시대상이 반영되어 있다.

③ ⓒ : 판소리 창자가 말을 건네는 듯한 말투가 드러나 있다.

④ ⓓ : 일정한 글자 수와 음보가 반복되며 리듬감을 형성하고 있다.

⑤ ⓔ : 서술자의 개입에 의한 편집자적 논평이 이루어지고 있다.

이춘풍전 李春風傳 _작자 미상

[앞부분 줄거리] 서울 다락골에 살던 이춘풍은 가산을 탕진하며 방탕하게 살다가 아내가 열심히 품팔이를 하여 세간이 넉넉해진다. 그러자 춘풍은 아내를 윽박질러 호조*의 돈을 꾸어 평양으로 장사를 떠났다가 평양에서 기생 추월에게 빠져 돈을 몽땅 빼앗긴다. 이 소식을 들은 아내는 평양 감사로 가는 참판 댁에 부탁해 비장* 벼슬을 얻어 남장을 하고 평양으로 가 추월을 벌한 뒤, 돈을 찾아 춘풍에게 준다. 춘풍은 서울로 와 아내에게 거드름을 피우며 허세를 부린다.

[A]《춘풍 아내 춘풍을 속이려고 황혼을 기다려서 여자 의복 벗어 놓고, 비장 의복 다시 입고 흐늘거리며 들어오니 춘풍이 의아하여 방 안에 주저주저하는지라. 춘풍이 자세히 본즉, 과연 평양에서 돈 받아 주던 비장이라,》깜짝 놀라면서 문밖에 뛰어 내려 문안을 여쭈오되 비장 하는 말이,

"춘풍아, 들어와서 게 앉거라."

ⓐ"나으리 좌정하신 데를 감히 들어가오리까?"

"잔말 말고 들어오라."

춘풍이 마지못하여 들어오니, 비장이 말하되,

"그때 추월에게 돈은 받았느냐?"

"나으리 덕택에 즉시 받았나이다. 못 받을 돈 오천 냥을 하루아침에 다 받았사오니,

ⓑ 그 은혜가 태산 같사이다."

"그때 맞던 매가 아프더냐?"

"소인에게 그런 매는 상(賞)이로소이다. 어찌 아프다 하리이까?"

"네 집에 술이 있느냐?"

춘풍이 일어서서 주안을 들이거늘 비장이 꾸짖어 말하되,

"네 계집은 어디 가고 네가 일을 하느냐? 네 계집 불러 술 준비 못 시킬까?

춘풍이 황급하여 아무리 찾은들 있을쏘냐. 들며나며 찾아도 무가내*라 제 손수 거행하니 한두 잔 먹은 후 비장이 하는 말이,

"네 평양에서 추월의 집 사환할 제, 모습도 참혹하고 걸인 중 상거지라. 추월의 하인 되어 봉두난발 헌 누더기 어떻더냐?"

춘풍이 부끄러워 제 계집이 문밖에서 엿듣는가 민망하건마는, 비장이 하는 말을 제가 어찌 막을쏜가. 좌불안석(坐不安席)하는 꼴은 혼자 보기 아깝더라. 비장 말하되,

ⓒ "남산 밑 박 승지 댁에 갔다가 술이 취하여 네 집에 왔더니 시장도 하거니와, 갈증도 나는구나. 어서 가서 갈분*이나 한 그릇 해 오너라."

춘풍이 황공하여 밖으로 내달아서 아무리 제 처를 찾은들 어디 간 줄 알리요. 주저주저하더라.

비장이 꾸짖어 말하기를,

"네 계집을 어디 숨기고 나를 아니 뵈는고?"

차월피월하니, / "너는 벌써 잊었느냐? 평양 일을 생각하여 보라. 네가 집에 왔다고 그리 체중한* 체하느냐?"

ⓓ춘풍이 갈분을 가지고 부엌에 내려가 죽 쑤는 꼴은 차마 볼 수 없더라. 한참 꿈적여서 쑤어 들이거늘, 비장이 조금 먹는 체하고 춘풍을 주며, / "먹으라. 추월의 집에서 깨어진 헌 사발에 누른 밥 된장덩이를 찌그러진 숟가락도 없이 먹던 생각하고 먹으라."

다시 비장이 말하되,

"밤이 깊었으니 네 집에서 자고 가리라."

하고 의복 벗고 갓, 망건을 벗으니, 춘풍이 감히 가란 말을 못 하고 여러 해 만에 그리던 아내 만나서 잘 잘까 하였는데, 비장이 잔다 하니 속으로 민망히 여기더라.

갓, 망건 벗어 놓고 웃옷을 훨훨 벗은 후 일어서니 완연한 제 계집이라. 춘풍이 어이없어 말없이 앉아 있으니 춘풍의 처 달려들며,

"여보소 아직도 나를 모르시오?"

춘풍이 그제야 깨닫고 깜짝 놀라며, 두 손을 마주 잡고,

"이것이 웬일인가? 평양 비장이 지금 내 아내 될 줄 어이 알리. 이것이 꿈인가 생신가?"

하며 원앙금침에 옛정을 다시 이루니 은근한 정이 비할 데 없더라. 춘풍 하는 말이,

"어떻게 평양 비장으로 내려왔으며, 또 내가 아무리 잘못하였기로 가장을 형틀에 올려 매고 볼기를 몹시 치니 그때 자네 마음이 상쾌하던가?"

하니, 춘풍 아내 말하기를,

"그때 자청하여 글을 써서 내 장롱에 넣어 놓고, 무슨 미친 마음으로 호조 돈 수천 냥을 내어 가지고 평양 장사 갈 제 말린다고 이리 치고 저리 치고, 가계도 한 푼 없이 거지꼴 되었으나, 그 후 저는 참판 댁과 친근하여 참판 댁 대부인께 침재품* 판 돈으로 교자상을 자주 차려 정성으로 대접하고 비장으로 내려갈 제는 임자를 보게 되면 반만 죽이려 하였더니 만나 보니 차마 불쌍하여 더 치지 못하고 용서하였거든, 사오 년 내 고생하던 생각하면 그때 맞던 매가 깨소금이오."

이렇듯 내외가 서로 웃으며 ⓔ <u>일의 전후를 이야기하더라.</u>

이후 호조 돈을 다 갚고 춘풍이 개과하여 주색잡기 전폐한 후 가정을 다스리니 안팎으로 평생 믿음이 끊기지 않고 대대손손이 섬기더라. 이에 춘풍의 아내를 여중호걸(女中豪傑)이라 하더라.

* 호조: 조선 시대에 호적, 세금, 땅, 곡식 등에 관한 일을 맡아보던 관아
* 비장: 조선 시대에 감사 등을 따라다니며 일을 돕던 무관 벼슬
* 무가내: 어찌할 수 없게 됨
* 갈분: 칡뿌리를 짓찧어 물에 담근 뒤 가라앉은 앙금을 말린 가루
* 체중한: 지위가 높고 점잖은
* 침재품: 삯을 받고 바느질을 함

😊 **한눈에 보기**

진취적인 여성
남편을 바로잡음

춘풍의 아내 → 남성 권력의 횡포 풍자 ← 이춘풍

가부장적인 남편
개과천선함

지문 Master

1 춘풍은 자신의 (　　　　) 덕분에 기생 추월에게 빼앗긴 돈을 찾게 된다.

2 춘풍의 아내는 춘풍이 허세를 부리자 다시 (　　　　)(으)로 변장을 한다.

---

1 세부 내용의 이해
이 글의 대화를 통해 알 수 있는 과거 상황으로 옳지 <u>않은</u> 것은?

① 아내는 비장으로 변장하여 춘풍을 심하게 매질했다.

② 아내는 춘풍이 장사를 떠난 후에 열심히 돈을 벌었다.

③ 춘풍은 평양에서 돌아와 박 승지 댁에 가서 술을 마셨다.

④ 춘풍은 평양에서 돈을 잃고 추월에게 거지 취급을 받았다.

⑤ 춘풍은 아내의 만류에도 호조의 돈을 빌려 장사를 떠났다.

2 사건 전개 과정 파악
이 글의 사건 전개 과정을 〈보기〉와 같이 도식화했을 때, 이에 대한 설명으로 적절하지 않은 것은? [3점]

● 보기 ●

중심 공간	갈등과 화해	사건 전개
(㉠)	추월 ⇔ 비장(춘풍의 아내)	㉣ 춘풍이 추월의 유혹에 넘어가 돈을 모두 빼앗김
		춘풍의 아내가 비장이 되어 돈을 되찾음
↓	↓	↓
(㉡)	(㉢)	㉤ 아내에게 허세를 부리던 춘풍이 비장의 정체를 알게 됨
		춘풍이 개과천선하여 행복하게 삶

* 갈등: ⇔ 화해: ≡

① ㉠에는 '평양'이, ㉡에는 '서울'이 적절하다.
② ㉠은 춘풍이 '욕망'을 추구하는 공간이고, ㉡은 춘풍과 아내의 '갈등'이 해결되는 공간이다.
③ ㉢에는 춘풍과 아내가 화해하므로 '춘풍 ≡ 춘풍의 아내'가 적절하다.
④ ㉣을 통해 인정이 메마른 각박한 사회상을 엿볼 수 있다.
⑤ ㉤을 통해 물질적 가치만을 중시하는 춘풍의 왜곡된 가치관과 무능함을 확인할 수 있다.

3 서술상의 의도 파악
[A]와 〈보기〉에서 여성이 남장하는 모습을 통해 드러내려고 한 의도를 짐작한 것으로 가장 적절한 것은?

● 보기 ●

차시 계월이 여복을 벗고 갑주를 갖추고 용봉황월(龍鳳黃鉞)과 수기(手旗)를 잡아 행군하여 별궁에 좌기(坐起)하고 군사로 하여금 보국에게 전령하니, 보국이 전령을 보고 분함을 측량할 길 없으나 전일 평국*의 위풍을 보았는지라 군령을 거역하지 못하여 갑주를 갖추고 군문 대령하니라.
이때 원수 좌우를 돌아보고 이르기를,
"중군이 어찌 이다지 거만하뇨. 바삐 현신하라."
호령이 추상같거늘 군졸의 대답 소리 장안이 끊는지라.
　　　　　　　　　　　　　　　　　　　　　　　　　　　　　　－ 작자 미상, 「홍계월전」
* 평국: 계월의 다른 이름

① 여성의 초인적 능력을 강조하여 남녀차별의 부당함을 보여 주려 하고 있다.
② 여성의 능력이 남성의 능력을 앞지른 사회 현실을 사실적으로 나타내려 하고 있다.
③ 능력만 있으면 여성도 남성 못지않게 대접을 받던 사회의 분위기를 제시하려 하고 있다.
④ 남장하는 여성의 모습을 통해 남성을 능가하는 능력을 지닌 여성의 모습을 보여 주려 하고 있다.
⑤ 벼슬과 지위를 앞세우는 여성의 모습을 통해 남성 중심의 사회가 유지되기 어려운 이유를 설명하려
　하고 있다.

4 한자 성어의 이해
ⓐ~ⓔ와 관련된 한자 성어로 적절하지 않은 것은?

① ⓐ: 언감생심(焉敢生心)　　② ⓑ: 백골난망(白骨難忘)　　③ ⓒ: 허장성세(虛張聲勢)
④ ⓓ: 목불인견(目不忍見)　　⑤ ⓔ: 자초지종(自初至終)

광문자전 廣文者傳 _박지원

'광문(廣文)'이란 자는 한 비렁뱅이이다. 그는 일찍이 종루(鐘樓)* 네거리 저자에 돌아다니며 밥을 빌었다. 그리하여 길거리에 다니는 뭇 비렁뱅이 아이들은 모두 광문이를 패두(牌頭)*로 추대하여, 그들의 보금자리인 구멍집을 지키게 했다.

날씨가 춥고 진눈깨비가 섞여 내리던 어느 날이었다. 모든 아이들은 서로 이끌고 밥을 빌러 나가고, 다만 한 아이만이 병에 걸려 구멍집을 떠나지 못했다. 이윽고 그 아이의 추위는 점차 더하여 신음하는 소리가 유달리 구슬펐다.

광문이는 홀로 매우 불쌍히 여기다가 끝내 견디지 못해서 구멍집을 나와서 밥을 빌다가 돌아왔다. 그 병든 아이에게 먹이려 했으나, 그 아이는 벌써 숨결이 지고 말았다.

이윽고 뭇 아이들이 구멍집으로 몰려 들어왔다. 그들은 '광문이가 그 동무를 죽인 것이라' 의심하여 서로 꾀하여 광문이를 두들겨 구멍집에서 몰아냈다. 광문이 하는 수 없이 도망하여 밤중에 엉금엉금 기어서 동네 집으로 들어가서 그 집 개를 놀래 깨웠다. 개 소리에 잠을 깬 그 주인 영감이 밖으로 나와서 광문이를 잡아 묶었다. 광문이는,

"나는 원수들을 피해 온 놈이유. 조금도 도둑질할 뜻은 없어유. 주인 영감이 기어코 내 말을 믿지 않는다면, 밝은 아침 나절에 종루 저자에서 밝혀 드리겠어유."

하고 외친다. 그의 말씨는 정말 꾸밈없는 순진 그대로이다. 주인 영감은 벌써 마음속으로 광문이가 도적이 아님을 알아채고는, 그 이튿날 새벽에 풀어 주었다.

광문이는 곧 감사를 드리고, 거적때기를 얻어 갖고는 가 버렸다. 그 행동을 본 주인 영감은 끝내 괴이히 여겨서 몰래 그의 뒤를 밟았다. 마침 뭇 비렁뱅이가 한 시체를 이끌고 수표교(水標橋)에 이르러서 그 시체를 다리 아래 던지고 가 버린다. 광문이가 다리 속에 숨었다가 그 시체를 거적때기 속에 싸서 남몰래 지고 가서 서문(西門) 밖 무덤 사이에 묻고 나서 울면서 무슨 말을 중얼거린다.

그것을 본 주인 영감은 광문이를 잡고 그 영문을 물었다. 광문이는 그제야 그의 앞서 한 일과 어제에 한 일들을 숨김없이 다 밝혔다. 주인 영감은 마음속으로 광문이의 일을 의롭게 여겨서, 그와 함께 집으로 돌아와서 옷을 갈아입히고 모든 것을 우대하였다. 그리고 주인 영감은 광문이를 어떤 약방 부자에게 추천하여 고용살이를 시켰다.

[A]
어느 날 부자가 문밖에 나섰다가 자꾸만 돌아와서 다시금 방에 들어 자물쇠를 보살피고 문밖을 나서면서도 그의 얼굴엔 몹시 기쁘지 않은 기색을 띠었다. 그는 이윽고 돌아와서 깜짝 놀라더니, 광문이를 눈독 들여 보며 무엇을 말할 듯하다가 얼굴빛이 변한 채 그만 그치고 말았다.

광문이는 실로 그러는 이유조차 모르는 채 날마다 잠자코 일만 했을 뿐 감히 하직하고 떠나 버리지도 못했다.

그런 지 며칠이 지났다. 부자의 처조카가 돈을 갖고 와서 부자에게 드리며,

"앞서 제가 아저씨께 돈을 꾸러 왔더니 마침 아저씨께서 계시지 않으시기에 제 스스로 방에 들어가서 갖고 갔습니다. 아마 아저씨께선 모르셨겠죠."

한다. 그제야 부자는 광문이에게 크게 부끄럽게 여겨 광문이더러,

"나는 소인(小人)이야. 이 일로 부질없이 점잖은 사람의 뜻을 수고롭게 하였네그려. 내

핵심 정리

· 갈래 고전 소설(한문 소설, 풍자 소설, 단편 소설)
· 주제 신의 있는 생활 자세와 허욕을 부리지 않는 삶의 태도 칭송
· 특징 ① 주인공의 인물형이 일반적인 고전 소설의 인물형과 다름 ② 당시 사회의 모습을 사실적으로 묘사함

작품 해제

이 글은 거지인 '광문'이라는 인물의 성품과 삶의 태도를 통해 새로운 가치관을 제시하고 있는 풍자 소설이다. 작가는 사람의 가치를 평가할 때 가문, 권력, 지위, 부, 외모보다는 신의와 따뜻한 인간애가 더 중시되어야 한다는 인식을 보여 주고 있다. 이 글은 고전 소설의 전형적인 재자가인형의 인물이 아니라 거지를 주인공으로 삼았다는 점에서 의미가 크다고 할 수 있다.

작품 핵심

다양한 일화를 통해 알 수 있는 '광문'의 인물됨

일화	성품
아픈 아이에게 먹을 것을 얻어다 줌	따뜻한 인간애
죽은 아이를 거적으로 싸서 묻어 줌	인정, 의로움
다른 사람의 재물을 탐하지 않음	정직함
살림살이나 집을 필요로 하지 않음	재물욕이 없음
자신이 추하다는 이유로 장가들기를 거절함	남녀 평등 의식

이제 무슨 낯으로 자네를 대하겠나."

하고 사과하였다. 그리고 부자는 그의 모든 친구들에게는 물론이요, 다른 부자와 큰 장사치들에게까지,

"광문이야말로 정의(正義)를 지닌 인간이지."

하고 널리 칭도하였다. 그는 또 그의 모든 종실(宗室)의 손님들과 공경(公卿)*의 문하(門下)에 다니는 이들에게 이르는 곳마다 선전하였다. 그리하여 공경의 문하에 다니는 이들과 종실의 손님네들이 모두 이것으로 이야깃거리를 삼아서 밤이면 그들의 베갯머리에서 들려주었다. 그리하여 몇 달 사이에 서울 안의 사대부(士大夫)치고선 광문이의 이름을 옛날 갸륵한 사람처럼 모르는 이가 없었다. 그리고 전날에 광문을 후하게 대우한 집주인이 현명하여 사람을 알아본 것을 칭송함과 아울러, 약방 부자를 장자(長者)라고 더욱 칭찬하였다.

이때 돈놀이하는 자들이 대체로 머리꽂이, 옥과 비취, 의복, 가재도구 및 가옥·논밭·노복 등의 문서를 저당 잡고서 본값의 십분의 삼이나 십분의 오를 쳐서 돈을 내주기 마련이었다. 그러나 광문이 빛보증을 서 주는 경우에는 담보를 따지지 아니하고 천금이라도 당장에 내주곤 하였다.

[뒷부분 줄거리] 광문은 사람을 신뢰하는 성품을 지녔으며, 만석중놀이와 철괴춤에 능했다. 또 싸움을 재치 있게 말렸으며, 자신에 대한 냉철한 인식과 욕심 없고 자유로운 의식을 지녔다. 광문은 계층에 상관없이 귀감이 되는 인물로, 도도한 기생 운심의 마음을 누그러뜨려 사람들은 모두 그에게 친구가 되기를 청한다.

※ 종루: 종을 달아 두는 누각. 여기서는 지금의 종로를 말함
※ 패두: 패의 우두머리
※ 공경: 높은 벼슬아치

지문 Master

1 광문은 (   )을/를 죽였다는 누명을 쓰고 보금자리인 구멍집에서 쫓겨나게 된다.

2 광문이 약방 부자에게 도둑으로 의심받는 사건은 그의 (   )을/를 널리 알리는 계기가 된다.

1

서술상의 특징 파악

이 글에 대한 설명으로 가장 적절한 것은?

① 가치관 차이로 인한 인물 간의 갈등이 드러나고 있다.

② 비현실적인 사건을 중심으로 이야기가 전개되고 있다.

③ 비범한 주인공의 능력을 평가하면서 이야기를 이어 나가고 있다.

④ 주인공을 중심으로 하여 일어난 사건을 시간적 순서에 따라 서술하고 있다.

⑤ 서술자의 직접적 서술보다 인물 간의 대화를 통해 인물의 성격이 드러나고 있다.

2

작품의 종합적 감상

〈보기〉의 @~ⓔ 중, 이 글에서 찾아볼 수 없는 것은? [3점]

● 보기 ●

　　연암의 상당수 소설들이 그렇듯이 「광문자전」 역시 @새롭게 떠오르는 시정(市井) 사람들을 중심인물로 삼고 있다. 특히 이 소설의 주인공은 거지인 '광문'이다. 당대 소설에서는 재자가인(才子佳人)을 주인공으로 삼는 것이 일반적인 경향이었는데, 이 작품은 거지를 주인공으로 삼고 있다는 점에서 새로운 시대의 새로운 인간형을 탐구하고 있다고 볼 수 있다. ⓑ주인공 '광문'은 최하층의 거지이지만 부지런하고 지식이 풍부한 인물이다. ⓒ그는 착하고 신의가 있으며, ⓓ남의 어려움을 내 일처럼 생각하는 따뜻한 마음씨를 가지고 있고, 재물에 대한 욕심이 없다. 이 소설은 비천한 거지인 광문의 순진성과 거짓 없는 인격을 그려 ⓔ양반이나 서민이나 인간은 모두 똑같다는 것을 강조하고, 신분과 같은 외적인 조건보다 내적인 인품을 더 중시해야 한다는 인식을 보여 주고 있다.

① @　　　　　　② ⓑ　　　　　　③ ⓒ　　　　　　④ ⓓ　　　　　　⑤ ⓔ

3

장면의 특성 파악

[A]의 역할로 적절하지 않은 것은?

① 약방 부자의 신중한 성격을 나타낸다.

② 광문의 진실하고 착한 심성을 드러낸다.

③ 약방 부자가 광문의 명성을 퍼뜨리는 계기로 작용한다.

④ 약방 부자가 광문을 완전히 신뢰하지 않았음을 나타낸다.

⑤ 약방 부자에게 의심받는 것을 알면서도 서운함을 표현하지 않는 광문의 배려심을 드러낸다.

4

조건에 따른 감상의 적절성 판단

윗글의 내용을 고려할 때, 〈보기〉의 ㉮에 들어갈 내용으로 가장 적절한 것은?

● 보기 ●

선생님: 이 작품의 주인공인 광문은 약방 부자의 의심을 샀을 뿐 그것을 해결하기 위해 주체적으로 행동한 것이 없습니다. 그럼에도 불구하고 지나칠 정도로 높이 칭송되는 것은 (　　㉮　　)을 역설적으로 드러내 보여 주는 것으로 이해할 수 있으며, 그런 면에서 이 작품이 풍자 소설로서의 성격을 가지고 있다고 할 수 있습니다.

① 거지도 능력만 있으면 인정받을 수 있음

② 당시 사회가 부정과 권모술수로 가득하였음

③ 따뜻한 인간애를 지닌 성실한 사람이 필요함

④ 불의와 타협하지 않는 인간상을 갈구하고 있었음

⑤ 욕심내지 않고 자신의 처지에 만족하는 것이 중요함

옹고집전 雍固執傳 _작자 미상

[앞부분 줄거리] 옹진골 옹당촌에 사는 옹고집은 성질이 고약하고 심술이 맹랑하였다. 팔십 노모가 병이 들어도 약 한 첩
쓰지 아니하고 추운 방에 내버려 둔다.

늙은 모친 병들어 누웠는데, 닭 한 마리, 약 한 첩도 봉양은 아니하고 잘 먹이지 아니하니,
냉돌방에 홀로 누워 서럽게 울며 하는 말이,

"너를 낳아 길러낼 제 애지중지 나의 마음 보옥같이 사랑하여 어루만져 하는 말이
ⓐ'은자동아 금자동아 무하자태 백옥동아 천지만물 일월동아 아국사랑 간간동아 하늘
같이 어지어라 땅같이 너릅거라. 금을 준들 너를 사랴. 천상 인간 무가보(無價寶)는 너
하나뿐이로다.' 이같이 사랑하여 너 하나를 길렀더니 천지간에 이런 공을 모르느냐.
Ⓧ옛날 왕상(王祥)*이는 얼음 속에 잉어 낚아 부모 봉양 하였으니 그렇지는 못하여도
불효는 면하여라."

불측한 고집이놈이 어미 말에 대답하되,

"ⓛ진시황 같은 이도 만리장성 쌓아 두고 아방궁 높이 지어 삼천 궁녀 호위를 받으며 천
년이나 사잤더니 일분총(一墳塚)을 못 면하여 죽어 있고, 백전백승 초패왕도 오강에 죽
어 있고, 안연 같은 현학사도 삼십에 조사(早死)커든 오래 살아 무엇하리. 옛글에 인간
칠십(人間七十) 고래희(古來稀)라 하였으니, 팔십 당년 우리 모친 오래 살아 쓸데없네.
오래 살수록 욕됨이 많으니 우리 모친 뉘라서 단명하리. 도척*이 같은 몹쓸 놈도 천추
에 유명커든 무슨 시비 말할손가." 〈중략〉

[중략 부분 줄거리] 옹고집이 불도를 능멸하여 중들을 자주 골리자, 월출봉 취암사의 도사가 학 대사를 보내지만 오히려
매만 맞고 돌아온다. 도사는 옹고집을 혼내 주기 위해 지푸라기로 허수아비를 만들어 허옹(가짜 옹고집)으로 변신하게 한
뒤 실옹 집으로 보낸다.

"애고 애고 저놈 보소. 제가 나인 체하고 천연히 앉아 좋은 말로 그럴듯 말하네. 네가
옹가냐, 내가 옹가지."

하고 서로 다툴 적에 김 별감 하는 말이,

"양 옹이 옹옹하니 이 옹 저 옹을 분별하지 못하겠네. 관가에 송사나 하여 보소."

양 옹이 이 말을 듣고 서로 붙들고 관청에 들어가는데, 얼굴도 같고 의복도 같고 머리
가슴 팔뚝 다리까지 같았으니, 그동안의 진위를 뉘가 알리오.

실옹이 먼저 아뢰되,

"ⓒ민(民)이 옹당촌에서 대대로 살아왔사온데 천만의외 알지 못하는 허인이 민의 행색
같이 하고 들어와 민의 집을 제집이라 하고, 민의 가속을 제 가속이라 하오니 세상에
이러한 흉한 일이 어데 또 있사오리까? 명명하신 성주는 이놈을 엄문하와 사리를 분
명히 밝혀 주옵소서."

허옹가 또 아뢰되,

"민(民)이 아뢸 말씀을 저놈이 다하였사오니 민은 아뢸 말씀 없사오니 명백하신 성주
는 통촉하시어 허실을 가려 주옵소서. 인제 죽사와도 여한이 없겠나이다."

사또 분부하되, / "양 옹은 서로 이러쿵저러쿵 하지 말라."

하고, 육방 하인이며 내빈 행객 모두 살피되 전혀 알 수 없는지라.

형방이 아뢰되,

수능 연계 포인트

① 판소리계 소설에서 드러나는 해학적
표현 파악
② 진가쟁주형 작품의 특징과 구조 이해

📖 핵심 정리

- **갈래** 고전 소설(풍자 소설, 송사 소설,
판소리계 소설)
- **주제** 인색하고 심술 많은 옹고집에 대
한 풍자
- **특징** ① 학승 설화와 진가쟁주(眞假爭
主) 설화의 모티프를 차용함 ② 불교의
인과응보 사상과 유교의 효(孝) 사상을
기본으로 함

😊 작품 해제

이 글은 불교적인 설화가 판소리를 거쳐
소설로 정착된 작품으로, 부자이면서 인
색하기만 한 옹고집이라는 인물이 중을
천대하다가 도술로 징벌을 받은 후 개과
천선한다는 내용을 담고 있다. 옹고집은
조선 후기에 등장한 신흥 서민 부자 계층
으로 볼 수 있다. 옹고집이 동냥 온 중을
괄시해서 화를 입게 되었다는 설정은 「장
자못 전설」과 연결된다.

😊 작품 핵심

「옹고집전」의 근원 설화
부자이지만 인색하던 한 인물이 탁발승
을 천대했다가 그의 도술로 징벌을 받는
다는 구성은 「장자못 전설」과 같은 '학승
설화'와 상통한다. 또한 진짜와 가짜를
분별하기 위해 쟁의가 벌어지는 내용은
쥐에게 밥을 먹여서 길렀더니 그 쥐가
주인과 같은 모습으로 변하여 싸움 끝에
주인을 몰아낸다는 「쥐를 기른 이야기」
와 같은 '진가쟁주(眞假爭主: 진짜와 가
짜가 서로 다툼)' 유형의 설화가 수용된
결과이다.

ⓔ "두 백성의 호적을 상고하여지이다."

허허, 그 말을 옳다 하고 호적을 담당하는 관리를 불러 양옹의 호적을 들을 제 실옹이 나앉으며 아뢰되,

"민의 애비 이름은 옹송이옵고 조부는 만송이로소이다."

사또 왈, / "그놈 호적은 옹송만송하다. 알 수 없으니 저 백성 아뢰라." 〈중략〉

실옹을 불러 분부하되,

"네가 흉측한 놈으로 음흉한 뜻을 두고 남의 세간 탈취하려 하니 네 죄상은 마땅히 법에 따라 귀양을 보낼 것으로되 가벼이 처벌하니 바삐 어서 물리치라."

대곤 삼십 도를 매우 쳐서 엄문죄목하되,

"인제도 옹가라 하겠느냐?"

실옹이 생각하되 만일 옹가라 하다가는 곤장 밑에 죽을 듯하니,

ⓜ "예, 옹가 아니오. 처분대로 하옵소서."

아전이 호령하여, / "관원을 시켜 저놈을 마을 밖으로 내쫓게 하리라."

하니 벌떼 같은 군노 사령 일시에 달려들어 옹가 상투를 잡아 휘휘 둘러 내쫓으니 실옹이 하릴없이 거리에서 빌어먹을 가슴을 탕탕 두드리며 대성통곡 우는 말이, / "답답하다 내 일이야. 꿈이냐 생시냐. 어찌하여야 옳단 말이냐. 뜻밖에 일어난 횡액이로다."

무지한 고집이놈 인제는 개과하여 애통해 하는 말이,

"나는 죽어 마땅한 놈이거니와 당상 학발(堂上鶴髮) 우리 모친 다시 봉양하여지고. 어여쁜 우리 아내 월하(月下)의 인연 맺어 일월(日月)로 본증(本證) 삼고 천지로 맹세하여 백년종사 하쟀더니 독수공방 적막한데 임 없이 홀로 누워 전전반측 잠 못 들어 수심으로 지내는가. 슬하의 어린 새끼 금옥같이 사랑하여 어를 제 ⓑ'섬마둥둥 내 사랑 후두둑 후두둑 엄마 아빠 눈에 암암' 나 죽겠네. 아매도 꿈인가 생신가. 꿈이거든 깨이거라."

[뒷부분 줄거리] 지난날을 후회하던 실옹에게 도사가 나타나 부적을 준다. 집에 돌아와 부적을 던지니 집을 차지하고 있던 허옹이 허수아비로 바뀐다. 옹고집은 개과천선하여 모친께 효도하고 불도를 공경하며 산다.

* 왕상 : 중국 삼국 시대의 이름난 효자. 계모가 겨울에 생선이 먹고 싶다고 하자 왕상이 옷을 벗고 몸으로 얼음을 깨려 하였더니 두 마리의 잉어가 뛰어나왔다고 함
* 도척 : 중국 춘추 시대의 큰 도적. 수천 명을 거느리고 천하를 횡행하였다고 함

지문 Master

1 '불측한 고집이놈'과 '무지한 고집이놈' 과 같은 표현에서 옹고집에 대한 서술 자의 (   ) 태도가 드러난다.

2 실옹과 허옹 중에서 송사에서 패한 것은 (   )이다.

---

1 서술상의 특징 파악
이 글에 대한 설명으로 적절하지 않은 것은?

① 언어유희를 이용한 해학적 표현이 나타나 있다.

② 뇌물이 횡행하는 세태에 대한 풍자가 나타나 있다.

③ 사건 전개 과정에서 비현실적 요소가 나타나 있다.

④ 상황에 대한 서술자의 편집자적 논평이 나타나 있다.

⑤ 권선징악적 주제를 통한 윤리적 교훈이 나타나 있다.

2

구절의 의미와 기능 파악

㉠~㉤에 대한 설명으로 가장 적절한 것은?

① ㉠: 본받아야 할 인물을 언급하며 올바른 효도의 방법을 일깨우고 있다.

② ㉡: 다양한 중국의 고사를 예로 들어 현재의 삶에 충실할 것을 강조하고 있다.

③ ㉢: 송사의 핵심 내용을 밝히면서 자신의 억울함을 호소하고 있다.

④ ㉣: 1차 판단에 대한 근거를 보완하기 위해 호적을 살펴보자고 제안하고 있다.

⑤ ㉤: 판결의 결과에 불복하여 새로운 대응 방안을 모색하고 있다.

3

다른 작품과의 비교 감상

이 글과 〈보기〉를 비교하여 감상한 내용으로 적절하지 않은 것은? [3점]

● 보기 ●

선옥의 조부 김완국이 간신의 모함을 받아 죽자 남은 가족들은 고향 안동으로 낙향한다. 선옥은 절에서 수학하다 사소한 오해로 집을 떠나고, 재산을 탐낸 형옥이 가짜 선옥을 데려오니 모두가 반기나 선옥의 처 능옥만은 그가 가짜임을 간파한다. 그러나 시댁 식구들과 친정 사람들 모두 능옥의 말을 믿지 않는다. 오히려 가짜 선옥과의 동침을 슬기롭게 피한 능옥은 지아비를 섬기지 않으려는 못된 여자라며 비난받고 곤경에 처하게 된다. 이에 나라에서는 진 어사를 파견해 송사를 해결하도록 한다. 진 어사는 진짜 선옥을 찾아내 사건을 해결한다.

– 작자 미상, 〈화산중봉기〉 줄거리

① 이 글의 '도사'와 〈보기〉의 '형옥'은 모두 특정한 목적을 위해 가짜 인물을 만들어 분란을 주도했군.

② 이 글의 진짜 '옹고집'과 〈보기〉의 진짜 '선옥'은 모두 가짜 인물로 인해 위기에 봉착하게 되었군.

③ 이 글과 달리 〈보기〉에는 가짜 인물의 실체를 인식한 인물이 나타나 있어.

④ 〈보기〉의 '진 어사'와 달리 이 글의 '사또'는 진짜를 구별하지 못하여 잘못된 판단을 하고 있어.

⑤ 이 글이 '옹고집'의 개과천선에 초점이 맞춰진 반면, 〈보기〉는 '능옥'의 지조와 절개에 초점이 맞춰져 있어.

4

삽입된 노래의 기능 이해

ⓐ와 ⓑ에 대한 설명으로 가장 적절한 것은?

① ⓐ와 ⓑ는 모두 화자의 안타까운 상황과 서러움을 부각하고 있다.

② ⓐ와 ⓑ는 모두 부모에 대한 자식의 극진한 사랑이 담긴 노래이다.

③ ⓐ는 자식에 대한 그리움을, ⓑ는 자식에 대한 배신감을 부각하고 있다.

④ ⓐ와 달리 ⓑ는 어린 자식을 키우던 화자의 과거를 떠오르게 하고 있다.

⑤ ⓑ와 달리 ⓐ는 혼잣말로 특정한 청자를 설정하지 않고 부르는 노래이다.

배비장전 裵裨將傳 _작자 미상

[앞부분 줄거리] 제주 목사를 따라 부임한 배 비장은 어머니와 아내에게 여자에게 절대 빠지지 않을 것을 약속하고 방자에게 큰소리까지 친다. 이에 제주 목사가 기생 애랑에게 배 비장을 유혹하여 놀려 보라고 하고, 애랑은 방자와 계교를 꾸민다. 애랑의 유혹에 단번에 넘어가 상사병까지 걸린 배 비장은 방자에게 간청하여 애랑에게 편지를 보내고, 한밤중에 자신의 집으로 오라는 답장을 받는다.

수능 연계 포인트
① 인물의 성격 및 풍자 방식 파악
② 작가가 비판하려는 내용과 주제 의식 이해
③ 판소리계 소설의 특징 파악

좋을시고 쾌병하다. 강호에 병이 들어 덧없이 죽겠더니, 낭자 회답이 반갑도다. 삼경(三更)에 기약 두고 해 지기만 바라더니, 석양이 다 저물어 간다. 방자 입시(入侍) 보내고 빈방 안에 문을 닫고 그 여자에게 잘 보이려고 다시 의관을 차릴 적에, 외올망건 위에 탕건 쓰고, 그 위에 벙거지 올려 쓰고, 관복 위에 쾌자 입고, 관대 두르고 동개* 차서 제법 격식 있게 갖추고, 빈방 안에 혼자 우뚝 서서 도깨비 들린 듯이 혼잣말로 두런거리며 미리 연습하는 말이,

"가만가만 걸어가서 여자 문전에 들어서며 기침 한 번을 가만히 하면 그 여인이 기척을 채고 문을 펄쩍 열렷다. 걸음을 한번 팔자걸음으로 이렇게 걸어 들어가서, 수인사(修人事) 후에 대천명(待天命)이라 하였으니, 여자에게 한 번 이렇게 군례(軍禮)로 뵈렷다."

한창 이리 연습할 제, 방자 놈이 뜻밖에 문을 펄쩍 열며 하는 말이,

"나으리, 무엇 하오?"

배 비장 깜짝 놀라, / "너 벌써 왔느냐?"

"예, 군례하기 전에 대령하였소." / "이놈, 내 깜짝 놀라 바로 땀이 난다."

하며 동개를 찬 채로 썩 나서니, 달이 진 산에 까마귀 울고 고기 잡는 불빛이 물에 비친다. 앞개울에 있던 사람은 돌아가고, 춘풍에 학이 운다.

"앞서 기약 맺은 낭자, 이 밤중에 어서 가자."

거들거려 갈 제 방자놈 이르는 말이,

"나으리, 소견 바이없소. 밤중에 유부녀 희롱 가오면서 비단옷 입고 저리 하고 가다가는 될 일도 못 될 것이니, 그 의관 다 벗으시오."

"벗기는 초라하구나." / "초라하거든 가지 마옵시다."

"얘야, 요란히 굴지 마라. 내 벗으마."

활짝 벗고 알몸으로 서서, / "어떠하니?"

[A] "그것이 원 좋소마는, 누구 보면 한라산 매사냥꾼으로 알겠소. 제주 인물 복색으로 차리시오."

"제주 인물 복색은 어떤 것이냐?"

"개가죽 두루마기에 노벙거지*를 쓰시오."

"그것은 과히 초라하구나." / "초라하거든 고만두시오."

"그러하단 말이다. 개가죽 아니라, 도야지가죽이라도 내 입으마."

하더니, 개가죽 두루마기에 노벙거지를 쓰고 나서서 앞뒤를 살펴보며,

"얘야, 범 보면 개로 알겠다. 군기총(軍器銃) 하나만 내어 들고 가자."

"무섭거든 가지 마옵시다." / "얘야, 그러하단 말이로다. 네 성정(性情) 그러한 줄 몰랐구나. 정 못 갈 터이면 내 업고라도 가마."

배 비장 뒤를 따라가며 하는 말이, / "기약 둔 사랑하는 여자, 어서 가 반겨 보자."

핵심 정리
• 갈래 고전 소설(판소리계 소설, 풍자 소설)
• 주제 지배 계층의 위선적인 행위에 대한 폭로와 풍자
• 특징 ① 「발치 설화」, 「미궤 설화」 등의 근원 설화가 있음 ② 판소리를 소설화한 작품으로 판소리의 흔적이 남아 있음 ③ 지배 계층을 대표하는 인물을 희화화하여 웃음을 유발함

작품 해제
이 글은 판소리 '배비장 타령'이 산문화된 판소리계 소설이다. '배 비장'은 겉으로는 도덕군자인 척하지만 속으로는 여색(女色)을 추구하는 위선적인 인물로, '방자'와 기생 '애랑'은 그런 배 비장의 이중성을 폭로하고 조롱하는 인물로 등장한다. 한편 제주도라는 공간적 배경을 고려할 때, 이들 간의 관계는 피지배층인 토착민과 지배층인 외래인 간의 갈등을 상징한다고도 볼 수 있다.

작품 핵심
위계(僞計)의 서사 – '속고 속이기'
「배비장전」은 방자와 애랑이 배 비장을 속이는 위계의 서사가 핵심이다.

배 비장	방자, 애랑
• 속는 자	• 속이는 자
• 조롱과 비판의 대상	• 조롱과 비판의 주체
• 위선적인 지배 계층	• 기지를 갖춘 피지배 계층
• 육지에서 온 외래인	• 제주도의 토착민

서쪽 창문 돌아들어 동쪽 계단 다다르니, 북쪽 창에 밝게 켠 불 외딴 등은 한 점이요, 밤은 깊어 삼경이라. 높은 담 구멍 찾아가서 방자 먼저 기어들며,

"쉬, 나으리 잘못하다가는 일 날 것이니, 두 발을 한데 모아 요령 있게 들이미시오."

배 비장이 방자 말을 옳게 듣고 두 발을 모아 들이미니, ⊙방자 놈이 안에서 배 비장의 두 발목을 모아 쥐고 힘껏 잡아당기니, 부른 배가 딱 걸려서 들도 나도 아니하는지라. 배 비장, 두 눈을 희게 뜨고 이를 갈며,

"좀 놓아다오!" / 하면서, 죽어도 문자(文字)는 쓰던 것이었다.

"ⓒ포복불입(飽腹不入)하니 출분이기사(出糞而幾死)로다.＊"

방자, 안에서 웃으며 탁 놓으니, 배 비장이 곤두박질하여 일어나 앉으며 하는 말이,

"매사가 순리로 아니 되니 낭패로다. 산모(産母)의 해산법으로 말하여도 아이를 머리부터 낳아야 순산이라 하니, 내 상투를 먼저 들이밀 것이니 잘 잡아당겨라."

방자놈이 배 비장 상투를 노벙거지 쓴 채 왈칵 잡아당기니, 아무리 하여도 나은 줄 모르겠다. ⓒ죽을 고비에서 살아났으니 본디 타고난 목숨은 하늘에 달렸도다. 뻥 하고 들어가니 배 비장이 아프단 말도 못 하고,

"어허, 아마도 내 등에는 꼰질곤자판＊을 놓았나 보다."

그리할 제, 방자 여쭈오되,

"불 켠 저 방으로 들어가서, 욕심대로 얼른 놀다가 날 새기 전에 나오시오."

하고, 은신(隱身)하여 엿본다.

배 비장이 한편 좋기도 하고 한편 조심도 되어, 가만가만 자취 없이 들어가서 이리 기웃 저리 기웃 ⓔ문 앞에 가서 사뿐사뿐 손가락에 침을 발라 문구멍을 배비작배비작 뚫고 한 눈으로 들여다보니, 삼경(三更) 등불 아래 앉은 저 여인 나이 겨우 이팔의 고운 태도, ⓜ켠 불 등화 밝다 한들 너를 보니 어두운 듯, 피는 도화(桃花) 곱다 하되 너를 보니 무색(無色)한 듯.

[뒷부분 줄거리] 애랑과 방자의 계략에 빠진 배 비장은 궤짝 속에 갇힌 채 희롱에 가까운 수난을 당한 뒤, 제주 목사를 비롯한 관아 사람들 앞에서 공개적인 망신을 당한다.

＊ 동개: 활과 화살을 꽂아 넣어 등에 지도록 만든 물건
＊ 노벙거지: 실, 삼, 종이 따위를 가늘게 비비거나 꼰 줄로 엮어서 만든 벙거지
＊ 포복불입하니 출분이기사로다: 배가 불러 들어가지 못하니 똥이 나와 죽겠구나
＊ 꼰질곤자판: 고누판. '고누'는 장기와 비슷한 옛날의 놀이

😊 한눈에 보기

배 비장 ←속임/속음→ 방자, 애랑

배 비장: 위선적인 지배 계층
방자, 애랑: 영리한 피지배 계층

지문 Master

1 (　　　)은/는 겉과 속이 다른 위선적인 지배 계층을 상징하는 인물이다.

2 (　　　)은/는 배 비장을 속이고 농락하며 지배 계층의 위선을 폭로하는 인물이다.

1

서술상의 특징 파악
이 글의 서술상 특징으로 가장 적절한 것은?

① 서술자의 요약적 진술로 사건을 속도감 있게 진행하고 있다.
② 선인과 악인의 첨예한 대립 구도를 통해 긴장감을 높이고 있다.
③ 인물의 대화와 행동 묘사를 통해 특정 인물을 희화화하고 있다.
④ 다른 장소에서 동시에 벌어지는 두 사건을 교차하여 제시하고 있다.
⑤ 비현실적 장면을 통해 사건의 전개 방향을 극적으로 전환하고 있다.

2 인물의 태도 파악

이 글의 내용에 대한 이해로 적절하지 <u>않은</u> 것은?

① 배 비장은 애랑의 환심을 사기 위해 무인의 의관을 갖춰 입는다.

② 배 비장은 애랑의 집을 방문하였을 때 자신이 할 행동을 계획한다.

③ 배 비장은 관리로서의 체통을 지키기보다 본능적 욕망을 우선시한다.

④ 방자는 자신에게 귀찮은 일을 시키는 배 비장에게 불만을 표출한다.

⑤ 방자는 배 비장을 애랑의 집까지 안내한 뒤에 몰래 숨어서 지켜본다.

3 대화의 구조 및 의도 파악

[A]에 나타난 대화의 흐름을 〈보기〉와 같이 정리할 때, ㉮~㉰에 대한 설명으로 적절하지 <u>않은</u> 것은? [3점]

① ㉮에서는 발화자가 상대의 권위를 깎아내리는 말로 상대를 조롱하고 있다.

② ㉯에서는 발화자가 상대의 속셈을 짐작하고는 수용할 것인지 따져 보고 있다.

③ ㉰에서는 발화자가 자신의 의도를 관철하려고 일부러 상대를 자극하고 있다.

④ ㉱에서는 발화자가 자신의 목적을 이루기 위해 상대의 제안에 따르고 있다.

⑤ ㉮~㉱의 과정이 반복되며 특정 인물이 상황에 대한 주도권을 차지하고 있다.

4 조건에 따른 감상의 적절성 판단

〈보기〉를 바탕으로 ㉠~㉣을 이해한 내용으로 적절하지 <u>않은</u> 것은?

> ● 보기 ●
>
> 「배비장전」은 판소리 열두 마당 중 하나인 '배비장 타령'에서 비롯한 판소리계 소설이다. 이 때문에 주로 서술자의 개입으로 나타나는 판소리 창자의 목소리, 운문체, 음성 상징어의 적극적 사용 등 판소리의 흔적이 소설에 남아 있다. 한편 내용적으로는 지배 계층의 위선과 허세를 통렬하게 풍자하는 동시에 신분 제도가 흔들리기 시작하던 조선 후기의 시대상을 반영하고 있다.

① ㉠: 신분 질서의 혼란으로 사회적 지위가 전도된 상황이 드러나 있다.

② ㉡: 급박한 상황에서도 허세를 부리는 지배 계층을 풍자하고 있다.

③ ㉢: 작중 상황에 개입하는 판소리 창자의 목소리가 드러나 있다.

④ ㉣: 음성 상징어를 활용하여 상황을 생동감 있게 제시하고 있다.

⑤ ㉤: 산문임에도 불구하고 마치 운문 같은 리듬감이 형성되고 있다.

사씨남정기 謝氏南征記 _김만중

[앞부분 줄거리] 유연수는 중국 명나라 세종 때 금릉 순천부에 사는 명신(名臣) 유현의 아들로 태어나 뛰어난 재주로 15세 때 한림학사를 제수받는다. 이후 유 한림은 재덕을 겸비한 사정옥과 혼인을 한다. 하지만 혼인하고 9년이 넘도록 후사(後嗣)가 없자 사 씨는 스스로 이웃에 사는 교채란을 후실로 들이고 교 씨의 아들을 낳는다.

이때 유 한림이 서원에서 잔치를 끝내고 백자당에 이르러 술에 취하여 잠을 이루지 못하고 난간에 걸터앉아 원근을 바라보니, 달빛은 낮과 같고 꽃향기는 무르녹으니 취흥이 발작하는지라 교 씨를 명하여 노래를 부르라 하니 교 씨 가로되,

"바람이 차매 몸이 아파 노래를 부르지 못하겠소이다."

하고 굳이 사양하니 한림 가로되,

"여자의 도리는 남편이 죽을 일을 하라 하여도 반드시 명을 어기지 못하거늘 이제 네가 핑계로 내 말을 거역하려 드니 어찌 여자의 도리라 하리오."

"첩이 아까 심심하기로 노래를 불렀더니 부인이 듣고 불러 책하시되, 요괴한 노래로 집안을 요란하게 하고 상공을 미혹하게 하니, 네 만일 이후로 또 노래를 부르면 내게 혀를 끊는 칼도 있고 벙어리 만드는 약도 있나니, 삼가 조심하여라 하시니 첩이 본래 빈한한 집 자식으로 상공의 은혜를 입사와 부귀영화가 이 같사온데, 비록 죽어도 한이 없겠나이다. 만일 첩으로 말미암아 상공의 청덕에 흠이 되면 어찌하오리까?"

한림이 크게 놀라고 마음속에 생각하되,

'부인이 투기하지 않겠노라 하고 또 교 씨 대접하기를 후히 하여 한 번도 불미스러운 일이 없더니, 이제 교 씨의 말을 들으니 가내에 무슨 연고가 있도다.'

하고 교 씨를 위로하여 가로되,

"너를 취함이 다 부인이 권한 바요, 일찍이 부인이 너 대접하기를 극진히 하여 한 번도 낯빛이 변함을 보지 못하였다. 이는 아마 비복들이 참언(讒言)을 꾸며 냄이라. 부인은 본디 유순해서 결코 네게 유해함이 없을지니 너는 부질없는 염려를 말고 안심하라."

교 낭자는 마음속에 앙앙(怏怏)하나 할 수 없이 사례할 뿐이었다. 속담에 이르기를 '범을 그리매 **뼈**를 그리기 어렵고, 사람을 사귀매 그 마음을 알기 어렵다.' 하니, 교 씨의 공교한 말과 아리따운 빛으로 말은 공손하매 사 부인이 교 씨의 안과 밖이 다름을 어찌 알리오. 예사 사람으로 알고 다만 음탕한 노래가 장부를 미혹하게 할까 염려하여 교 씨를 진심으로 훈계한 것이고 조금도 투기함이 아니었다. 그러나 교 씨는 한을 품고 공교한 말을 지어 가화(家禍)를 빚어내니, 교 씨의 요악한 투기였다.

하루는 시비 납매가 사 부인 시비들과 같이 놀다가 들어와 교 씨더러 일러 가로되,

"지금 추향(秋香)의 말을 듣건대 부인께서 태기가 계신 듯하다 하더이다."

교 씨는 이 말을 듣고 크게 놀라 가로되,

"성친한 후 십 년이 지나서 잉태함은 참 희한한 일이로다. 혹시 월경이 불순하셔서 그릇 그런 소문이 난 것이나 아닌가."

하고 겉으로는 아무렇지도 않은 체하나 속으로 생각하기를,

'사 씨가 정말 잉태하여 아들을 낳고 보면 나는 쓸데없이 될 것이니 이 일을 어떻게 하면 좋단 말이냐.'

하고 혼자 애를 태우고 있는 동안에 ㉠사 부인의 태기가 확실해지니, 온 집안이 모두 기

핵심 정리

- **갈래** 고전 소설(국문 소설, 가정 소설)
- **주제** ① 처첩 간의 갈등과 사 씨의 고행 ② 사 씨의 부덕과 권선징악
- **특징** ① 숙종을 깨우치게 하기 위한 일종의 목적 소설임 ② 전체적으로 추보식 구성이나 부분적으로 역순행적 구성 방식을 사용함

작품 해제

이 글은 서포 김만중이 인현 왕후 폐위 사건을 풍간하여 숙종의 마음을 참회시키고자 쓴 작품으로, 유연수와 처 사정옥 그리고 첩 교채란 사이에서 벌어진 갈등을 통해 축첩 제도의 문제점과 권선징악의 교훈을 담은 가정 소설이다. 처첩 사이에서 벌어지는 갈등 상황과 섬세한 심리 묘사는 일부다처제의 당대 현실을 사실적으로 그려 내고 있으며, 예의와 덕을 중시하는 사 씨를 통해 이상적인 여성상을 전달하고 있다.

작품 핵심

사 씨가 고난을 당하는 이유
① 교 씨의 음해: 부정적 인물의 모함으로 인해 사 씨는 유연수의 집에서 쫓겨난다. 교 씨는 고난의 이유를 제공하는 인물이라고 볼 수 있다.
② 유연수의 판단력 부재: 교 씨의 음해가 있다고 하더라도 정확한 사정을 알려고 노력했더라면 사 씨를 내보내지 않았을 것이다. 따라서 유연수의 무능함도 사 씨가 고난을 당하는 이유라고 할 수 있다.
③ 불합리한 축첩 제도: 근본적으로는 당시에 만연했던 축첩 제도를 원인으로 분석할 수 있다. 축첩 제도 속에서 교 씨가 느끼는 위기감으로 인해 사 씨가 고난을 겪게 되었기 때문이다.

뼈하였다. 하지만 교 씨는 시기하는 마음을 참지 못하여 남매와 음모를 꾸며 낙태할 약을 여러 번 사 부인 먹는 약에 타서 드렸으나 어쩐 일인지 부인이 그 약만 마시면 구역질이 나서 토해 버렸다. 이는 천지신명이 도우심이라 간악한 수단을 쓸 도리가 없었던 것이다.

부인이 만삭이 되어 아들을 낳으니 골격이 비범하고 신체가 준수한지라 한림이 기꺼워하며 이름을 인아라 일컬었다. 인아가 차차 자라매 장주와 같이 한 곳에서 놀 때 인아 비록 어리나 씩씩한 기상이 장주의 잔약함과는 현저히 다른지라 한림이 한 번 밖에서 들어오다가 두 아이의 노는 것을 보고 먼저 인아를 안고 어루만지며 말하기를,

"이 아이의 이마가 흡사 선인을 닮았으니 장래 반드시 우리 가문을 빛나게 하리로다."

하고 내당으로 들어갔더니, 장주 유모가 들어와서 교 씨에게 고하여 가로되,

"상공이 인아만 안아 주고 장주는 돌아보지도 않더이다."

하고 인하여 눈물을 흘리니 또한 교 씨는 애를 태워 가로되,

"내 용모와 자질이 모두 사 씨에게 미치지 못하고 더욱이 본처와 첩의 분의(分義)가 현격하게 다르건마는 다만 나는 아들이 있고 저는 아들이 없기 때문에 상공의 은총을 받아 왔거니와 지금은 저도 아들을 낳았으니 그 아이가 이 집 주인이 될 것인즉 내 아들 장주는 쓸데없는 군것에 불과한지라 부인이 비록 좋은 낯으로 나를 대하지만 그 마음은 실로 알 수 없으니, 만일 부인의 간계로 상공의 마음이 변한즉 나의 앞날은 어떻게 될는지 알 수 없다."

하고 다시 십랑을 청하여 의논하였다.

[뒷부분 줄거리] 교 씨는 아들 장주를 죽이고 이를 사 씨에게 뒤집어씌워 사 씨를 쫓아낸다. 그리고 동청과 계략을 꾸며 유연수를 귀양 보내지만, 유연수는 누명을 벗고 동청과 교 씨를 처형한다. 이후 유연수와 사 씨는 백년해로한다.

👀 한눈에 보기

| 사 씨 | 대립 | 교 씨 |
| 현모양처. 선(善) | | 간악함. 악(惡) |

유연수

지문 Master

1 이 글은 (   ) 간의 갈등을 다룬 가정 소설의 대표 작품이다.

2 교 씨는 (   )에 대한 투기심으로 악행을 저지르고 있다.

1

작품의 형상화 방식 이해

이 글에 대한 설명으로 적절하지 않은 것은?

① 처첩 간의 갈등 상황을 다루고 있다.

② 시간의 흐름에 따라 사건을 전개하고 있다.

③ 장면에 따라 서술자가 바뀌어 내용을 입체적으로 서술하고 있다.

④ 유연수의 언행을 통해 봉건적인 남성 중심의 가치관을 드러내고 있다.

⑤ 인물 간의 대화와 심리 묘사를 통해 그 인물의 전형적인 성격을 형상화하고 있다.

2

상황에 따른 인물의 심리 추리
㉠의 사건으로 인한 각 인물의 심리를 추측해 보았다. 적절하지 않은 것은?

① 추향: 사 부인이 십 년 만에 회임을 하다니, 집안의 경사야.

② 사 씨: 교 씨가 내 회임을 시기할지도 모르니 음식을 조심히 먹어야겠어.

③ 납매: 교 씨를 도와서 사 부인이 아이를 낳지 못하도록 무슨 수든 써야겠어.

④ 유연수: 사 씨에게 이제야 아이가 생기다니, 태어나면 많이 사랑해 주어야겠어.

⑤ 교 씨: 사 씨가 아들을 낳으면 나와 내 아들은 자리를 잃게 될 것 같아 너무 불안해.

3

세부 내용의 파악
이 글을 읽고 떠올릴 수 있는 장면으로 적절하지 않은 것은?

① 사 씨의 약에 낙태할 약을 몰래 타는 납매의 모습

② 온 집안사람들에게 축하 인사를 받는 사 씨의 모습

③ 사 씨를 받들어 모시며 공손하게 대하는 교 씨의 모습

④ 노래를 부르라는 유연수의 명을 거절하는 교 씨의 모습

⑤ 교 씨의 말을 듣고 사 씨에 대해 실망하는 유연수의 모습

4

외적 준거에 따른 작품 감상
〈보기〉를 참고할 때, 이 글에 대한 감상으로 적절하지 않은 것은? [3점]

● 보기 ●

　가정 내의 처첩 간의 갈등을 다룬 가정 소설은 선악의 대립이 뚜렷한 갈등 구조를 취하게 된다. 주인공은 악인에 의해 위기에 봉착하지만 결국 악인을 물리치고 승리자가 되어 선과 악의 질서를 유지하게 된다. 이러한 과정은 독자로 하여금 관심과 흥미를 이끌어 내며, 권선징악의 교훈도 얻을 수 있게 해 준다.

① '인아'를 총애하는 '유 한림'으로 인해 처첩 간의 갈등이 더욱 심화되겠군.

② '사 씨'가 혼인한 지 십 년 만에 득남한 것이 결국 위기에 봉착하는 계기가 되겠군.

③ '인아'를 비범한 아이로 설정한 것도 인물들의 갈등을 더욱 심화시키는 요인이 되겠군.

④ '사 씨'와 '교 씨'의 선과 악의 대립이 '인아'와 '장주'의 대립으로 이어져 독자의 흥미를 불러오는군.

⑤ 전체적인 내용 전개 양상으로 볼 때 결국 '교 씨'는 '사 씨'에게 패하게 되어 선과 악의 질서가 유지되겠군.

월영낭자전 月英娘子傳 _작자 미상

[앞부분 줄거리] 중국 소주 땅 이부시랑 최현은 자신의 아들 최희성을 친구 호원의 딸 월영과 정혼시킨다. 호원은 간신의 모해로 죽고 부인도 슬픔에 자결한다. 악덕한 소주자사 위현이 월영을 재취로 맞으려 하자 월영은 자결한 것으로 꾸미고 절강의 경 어사의 부인을 만나 양녀가 된다. 월영이 죽은 줄로 안 희성은 장원한 후 민 상서의 딸과 혼인하나 사이가 좋지 않다. 희성은 숙 부인의 문병 길에 절강에 들러 월영을 우연히 만나게 되자 경성으로 가자고 제의한다.

수능 연계 포인트

① 사건 전개에 따른 인물의 심리 파악
② 작품의 서사 구조와 갈등 양상 파악

"박명하온 호 씨는 의외의 편지를 받자와 보오니 마음에 어쩌하신 줄 몰라 감히 글월을 받들어 두 번 절하고 최 대부께 올립니다. 첩의 당초 말씀이야 하여 무엇하오리까. 별무사정(別無事情)*하옵고 두어 자 기록하옵나니, 대부를 따라가온즉 이는 도리어 절행을 버리고 음행을 받는 일이매 육례를 행치 아니하옵시면 이 존언을 시행치 못하옵고, 시행치 못하옴은 다름이 아니라, 남의 웃음을 면치 못할 것이요. ㉠대부께서 상의하여 노복을 보내시면 첩이 부모 고택에 나아가 부모 생시에 정하신 언약을 이룬 후에야 만 번 죽사와도 여한이 없을까 하오니, 바라옵건대 대부는 밝히소서."

하였더라.

㉡대부 다 읽은 후 탄식하고 다시 말을 통치 아니하고 명일* 떠난다고 낭자께 하직한대, 낭자 시비로 하여금 주찬을 가져와 대부께 하직하며 전송하였다.

이때 유모 춘홍이 낭자가 대부와 함께 아니 감을 보고 낭자께 아뢰되,

"최 대부를 만나 계시니 낭자는 한가지로 가실 것이어늘, 거절하심은 어쩐 일이시나이까?"

낭자 탄식 왈,

"어미 말이 그르도다. 대부 상공이 이미 부인을 얻어 계시니 피차 정이 있을 것이다. 이제 대부를 따라갈진대 육례를 이루지 못하였는지라, 옛 글에 하였으되, 육례를 갖춘즉 아내 되고 그저 간즉 첩이라 하나니, 내 어찌 그저 행례 전에 따라가리오. 내 산중에서 홀로 있어 초목과 한가지로 썩을지라도 앞날에 ㉢최 상서가 친히 맞는 혼례를 기다릴 것이요, 따라감은 후세에 남의 웃음과 욕을 끼칠지라."

한대, 듣는 사람이 뉘 아니 칭찬하리오. 모두 탄복하더라.

대부 소주 숙 부인께 하직하고 경성에 득달하여 부모 양위*께 뵈온대, 상서와 부인이 못내 반겨하며 원로에 무사히 올라옴을 기뻐하더라.

대부 여쭈워 왈, 숙 부인 병환이 나으신 말씀과 호 소저에게 서간을 드리고 호 씨 만나던 말씀을 다 고하니, 상서 부부가 크게 기뻐하며 즉시 상서께서 노복 십여 명과 시비 오 명을 정하여 절강 경 어사 댁으로 보내어 호 씨를 모셔 오라 하니, 노복이 하직하고 가니라.

최 상서 하인이 경 어사 부중*에 다다라 온 뜻을 고하니, 일가 노복이 섭섭함을 측량치 못하며, 부인이 또한 이별을 당하매 섭섭한 마음을 정치 못하시더라.

유모 춘홍이 서로 보고 반가움을 이기지 못하여 낭자께 고 왈,

"최 상서 댁 시비 명애는 돌아가신 주인이 생존시에 왕래하옵던 시비옵고, 하인 쟁술 등이 소인이 익히 아는 바이라, 낭자를 뫼시러 왔나이다."

낭자 자세함을 알고 행장을 차려 수 일을 머물러 발행할 새 부인께 하직하니, 부인이 낭자의 손을 잡고 애연히 슬퍼하니, 낭자 위로 왈,

"부인은 슬퍼 마옵소서. 천도* 살피심이 있나이다."

핵심 정리

· 갈래 고전 소설(가정 소설, 적강 소설)
· 주제 천생연분의 남녀가 겪는 고행과 그 극복
· 특징 남녀가 고난을 겪고 혼인에 이르는 혼사 장애 구조로 이루어짐

작품 해제

이 글은 중국 송나라를 배경으로 일부다처제 속에서 또 다른 부인에게 모함을 받아 죽을 위기에 처했다가 극복하는 주인공의 파란만장한 생애를 그린 가정 소설이다. 전반부는 주인공이 혼인까지 많은 장애를 겪는 혼사 장애 이야기로, 후반부는 다른 부인과의 갈등 이야기로 이루어져 있다.

작품 핵심

인물 분석

· 최 대부(최희성): 천상계 인물 유진성. 숙 부인의 병문안을 갔다가 어린 시절에 정혼한 월영을 만나서 경성으로 데려와 혼인한다. 규범적인 태도로 가정을 확립하며 사리를 분별할 줄 아는 인물이다.
· 낭자(월영): 천상계 인물 옥진성. 어렸을 때 최희성과 정혼하였으며, 부모가 죽자 여러 고난을 겪는다. 경 어사의 부인을 만나 양녀가 되었으며, 지조와 법도를 지키는 인물이다.
· 민 씨: 최 대부의 첫째 부인. 최희성의 본처이지만 남편의 부인들을 질투하지 않는 현숙한 성품의 인물이다.
· 경 어사의 부인: 월영을 양녀로 들인 인물. 월영이 경성으로 떠날 때 몹시 슬퍼하는 정이 많은 인물이다.

부인 왈,

[A]
"노신이 팔자 기박하여 일찍 선군(先君)을 여의고 슬하에 남녀간 자식이 없어 주야 슬퍼하더니, 천도 살피시어 그대를 얻어 친녀같이 생각하더니, 금일 이별을 당하니 어찌 슬프지 아니하리오. 또 내 나이 육십이라, 다시 만나보기를 정치 못하나니, ㉣낭자는 황천 타일에 한 잔 술로 고혼* 자백을 위로하라."

낭자 왈,

"소녀가 동서로 떠돌던 인생을 귀히 여기사 거두어 양육하와 일신을 보전케 하옵고, 생후에 최랑을 만나게 함과 망모 유언을 믿게 하오미 다 부인의 후하신 은덕에 백골에 사무치는지라. 어찌 일시나 잊을 리 있사오리까."

말을 마치매 눈물 흘러 옷깃을 적시니 보는 사람이 뉘 아니 슬퍼하리오.

낭자 부인을 위로 왈,

㉤"불구에* 소녀 부인을 모시러 와 존안을 받듦이 있을지라. 과도히 슬퍼 마옵소서."

노복을 불러 이별 왈,

"그대 등은 부인을 모시고 내내 무량(無量)하라."

하고 못내 슬퍼할새, 하인이 행차하심을 재촉하는지라.

[뒷부분 줄거리] 월영이 경성으로 올라온 지 얼마 되지 않아 국공 정한이 황제의 힘을 빌려 둘째 딸 설영을 희성과 결혼시킨다. 그 후 설영은 아버지의 권세를 믿고 민 씨와 월영을 몹시 구박한다. 희성이 황제의 명을 받아 발해로 간 사이를 틈타 설영은 월영을 모함하고 이에 넘어간 최 시랑은 만삭이 된 월영을 하옥한다. 월영이 마침내 쌍둥이를 낳자 최 시랑은 월영의 죄를 국법으로 다스려 줄 것을 청하고 황제가 월영을 심문할 때 하늘에서 선관이 내려와 황제를 꾸짖는다. 이에 황제는 모든 것을 바로잡고 옥에서 나온 월영은 가족과 함께 행복을 누린다.

* 별무사정: 특별한 사정은 별로 없음
* 명일: 내일
* 양위: 두 분
* 부중: 높은 벼슬아치의 집안
* 천도: 하늘의 도리
* 고혼: 외로운 혼백
* 불구에: 오래지 않아

😊 한눈에 보기

전반부
어릴 적 희성과 정혼했던 월영은 부모를 잃고 경 어사 부인의 양녀로 지내다가 희성을 만나 결혼함

↓

후반부
희성의 다른 부인인 설영의 모함으로 위기에 처했던 월영은 천상의 후원으로 가족과 행복하게 살게 됨

지문 Master

1 월영은 첩이 아닌 아내가 되고자 최 대부에게 격식을 갖춘 (   )을/를 요구하고 있다.

2 경 어사 부인은 (   )의 앞날을 위해 이별을 받아들이고 있다.

1

인물의 심리와 태도 파악
이 글의 등장인물에 대한 설명으로 적절하지 않은 것은?

① 최 대부는 월영과의 혼례를 적극적으로 희망하고 있다.

② 최 상서는 월영을 며느리로 맞을 수 있게 된 것에 기뻐하고 있다.

③ 월영은 최 대부가 이미 결혼한 사실에 대해 못마땅하게 여기고 있다.

④ 유모 춘홍은 월영이 최 대부를 따라 나서지 않는 것을 이해하지 못하고 있다.

⑤ 경 어사 부인은 자식처럼 여기던 월영을 떠나보내게 되어 몹시 슬퍼하고 있다.

2

서사 구조의 이해

이 글이 〈보기〉의 '혼사 장애 구조'의 과정을 따르고 있다고 할 때, [A]의 인물 및 대화 내용과 가장 밀접한 관계가 있는 것은?

─────● 보기 ●─────

 남녀의 혼사 과정에서 갈등이 발생하는 구조를 '혼사 장애 구조'라고 하는데 흔히 'ⓐ장애 유발(이별의 동기) ─ ⓑ결연의 분리와 주인공의 시련 ─ ⓒ조력자의 출현과 시련의 극복 ─ ⓓ주인공의 귀환 ─ ⓔ완전한 재결합'의 과정으로 나타난다. 이러한 혼사 장애 구조는 작품에서 주인공의 면모를 일신(一新)하기 위한 방편으로 사용된다.

① ⓐ   ② ⓑ   ③ ⓒ   ④ ⓓ   ⑤ ⓔ

3

구절의 의미 파악

㉠~㉤에 대한 설명으로 적절하지 <u>않은</u> 것은?

① ㉠: 월영은 희성에게 집안의 허락을 받기를 요구하고 있다.

② ㉡: 희성은 자신을 따라나서지 않는 월영을 원망하고 있다.

③ ㉢: 월영은 법도와 명분을 중요하게 여기는 태도를 보이고 있다.

④ ㉣: 경 어사 부인은 죽기 전에 월영을 만나기 어렵다고 생각하고 있다.

⑤ ㉤: 월영은 경 어사 부인을 잊지 않고 다시 찾을 것임을 다짐하고 있다.

4

한자 성어의 이해

〈보기〉는 이 글의 '뒷부분 줄거리'의 내용을 인물을 중심으로 구조화한 것이다. 적절한 한자 성어를 이용하여 인물의 심리를 바르게 추측한 것은? [3점]

─────● 보기 ●─────

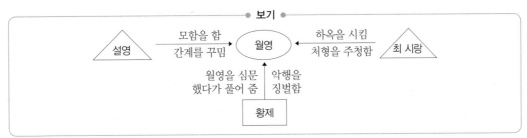

① 설영의 '표리부동(表裏不同)'한 모습에 월영은 당황했을 것이다.

② 최 시랑에 의해 하옥된 월영은 '자포자기(自暴自棄)'했을 것이다.

③ 황제는 '주객전도(主客顚倒)'의 상황을 바로잡으려고 악행을 징벌했을 것이다.

④ 최 시랑은 '읍참마속(泣斬馬謖)'하는 마음으로 월영을 없애려 했을 것이다.

⑤ 황제의 심문까지 받게 된 월영은 '설상가상(雪上加霜)'의 심정이었을 것이다.

창선감의록 彰善感義錄 _조성기

[앞부분 줄거리] 병부상서 화욱은 심 씨, 요 씨, 정 씨 세 명의 부인을 둔다. 화욱과 그의 누이인 성 부인은 심 씨 소생인 장남 화춘이 용렬하여, 정 씨의 아들 화진과 요 씨의 딸 화빙선을 편애한다. 화욱은 화춘을 정숙한 성품의 임 소저와 혼인시키고, 윤 소저와 남 소저를 화진의 배필로 삼는다. 화욱이 죽자 심 씨와 화춘은 화진과 그의 아내들을 학대한다. 그리고 화춘은 조 씨를 첩으로 삼는다.

조 씨는 임 씨를 몰아내고자 하여 주야로 춘에게 참소하니, 춘이 마침내 말하기를,

[A] "임 씨의 죄는 족히 내가 짐작하되, 진이 필경 말을 할 것이요, 또 임 씨의 성품이 강정하니 무슨 괴변이 생길까 두려워하노라."

조 씨가 박장대소하며 말하기를,

[B] "상공은 형이요, 한림은 아우라. 형이 그 아내를 내치는데 아우가 어찌 감히 간섭하며 또 설혹 임 씨가 스스로 죽는다 하더라도 상공께 해됨이 없거늘, 상공이 한 추부(醜婦)를 저어하여 손바닥 안에 있는 일을 결단치 못하니, 첩은 그윽이 상공을 위하여 야속히 여기나이다."

춘이 오히려 머뭇거리기를 마지아니하더니, 하루는 범한과 장평과 더불어 서로 의논하여 꾀를 결단한 후, 죽우당에 이르러 「사기」 한 권을 빼어 보는 체하다가 책을 덮고 진더러 묻기를,

[C] "옛적에 한나라 무제는 진 황후의 투기함을 능히 알고 폐하였으니, 그 임금의 일이 어떠하뇨?"

진은 형의 흉계를 알지 못하고, 바른 대로 대답하여 말하기를,

"남자는 양덕이요 여자는 음덕인고로 양덕이 음덕을 이긴 연후에야 집안의 규범이 정해지니, 한무제는 본디 여자를 좋아하는 마음으로 그 본처를 폐한 것이지마는 여자의 투기는 칠거지악이기에 이로써 내쳤나이다."

춘이 대희하여 뛰어 들어가서 심 씨에게 말하기를,

"임 씨의 죄악은 소자가 이미 분명히 알고 있는 바로되, 지금까지 참고 내치지 아니함은 고모의 총애하심이 너무도 편벽되고, 또 진이 임 씨의 편당인 연고러니, 이제 진의 말이 여차하고 또 고모는 복건에 가고 없으니, 이때를 타서 임 씨를 내치고 조 씨로 정실을 삼으려 하나이다."

심 씨는 놀라서,

[D] "임부의 죄는 불과 남편을 잠자리에 들이지 않는 것뿐이니 어찌 투기가 있으리오. 또 나의 정듦이 굳으니 가히 흔들리지 못하리라."

하고 결연히 대답하더라. 춘이 재삼 간청했으나, 심 씨는 종시 듣지 않으려 하더라. 조 씨는 시녀 난수라는 년으로 하여금 범한을 내통하여 꾀를 내고, 계행 등과 결탁하여 악하고 더러운 물건을 심 씨의 침소에 많이 묻고, 또한 계행 등으로 하여금 그 흉물을 파내는 체하여 심 씨에게 말하기를,

"임 씨의 소행이라!"

심 씨는 그제서야 대로하여 임 씨를 꾸짖고 밖으로 내치니, 비복 등이 실성하여 울며 윤 부인과 남 부인이 하늘을 향해 크게 탄식하고, 진이 갓을 벗고 맨발로 계하에서 통곡하니, 심 씨는 또 크게 노하며 말하니라.

"임 씨의 죄악이 위나라 황후보다 더한지라! 공연히 장부를 거절하여 잠자리에 들이지 아니하니, 춘이 이미 궁형지인*이 아닌즉 어찌 통분치 않으며, 또 조 씨가 들어온 후로 임 씨의 투기는 날로 심하여 천고에 없는 요사하고 간사한 변고가 나의 침방에까지 미치니, 어찌 참고 내치지 아니하리오!" 〈중략〉

이 날 임 씨가 집을 걸어 나와 장차 교자에 오를 새, 화욱의 사당을 돌아보며, 눈물을 흘리면서 재배하며 하직하고, 개연히 가마에 오르매, 유모와 시비 등이 울며 뒤를 따르더라.

이때 화욱 집안의 사람이 심 씨 모자와 조 씨 외에는 눈물을 아니 흘리는 자가 없었고, 이때에 임 씨의 오라비 임윤이 벼슬을 빼앗기고 하남 본댁에 와 있으매, 임 씨는 하남으로 돌아가니라.

춘이 크게 위의를 베풀고 종족을 모아 장차 조 씨를 세워서 정실을 삼으려 하거늘, 진이 통곡하며 충고하기를,

[E] "제나라 환공의 맹세에 가로되, 첩으로써 정실을 삼지 말라 하셨으니, 이제 형님이 이유 없이 현명한 처를 내치고 미천한 여자로써 외람되이 조상에 대한 제사를 받들게 하니, 욕됨이 이보다 더함이 없으리로소이다."

"너는 두 처가 있거늘, 내가 홀로 처 하나만 두지 못하랴!"

하고, 춘은 성을 벌컥 내며 소리를 지르더라. 그가 마침내 조 씨를 정실로 삼으니, 조 씨는 양양자득*하여 행동거지가 망측하여 치마 끝에 바람이 나며, 우둔한 지아비를 농락하여 간특한 교태와 발연한 노색으로 희희낙락하니 춘은 분주승명하여 발이 땅에 붙지 않는지라, 비복 등이 도리어 부끄러워하고 일일이 임 씨를 사모하니라.

이러므로 집안이 해이하여 기강이 전혀 없더라.

[뒷부분 줄거리] 화춘은 화진을 모함하여 귀양을 가게 하고, 그의 아내들도 내쫓는다. 도사를 만나 병서를 배운 화진은 해적을 토벌하여 공을 세우고 다시 등용된다. 심 씨와 화춘은 개과천선하여 착한 사람이 되고, 화진의 아내도 돌아와 가정이 화목해진다.

* 궁형지인: 생식기를 없애는 형벌을 받은 사람
* 양양자득: 뜻을 이루어 뽐내며 꺼드럭거림. 또는 그런 태도

😈 한눈에 보기

조 씨, 화춘 / 임 씨 / 화진
쫓아냄 / 반대함 / 통곡함

지문 Master

1 춘은 임 씨를 내쫓을 구실을 마련하기 위해 진에게 (   )와/과 관련된 역사적 사건을 언급한다.

2 춘은 임 씨를 내쫓고 (   )을/를 정실로 삼았다.

세부 내용의 파악
1 이 글의 내용을 통해서 답을 찾을 수 없는 질문은?

① 조 씨는 왜 춘에게 임 씨를 참소하고 있는가?

② 조 씨가 임 씨를 모함하기 위해 꾸민 계략은 무엇인가?

③ 춘이 진에게 한나라 무제에 관해 물은 이유는 무엇인가?

④ 춘은 어떻게 임 씨가 저지른 죄악의 내용을 밝혀냈는가?

⑤ 진은 왜 조 씨를 정실로 삼으려는 춘을 반대하고 있는가?

2 인물의 심리와 태도 파악

이 글의 인물에 대한 이해로 적절하지 <u>않은</u> 것은?

① '조 씨'는 정실의 지위를 차지하자 남편을 제 마음대로 부리며 집안을 어지럽힌다.

② '화춘'은 임 씨를 총애하는 집안 어른이 부재한 틈을 타서 임 씨를 내쫓으려 한다.

③ '심 씨'는 임 씨에 대한 아들의 말을 믿지 않다가 조 씨의 계략으로 생각이 바뀐다.

④ '임 씨'는 화춘의 집을 떠나면서도 화씨 집안의 며느리로서 해야 할 도리를 지킨다.

⑤ '화진'은 화춘의 속셈을 알지 못한 채 그의 질문에 솔직하게 대답한 것을 한탄한다.

3 인물의 말하기 방식 파악

[A]~[E]에 나타난 인물의 말하기 전략과 태도에 대한 설명으로 적절하지 <u>않은</u> 것은?

① [A]에서는 상대편의 말에 동조하는 한편, 자신이 걱정하는 바를 드러내고 있다.

② [B]에서는 상대편에게 해가 되지 않음을 언급하며, 상대편이 자신의 말을 따르도록 유도하고 있다.

③ [C]에서는 의도적으로 자신에게 유리한 답변이 나올 수 있는 질문을 상대편에게 던지고 있다.

④ [D]에서는 상대편의 주장이 불합리함을 강조하며, 상대편의 의견에 반대 입장을 표명하고 있다.

⑤ [E]에서는 절차의 정당성을 문제 삼으며, 상대편으로 하여금 결정을 뒤집도록 요구하고 있다.

4 외적 준거에 따른 작품 감상

〈보기〉를 참고하여 이 글을 감상한 내용으로 적절하지 <u>않은</u> 것은? [3점]

> ● 보기 ●
>
> 「창선감의록」은 17세기에 창작된 작품으로, 사대부 가문에서 일어나는 모함과 갈등을 다루고 있는 가정 소설이다. 대부분의 가정 소설에는 처첩 간의 갈등, 고부간의 갈등, 선인과 악인 간의 대립이 나타나는데, 이 작품도 마찬가지이다. 아울러 이 작품은 사대부 가문에서 장자가 제 역할을 하지 못하거나 함부로 축첩을 하면 집안의 기강이 흔들릴 수 있음을 드러내고 있다. 이 작품은 충효와 형제간의 우애라는 유교적 이념과 권선징악이라는 교훈적 의미를 강조하는 한편, 다른 고전 소설과는 달리 반동적 인물이 개과천선을 하여 구제되는 내용으로 마무리하고 있다.

① 임 씨가 조 씨의 모함으로 쫓겨 나는 모습은 처첩 간의 갈등을 드러내는 것이겠군.

② 춘이 흉계를 꾸며 진에게 답을 얻어내는 것은 장자가 제 역할을 하지 못하는 단적인 모습이겠군.

③ 심 씨가 진의 통곡에도 불구하고 임 씨를 내쫓는 모습은 선인과 악인의 대립을 보여 주는 것이겠군.

④ 조 씨가 춘의 정실이 되는 모습은 반동적 인물이 개과천선을 한다는 내용의 복선으로 작용하는 것이겠군.

⑤ 임 씨가 심 씨에게 항변하지 않고 화욱의 사당을 돌아보며 집을 떠나는 모습은 유교적 이념의 강조와 관련이 있겠군.

유씨삼대록 _작자 미상

[앞부분 줄거리] 승상 유우성의 아들 세형은 장순의 딸과 약혼한다. 그런데 혼인을 앞두고 부마로 간택되어 진양 공주와 혼인하게 된다. 진양 공주는 그런 세형의 상황을 배려하여 태후께 청해 세형이 장 씨를 둘째 부인으로 맞도록 주선한다.

화설(話說), 장 씨가 ㉠이화정으로 돌아와 긴 단장을 벗고 난간에 기대어 하늘가를 바라보며 평생 살아갈 계책을 골똘히 헤아리자, 한이 눈가에 맺히고 슬픔이 마음속에 가득하여 생각하였다.

[A]
'내가 재상가의 귀한 몸으로 유생과 백년가약을 맺었으니 마음이 흡족하고 뜻이 즐거워야 할 터인데 어찌 이리되었을까? 존귀하신 천자께서는 부마 한 명을 뽑는데 어찌 굳이 나의 아름다운 낭군을 빼앗아 가 위세로써 나로 하여금 공주 저 사람의 아래가 되게 하셨는가? 도리어 저 사람의 덕을 찬송하고 은혜를 읊으며 한없는 영광은 남에게 돌아가고 구차한 자취는 내 일신에 모이게 되었구나. 우주 사이는 우러러 바라보기나 하겠지만 나와 공주의 현격함은 하늘과 땅 같구나. 나의 재주와 용모가 저 사람보다 떨어지는 것이 없고 먼저 약혼 예물까지 받았는데 이처럼 남의 천대를 달게 받을 줄 어찌 알았으리오? 공주가 덕을 베풀수록 나의 몸엔 빛이 나지 않으리니 공주가 짐짓 교활한 술책으로 아버님, 어머님이나 시누이를 제 편으로 끌어들인다면 낭군의 마음도 완전히 달라질 것이다. 슬프다, 나의 앞날은 어찌 될까?'

생각이 이에 미치자 북받쳐 오르는 한이 마음속에 가득 쌓이기 시작하니 어찌 좋은 뜻이 나겠는가? 한창 눈물을 머금고 마음을 붙일 곳 없어 하는데, 문득 부마가 보라색 두건과 녹색 도포를 가볍게 나부끼며 이화정에 이르러 장 씨의 참담한 안색을 보고는 손을 잡고 어깨를 비스듬히 기대게 하며 물었다.

"그대는 무슨 일로 슬픈 빛이 있는가? 나를 좇음을 원망하는가?"

장 씨가 탄식하며 말하였다.

[B]
"낭군은 부질없는 말씀 마십시오. 제가 낭군을 좇는 것을 원망했다면 어찌 깊은 규방에서 홀로 늙는 것을 달게 받아들였겠습니까? 다만 제가 귀댁에 들어온 지 오륙일이 지났으나 좌우에 친한 사람이 없고 오직 우러르는 바는 아버님, 어머님과 낭군뿐이니 어린 여자의 마음이 편안하지 못하여 그런 것입니다. 공주가 위에 계셔 온 집안의 권세를 오로지하시니 그 위의(威儀)와 은덕이 저로 하여금 변변찮은 재주 가진 하졸이 머릿수나 채워 우물 속에서 하늘을 바라보는 것 같게 만드옵니다. 제가 감히 항거할 뜻이 있는 것은 아니나 평생의 신세가 구차하니 슬프기만 합니다. 좀 전에 진양궁에 갔더니 궁비와 시녀들이 다 저를 손가락질하며 비웃고 한 가지 일도 자유롭게 하지 못하게 하였습니다. 제 입에서 말이 나면 일천여 시녀가 다 제 입을 가리니, 공주의 은덕에 의지하여 겨우 실례를 면하고 돌아왔습니다."

부마는 안 그래도 장 씨의 외로움을 가련하게 여기고 공주의 위세가 장 씨를 억누르는 것을 좋지 않게 여기고 있다가, 장 씨가 이렇듯 애절한 모습을 보이자 공주에게 매우 불쾌하고 장 씨를 위한 애정이 샘솟는 듯하였다. 〈중략〉

"내 반드시 공주를 끝장낼 것이다."

부마의 말에 장 씨가 거짓으로 놀라는 체하며 말하였다.

수능 연계 포인트

① 인물 간의 관계 파악
② 갈등의 양상과 인물의 말하기 방식 파악

🥯 핵심 정리

• 갈래 고전 소설(가문 소설, 삼대록계 소설)
• 주제 유씨 가문 3대의 이야기
• 특징 ① 세대별로 중심인물이 설정되어 있음(1대 유우성, 2대 유세형, 3대 유현) ② 세세한 대목에서 당대의 예법을 충실히 재현함 ③ 유교적 가치를 적극적으로 담아내고 있음

☺ 작품 해제

이 글은 삼대록계 소설의 전형적인 구조를 갖추고 있는 국문 장편 소설이다. 유씨 가문의 이야기가 혼사 및 가족 간의 갈등, 영웅담 등을 중심으로 3대에 걸쳐 전개되고 있다. 각각의 이야기는 독립적으로 완결성을 갖추고 있지만, 혼사나 그로부터 파생된 갈등이 동일한 가문 내에서 전개된다는 점에서 연결된다. 이를 통해 당대 고위 계층의 가치관과 삶을 사실적으로 보여 주고 있다.

☺ 작품 핵심

이상적 여성상 – 진양 공주
진양 공주는 뛰어난 지혜와 부덕(婦德)을 두루 갖춘 여성이지만, 유세형과 결혼하면서 수많은 시련을 겪는다. 진양 공주의 이런 결혼 생활은 유세형의 어리석음을 부각하는 동시에 남성 중심의 사회 질서 속에서 살아야 했던 당대 여성들의 삶을 상징한다.

공주의 신분	사회적 권력이 높음
장 씨에 대한 배려	유세형의 마음을 짐작하여 장 씨를 계비로 봉하도록 함
장 씨의 모함 및 유세형의 박대	자기희생적 태도로 수난을 감내함

⇩

'여필종부(女必從夫)'의 삶

"바라건대 군자는 오늘부터 진양궁에 가서 위로 성은을 갚고 아래로 공주의 한을 위로해 주십시오. 저는 본래 유씨 집안 사람이라는 이름만을 가지고 깊은 규방에서 여생을 마치기를 원했을 뿐 부부간의 정을 귀하게 여기지 않았습니다. 이제 성은을 입어 댁의 귀한 가문에 들어와 아버님, 어머님께서 사랑해 주시고 일생이 편안한데 어찌 부부간의 사사로운 정에 마음을 두겠습니까?"

부마가 매우 칭찬하며 말하였다.

"부인의 맑은 덕은 고금의 열녀에 비한다 해도 모자람이 없으니 그대 같은 사람이 몇 사람이나 있겠소? 내가 목석도 아닌데 부인의 의리와 어진 마음에 어찌 감동하지 않겠소? 공주의 말은 다시 하지 마시오."

장 씨가 탄식하며 대답하지 않았다. 부마가 그 온화하고 공손한 말과 절세한 미모를 볼 때마다 혹하여 정이 무르녹고 생각이 어리석어졌다. 공주의 어진 덕이 장 씨의 거짓 꾸미는 말만 같지 못하며, 공주의 천향국색(天香國色)*이 장 씨의 옅은 색을 이기지 못하겠는가마는 부마의 마음이 흔들렸으니 부부 사이가 어찌 두렵지 않겠는가? 부마는 아침저녁으로 부모에게 문안한 뒤에는 발자취가 ⓛ이화정을 떠나지 않았다.

벌써 계절이 바뀌어 가을이 되니, 가을바람이 쓸쓸하게 불고 옥 같은 이슬이 영롱하였다. 이때 진양궁 내외 사람들은 부마를 보지 못한 지 반년이 되었다. 상궁 장손 씨로부터 모든 궁인이 장 씨가 방자하게 총애를 얻은 것과 부마의 편벽함을 원망하지 않는 사람이 없었다. 그러나 공주가 부마에게 화가 미칠 것을 염려하여 말이 궐 밖으로 나가는 것을 엄히 금지하며, 태후께서 아시게 되면 발설한 궁인을 큰 죄로 다스리겠다는 명령을 내렸다. 이러므로 대궐과 진양궁 간에 궁인이 아침저녁으로 왕래하여도 태후는 부마의 박정함을 까마득히 모르셨고, 유 승상은 사람됨이 엄숙하여 집안의 자잘한 일을 알지 못했다.

[뒷부분 줄거리] 장 씨는 진양 공주를 죽이려 시도하다가 들켜 유씨 집안에서 쫓겨난다. 하지만 진양 공주는 이를 용서하고 세형과 화목하게 지낸다. 이남 일녀를 낳은 공주는 태후의 죽음에 충격을 받아 요절한다. 공주의 자식들은 모두 사회적으로 성공하지만, 둘째 아들과 딸은 부모와 유사한 혼사 문제를 겪는다.

* 천향국색(天香國色) : 가장 아름다운 여자를 비유적으로 이르는 말

😈 한눈에 보기

지문 Master

1 장 씨는 (   )에 비해 초라한 자신의 신세를 한탄하며 공주를 모함하였다.

2 부마는 (   )의 거짓된 말과 미모에 빠져 아무런 잘못도 없는 공주를 박대하였다.

1

세부 내용의 파악

이 글에 대한 이해로 적절하지 않은 것은?

① 유 승상은 부마가 공주를 멀리하고 있다는 것을 알지 못한다.

② 부마는 장 씨가 공주의 위세에 기죽는 상황을 부정적으로 본다.

③ 장 씨는 공주가 시집 식구들을 교활하게 속이고 있다고 여긴다.

④ 장 씨는 자신의 재주와 용모가 공주에 뒤지지 않는다고 생각한다.

⑤ 진양궁의 궁인들은 장 씨에 대한 부마의 노골적 편애를 원망한다.

2 대화의 특징 파악
[A]와 [B]에 대한 설명으로 적절하지 <u>않은</u> 것은?

① [A]와 [B]는 모두 자신이 이전에 겪은 사건에 대한 정보를 제공하고 있다.

② [A]와 [B]는 모두 자신의 현재 처지를 비유적 진술을 통해 강조하고 있다.

③ [A]는 [B]와 달리 타인에 대한 원망을 의문형 표현을 활용하여 드러내고 있다.

④ [B]는 [A]와 달리 대화 상대의 의견을 수용하여 자신의 선택을 성찰하고 있다.

⑤ [A]는 미래 상황을 추정하는, [B]는 경험을 토로하는 방식으로 자신의 우려를 제시하고 있다.

3 외적 준거에 따른 작품 감상
〈보기〉를 고려하여 이 글을 감상한 내용으로 적절하지 <u>않은</u> 것은? [3점]

> ● 보기 ●
>
> 「유씨삼대록」은 충(忠), 효(孝), 열(烈)과 같은 유교적 윤리에 기반한 가부장적 질서가 굳건한 시대를 배경으로 3대에 걸친 유씨 가문의 이야기를 다루고 있다. 이 작품에 등장하는 남성들은 사회적으로 능력을 인정받으면서도 개인적으로는 사리에 밝지 못한 행동을 하기도 하며, 특히 가정 내의 대립을 해결하는 일에 서툰 모습을 보인다. 한편 자신을 희생하면서 가정을 지키려는 여성을 등장시켜 당대 사회에서 바라는 이상적 여성상을 형상화하고 있다. 이때 이와 대조되는 여성을 함께 등장시켜 유교적 윤리를 바탕으로 한 여성의 덕목을 더욱 부각하고 있다.

① '부마'가 약혼 상대인 '장 씨'를 두고서 '공주'와 먼저 혼인한 일은 사리에 밝지 못한 행동을 한 것으로 볼 수 있군.

② '부마'가 아침저녁으로 부모에게 문안하는 태도는 유교적 윤리에 기반한 효를 충실하게 실천하는 모습으로 볼 수 있군.

③ '공주'가 자신의 처지가 태후에게 알려지지 않도록 단속하는 것은 자신을 희생하여 가정을 지키려는 태도로 볼 수 있군.

④ '장 씨'가 자신과 '공주'를 비교하며 '공주'를 불편하게 여기는 것은 일부다처제에서 비롯된 가정 내의 대립으로 볼 수 있군.

⑤ '장 씨'가 '부마'의 총애를 얻으려고 한 위선적 언행은 '공주'가 지닌 여성의 덕목을 더욱 부각하는 효과를 초래한다고 볼 수 있군.

4 배경의 기능 이해
'장 씨'를 중심으로 ㉠과 ㉡을 이해한 내용으로 가장 적절한 것은?

① ㉠은 문제점을 깨닫는 공간이고, ㉡은 대책을 모색하는 공간이다.

② ㉠은 불신을 드러내는 공간이고, ㉡은 비웃음을 당하는 공간이다.

③ ㉠은 오해를 일으키는 공간이고, ㉡은 오해를 해소하는 공간이다.

④ ㉠은 차이를 인식하는 공간이고, ㉡은 욕망을 억제하는 공간이다.

⑤ ㉠은 한탄을 표출하는 공간이고, ㉡은 애정을 확인하는 공간이다.

장끼전 _작자 미상

[앞부분 줄거리] 장끼가 아내 까투리와 함께 아홉 아들, 열두 딸을 거느리고 엄동설한(嚴冬雪寒)에 먹을 것을 찾아 들판을 헤매다가 콩 한 알을 발견한다. 장끼는 콩을 먹겠다고 고집부리고, 까투리는 이를 만류한다. 결국 장끼는 까투리의 만류를 뿌리친다.

(가) 까투리 홀로 경황없이 물러서니, 장끼란 놈 거동 보소. 콩 먹으러 들어갈 제 열두 장목* 펼쳐 들고 꾸벅꾸벅 고개 조아 조츰조츰 들어가서 반달 같은 혀뿌리로 드립다 꽉 찍으니 두 고패* 둥그레지며 머리 위에 치는 소리 박랑사중(博浪沙中)에 저격시황(狙擊始皇)하다가 버금 수레 마치는 듯 와지끈 뚝딱 푸드득 변통없이 치었구나.

까투리 하는 말이,

"저런 광경 당할 줄 몰랐던가. 남자라고 여자의 말 잘 들어도 패가(敗家)하고, 계집의 말 안 들어도 망신(亡身)하네."

까투리 거동 볼작시면, 상하 평전 자갈밭에 자락머리 풀어 놓고 당굴당굴 뒹굴면서 가슴 치고 일어앉아 잔디풀을 쥐어 뜯어 애통하며 두 발로 땅땅 구르면서 붕성지통(崩城之痛)* 극진하니, 아홉 아들 열두 딸과 친구 벗님네들도 불상타 의논하며 조문(弔問) 애곡(哀哭)하니 가련 공산 낙목천(落木天)에 울음소리뿐이로다.

까투리 슬픈 중에 하는 말이,

"공산 야월(空山夜月) 두견성(杜鵑聲)은 슬픈 회포 더욱 섧다. 『통감(通鑑)』에 이르기를, 양약(良藥)이 고구(苦口)나 이어병(利於病)이요, 충언(忠言)이 역이(逆耳)나 이어행(利於行)이라 하였으니 자네도 내 말 들었으면 저런 변 당할쏜가. 답답하고 불쌍하다. 우리 양주 좋은 금실 누구더러 말할쏘냐. 슬피 서서 통곡하니 눈물은 못이 되고 한숨은 폭우 된다. 가슴에 불이 붙네. 이내 평생 어이 할꼬."

장끼 거동 볼작시면 차위* 밑에 엎드려서,

"예라 이년 요란하다. 후환을 미리 알면 산에 갈 이 뉘 있으리. 선(先)미련 후실기(後失期)라. 죽은 놈이 탈없이 죽으랴. 사람도 죽기를 맥으로 안다 하니 나도 죽지 않겠나 맥이나 짚어 보소."

까투리 대답하고 이른 말이,

"비위맥(脾胃脈)은 끊어지고 간맥(肝脈)은 서늘하고, 태충맥(太衝脈)은 걷어 가고 명맥(命脈)은 떨어지네. 애고 이게 웬일이오. 원수로다. 원수로다, 고집불통 원수로다."

장끼란 놈 하는 말이,

"맥은 그러하나 눈청을 살펴보소. 동자(瞳子)부처 온전한가."

까투리 한숨 쉬고 살펴보며 하는 말이,

"이제는 속절없네 저편 눈에 동자부처 첫새벽에 떠나가고 이편 눈에 동자부처 지금에 떠나려고 파랑보에 봇짐 싸고 곰방대 붙여 물고 길목버선 감발하네. 애고 애고 이내 팔자 이다지 기박(奇薄)한가. 상부(喪夫)도 자주 한다. 첫째 낭군 얻었다가 보라매에 채여 가고, 둘째 낭군 얻었다가 사냥개에 물려 가고, 셋째 낭군 얻었다가 살림도 채 못 하고 포수에게 맞아 죽고, 이번 낭군 얻어서는 금실도 좋거니와 아홉 아들 열두 딸을 낳아 놓고 남혼여가(男婚女嫁) 채 못 하여 구복(口腹)이 원수로 콩 하나 먹으려다 저 차위에 덜컥

치었으니 속절없이 영 이별하겠고나. 도화살을 가졌는가, 이내 팔자 험악하다. 불쌍토다 우리 낭군, 나이 많아 죽었는가, 병이 들어 죽었는가, 망신살을 가졌던가, 고집살을 가졌던가, 어찌 하면 살려낼꼬. 앞뒤에 섰는 자녀 뉘라서 혼취(婚娶)하며, 복중(腹中)에 든 유복자는 해산구원(解産救援) 뉘라 할까. 운림 초당(雲林草堂) 너른 뜰에 백년초를 심어 두고 백년해로 하겠더니 삼 년이 못 지나서 영결종천(永訣終天)* 이별초가 되었구나. 저렇듯이 좋은 풍신(風身) 언제 다시 만나 볼까. 명사십리 해당화야 꽃 진다 한(恨)을 마라. 너는 명년 봄이 되면 또 피려니와 우리 낭군 이번 가면 다시 오기 어려워라. 미망(未亡)일세, 미망일세, 이 몸이 미망일세."

한참 통곡하니 장끼란 놈 반눈 뜨고,

"자네 너무 설워 마소. 상부 잦은 네 가문에 장가가기 내 실수라. 이 말 저 말 마라. 사자(死者)는 불가부생(不可復生)이라 다시 보기 어려우니 나를 굳이 보려거든 명일 조반 일찍 먹고 차위 임자 따라가면 김천(金泉) 장에 걸렸거나 그렇지 아니하면 감영도(監營道)나 병영도(兵營道)나 수령도(守令都)의 관청고에 걸리든지 봉물(封物) 집에 앉혔든지 사또 밥상 오르든지 그렇지 아니하면 혼인집 폐백 건치(乾雉) 되리로다. 내 얼굴 못 보아 설워 말고 자네 몸 수절하여 정렬부인(貞烈夫人) 되옵소서. 불쌍하다 이내 신세 우지 마라 우지 마라, 내 까투리 우지 마라. 장부 간장 다 녹는다. 네 아무리 설워하나 죽는 나만 불쌍하다."

장끼란 놈 기를 쓴다. 아래 고패 벋디디고 위 고패 당기면서 버럭버럭 기를 쓰나 살 길이 전혀 없고 털만 쏙쏙 다 빠지네.

[뒷부분 줄거리] 까투리는 장끼의 장례를 치르고 문상 온 홀아비 장끼와 재혼하여 백년해로(百年偕老)하다가 자식들을 다 결혼시킨 후 물에 들어가 조개가 된다.

＊ 장목: 꿩의 꽁지깃
＊ 고패: 꿩 잡는 틀에 목을 조르게 되어 있는 쇠
＊ 붕성지통: 성이 무너질 만큼 큰 슬픔이라는 뜻으로, 남편이 죽은 슬픔을 이르는 말
＊ 차위: 꿩 잡는 틀
＊ 영결종천: 죽어서 영원히 이별함

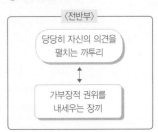

😊 한눈에 보기

〈전반부〉

당당히 자신의 의견을 펼치는 까투리

↓

가부장적 권위를 내세우는 장끼

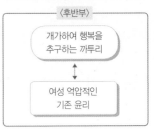

〈후반부〉

개가하여 행복을 추구하는 까투리

↕

여성 억압적인 기존 윤리

지문 Master

1 콩을 먹으려다 덫에 걸려 죽어 가는 장끼의 모습을 (   )(으)로 표현한 부분에서 판소리계 소설의 특징을 확인할 수 있다.

2 까투리에게 (   )을/를 강요하는 장끼의 모습에서 개가를 금지하던 당시의 시대상을 확인할 수 있다.

1

다른 갈래에의 적용

이 글을 아동을 위한 연극으로 공연하고자 할 때, 고려할 사항으로 적절하지 않은 것은?

① 배우들이 주고받는 대사의 길이가 길어지지 않게 조절할 필요가 있겠어.

② 장끼는 까투리의 뒷일을 걱정하며 안타까워하는 어조로 연기하도록 해야겠군.

③ 장끼가 덫에 치이는 순간에는 짧고 날카로운 효과음을 사용하는 것이 좋겠어.

④ 장끼가 덫에 치이는 장면에서는 배우의 행동을 과장되게 하여 웃음을 유발하는 것도 좋겠어.

⑤ 까투리는 덫에 치인 장끼를 보고 애통해하는 심정이 생생하게 드러나도록 연기하는 게 중요해.

2 한자 성어의 이해

이 글의 '장끼'에 대한 평가로 가장 적절한 것은? [3점]

① 누가 놓았는지도 모를 콩을 먹다니 곡학아세(曲學阿世)하였군.

② 줏대 없이 부화뇌동(附和雷同)하더니 결국 험한 일을 당하였군.

③ 인생은 일장춘몽(一場春夢)이라더니 부귀영화가 다 소용없게 되었군.

④ 고집을 부리다가 당한 일이니 자업자득(自業自得)이라고 할 수 있겠군.

⑤ 뒤늦게 자신의 잘못을 후회하나 만시지탄(晚時之歎)이라고 할 수 있겠군.

3 반응의 적절성 판단

이 글을 읽고 나서 보인 학생의 반응으로 적절하지 않은 것은?

① 까투리의 만류를 듣지 않고 콩을 먹으려다 죽는 장끼를 통해 남성 우월 의식과 권위주의의 허구성을 비판하고 있어.

② 자신의 죽음이 '상부 잦은' 까투리의 가문에 장가간 실수 때문이라는 장끼의 말을 통해 남성들의 위선적 태도를 보여 주고 있어.

③ 남편이 죽자 개가하는 까투리의 모습을 통해 남존여비와 개가 금지라는 당시의 유교 도덕에 대한 비판과 풍자를 엿볼 수 있어.

④ 남편의 죽음이 자신의 팔자와 도화살 때문이라 말하는 까투리를 통해 가부장의 권위에 도전하는 여권 신장 현실을 엿볼 수 있어.

⑤ 엄동설한에 먹이를 찾아 들판을 헤매고 콩 한 알을 먹겠다고 끝까지 고집하는 장끼를 통해 당대 서민들의 생활상을 엿볼 수 있어.

4 표현상의 특징 파악

㉮에 대한 설명으로 가장 적절한 것은?

① 언어유희를 통해 장면의 해학성을 높이고 있다.

② 비유적 표현을 통해 인물의 심리를 구체적으로 드러내고 있다.

③ 편집자적 논평을 통해 까투리의 애통해하는 마음을 드러내고 있다.

④ 현학적인 한문투를 사용하여 장끼의 허세를 우회적으로 풍자하고 있다.

⑤ 음성 상징어와 인물의 행위 나열을 통해 장면의 현장감을 더욱 부각시키고 있다.

황새결송 決訟 _작자 미상

수능 연계 포인트
① 액자식 구성 및 내화와 외화의 대응 관계 파악
② 작품에서 풍자하는 내용 파악
③ 구절의 의미 파악

[앞부분 줄거리] 경상도 어느 시골에 사는 부자에게 친척이 나타나 재산의 절반을 달라고 위협하며 행패를 부린다. 참다 못한 부자는 서울 형조로 와서 처벌을 호소한다. 그런데 관원들에게 뇌물을 바치며 두루 청탁을 한 친척이 오히려 재판에서 이긴다. 억울함을 느낀 부자는 형조 관원들에게 꾀꼬리, 뻐꾸기, 따오기에 얽힌 송사 이야기를 들려 준다.

따오기 아뢰되,

"다른 일이 아니오라 꾀꼬리와 뻐꾸기와 소인과 세 놈이 우는 소리 겨룸하였더니 자기 자랑이 심한지라. 그 고하(高下)를 정하지 못해 결단치 못하왔삽더니, 서로 의논하되 장군께옵서 심히 사리에 밝게 처분하시므로 내일 댁에 모여 송사하려 하오나이다. 그 중 ㉠소인의 소리 세 놈 중 참혹하여 아주 면목이 없으니 틀림없이 송사에 이기지 못할지라. 미련한 소견에 남 먼저 사또께 이런 사연을 아뢰어 청이나 하옵고 그 두 놈을 이기고자 하오니, 사또 만일 소인의 옛정을 잊지 아니하옵시고 내일 송사에 아래 하(下)자를 웃 상(上)자로 도로 집어 주옵심을 바라옵나이다."

황새놈이 이 말을 듣고 속으로 퍽 든든히 여겨 하는 말이,

"도시 상놈이란 것은 미련이 이러하여 사리나 체면을 소중히 여길 줄 모르고 제 욕심만 생각하여 아무 일이라도 쉬운 줄로 아는구나. 대저 송사에는 애증(愛憎)을 두면 칭원(稱寃)도 있고 이치에 맞지 않는 송사를 하면 정체에 손상하나니 어찌 그런 도리를 알리요. 그러나 송사는 옳고 그른 것을 따지지 않고 꾸며대기에 있나니 이른바 ___㉮___ (이)라. 어찌 네 일을 모른 체하랴. 전에도 네 내 덕도 많이 입었거니와 이 일도 내 아무쪼록 힘을 써 보려니와, ㉡만일 내 네 소리를 이기어 주어 필연 청받고 그릇 공사한다 하면 아주 입장이 난처하게 되리니 이를 염려하노라."

따오기 고쳐 아뢰되,

"분부가 이렇듯 하시니 상덕(上德)만 믿고 가나이다." 〈중략〉

황새 정색하고 분부하여 이르되,

"너희 등이 만일 그러할진대 각각 소리를 하여 내게 들린 후 상하를 결단하리라."

하니 꾀꼬리 먼저 날아들어 소리를 한번 곱게 하고 아뢰되,

"소인은 봄이 한창인 좋은 계절에 이화 도화 만발하고, 앞내의 버들 빛은 초록장 드리운 듯 뒷내의 버들 빛은 유록장(柳綠帳) 드리운 듯, 금빛 같은 이내 몸이 날아들고 떠들면서 흥에 겨워, 청아한 쇄옥성(碎玉聲)을 춘풍 결에 흩날리며 구십춘광(九十春光) 보낼 적에 뉘 아니 아름답게 여기리이까."

황새 한번 들으매 과연 제 말과 같으며 심히 아름다운지라. 그러나 이제 제 소리를 좋다 하면 따오기에게 청 받은 뇌물을 도로 줄 것이요, 좋지 못하다 한즉 공정치 못한 것이 정체가 손상할지라. 입속으로 웅얼거리며 깊이 생각하고 판결하여 이르되,

"네 들어라. 당시(唐詩)에 운하되 ㉢타기황앵아(打起黃鶯兒)하여 막교지상제(莫敎枝上啼)라* 하였으니 네 소리 비록 아름다우나 애잔하여 쓸데없도다."

꾀꼬리 부끄러워 물러나올새 뻐꾹새 또 들어와 목청을 가다듬고 소리를 묘하게 하여 아뢰되,

"소인은 녹수천산(綠水千山) 깊은 곳에 만학천봉(萬壑千峰) 기이하고 안개 피어 구름 되며 구름 걷어 기이한 봉우리 되어 별천지가 생겼는데, 만장폭포(萬丈瀑布) 흘러내려

핵심 정리
• 갈래 고전 소설(우화 소설, 풍자 소설, 송사 소설)
• 주제 공정하지 못한 송사가 이루어지는 부패한 시대 상황에 대한 풍자
• 특징 ① 내화의 우화를 통해 작품의 풍자성을 강화함 ② 조선 사회의 부패 양상을 사실적으로 그려 냄

작품 해제

이 글은 뇌물을 받고 잘못된 판결을 내리는 관원들의 부패상을, 날짐승들의 송사를 다루는 우화 형식의 내화(內話)를 통해 풍자하고 있는 송사 소설이다. 뇌물을 제공한 자에게 유리한 판결이 내려지던 당시 현실을 비판하면서, 송사 비리가 많고 돈이 중시되던 조선 후기의 시대적 상황을 사실적으로 드러내고 있다.

작품 핵심

송사 소설(訟事小說)
'송사 소설'은 억울한 일을 관청에 호소하여 해결하려 하는 것을 주요 내용으로 하는 고전 소설을 말한다. 일반적으로 '송사의 발생, 해결 과정 및 그 결과'가 소설의 발단과 전개 및 결말에 대응되며, 사건의 발생과 해결이 '과제 부여'와 '과제 해결'의 구조를 지닌다. 그리고 송사 사건의 결말이 작품의 주제 의식으로 뚜렷이 부각된다. 송사 소설에서는 고전 소설에서 흔히 나타나는 비현실적 요소가 거의 보이지 않으며, 현실적 차원에서 사건이 합리적으로 조명되는 특징을 보인다.

수정렴(水晶簾)을 드리운 듯 송풍(松風)은 소슬하고 오동추야 밝은 달에 아름다운 이 내 소리 만첩산중에 가금성이 되오리니 뉘 아니 반겨하리이까."

황새 듣고 또 판결하여 이르되,

"월락자규제(月落子規啼)하니 초국천일애(楚國千日愛)라* 하였으니, 네 소리 비록 시원하고 깨끗하나 궁상스럽고 수심(愁心)이 깃들어 있으니 가히 불쌍하도다."

하니 뻐꾹새 또한 부끄러워 물러나거늘, 그제야 따오기 날아들어 소리를 하고자 하되, 저보다 나은 소리도 벌써 지고 물러나거늘 어찌할꼬 하며 차마 남 부끄러워 입을 열지 못하나, 그 황새에게 약 먹임을 믿고 고개를 낮추어 한번 소리를 연주하며 아뢰되,

"소인의 소리는 다만 따옥성이옵고 달리 풀쳐 고하올 일 없사오니 사또 처분만 바라고 있나이다."

"상쾌하며 웅장하도다. ㉣큰 소리로 꾸짖음에 천 명이 놀라 쓰러진 것은 옛날 항 장군의 위풍이요, 장판교 다리 위에 백만 군병 물리치던 장익덕(張益德)의 호통이로다. 네 소리 가장 웅장하니 짐짓 대장부의 기상이로다."

하고 이렇듯 처결하여, 따옥성을 상성으로 처결하여 주오니, 그런 짐승이라도 뇌물을 먹은즉 오결하여 그 꾀꼬리와 뻐꾹새에게 못할 노릇하였으니 어찌 화가 자손에게 미치치 아니하오리이까. 이러한 짐승들도 물욕에 잠겨 틀린 노릇을 잘하기로 그놈을 심하게 욕하고 우셨으니, 이제 서울 법관도 여차하오니 ㉤소인의 일은 벌써 결판이 났으매 부질없는 말하여 쓸데없으니 이제 물러가나이다.

하니 형조 관원들이 대답할 말이 없어 가장 부끄러워하더라.

* 타기황앵아하여 막교지상제라: 꾀꼬리를 때려 쫓아내서 가지 위에서 울지 못하게 하라
* 월락자규제하니 초국천일애라: 달 지고 두견이 우니 초 나라 천 일의 사랑이라. 초나라 패왕 항우와 우희 사이의 애달픈 사랑을 의미함

😊 한눈에 보기

외화

잘못된 소송으로 재산을 빼앗긴 부자

↓

내화

뇌물을 받은 황새의 잘못된 판결

↓

외화

부자가 관원들에게 일침을 가함

지문 Master

1 소리 겨룸을 하는 꾀꼬리, 뻐꾸기, 따오기 중에서 소리가 가장 떨어지는 새는 (　　　　)이다.

2 황새가 따오기의 소리를 칭찬한 이유는 (　　　　)을/를 받았기 때문이다.

1

서술상의 특징 파악

이 글의 서술상 특징을 〈보기〉에서 골라 바르게 묶은 것은?

보기

ⓐ 인물 간의 대화를 중심으로 사건이 전개되고 있다.
ⓑ 서술자가 인물의 내면 심리를 직접 제시하고 있다.
ⓒ 과장된 표현을 통해 극적 긴장감을 조성하고 있다.
ⓓ 시대적 배경을 제시하여 사건의 사실성을 높이고 있다.
ⓔ 비현실적 공간을 묘사하여 사건을 새로운 상황으로 전환시키고 있다.

① ⓐ, ⓑ　　　　② ⓐ, ⓓ　　　　③ ⓑ, ⓔ　　　　④ ⓒ, ⓓ　　　　⑤ ⓒ, ⓔ

2 구절의 의미와 기능 파악
㉠~㉤에 대한 설명으로 적절하지 <u>않은</u> 것은?

① ㉠ : 따오기는 자신의 소리가 경쟁하는 다른 새의 소리에 미치지 못한다는 것을 알고 있다.

② ㉡ : 황새는 따오기가 굳이 청을 하지 않아도 그의 편에서 판결을 할 마음을 먹고 있었다.

③ ㉢ : 황새는 꾀꼬리 소리의 부정적인 면을 부각하기 위해 당시의 구절을 인용하고 있다.

④ ㉣ : 황새는 따오기 소리가 보잘것없음에도 불구하고 억지스런 논리를 끌어와 치켜세우고 있다.

⑤ ㉤ : 부자는 자신이 패한 판결이 번복되지 않을 것이라고 생각하고 있다.

3 외적 준거에 따른 작품 감상
〈보기〉를 참고하여 이 글을 감상한 내용으로 적절하지 <u>않은</u> 것은? [3점]

● 보기 ●

「황새결송」은 외화 속에 내화가 삽입된 액자식 구성으로 이루어져 있다. 뇌물을 받고 잘못된 판결을 내린 형조 관원들로 인해 재산을 잃은 부자가, 황새 우화를 들어 그 관원들을 비판·풍자한다는 내용이다. 송사와 관련하여 뇌물이 오가는 모습을 통해 당시 사회의 부패 양상을 짐작해 볼 수 있다.

① 부자는 자신의 억울한 심정이 꾀꼬리, 뻐꾸기의 심정과 같을 것이라고 생각하겠군.

② 부자는 친척에게 뇌물을 받은 관원들이 따오기에게 뇌물을 받은 황새와 비슷하다고 생각하겠군.

③ 부자는 자신의 사연과 비슷한 내화를 들려줌으로써, 당시 사회의 부패 양상을 꼬집으려고 한 것이군.

④ 부자의 이야기를 듣고 부끄러워하는 것을 보니, 관원들은 부자가 황새 우화를 말한 의도를 알아차렸군.

⑤ 내화와 외화의 대응 관계를 고려했을 때, 부자는 뇌물을 받은 황새보다 뇌물을 준 따오기가 더 문제라고 생각하겠군.

4 속담의 이해
㉮에 들어갈 속담으로 가장 적절한 것은?

① 귀신도 사귈 탓

② 누워서 침 뱉기

③ 장대로 하늘 재기

④ 귀에 걸면 귀걸이 코에 걸면 코걸이

⑤ 모로 가나 기어가나 서울만 가면 그만

구운몽 九雲夢 _김만중

[앞부분 줄거리] 육관 대사의 심부름으로 용궁에 간 성진은 용왕의 극진한 대접에 술을 몇 잔 마시고, 돌아오는 길에는 팔선녀를 만나 수작을 부린다. 절에 돌아온 성진은 선녀들을 그리워하며 부귀영화만 생각하다가 속세로 추방되어 양소유로 환생한다. 한편 팔선녀도 각각 인간 세상에 환생하고, 이후 양소유는 차례로 여덟 여인과 인연을 맺게 된다. 두 부인과 여섯 낭자를 거느린 양소유는 입신양명하여 그 벼슬이 승상에 이르는 등 부귀영화를 누리게 된다. 승상의 벼슬에서 물러나 한가히 여생을 즐기던 양소유는 어느 가을날 두 부인과 여섯 낭자를 거느리고 뒷동산에 올라갔다가 문득 인생의 허무함을 느끼는데, 이때 한 호승(육관 대사)이 나타난다.

"사부가 어이 정도로 소유를 인도치 아니하고 환술로 서로 희롱하느뇨?"

말을 떨구지 못하여서 구름이 걷히니 호승이 간 곳이 없고 좌우를 돌아보니 팔 낭자가 또한 간 곳이 없는지라. 정히 경황하여 하더니, 그런 높은 대와 많은 집이 일시에 없어지고 제 몸이 한 작은 암자 중의 한 포단 위에 앉았으되 향로에 불이 이미 사라지고 지는 달이 창에 이미 비치었더라.

스스로 제 몸을 보니 일백여덟 낱 염주가 손목에 걸렸고 머리를 만지니 갓 깎은 머리털이 가칠가칠하였으니, 완연히 소화상*의 몸이요 다시 대승상의 위의 아니니, 정신이 황홀하여 오랜 후에 비로소 제 몸이 연화 도량* 성진 행자인 줄 알고 생각하니, 처음에 스승에게 수책*하여 풍도*로 가고 인세에 환도*하여 양가의 아들 되어 장원 급제 한림학사하고 출장입상*하여 공명신퇴*하고 두 공주와 여섯 낭자로 더불어 즐기던 것이 다 하룻밤 꿈이라. 마음에,

'이 필연 사부가 나의 염려를 그릇함을 알고 나로 하여금 이 꿈을 꾸어 인간 부귀와 남녀 정욕이 다 허사인 줄 알게 함이로다.'

급히 세수하고 의관을 정제하며 방장*에 나아가니 다른 제자들이 이미 다 모였더라. ㉠대사가 소리하여 묻되,

"성진아, 인간 부귀를 지내니 과연 어떠하더뇨?"

㉡성진이 고두*하며 눈물을 흘려 가로되,

"성진이 이미 깨달았나이다. 제자가 불초하여 염려를 그릇 먹어 죄를 지으니 마땅히 인세에 윤회할 것이어늘, 사부가 자비하사 하룻밤 꿈으로 제자의 마음을 깨닫게 하시니 사부의 은혜를 천만겁이라도 갚기 어렵도소이다."

대사가 가로되,

[A]

"네 승흥*하여 갔다가 흥진*하여 돌아왔으니 내 무슨 간예함이 있으리오? 네 또 이르되 '인세에 윤회할 것을 꿈을 꾸었다.' 하니 이는 인세와 꿈을 다르다 함이니 네 오히려 꿈을 채 깨지 못하였도다. '장주가 꿈에 나비 되었다가 나비 장주 되니', 어느 것이 거짓 것이요 어느 것이 참된 것인 줄 분변치 못하나니, 어제 성진과 소유가 어느 것은 정말 꿈이요 어느 것이 꿈이 아니뇨?"

성진이 가로되,

"제자가 아득하여 꿈과 참된 것을 알지 못하니 사부는 설법하사 제자를 위하여 자비하사 깨닫게 하소서."

대사 가로되,

"이제 금강경 큰 법을 일러 ⓐ너의 마음을 깨닫게 하려니와, 당당히 ⓑ새로 오는 제자가 있을 것이니 잠깐 기다릴 것이라."

수능 연계 포인트

① 구성 및 서술상의 특징 파악
② 몽유류 소설의 특징 파악
③ 인물이 겪는 갈등의 구체적 내용 파악

🔖 핵심 정리

• 갈래 고전 소설(국문 소설, 몽자류 소설, 염정 소설)
• 주제 인생무상의 자각을 통한 불교에의 귀의
• 특징 ① 이중적 환몽 구조, 몽중몽(夢中夢)의 구조(성진의 꿈속 인물인 양소유가 꿈을 꾸어 현실을 봄)를 취함 ② 유교, 불교, 도교 사상이 모두 드러나지만, 불교의 공(空) 사상이 중심을 이룸

😊 작품 해제

이 글은 성진과 팔선녀의 꿈에서의 인간 세상 환생 경험을 '현실 – 꿈 – 현실'이라는 환몽 구조로 나타낸 몽자류 소설이다. 불제자인 성진이 하룻밤의 꿈에 인세의 부귀공명을 경험한 뒤 깨어나 인생무상을 깨닫고 불교에 정진하게 된다는 내용을 담고 있다. 「조신의 꿈」을 근원 설화로 하며, 몽자류 소설의 효시로 볼 수 있다.

😊 작품 핵심

제목의 상징적 의미

구(九)	인물	성진과 팔선녀 (양소유와 2처 6첩)
운(雲)	주제	인생은 뜬구름과 같이 덧없는 것임
몽(夢)	구성	환몽 구조 (현실 – 꿈 – 현실)

성진을 비롯한 아홉(九) 명의 인물이 일생 동안 누린 부귀영화는 뜬구름(雲)과 같다는 주제를 환몽(夢) 구조를 통해 드러내고 있다.

하더니, 문 지킨 도인이 들어와,

"어제 왔던 위 부인 좌하 ⓒ 선녀 여덟 사람이 또 와 사부께 뵈어지이다 하나이다."

대사가

"들어오라."

하니, 팔선녀가 대사의 앞에 나아와 합장 고두하고 가로되,

"ⓓ 제자 등이 비록 위 부인을 모셨으나 실로 배운 일이 없어 세속 정욕을 잊지 못하더니, 대사의 자비하심을 입어 하룻밤 꿈에 크게 깨달았으니 제자 등이 이미 위 부인께 하직하고 불문에 돌아왔으니 사부는 끝내 가르침을 바라나이다."

대사 왈,

"ⓔ 여선의 뜻이 비록 아름다우나 불법이 깊고 머니 큰 역량과 큰 발원이 아니면 능히 이르지 못하나니 선녀는 모름지기 스스로 헤아려 하라."

팔선녀가 물러가 낯 위의 연지분을 씻어 버리고 각각 소매로부터 금전도*를 내어 흑운 같은 머리를 깎고 들어와 사뢰되,

"제자 등이 이미 얼굴을 변하였으니 맹세하여 사부의 교령을 태만치 아니하리이다."

대사가 가로되

"선재*, 선재라. 너희 여덟 사람이 능히 이렇듯 하니 진실로 드문 일이로다."

드디어 법좌에 올라 경문을 강론하니 백호 빛이 세계에 쏘이고 하늘 꽃이 비같이 내리더라.

＊소화상: 어린 승려　　　　＊도량: 불도를 닦는 곳
＊수책: 책망을 받음
＊풍도: 지옥　　　　　　　　＊환도: 환생
＊출장입상: 나가서는 장수가 되고 들어와서는 재상이 된다는 뜻으로, 문무를 다 갖추어 장상(將相)의 벼슬을 모두 지냄을 이르는 말
＊공명신퇴: 공을 세워 이름을 날리고 벼슬에서 물러남
＊방장: 고승이 거처하는 처소
＊고두: 공경하는 뜻으로 머리를 땅에 조아림
＊승흥: 흥이 남　　　　　　＊흥진: 흥이 다함
＊금전도: 예전에, 금으로 만든 가위를 이르던 말
＊선재: 잘하였구나.

한눈에 보기

성진
현실[선계]
불교, 도교
↓
양소유
꿈[인간계]
유교
↓
성진
현실[선계]
불교

지문 Master

1　성진은 육관 대사에 의해 (　　　)에서 현실로 돌아오고 있다.

2　육관 대사는 (　　　)와/과 꿈을 다르다고 생각하는 성진에게 깨달음을 주고자 하고 있다.

1
서술상의 특징 파악
이 글에 대한 설명으로 적절하지 않은 것은?

① 시간의 흐름에 따라 사건이 진행되고 있다.

② 서술자가 직접 개입하여 생각을 드러내고 있다.

③ 인물의 과거 행적이 요약적으로 제시되고 있다.

④ 꿈과 현실이 교차되는 환몽 구조를 취하고 있다.

⑤ 사건 전개에 전기적(傳奇的) 요소가 포함되어 있다.

2

인물의 심리와 태도 파악

[A]의 대화 양상과 관련하여 ㉠, ㉡에 대한 설명으로 가장 적절한 것은?

① ㉠은 ㉡이 깨달음이 부족한 상태라고 여긴다.

② ㉠은 ㉡이 아직도 인세에 미련이 남았다고 여긴다.

③ ㉠은 ㉡이 자신의 마음에 들기 위해 거짓 진술을 하고 있다고 생각한다.

④ ㉡은 ㉠이 자신의 마음을 떠보려 한다고 생각한다.

⑤ ㉡은 ㉠이 자신의 일탈로 인해 화가 났다고 생각한다.

3

지시 대상의 파악

ⓐ~ⓔ 중, 지시하는 대상이 다른 하나는?

① ⓐ   ② ⓑ   ③ ⓒ   ④ ⓓ   ⑤ ⓔ

4

다른 작품과의 비교 감상

〈보기〉는 이 글의 근원 설화 중 일부분이다. 이 글과 비교한 내용으로 적절하지 않은 것은? [3점]

> ● 보기 ●
>
> 부인이 눈물을 씻더니 갑자기,
>
> "내가 처음 그대를 만났을 때는 얼굴도 아름답고 나이도 젊었으며 입은 옷도 깨끗했습니다. 한 가지 음식도 그대와 나누어 먹었고 옷 한 가지도 그대와 나누어 입어, 집을 나온 지 오십 년 동안에 정은 맺어져 친밀해졌고 사랑도 굳게 얽혔으니 가위 두터운 인연이라고 하겠습니다. 그러나 근년에 와서는 쇠약한 병이 해마다 더해지고 굶주림과 추위도 날로 더해 오는데 남의 집 곁방살이에 하찮은 음식조차도 빌어서 얻을 수가 없게 되었으며, 수많은 문전(門前)에 걸식하는 부끄러움은 산더미보다 더 무겁습니다. 〈중략〉 원컨대 이 말을 따라 헤어지기로 합시다."
>
> 조신이 이 말을 듣고 크게 기뻐하며 각각 아이 둘씩 나누어 데리고 장차 떠나려 하니 여인이,
>
> "나는 고향으로 갈 테니 그대는 남쪽으로 가십시오."
>
> 이리하여 서로 작별하고 길을 떠나려 하는데 꿈에서 깼다.
>
> 타다 남은 등잔불은 깜박거리고 밤도 이제 새려고 한다. 아침이 되었다. 수염과 머리털은 모두 희어졌고 망연히 세상일에 뜻이 없다. 괴롭게 살아가는 것도 이미 싫어졌고 마치 한평생의 고생을 다 겪고 난 것과 같아 재물을 탐하는 마음도 얼음 녹듯이 깨끗이 없어졌다.   – 작자 미상, 「조신의 꿈」

① 이 글의 '성진'과 〈보기〉의 '조신'은 모두 인생무상의 깨달음을 얻는다.

② 이 글의 '성진'은 〈보기〉의 '조신'과 달리 꿈속에서는 다른 인물로 등장한다.

③ 이 글의 '성진'은 〈보기〉의 '조신'과 달리 꿈속에서 부귀공명을 누리며 생활한다.

④ 이 글의 '성진'과 달리 〈보기〉의 '조신'은 꿈에서 깬 후에 원래의 외모가 많이 변해 있다.

⑤ 이 글의 '성진'과 〈보기〉의 '조신'은 모두 깨달음을 얻는 과정에서 조력자의 도움을 받는다.

원생몽유록 元生夢遊錄 _임제

[앞부분 줄거리] 원자허는 가난하지만 불의를 보면 참지 못하는 정의로운 선비이다. 어느 날 책을 읽다가 잠이 들었는데, 꿈속에서 자신이 마치 신선이 된 듯 어떤 강변에 다다라 시 한 수를 읊고 있었다. 그때 복건을 쓴, 얼굴이 준수하며 행동이 단아한 한 선비가 나타나 그에게 인사를 한다. 원자허는 그를 따라가 임금과 다섯 신하를 만난다.

그 후 자리가 정해지자 그들은 고금(古今) 국가의 흥망을 흥미진진하게 논하였다. 복건 쓴 이는 탄식하면서,

"옛날 요·순·우·탕은 만고의 죄인입니다. 그들 때문에 뒷세상에 여우처럼 아양 부려 임금의 자리를 뺏은 자가, 선위(禪位)*를 빙자하여 신하로서 임금을 치고서도 정의를 외쳤습니다. 그러니 이 네 임금이야말로 도둑의 시초가 아니고 무엇이겠습니까?"

하고 말했다.

그러자 말이 채 끝나기도 전에 왕은 얼굴빛을 바로잡고,

"아니오. 경은 이게 대체 무슨 말이오? 네 임금이 무슨 허물이 있겠소? 다만 그들을 빙자하는 놈들이 도적이 아니겠소?"

하고 말했다. 그러자 복건 쓴 이는 머리를 조아리고 절하며,

"마음속에 불평이 쌓여서 저도 모르는 사이에 지나치게 분개했습니다."

하며 사과했다. 그러자 임금은,

"그렇게 미안해할 필요는 없소. 오늘은 귀한 손님이 이 자리에 오셨는데 다른 이야기가 무슨 필요 있겠소. 다만 달은 밝고 바람이 맑으니, 이렇게 아름다운 밤을 어찌 그냥 보내겠소."

하고 마을에 사람을 보내 술을 사 오게 했다. 술이 몇 잔 돌자 왕은 흐느껴 울며 말했다.

"경들은 각기 자기의 뜻을 말하여 남몰래 품은 원한을 풀어 봄이 어떠할꼬?" 〈중략〉

[중략 부분 줄거리] 임금과 다섯 신하, 복건 쓴 이는 각자 자신의 심정을 토로하는 시를 지어 읊는다.

자허는 본래 강개한 성품의 사람이었기에 눈물을 흘리며 슬피 울었다.

[A]
　지난 일 아득하니 누구에게 물을까.
　황폐한 산 한 줌의 언덕뿐이로다.
　원한이 깊어 죽어서 정위(精衛)*새 되었으니
　영혼은 끊어지고 접동새만 슬피 우는구나.
　고국에는 어느 때나 돌아갈까.
　강루에 올라 하루를 보내네.
　슬프게 불러 보는 몇 가락의 노래여.
　달은 지고 갈대꽃만 우수수 소리치네.

읊기가 끝나자, 그 자리에 있던 사람들이 모두 처연히 눈물을 흘렸다. 그 뒤 얼마 되지 않아서 어떤 기이한 사내 하나가 뛰어들었는데, 그는 씩씩한 무인(武人)이었다. 키가 크고, 용맹이 뛰어났으며, 얼굴은 포갠 대추와 같고, 눈은 샛별처럼 번쩍였다. 그는 옛날 문천상의 정의와 진중자의 맑음을 모두 가지고 있어, 그 늠름한 모습은 사람들에게 공경심을 일으키게 했다. 그는 왕 앞에 나아가 인사를 드린 뒤 다섯 사람들을 돌아보며,

"애닯다. 썩은 선비들아. 그대들과 무슨 대사(大事)를 꾸몄단 말인가?"

하고, 곧 칼을 뽑아 일어서서 춤을 추며 슬피 노래를 부르는데 그 마음은 강개하고, 그 소리는 큰 종을 울리는 듯싶었다.

┌ 바람이 쓸쓸하여

  잎 지고 물결 찬데

  칼 잡고 휘파람 길게 부니

  북두성은 기울었구나.

[B] 살아서 충성하고

  죽어서는 의로운 혼백 되기를 마음에 품으니

  어찌 강에 비친 한 조각 둥근 달과 같겠는가.

  아, 처음 생각이 잘못이라.

└ 썩은 선비를 누가 책망하리오.

노래가 끝나기 전에 달은 검고 구름은 슬픈 듯, 비바람은 트림하듯 큰 소리로 우는데, 갑자기 벼락 치는 소리가 크게 나 그들은 모두 깜짝 놀라 흩어졌다. 자허도 역시 놀라 깨어 보니 모두 한바탕 꿈이었다.

자허의 벗 해월 거사는 이 ㉮꿈 이야기를 듣고 원통하고 분해하며,

"예로부터 임금과 신하가 모두 어둡고 흐려 끝내 나라를 엎은 일이 많았네. 그런데 임금도 현명하고 여섯 신하도 또한 모두 충성스러운 선비였구려. 어찌 이처럼 임금이 나올 수 있으며, 이처럼 충성스러운 신하들이 있을 수 있겠는가? 그런데도 멸망의 화가 닥쳤으니 정말로 참혹할 뿐이네. 아아, 슬프고 슬프니, 이것이 정말 하늘의 뜻이란 말인가? 하늘의 뜻이라면 착한 이에게 복을 주며, 악한 놈에게 재앙을 주어야 하는 게 아닌가? 그러나 만일 이것이 하늘의 뜻이라면 어둡고 막연하여 그 이치를 자세히 알기 어려울 것일세. 그러니 이 세상에는 한갓 지사(志士)의 한(恨)만 더할 뿐이구려."

하고 말하였다.

※ 선위: 임금의 자리를 물려줌. 양위(讓位)

※ 정위: 중국 전설에 나오는 상상의 새. 염제(炎帝)의 딸이 동해에 빠져 죽어 변한 것으로, 늘 서산의 나무와 돌을 입으로 물어다가 동해를 메우려 하였으나 이루지 못했다고 함

😮 한눈에 보기

지문 Master

1 이 글에서 원자허는 (   )을/를 통해 임금과 여러 신하들을 만난다.

2 무인의 노래에서 '(   )'은/는 처세에 익숙한 선비를 상징한다.

1

작품의 종합적 감상

이 글에 대한 감상으로 적절하지 않은 것은?

① 시를 통해 인물의 정서를 드러내고 있다.

② 꿈과 현실이 교차되면서 사건이 전개되고 있다.

③ 실존 인물들이 작가에 의해 허구화되어 등장하고 있다.

④ 환상적 장면 묘사를 통해 탈속적 분위기를 조성하고 있다.

⑤ 역사적 사건을 소재로 하여 정치 권력의 모순을 비판하고 있다.

2

소재의 기능 이해

이 글의 ㉮와 〈보기〉의 ㉯가 지니는 공통적인 기능으로 가장 적절한 것은? [3점]

● 보기 ●

내 ㉯꿈에 바람 타고 달나라 궁전에 이르러
문 밀치고 곧바로 들어가 항아* 잡고 물었네.
"어찌 너에게 장원 급제를 맡기게 하였는가?
(장원 급제를) 주었다 **뺏음**은 공평하지 않아 사람이 성낼 바이니라!"
그러자 머리 숙여 거듭 절하며 내 말에 사죄하였네. 〈중략〉
"세상에서 시로 이름난 삼십 년 세월이니
붉은 금 솥을 불사르며 공업(功業) 이룰 날이 가깝습니다.
높은 가지에 붙어 머무름도 또한 당신을 기다림이니
내년에 꺾어 취함도 응당 한스럽지 않을 것입니다."

– 임춘, 「기몽」

* 항아: 과거의 합격과 불합격을 주관하여 합격자에게는 계수나무 가지를 꺾어 준다고 하는 달의 선녀

① 불의에 대한 고발의 공간
② 현실적 욕구 충족의 공간
③ 인물에게 닥친 위기의 공간
④ 절대자에 의한 구원의 공간
⑤ 주인공의 능력을 보여 주는 공간

3

외적 준거에 따른 작품 감상

〈보기〉를 바탕으로 이 글을 이해한 내용으로 적절하지 않은 것은?

● 보기 ●

「원생몽유록」은 세조의 왕위 찬탈을 문학적으로 형상화하여 비판하고 있는 소설이다. 1453년 계유정난을 일으켜 정권을 잡은 수양 대군은 1455년에 단종을 폐위시키고 선위의 형식으로 왕위에 오른다. 그러자 1456년에 다섯 명의 문신과 한 명의 무신이 모여 단종의 복위를 꾀하다가 참수당하고, 이듬해에 단종도 유배지에서 죽임을 당한다. 이 여섯 명의 충신들은 훗날 사육신이라고 불리게 된다.

① '요·순·우·탕'을 '빙자하는 놈'은 단종을 폐하고 왕위에 오른 수양 대군을 지칭한다고 볼 수 있군.
② 꿈속의 신하들이 '남몰래 품은 원한'은 단종의 복위를 실현하지 못한 응어리를 의미한다고 볼 수 있군.
③ 계유정난이 일어났을 때 수양 대군을 막지 못한 신하들에 대한 반감을 '썩은 선비'라고 표출하고 있군.
④ 원자허가 꿈속에서 만난 현명한 '임금'과 충성스러운 '여섯 신하'는 단종과 사육신이라고 할 수 있군.
⑤ 작가는 세조가 왕위를 찬탈한 일을 '멸망의 화'로 여기며 부조리한 '하늘의 뜻'을 안타까워하고 있군.

4

삽입시의 기능과 특징 이해

[A]와 [B]에 대한 설명으로 가장 적절한 것은?

① [A]는 [B]와 달리 설의적 표현으로 의도를 강조하고 있다.
② [A]는 [B]와 달리 초월적 세계에 대한 지향을 드러내고 있다.
③ [B]는 [A]와 달리 특정 대상을 희화화하여 비판하고 있다.
④ [B]는 [A]와 달리 독백체로 애상적 분위기를 조성하고 있다.
⑤ [A]와 [B]는 모두 화자의 정서를 자연물에 투영하고 있다.

공방전 孔方傳 _임춘

[앞부분 줄거리] 공방의 집안은 수양산 속에 숨어 지내다가 황제 때 세상에 처음 나왔다. 아버지 천(泉)은 주나라 대재(大宰) 일을 맡았다.

공방은 생김새가 밖은 둥글고 구멍은 모나게 뚫렸다. ㉠그는 때에 따라서 변통을 잘 한다. 한번은 한나라에 벼슬하여 홍려경(鴻臚卿)*이 되었다. 그때 오왕(吳王) 비(妃)가 교만하고 참람(僭濫)하여* 나라의 권리를 혼자서 도맡아 부렸다. 방은 여기에 붙어서 많은 이익을 보았다. 무제 때에는 온 천하의 경제가 말이 아니었다. 나라 안의 창고가 온통 비어 있었다. 임금은 이를 보고 몹시 걱정했다. 방을 불러 벼슬을 시키고 부민후(富民侯)로 삼아, 그의 무리인 염철승(鹽鐵丞)* 근(僅)과 함께 조정에 있게 했다. 이때 근은 방을 보고 항상 형이라 하고 이름을 부르지 않았다.

㉯방은 성질이 욕심이 많고 비루(卑陋)하고 염치가 없었다. 그런 사람이 이제 재물을 맡아서 처리하게 되었다. 그는 돈의 본전과 이자의 경중을 다는 법을 좋아하여, 나라를 편안하게 하는 것은 반드시 질그릇이나 쇠그릇을 만드는 생산 방법에만 있는 것이 아니라고 생각했다. 그는 백성으로 더불어 한 푼 한 리의 이익이라도 다투고, 한편 모든 물건의 값을 낮추어 곡식을 몹시 천한 존재로 만들고 딴 재물을 중하게 만들어서, 백성들이 자기들의 본업인 농업을 버리고 사농공상(士農工商)의 맨 끝인 장사에 종사하게 하여 농사짓는 것을 방해했다.

이것을 보고 간관(諫官)들이 상소를 하여 이것이 잘못이라고 간했다. 하지만 임금은 이 말을 듣지 않았다. 방은 또 권세 있고 귀한 사람을 몹시 재치 있게 잘 섬겼다. ㉰그들의 집에 자주 드나들면서 자기도 권세를 부리고 한편으로는 그들을 등에 업고 ㉱벼슬을 팔아 승진시키고 갈아치우는 것마저도 모두 방의 손에 매이게 되었다. 이렇게 되니, 한다 하는 공경(公卿)들까지도 모두들 절개를 굽혀 섬기게 되었다. 그는 창고에 곡식이 쌓이고 뇌물을 수없이 받아서 뇌물의 목록을 적은 문서와 증서가 산처럼 쌓여 그 수를 셀 수 없이 되었다.

그는 모든 사람을 상대하는 데 잘나거나 못난 것을 관계하지 않는다. 아무리 시정 속에 있는 사람이라도 재물만 많이 가졌다면 모두 함께 사귀어 상통한다. 때로는 거리에 돌아다니는 나쁜 소년들과도 어울려 바둑도 두고 투전도 한다. 이렇게 남과 사귀는 것을 좋아한다. 이것을 보고 당시 사람들은 말했다.

"공방의 한 마디 말이 황금 백 근만 못하지 않다."

원제(元帝)가 왕위에 올랐다. 공우(貢禹)*가 글을 올려 말한다.

"공방이 어려운 직책을 오랫동안 맡아보는 사이, 그는 농사가 국가의 근본임을 알지 못하고, 오직 장사꾼들의 이익만을 두호(斗護)해 주어서, ㉲나라를 좀먹고 백성을 해쳐서 국가나 민간 할 것 없이 모두 곤궁에 빠지게 되었습니다. 그 위에 뇌물이 성행하고 청탁하는 일이 버젓이 행해지고 있습니다. 대체로 '짐을 지고 또 타게 되면 도둑이 온다〔負且乘致寇至〕.' 한 것은 『주역』에 있는 분명한 경계입니다. 청컨대 ㉳그를 파면시켜서, 모든 욕심 많고 비루한 자들을 징계하시옵소서."

그때 정권을 잡은 자 중에는 곡량(穀梁)의 학문을 쌓아 정계에 진출한 자가 있었다. 그는 군자(軍資)를 맡은 장군으로 변방을 막는 방책을 세우려 했다. 이에 방이 하는 일을

핵심 정리
• 갈래 가전(假傳)
• 주제 돈이 우선시되는 세태에 대한 비판과 재물욕에 대한 경계
• 특징 ① 돈(엽전)을 의인화하여 세태를 풍자함 ② 돈의 내력과 성쇠를 통해 돈(엽전)에 대한 작가의 부정적 견해를 드러냄

작품 해제

이 글은 돈(엽전)을 의인화하여 인간 세태를 풍자한 의인체 문학으로, 「국순전」과 함께 문헌상 최초의 가전체로 평가되는 작품이다. 이 글의 주인공인 '공방'은 욕심이 많고 염치가 없는 부정적 성격의 소유자로, 잘못된 사회상을 비판하기 위해 작가가 의도적으로 설정한 제재로 해석할 수 있다. 이 글에서는 돈의 존재가 삶을 그릇되게 하므로 그것을 없애야 한다고 이야기하고 있다.

작품 핵심

「공방전」에 나타난 서사적 요소와 교술적 요소

가전은 교술 갈래에 속한다. 사물을 의인화해서 사람인 양 다루며 그 일생을 전(傳)으로 서술한 글이므로, 그 사물을 잘 알아야 글을 이해할 수 있기 때문이다. 또한 작품 자체로서 유기적인 전개를 갖추고 있지 않다는 점 역시 서사 갈래가 아닌 교술 갈래로 분류되는 이유이다.

서사적 요소	• 등장인물이 존재함 • 사건과 갈등을 바탕으로 이야기가 전개됨 • 일정한 구성 단계를 지님
교술적 요소	• 사물에 대한 지식이 필요함 • 작가의 주장(비평)이 나타남 • 교훈적인 목적을 지님

미워하는 자들이 그를 위해서 조언했다. 임금은 이들의 말을 들어서 마침내 방은 조정에서 쫓겨나는 몸이 되었다.

그는 자기 문인들에게 말했다.

"내가 전일에 폐하를 만나 뵙고, 나 혼자서 온 천하의 정치를 도맡아 보았었다. 그리하여 장차 국가의 경제가 넉넉하고 백성들의 재물이 풍족하게 되게 하려고 애썼다. 그런데 이제 까닭 없는 죄로 내쫓기고 말았구나. 하지만, 나가서 조정에 쓰이게 되거나 쫓겨나 버림을 받는 것이 내게 있어서는 아무것도 손해 될 것이 없다. 다행히 나의 이 목숨이 조금이라도 남아 있어 아주 끊어지지 않고 이렇게 주머니 속에 감추어져 아무 말도 없이 용납되고 있다. 이제 나는 부평과 같은 행색으로 곧장 강회(江淮)에 있는 별장으로 돌아가련다. 약야계(若冶溪) 위에 낚싯대를 드리우고 고기를 낚아 술을 마시며, 때로는 바다 위의 장사꾼들과 함께 배를 타고 떠돌면서 남은 인생을 마치련다. 제 아무리 천 종의 녹이나 다섯 솥의 많은 음식인들 내 어찌 조금이나 부러워해서 이것과 바꾸겠느냐. 하지만 내 심술이 오래 되면 다시 발작할 것만 같다."

[뒷부분 줄거리] 당나라 때 국가의 재산이 넉넉지 못하자 임금은 공방을 다시 기용하려 했지만, 그때는 이미 공방이 죽은 지 오래였다. 국가에서는 그의 제자들을 불러 모아 방 대신 쓰게 되었다. 하지만 이들 때문에 온 천하가 시끄러워졌고, 이로부터 방의 무리는 차츰 세력이 꺾이어 다시 강성하지 못했다.

＊ 홍려경 : 외국 손님을 접대하는 벼슬명
＊ 참람하여 : 분수에 맞지 않게 지나쳐서
＊ 염철승 : 국가의 전매 사업이었던 소금과 철을 담당하는 관직명
＊ 공우 : 한나라 때의 청렴하고 정직했던 벼슬아치

😮 한눈에 보기

공방의 특성
• 속이 모가 나 있음
• 욕심이 많음
• 농사를 방해함
• 관직을 매매함
↓
사신(史臣)의 말
후환을 막으려면 공방을 없애야 함
↓
돈에 대한 작가의
비판적 인식 표출

지문 Master

1 (   )은/는 생김새가 밖은 둥글고 안에는 구멍이 네모나게 뚫린 엽전(돈)의 모양에서 나온 명칭이다.

2 공방은 백성들의 본업인 (   )을/를 경시하였다.

세부 내용의 파악

1 **이 글을 통해 알 수 있는 사실이 아닌 것은?**

① 공방은 백성들을 위해 생산 방법의 혁신을 꾀하였다.

② 국가의 재정에 소금과 철, 돈이 중요한 역할을 담당했다.

③ 농업이 국가의 근본이었으나, 공방은 상업을 장려하였다.

④ 공방은 권세가들의 힘을 빌려 매관매직(賣官賣職)을 일삼았다.

⑤ 공방은 재물의 많고 적음에 따라 사람들을 대하는 것이 달랐다.

2 인물의 성격 파악
이 글의 ㉮와 〈보기〉의 ㉯를 비교하여 평가한 내용으로 가장 적절한 것은? [3점]

───────── ● 보기 ● ─────────

　　㉯성(聖)은 어려서부터 도량이 넓었다. 손님들은 그 아비를 보러 왔다가도 성을 유심히 보고 귀여워했다. 〈중략〉 성이 유독 넉넉한 덕이 있고 맑은 재주가 있어서 당시 임금의 심복이 되어 국가의 정사에까지 참여하고, 임금의 마음을 깨우쳐 주어, 태평스러운 푸짐한 공을 이루었으니 장한 일이다. 그러나 임금의 사랑이 극도에 달하자 성의 세 아들이 방자해져 국가 기강을 어지럽혔다. 하지만 이런 일은 실상 그에게 유감이 될 것이 없다 하겠다. 그는 만절(晚節)이 넉넉한 것을 알고 자기 스스로 물러나 마침내 천수를 다하였다.

　　　 – 이규보, 「국선생전」

① ㉮는 ㉯와 달리 탐욕적 성격이 강하다.
② ㉮는 ㉯에 비해 대인 관계가 원만하다.
③ ㉮는 ㉯에 비해 활달한 성격을 지녔다.
④ ㉮는 ㉯와 달리 임금의 총애를 받는다.
⑤ ㉮는 ㉯와 달리 지략을 써 위기를 극복한다.

3 글쓴이의 관점 파악
역사 신문의 가상 인터뷰에서 이 글의 작가에게 '돈의 존재 가치'에 대해 질문했다고 할 때, 그 대답으로 가장 적절한 것은?

① 현물로 거래할 때의 문제점만 해결된다면 돈은 이 세상에 존재할 이유가 없습니다.
② 돈이란 인간의 삶을 그릇되게 만들기 때문에 후환을 막기 위해서라도 돈을 없애야 합니다.
③ 시대에 따라 돈에 대한 생각도 바뀌어야 합니다. 무조건 돈을 부정하다고 여겨서는 안 됩니다.
④ 돈의 가치는 그것을 소유하는 데 있는 것이 아니라 그것을 제대로 사용하는 데에 있어야 합니다.
⑤ 돈을 부정적으로 여기는 것보다는 돈의 가치를 제대로 알고 돈의 건전한 유통을 꾀해야 할 것입니다.

4 한자 성어의 이해
㉠~㉤의 상황에 어울리는 말이 <u>아닌</u> 것은?

① ㉠ – 하석상대(下石上臺)
② ㉡ – 호가호위(狐假虎威)
③ ㉢ – 염량세태(炎凉世態)
④ ㉣ – 혹세무민(惑世誣民)
⑤ ㉤ – 읍참마속(泣斬馬謖)

심청가 沈淸歌 _작자 미상

[앞부분 줄거리] 맹인인 심 봉사와 부인 곽씨는 늦은 나이에 딸 청이를 낳지만, 곽씨는 청이 태어난 지 이레 만에 죽게 된다. 심 봉사는 동냥젖을 먹이며 청이를 키우고, 청이는 효녀로 자라 구걸과 품팔이로 심 봉사를 봉양한다. 어느 날 청이를 마중 나갔다가 외나무다리에서 발을 헛디뎌 물에 빠진 심 봉사는 자신을 건져 준 몽운사 화주승이 공양미 삼백 석을 바치면 눈을 뜰 수 있다고 하자 덜컥 시주를 약속해 버린다. 그리고 이것을 알게 된 청이는 남경 상인들에게 공양미 삼백 석을 받고 인당수에 제물로 몸을 바친다.

[아니리]

밤이면 집에 돌아와 울고 낮이면 강두에 가서 울고 눈물로 세월을 보낼 제 그 마을 사는 묘한 여자가 하나 있으되 호가 뺑파것다. 심 봉사 딸 덕분에 전곡(錢穀) 간에 있단 말을 듣고 동리 사람들 모르게 자원 출가(自願出嫁)*하여 심 봉사 그 불쌍헌 가산을 꼭 먹성질로 망하는디.

[자진모리]

밥 잘 먹고 술 잘 먹고 고기 잘 먹고 떡 잘 먹고 쌀 퍼 주고 고기 사 먹고 벼 퍼 주고 술 사 먹고 이웃집 밥부치기 동인 잡고 욕 잘 허고 초군(樵軍)*들과 싸움허기 잠자며 이 갈기와 배 긁고 발 털고 한밤중 울음 울고 오고 가는 행인다려 담배 달라 실낭허기 술 잔뜩 먹고 정자 밑에 낮잠 자기 힐끗허면 핼끗허고 핼끗허면 힐끗허고 삐쭉허면 빼쭉허고 빼쭉허면 삐쭉허고 남의 혼인허랴 허고 단단히 믿었난디 해담(害談)을 잘 허기와 신부 신랑 잠자는디 가만가만 문 앞에 들어서며 불이야 이 놈의 행실이 이러허여도 심 봉사는 아무런 줄 모르고 뺑파한테 빠져서 나무칼로 귀를 외어 가도 모르게 되었것다.

[아니리]

심 봉사 하루난 돈궤를 만져 보니 엽전 한 푼이 없것다.

"여 뺑파 돈궤에 엽전 한 푼이 없으니 이게 웬일이여."

"아이고 그러니 외정(外丁)은 살림 속을 저렇게 몰라. 영감 드린다고 술 사 오고 고기 사 오고 떡 사 오고 하는 돈이 모도 그 돈 아니요."

"나 술 고기 떡 많이 잘 사 주더라. 여편네 먹은 것 쥐 먹는 것이라고 할 수 있나."

"영감아 지난 달부터 밥 구미는 뚝 떨어지고 신 것만 구미가 당기니 어째서 그런가 모르겠오."

"파아하하 거 그러면 태기가 있을란가부네. 어쩌튼 하나만 낳라. 그런디 신 것이 구미가 당기면 무엇을 먹는가."

"아 살구 먹었지요."

"살구는 얼마나 먹었는고."

"아 씨 되어 보니 닷 말 서 되입니다."

"거 신 것을 그리 많이 먹어. 그놈은 낳드라도 안 시건방질가 몰라. 이것 농담이요."

하로난 관가에서 부름이 있어 들어가니 황성(皇城)서 맹인 잔치를 배설허였는디 만일 잔치 불참허면 이 골 수령이 봉고파직(封庫罷職)*을 당할 것이니 어서 급히 올라가라 노비(路費)까지 내어 주것다. 그 노비 받아가지고 돌아와,

수능 연계 포인트

① 표현상의 특징 파악
② 작품의 배경 사상 및 주제 의식 파악
③ 인물의 특성 및 태도 파악

핵심 정리

· **갈래** 판소리 사설
· **주제** 부모에 대한 지극한 효성과 권선징악
· **특징** ① 언어유희 등의 해학적 표현과 서술자의 개입이 빈번하게 드러남 ② 일상어와 한문투의 표현이 혼재되어 사용됨

작품 해제

이 글은 판소리 다섯 마당 중 하나인 「심청가」의 판소리 사설이다. 하늘이 내린 효녀 심청이 눈먼 아버지를 위해 자신의 몸을 제물로 바치는 희생을 하여, 결국 아버지의 눈을 뜨게 하고 자신 또한 황후가 된다는 내용으로 이루어져 있다. 이 글은 유교적 가치관인 효를 강조하는 한편, 인과응보라는 불교적 가치관을 함께 담아내고 있다.

작품 핵심

분위기에 따른 장단의 변화

내용	분위기	장단
뺑파의 심술궂은 성격	우스꽝스러움	자진모리
심 봉사 내외가 길을 떠나는 장면	처량함	중모리
뺑파 도주 후의 심 봉사의 한탄	원망과 자책	진양조
심 봉사 혼자 길을 나서는 장면	슬픔	중모리

"여보 뺑덕이네 황성서 맹인 잔치를 배설하였는디 잔치에 불참허면 이 골 수령이 봉고 파직을 당한대여. 그러니 어서 급히 올라가세."

"아이고 여필종부(女必從夫)라고 영감 따러가지 누구 따러갈 사람 있소."

"아닌 게 아니라 ㉠우리 뺑파가 열녀도 더 되고 백녀다 백녀. 자 그럼 어서 올라가세. 의복 챙겨 있는 것 자네는 맡아서 이고 가고 나는 괘나리 띳빵해서 질머지고 가세."

막상 떠날라고 허니 도화동이 섭섭하든가 보드라.

[중모리]

도화동아 잘 있거라 무릉촌(武陵村)도 잘 있거라 내가 인제 떠나가면 어느 년 어느 때 오랴느랴. 어이 가리 어이 갈고 황성 천 리를 어이 갈고 조자룡(趙子龍)의 월강(越江)허 든 청총마(靑驄馬)나 있거드면 이날 이시로 가련마는 앞 못 보는 이내 다리로 몇 날을 걸 어서 황성을 갈그나 어이 가리 너 황성 천 리를 어이 가리. 여보소 뺑덕이네 길소리를 좀 맞어 주소. 다리 아퍼 못 가겄네. 뺑덕어미가 길소리를 맞는디 어디서 메나리조를 들었 는지 메나리조로 먹이것다. 어이 가리 너 어이 가리 황성 천 리를 어이 가리. 날개 돋힌 학이나 되면 수루루 펄펄 날어 이날 이시로 가련마는 앞 못 보는 봉사 가장 다리고 몇 날 을 걸어서 황성을 갈거나. 이리 한참 올라가다 일모(日暮)가 되니 주막에 들어 잠자는디 그때으 뺑덕이네는 황 봉사와 등이 맞어 주인과 약속을 허고 밤중 도망을 허였는디 심 봉사는 아무런 줄 모르고 첫 새벽으 일어나서 뺑덕이네를 찾는구나.

[뒷부분 줄거리] 황성 맹인 잔치에 도착한 심 봉사는 황후가 된 청이를 만나 눈을 뜬다. 그리고 맹인 잔치에 참석한 모든 맹인들이 눈을 뜨게 된다. 청이는 뺑파를 유인해 도망간 황 봉사를 용서해 주고, 심 봉사와 그들 부녀를 도와준 이들, 도 화동 사람들 모두에게 큰 벼슬과 상을 내린다.

※ 자원 출가: 스스로 원하여 시집을 감
※ 초군: 나무꾼
※ 봉고파직: 어사나 감사가 못된 짓을 많이 한 고을의 원을 파면하고 관가의 창고를 봉하여 잠그던 일

😊 한눈에 보기

전반부(원인) → 후반부(결과)
심청의 효성 → 심 봉사의 개안, 부귀영화

전환점: 심청의 투신

지문 Master

1 심 봉사의 말 '나 술 고기 떡 많이 잘 사 주더라.'는 뺑파의 말이 거짓임을 드러내는 (　　　)의 표현이다.

2 뺑파는 심 봉사와 (　　　) 가는 길에 황 봉사와 눈이 맞아 도망친다.

1

서술상의 특징 파악

이 글에 대한 설명으로 적절하지 않은 것은?

① 추보식 구성에 의해 사건이 전개된다.

② 회상 형식을 통해 과거와 현재를 연결한다.

③ 구어체를 사용하여 현실적인 생활상을 드러낸다.

④ 서술자의 개입에 의한 편집자적 논평이 나타난다.

⑤ 열거와 반복 등 확장적 문체를 통해 장면을 극대화한다.

2

외적 준거에 따른 작품 감상

〈보기〉의 밑줄 친 부분과 관련하여 이 글에 대해 보일 수 있는 반응으로 적절한 것은? [3점]

― 보기 ―

문학의 기능은 일반적으로 인식적 기능, 윤리적(정의적) 기능, 심미적 기능, 공동체 통합 기능으로 나눌 수 있다. 인식적 기능은 대상의 의미를 발견하고 이해하는 기능, 윤리적 기능은 개인의 인생관과 가치관을 정립하고 판단할 수 있는 기능, 심미적 기능은 대상의 심미적 가치와 정서적 효과를 불러일으키는 기능, 마지막으로 공동체 통합 기능은 같은 공동체에 소속된 구성원들 간의 유대감과 결속을 다져주는 기능을 말한다.

① 가난하게 살았던 하층민의 실상을 알 수 있어서 유익했어.

② 비극적 상황을 희극적으로 처리하여 해학미를 느낄 수 있었어.

③ 남편을 버리고 떠나는 뺑파를 통해 부부간의 윤리 문제에 대해 생각하게 되었어.

④ 작품에 쓰인 다양한 장단을 통해 우리 민족 고유의 전통적 가락을 느낄 수 있었어.

⑤ 딸이 죽은 뒤에도 돈으로 인해 마음이 헤퍼지는 심 봉사를 통해 진정한 가족 윤리에 대해 생각하게 되었어.

3

인물의 성격 파악

이 글에 나타난 인물에 대한 설명으로 적절하지 않은 것은?

① '뺑파'는 남이 잘되는 것을 싫어하는 것으로 보아 시샘이 많은 인물이다.

② '뺑파'는 '심 봉사'의 재산을 보고 결혼하는 것으로 보아 탐욕적인 인물이다.

③ '심 봉사'는 '뺑파'의 속임수를 눈치채지 못하는 것으로 보아 어리숙한 인물이다.

④ '심 봉사'는 가산을 탕진한 '뺑파'를 추궁하는 것으로 보아 물질에 집착이 강한 인물이다.

⑤ '뺑파'는 '심 봉사'를 버리고 '황 봉사'와 야반도주를 하는 것으로 보아 유교적 가치관과는 거리가 먼 인물이다.

4

발상 및 표현상의 특징 파악

〈보기〉를 참고할 때 ⊙과 발상 및 표현 방식이 유사한 것은?

― 보기 ―

언어유희는 문자 또는 언어를 매개로 즐겁게 놀며 장난하는 행위를 말한다. 예를 들면, 사람들 사이에서 유행하는 속어·은어 등의 새말 만들기, 문장에 필요 이상의 음을 넣어서 제3자에게 숨기고 알아맞히기를 하는 숨김말 놀이, 운이 맞는 문장을 빠르게 말하게 하여 틀리면 벌칙을 주는 두운·각운 놀이, 뜻으로 이어 가거나 낱말의 끝음절을 이어 가는 끝말잇기, 동음이의어 만들기 등이 있다.

① 백두산 – 산기슭 – 슭곰발 – 발가락

② 뜰의 콩깍지 깐 콩깍지냐 안 깐 콩깍지냐.

③ 눈에 눈이 들어가니 눈물〔淚〕이냐 눈물〔雪水〕이냐.

④ 그브레베느븐데베 나바하바구부 가바치비 가바(그랬는데 나하고 같이 가.)

⑤ 영어의 'out of'와 우리말의 '안중(眼中)'을 조합해 '관심 없다, 신경 쓰지 않는다'의 의미로 사용하는 '아웃 오브 안중'

수오재기 守吾齋記 _정약용

'수오재(守吾齋)'라는 이름은 큰형님이 자신의 집에다 붙인 이름이다. 나는 처음에 그 이름을 듣고 의아하게 여기며, '나와 굳게 맺어져 있어 서로 떨어질 수 없는 가운데 나〔吾〕보다 더 절실한 것은 없으니 굳이 지키지 않더라도 어디로 가겠는가. 이상한 이름이다.' 하였다.

내가 장기*로 귀양 온 뒤에 혼자 지내면서 잘 생각해 보았는데, ⓐ하루는 갑자기 이 의문점에 대한 해답을 얻게 되었다. 나는 벌떡 일어나 이렇게 스스로 말하였다.

"천하 만물 가운데 지킬 것은 하나도 없지만, 오직 ㉠나만은 지켜야 한다. 내 밭을 지고 달아날 자가 있는가. 밭은 지킬 필요가 없다. 내 집을 지고 달아날 자가 있는가. 집도 지킬 필요가 없다. 〈중략〉 내 옷이나 양식을 훔쳐서 나를 궁색하게 하겠는가. 천하의 실이 모두 내가 입을 옷이며, 천하의 곡식이 모두 내가 먹을 양식이다. 도둑이 비록 훔쳐 간대야 한두 개에 지나지 않을 테니, 천하의 모든 옷과 곡식을 없앨 수 있으랴. 그러니 천하 만물은 모두 지킬 필요가 없다.

그런데 오직 ㉡나라는 것만은 그 성품이 달아나기를 잘하여, 드나드는 데 일정한 법칙이 없다. 아주 친밀하게 붙어 있어서 서로 배반하지 못할 것 같다가도, 잠시 살피지 않으면 어디든지 못가는 곳이 없다. 이익으로 꾀면 떠나가고, 위험과 재화가 겁을 주어도 떠나간다. 마음을 울리는 아름다운 음악 소리만 들어도 떠나가며, 눈썹이 새까맣고 이가 하얀 미인의 요염한 모습만 보아도 떠나간다. 한 번 가면 돌아올 줄을 몰라서 붙잡아 만류할 수가 없다. 그러니 천하에 ㉢나보다 더 잃어버리기 쉬운 것은 없다. 어찌 실과 끈으로 매고 빗장과 자물쇠로 잠가서 나를 굳게 지켜야 하지 않으리오."

㉣나는 나를 잘못 간직했다가 잃어버렸던 자다. 어렸을 때에 과거(科擧)가 좋게 보여서, 십 년 동안이나 과거 공부에 빠져 들었다. 그러다가 결국 처지가 바뀌어 조정에 나아가 검은 사모관대에 비단 도포를 입고, 십이 년 동안이나 미친 듯이 대낮에 커다란 길을 뛰어다녔다. 그러다가 또 처지가 바뀌어 한강을 건너고 새재*를 넘게 되었다. 친척과 선영을 버리고 곧바로 아득한 바닷가의 대나무 숲에 달려와서야 멈추게 되었다. 이때에는 나도 땀이 흐르고 두려워 숨도 쉬지 못하면서, 나의 발뒤꿈치를 따라 이곳까지 함께 오게 되었다. 내가 나에게 물었다.

"너는 무엇 때문에 여기까지 왔느냐? 여우나 도깨비에 홀려서 끌려 왔느냐? 아니면 해신(海神)이 불러서 왔느냐. 네 가정과 고향이 모두 초천에 있는데, 왜 그 본바닥으로 돌아가지 않느냐?"

그러나 나는 끝내 멍하니 움직이지 않으며 돌아갈 줄을 몰랐다. 그 얼굴빛을 보니 마치 얽매인 곳에 있어서 돌아가고 싶어도 돌아가지 못하는 것 같았다. 그래서 결국 붙잡아 이곳에 함께 머물렀다. 이때 내 둘째 형님 좌랑공도 나를 잃고 나를 쫓아 남해 지방으로 왔는데, 역시 나를 붙잡아서 그곳에 함께 머물렀다.

오직 나의 큰형님만이 나를 잃지 않고 편안히 단정하게 수오재에 앉아 계시니, 본디부터 지키는 것이 있어서 나를 잃지 않았기 때문이 아니겠는가. 이것이 바로 큰형님이 그 거실에 '수오재'라고 이름 붙인 까닭일 것이다. 큰형님은 언제나 말하시기를,

"아버님께서 내게 태현(太玄)이라고 자(字)를 지어 주셔서, 나는 오로지 ⓜ나의 태현

을 지키려고 했다네. 그래서 내 집에다가 그렇게 이름을 붙인 거지."

라고 하지만, 이는 핑계 대는 말씀이다.

　　맹자가 "무엇을 지키는 것이 큰가? 몸을 지키는 것이 가장 크다."라고 하였으니, 이

말씀이 진실하다. 내가 스스로 말한 내용을 써서 큰형님께 보이고, 수오재의 기(記)로

삼는다.

＊장기 : 경상북도 포항시 장기면. 정약용은 신유박해로 인해 그해 3월부터 10월까지 장기에서 유배 생활을 했음
＊새재 : 경상북도 문경시와 충청북도 괴산군 사이에 있는 고개

> **지문 Master**
>
> 1 큰형님이 자신의 집에다 붙인 이름은
> (　　　　)이다.
>
> 2 글쓴이는 (　　　　)을/를 와서야
> '나'를 지켜야 하는 이유를 깨닫게 되
> 었다.

1
서술상의 특징 파악

이 글에 대한 설명으로 적절하지 않은 것은?

① 예시와 인용을 통해 글의 설득력을 높이고 있다.

② 경험과 사색을 통해 깨달은 내용을 전달하고 있다.

③ 자문자답의 열거를 통해 자신의 견해를 강조하고 있다.

④ 통념을 근거로 제시하여 독자의 공감을 유도하고 있다.

⑤ 의문점을 제기하고 이를 해결하는 형식으로 내용을 전개하고 있다.

2
작품의 주제 의식 이해

Ⓐ의 핵심 내용을 〈보기〉와 같이 도식화했을 때, 이를 바탕으로 이 글을 적절하게 감상한 것은? [3점]

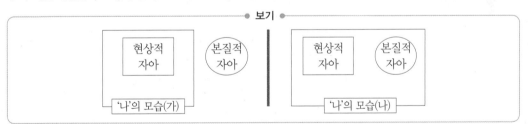

① 글쓴이와 달리 둘째 형님은 (나)의 삶을 지향하며 살았다.

② 큰형님이 '수오재'라고 이름을 붙인 것은 (나)의 삶을 살겠다는 의지이다.

③ 글쓴이는 큰형님이 (가)와 (나)만으로 삶을 구별하는 것을 안타까워하고 있다.

④ 큰형님은 자신이 (나)와 같은 삶을 살아온 것에 대해 자부심을 드러내고 있다.

⑤ 글쓴이는 그동안 (가)와 (나)의 삶 사이에서 방황하며 살았던 것에 대해 후회하고 있다.

3
소재의 의미 파악

㉠~ⓜ 중, 성격상 이질적인 것은?

① ㉠　　　　② ㉡　　　　③ ㉢　　　　④ ㉣　　　　⑤ ⓜ

꼭두각시놀음 _작자 미상 / 하회 별신河回別神굿 탈놀이 _작자 미상

수능 연계 포인트
① 표현상의 특징 파악
② 풍자의 내용 이해

가 〈제2막 뒷절〉

상좌 두 사람이 나와서 바위 위에 앉았는데 산 위에는 소무당녀들이(박 첨지의 질녀*) 나물을 캐고 있다. 상좌들이 그것을 보고 반하여 두어 수작한 뒤에 합 사인(合四人)이 풍악 소리에 맞추어 신명이 나서 춤을 춘다. 그때 박 첨지가 미색 논다는 말을 듣고 나왔다가 상좌들이 소무당을 데리고 춤추는 것을 보고 대경실색하여 상좌를 꾸짖는다.

박 첨지: 이 중놈아, 네가 분명히 중이면 산간에서 불도나 할 것이지 속가에 내려와 미색을 데리고 노류장화가 될 말이냐. 아마도 내가 생각하니 네가 중이라고 칭하였으나 미색 데리고 춘 춤을 보니 거리 노중만 못하다. 이놈 저리 가거라. (춤을 한참 추다가) 어으어으 여봐라 어쩌냐 어쩌만 싶으냐, (웃으며) 나도 늙은것이 잡것이로군. 늙은 나는 들어가네. (다시 소무당을 자세히 보니 자기의 질녀인 고로 기가 막혀서) 늙은 놈이 주책없이 질녀 있는 데서 춤을 추었고나. 그러나 이왕 같이 춤춘 바에 어쩔 수 없다. 이 괘씸한 중놈을 처치하여야 할 터인데 늙은 내가 기운이 있어야지. 아마도 생질* 조카 홍 동지(洪同知)를 내보내야겠다.

(이때 상좌들이 소무당녀 때문에 싸움 반 춤 반으로 야단법석하니 박 첨지는 노염이 나서 딘둥이(홍 동지)를 부른다.)

여봐라 딘둥아 딘둥아. / (홍 동지 등장, 박 첨지 퇴장)

박 첨지: (안에서) 여봐라. 내가 밖에를 나가니 상좌 중놈이 내 딸을 데리고 춤을 추는데 늙은 나는 기운이 없어서 그대로 왔으니 네가 나가서 모두 주릿대를 앵겨라.

(상좌들이 각각 소무당 하나씩을 데리고 양편에 갈라섰고 홍 동지는 그 중간에서 왔다 갔다 한다.)

홍 동지: 어디요. / **박 첨지:** 저편으로.

홍 동지: (그리 가며) 이리요? / **박 첨지:** 그래.

(홍 동지는 급히 가며 보느라고 상좌 머리를 자기 머리와 부딪쳤다.)

홍 동지: 여봐라 듣거라 보니 거리 노중이냐 보리 망중(芒種)이냐 7월 백중이냐, 네가 무슨 중이냐. 염불엔 마음이 없고 잿밥에 마음이 있어 미색만 데리고 춤을 추는구나. 나도 한식 놀아 보자.(5인이 舞)

장단을 자주 쳐라. (장단이 빠르며 그에 따라 홍 동지는 춤을 빨리 추다가 머리로 상좌와 소무당을 때려서 쫓아 보내고 저도 이어서 퇴장)

핵심 정리
- **갈래** [가] 민속극(인형극 대본)
  [나] 민속극(가면극(탈춤) 대본)
- **주제** [가] 파계승에 대한 풍자와 비판
  [나] 양반과 선비의 허위성 폭로
- **특징** [가] ① 각 막의 내용이 독자적임
  ② 비속어, 사투리, 언어유희 등이 많이 사용됨
  [나] ① 언어유희의 표현이 많이 사용됨 ② 내용이 소박하고 원초적임

작품 해제

[가] 전통극 중에서 유일한 인형극으로, 전체 2마당 8막으로 이루어져 있다. 막과 막 사이의 내용이 서로 연관성 없이 독자적이라는 특징이 있다. 서민들 사이에서 연희되었기 때문에 비속한 표현과 해학적인 내용이 많이 등장하고, 가부장적 가족 제도의 모순에 대해서도 신랄하게 풍자한다.

[나] 지배 계층인 양반과 선비의 허위의식을 폭로하는 한편, 불교의 타락상을 드러내면서 서민들의 삶의 애환을 해학적으로 그려 내고 있는 탈춤의 대본이다. 전통 민속극 가운데 대표적인 농촌형 탈춤으로, 전체는 4개의 의식 마당과 5개의 내용 마당으로 이루어져 있다.

나 〈제5과장 양반 선비 세도 자랑〉

[앞부분 줄거리] 초랭이와 이매가 각시와 중이 춤추다가 도망갔다고 양반과 선비에게 이르자, 양반과 선비는 그 사실에 대해 망측해한다. 그러나 잠시 뒤 초랭이가 소무인 부네를 불러오자 양반과 선비는 부네와 음담패설을 주고받으며 수작하다가, 그녀를 서로 차지하기 위해 다투기 시작한다.

선비: 그렇다면 자네가 진정 나한테 이럴 수가 있는가?

양반: 아니, 그럼 자네 지체가 나만 하단 말인가?

선비: ㉠ 그러면 자네 지체가 나보다 낮단 말인가?

초랭이 · 이매 : (자기 상전의 세도 자랑을 흉내 낸다.)

양반 : 암 낫고말고. / 선비 : 뭣이 나아, 말해 봐.

양반 : 나는 사대부(士大夫)의 자손인데…….

선비 : ⓛ뭐 사대부? 나는 팔대부(八大夫)의 자손일세.

양반 : 허허, 팔대부는 또 뭐야? / 선비 : 팔대부는 사대부의 갑절이지.

양반 : 우리 할아버지는 문하시중(門下侍中)*이거던.

선비 : 아 — 문하시중 그까짓 거? 우리 아버지 바로 문상시대(門上侍大)인데…….

양반 : 문상시대! 그건 또 뭐야?

선비 : ⓒ문하(門下)보다는 문상(門上)이 높고 시중(侍中)보다는 시대(侍大)가 크단 말일세.

양반 : 그것 참 별꼴을 다 보겠네.

선비 : 지체만 높으면 제일인가?

양반 : 그러면 무엇이 또 있단 말인가?

선비 : 첫째 학식이 있어야지. 나는 사서삼경(四書三經)을 다 읽었네.

양반 : ⓔ뭣이, 사서삼경? 나는 팔서육경(八書六經)을 다 읽었네.

선비 : 도대체 팔서육경은 어디 있으며 대관절 육경은 또 뭐야?

초랭이 : (방정맞게 양반과 선비 사이로 뛰어들며) 헤헤헤, 나도 아는 육경 그것도 모르니껴? ⓜ팔만대장경, 중의 바래경, 봉사의 안경, 약국의 길경, 처녀 월경, 머슴의 쇄경.

이매 : 그거 다 맞어.

양반 : (흐뭇한 표정으로) 이것들도 아는 육경을 선비라는 자가 몰라?

선비 : (혀를 차면서) 우리 싸워야 피장파장이니 그러지 말고 부네나 불러 노세.

양반 : 암, 좋지. 애, 부네야 우—욱.

부네 : (양반과 선비가 자기 때문에 싸우는 모양을 지켜보다가 호들갑스러운 춤을 추며 나온다.)

[뒷부분 줄거리] 양반과 선비는 다시 부네를 안고 춤을 춘다. 이후 늙은 할미가 등장하자 양반과 선비는 그녀를 늙었다 박대하고, 백정이 등장해 우랑(소불알)을 팔자 이번엔 서로 사겠다고 다툰다. 할미가 그들을 질책하자 부끄러워진 둘은 퇴장하고, 나머지 인물들도 모두 퇴장한다.

---

* 질녀 : 조카딸　　　　　　　* 생질 : 누이의 아들. 조카
* 문하시중 : 조선 전기에, 정사를 총괄하던 문하부의 으뜸 벼슬

😊 작품 핵심

[가] 민속 인형극의 특징

「꼭두각시놀음」은 민속 인형극으로, 조선 후기의 사회상과 민중의 언어, 정서가 잘 나타나 있다. 민속 인형극은 서구의 연극과는 달리 막과 막 사이에 줄거리의 연관성이 거의 없다. 이 때문에 각 막은 제마다 독립된 하나의 작품으로, 내용의 독자성을 지니고 있다. 또 공연을 할 때 무대 밖의 악사, 관중 등이 수시로 끼어들어 무대 안의 인물들과 대화할 수 있는 개방성을 지닌다.

[나] 인물의 특성

양반, 선비	지배 계층. 음탕함과 무식함을 드러내어 비판과 조롱의 대상이 됨
초랭이, 이매	양반과 선비의 하인. 양반을 조롱하고 그들의 허구성을 폭로하는 서민의 대변자임
부네	아름다우며 자유로운 신분의 여인으로 양반과 선비의 갈등의 원인이 됨

지문 Master

1 [가]에서 홍 동지의 대사 중 '노중', '망중', '백중' 등은 발음의 유사성을 이용한 (　　　　)의 표현이다.

2 [나]의 선비는 자신의 지체가 높다는 것을 자랑하기 위해 자신의 아버지 벼슬이 '(　　　　)'(이)라고 말한다.

1

인물의 성격 파악

[가]와 [나]의 인물들에 대한 이해로 적절하지 않은 것은?

① [가]의 '상좌'들과 '소무당녀'들은 성도덕이 해이해진 인물들이다.

② [가]의 '홍 동지'는 성격이 급하고 호전적이면서도 해학적인 면을 보여 주는 인물이다.

③ [가]의 '박 첨지'는 미색을 밝히는 자로, 자신의 언행과 모순되는 행동을 보여 주는 인물이다.

④ [나]의 '양반'은 가문과 학식을 자랑하는 허위적인 인물이다.

⑤ [나]의 '선비'는 '양반'의 허위의식과 무능함을 신랄하게 비판하는 해학적 인물이다.

2 작품의 종합적 감상

[가]와 [나]를 감상한 학생들의 반응으로 적절하지 않은 것은?

① [가]는 파계승에 대한 비판을 통해 유교가 불교보다 우위에 있음을 역설(力說)하고 있다.

② [가]는 사투리나 비속어의 사용을 통해 연희의 대상이 서민 계층이었음을 드러내고 있다.

③ [나]는 두 인물이 논쟁을 통해 상대방에 대한 우월 의식을 드러내고 있다.

④ [가]와 [나]는 대상에 대한 풍자와 비판을 통해 당대 사회의 모순을 보여 주고 있다.

⑤ [가]와 [나]는 등장인물의 대화와 동작, 춤 등이 어우러지는 종합 예술의 성격을 보이고 있다.

3 다른 갈래에의 적용

[가]를 라디오 드라마 대본으로 재구성한다고 할 때, [가]의 전개 양상을 제대로 반영하지 못한 것은?

① 박 첨지: (화가 난 목소리로) 이 중놈들아, 열심히 불도나 닦을 것이지 왜 여색을 탐하느냐? 이 못된 놈들! (춤을 추다 멈추며 혼잣말로) 나는 늙어서 질녀들을 타이를 수 없고 또 저 중놈들을 처치할 수도 없으니 홍 동지를 내보내 일을 해결해야겠군. (큰 소리로) 딘둥아 딘둥아!

② 박 첨지: (어딘가의 안에서 들려오는 듯하게 멀리서) 저 중놈들에게 모진 고문을 해라!

③ 홍 동지: (어수룩한 목소리로) 어디요? (잠시) 어느 방향으로 가야 할지 잘 모르겠군.

④ 박 첨지: (역시 안에서 들려오는 듯하게) 저편으로 가는 것이 옳으니라.

⑤ 홍 동지: 여봐라, 이 땡중들아! 불도를 닦는 것에는 관심도 없고 여색만 탐하는구나. 에잇, 나쁜 놈들.

4 표현상의 특징 파악

㉠~㉤ 중, 〈보기〉의 밑줄 친 부분에 해당하지 않는 것은?

───────── ● 보기 ● ─────────

언어유희는 말이나 문자를 해학적으로 사용하는 표현 방법으로, 보통 발음의 유사성이나 동음이의어의 활용, 비슷한 음운이나 음절의 반복, 상황에 어울리지 않는 어휘의 사용, 언어의 도치 등을 통해 이루어진다. 이는 웃음을 유발하려는 목적도 있지만, 단순한 말장난에 그치지 않고 대상의 부정적인 면을 부각하는 효과도 얻을 수 있다.

① ㉠   ② ㉡   ③ ㉢   ④ ㉣   ⑤ ㉤

내신·수능 대비 필수 작품을
친절하고 꼼꼼하게 분석한

모든 것 시리즈

현대시의 모든 것(개선판) | 현대산문의 모든 것(개선판)
고전시가의 모든 것 | 고전산문의 모든 것 | 문법·어휘의 모든 것

- 국어와 문학의 실력을 기르기 위한 국어 학습의 필수 지침서!
- 국어·문학 교과서 작품, EBS 교재 수록 작품, 기출 작품,
  주요 작가의 낯선 작품 등 필수 작품 총망라!
- 꼼꼼한 분석, 일목요연한 정리, 보기 편한 구성과 친절한 해설!
- 출제 빈도가 높은 필수 문제로 내신·수능 만점 대비!

명강 문학 시리즈   현대시 | 고전시가 | 현대소설 | 고전산문

고전산문 **주제별 필수 작품** 총정리!
문학 고수를 만드는 **명품** 실전서!

명강

고전
산문

[정답과 해설]

정답과
해설

01 인물의 성격, 심리, 태도

p. 8~9

대표 기출문제 ⑤

○정답 풀이

⑤ 부남 태수는 장도를 보고 자신이 아들에게 준 칼이라고 생각하나, 이때 원수를 자신의 아들로 확신한 것은 아니다. 부남 태수가 원수를 자신의 아들이라고 생각했다면 칼을 보며 슬퍼하다가 자신의 내력을 설명하지 않았을 것이다. 부남 태수는 원수가 건넨 유서를 보고 자신의 친필임을 확인한 뒤에야 원수가 자신의 아들임을 확신하게 되었다.

✘오답 풀이

① 원수가 왕 상서의 여식과 혼인한 이야기와 원천의 딸을 후궁으로 삼은 이야기를 하자, 모친과 낭자가 이를 듣고 즐거워하고 있다. 이를 고려하면 모친과 낭자는 원수가 한림학사를 제수받은 이후의 행적을 긍정적으로 여겼다고 볼 수 있다.

② 모친과 낭자는 원수를 대원수로 임명한 황제와 꿈에 나타나 단원사에 가 보라고 말해 준 도사에게 고마운 마음을 느끼고 있다.

③ 원수는 도사가 꿈속에서 한 말 덕분에 모친과 낭자를 만날 수 있었기에 도사를 신뢰하고 있다.

④ 부남 태수는 장도를 만지며 슬퍼하는 원수의 모습에서 자신의 아들을 떠올리며 그리워하고 있다.

02 서술상의 특징과 효과

p. 10~11

대표 기출문제 ④

○정답 풀이

④ 제시된 부분에는 '여씨와 석씨', '여씨와 양 부인', '여씨와 상서' 간의 갈등이 드러나 있다. 따라서 한 인물이 다른 가족 구성원들과 빚는 다면적 갈등 관계가 제시되어 있다고 볼 수 있다.

✘오답 풀이

① 제시된 부분에서는 배경 묘사가 나타난 내용을 찾을 수 없으며, 인물의 성격 변화를 암시하는 내용도 찾을 수 없다.

② '알지 못하겠도다. ~ 임자를 찾아 주리라.'에서 계성의 독백이 나타나기는 하지만, 독백을 반복하여 내적 갈등을 해결하고 있지는 않다.

③ 시간 순서에 따라 서서가 진행되고 있으며, 과거와 현재를 교차하여 사건을 입체적으로 전개하고 있지는 않다.

⑤ 청운당, 취성전 등 여러 공간이 나오지만 두 공간에서 동시에 일어나는 사건을 병렬적으로 배치하고 있지는 않다.

03 사건 전개와 구성

p. 12~13

대표 기출문제 ②

○정답 풀이

② 전우치가 모친을 봉양하며 삼년상을 치르는 부분에서 효를 실천하는 인물임을 알 수 있지만, 술법을 이용해 신선으로 변신하여 왕과 조정의 신하들을 희롱하므로 충을 다하는 인물로는 볼 수 없다. 따라서 전우치는 충효를 다하는 일반적인 영웅 소설의 주인공과는 다르다고 볼 수 있다.

✘오답 풀이

① 전우치가 구미호로부터 천서를 빼앗아 이를 보고 못 하는 술법이 없게 된 모습은 주인공이 병서나 무기 등을 얻어 탁월한 능력을 갖게 되는 일반적인 영웅 소설과 비슷한 모습이다.

③ 전우치가 '과거에 뜻이 없어' 벼슬길에 나아가지 않는 모습은 주인공이 나라에 공을 세워 이름을 널리 떨치는 일반적인 영웅 소설과는 다른 모습이다.

④ 전우치는 선관으로 변신하여 임금에게 거짓된 옥황상제의 전교를 전하고 이를 통해 나라의 재산을 취하려고 하는데, 이러한 모습은 주인공이 위기에 처한 나라를 구하는 일반적인 영웅 소설과는 다른 모습이다.

⑤ 전우치가 재산을 흩어 노복에게 주고 화담을 따라 영주산으로 간다는 결말은 주인공이 부귀영화를 누리며 이야기가 마무리되는 일반적인 영웅 소설의 결말과는 다른 모습이다.

04 갈등의 양상

p. 14~15

대표 기출문제 ②

○정답 풀이

② '갈등 양상 1'에서 황상은 정비가 용포를 짓고 있다는 양귀비의 말을 듣고 수상함을 느낀다. 하지만 양귀비의 만류로 진위 확인을 하지 않은 채 양귀비의 말만 믿고 정비에게 분노하고 있다.

✘오답 풀이

① '갈등 양상 1'은 태자비가 된 정비에게 위기감을 느낀 양경이 양귀비와 계교를 꾸미면서 발생한 것이다.

③ '갈등 양상 2'는 양춘이 황상의 권위를 빼앗기 위해 반란을 일으키면서 발생한 것이다.

④ '우리가 천명을 받아 ~ 하늘의 때를 모르고 덤비느냐?'에서 양춘이 자신의 반란이 천명에 따른 행위임을 내세우며 정비와 대립하고 있음을 알 수 있다.

⑤ '군신지의는 삼강의 으뜸이라. 너희가 오륜을 모르니, 일러 무엇하리오.'에서 정비가 삼강오륜을 내세워 양춘을 질타하고 있음을 알 수 있다.

05 배경과 소재의 기능

p. 16~17

대표 기출문제 ③

○**정답 풀이**

③ 이선은 부처가 건넨 '대추 같은 과일'을 먹은 뒤 전생의 일을 떠올리고 모든 선관이 다 전의 친한 벗임을 알게 된다. 따라서 ⓒ는 인물이 자신이 접하게 되는 주변 인물들을 알아볼 수 있게 하는 소재이다.

✗**오답 풀이**

① 꿈속에서 겪은 일을 실제 있었던 일로 믿게 하는 증표는 ⓐ가 아니라 ⓑ이다.

② 숙향은 ⓐ를 이선에게 가져다주며 부끄러움을 느끼고 있고, ⓑ가 계화에 걸려 떨어진 일로 또 부끄러움을 느낀다. 따라서 ⓑ가 수줍음을 완화하는 계기로 작용한다는 것은 적절하지 않다.

④ ⓐ와 ⓑ는 숙향과 이선의 만남을 극적으로 구성하는 데 기여할 뿐 인물이 자신이 처한 상황을 깨닫게 하는 것은 아니다.

⑤ 꿈속의 일을 실제 있었던 일로 믿게 하는 증표인 ⓑ는 이선으로 하여금 글을 지어 꿈속의 일을 기록하게 하지만, ⓒ는 그와 같은 기능을 수행하고 있지 않다.

06 감상의 적절성 평가

p. 18~19

대표 기출문제 ⑤

○**정답 풀이**

⑤ '장안 백성이 뉘 아니 낙루하리오.', '일문이 애통함을 차마 못 볼러라.' 등과 같이 편집자적 논평을 통해 태보에 대한 민심을 반복적으로 나타내고 있다. 하지만 태보의 간언에도 민중전이 내쳐짐을 당했으므로 태보가 기우는 국운을 회복한 영웅으로 추대되어 백성들의 지지를 받았다는 설명은 적절하지 않다.

✗**오답 풀이**

① 부인의 꿈속에서, 하늘이 자신의 무죄함에 감동하여 전고 충신을 따르게 했다는 태보의 말은 그가 부당한 죽음을 맞이했지만 윤리적 명분 면에서 인정받은 도덕적 영웅임을 보여 준다.

② '국은을 또한 갚지 못하옵고 중로 고혼이 되어 구천에 돌아'간다는 태보의 한탄은 그가 임금을 올바른 길로 인도하려는 뜻을 이루지 못하고 부도덕한 세계와의 대결에서 패배했음을 보여 준다.

③ '만세 후에 부자지정을 만분지일이나' 바란다는 태보의 염원은 그가 죽음에 이른 상황에서조차 부모에 대한 윤리적 책임을 다하려 한 도덕적 인물임을 보여 준다.

④ 아이들이 '저 달은 밝다마는 우리 주상은 불명하'고 노래하며 임금을 비판하는 모습은 백성들이 주상을 부도덕한 인물로 평가하여 신임하지 않았음을 보여 준다.

01-1 춘향전

p. 22~24

지문 Master	1 광한루	2 퇴령
1 ③	2 ⑤	3 ④	4 ④

1

○**정답 풀이**

③ ㉮에서 이몽룡은 자신과 신분적 차이가 나는 춘향과 금석뇌약을 맺겠다고 말하고 있는데, 이는 신분적 차이를 중요하게 여기지 않는 모습에 가까우므로 ③의 설명은 적절하지 않다.

✗**오답 풀이**

① 이몽룡의 적극적인 행동에 신중한 모습을 보이는 춘향의 말을 듣고, 이몽룡이 '어이 아니 기특하랴.'라고 한 부분에서 확인할 수 있다.

② 이몽룡의 말 중 '우리 둘이 인연 맺을 적에 금석뇌약 맺으리라.'에서 확인할 수 있다.

④ 춘향의 말 중 '한 번 탁정한 연후에~ 그런 분부 마옵소서.'에서 이몽룡의 말이 진심인지를 알려는 춘향의 태도를 확인할 수 있다.

⑤ 춘향의 말 중 '충신은 불사이군이요 열녀불경이부절은~ 내 아니면 누가 길꼬.'에서 확인할 수 있다.

2

○**정답 풀이**

⑤ 「춘향전」은 판소리의 영향을 받아 운율감을 지닌 어투가 산문체에 섞여 있는데, 이러한 특징은 제시된 본문과 〈보기〉에 잘 나타나 있다.

✗**오답 풀이**

〈보기〉는 장원 급제하여 암행어사로 내려온 이몽룡이 탐관오리인 변사또를 숙청하는 장면으로, 〈보기〉에서는 특정 인물의 시각이나 입장에서 다른 인물을 관찰하거나 인물의 생각을 독자에게 전달하는 부분을 찾을 수 없으며, 주인공의 심리를 직접 제시하거나 주인공과 심리적 거리를 유지하면서 인물에 대한 논평을 하고 있지 않으므로, ①~④는 적절하지 않다.

3

○**정답 풀이**

④ ㉣은 서술자의 개입에 의한 편집자적 논평이 아니라 이몽룡(이 도령)이 춘향을 처음 보고 느낀 감정, 즉 속마음을 전지적인 서술자가 제시한 것이다. 앞에 제시된 '춘향의 고운 태도 염용하고 앉는 거동 자세히 살펴보니'에서 이몽룡이 춘향을 살피고 있다는 것을 알 수 있다.

✗**오답 풀이**

① ㉠은 문맥상 모두 매력적인 걸음걸이라는 유사한 내용을 지닌 표현으로, 〈보기〉에 따르면 이는 판소리계 소설의 특징에 해당한다.

② ㉡에서는 춘향의 얼굴을 '청강에 노는 학이 설월에 비침'에 빗대고,

반쯤 벌린 입 안에 보이는 하얀 치아를 '별'과 '옥'에 빗대고 있다. 즉 비유적 표현을 활용하여 춘향의 외모를 인상 깊게 묘사한 것이다.
③ ⓒ은 한자어와 한자 어구를 사용한 대구적 표현으로, 〈보기〉에 따르면 이는 양반 계층을 고려한 서술로 볼 수 있다.
⑤ ⓓ의 '~ 보소'는 마치 서술자가 독자에게 직접 말을 건네는 듯한 문체이다. 이는 판소리의 소리꾼이 관객의 집중을 유도하기 위해서 관객을 보며 한 사설이 그대로 산문화된 것으로 볼 수 있다.

4
○정답 풀이
④ 춘향이 자신의 집을 방자에게 물어보라고 한 것은 이몽룡의 말을 믿지 못해서가 아니라, 이몽룡에 대한 자신의 감정을 수줍게 드러내는 것으로 보는 것이 적절하다.

 운영전

p.25~27

지문 Master	1 운영	2 전기성	
1 ⑤	2 ①	3 ④	4 ④

1
○정답 풀이
⑤ 김 진사는 무녀의 점괘와 자신의 짐작을 통해 자신의 뜻이 이루어지지 않을 것이라는 사실을 알지만, 무녀에게 편지를 전해 줄 것을 간곡히 부탁하며 자신의 뜻을 굽히지 않고 있다.

✗오답 풀이
① 이루기 어려운 부탁이기 때문에 망설이고 있는 것이지 부끄러워하고 있는 것은 아니다.
② 김 진사는 무녀가 대군의 궁에 드나들며 사랑과 신용을 받고 있다는 소문을 듣고 운영에게 편지를 전해 달라고 부탁하기 위해 그녀를 찾아간 것이다.
③ 무녀는 김 진사가 뜻을 이루지 못하고 죽게 될 것을 염려하고 있을 뿐, 그가 계교로써 바람을 이루고자 하는 것을 염려하고 있지는 않다.
④ 무녀는 김 진사가 찾아온 이유를 오해하고 있었다.

2
○정답 풀이
① '만일 당신으로 말미암아 다행히 편지를 전하게 된다면 죽어도 또한 영광이겠소.'라는 김 진사의 말에서, 김 진사가 무녀를 찾아간 이유는 무녀가 대군의 궁에 드나들면서 사랑과 신용을 받고 있다는 소문을 듣고 그녀를 통해 궁 안에 있는 운영에게 편지를 전달하기 위해서임을 알 수 있다. 따라서 대군에게 접근하기 위해 무녀를 선택했다는 이해는 적절하지 않다.

✗오답 풀이
② '일찍 과부가 되고는 음녀로 자처하고 있었는데'와 '내가 먼저 정으

로써 돋우어 붙들어 놓고 밤을 새우면서 같이 자리라 마음먹었답니다.'에서, ⓒ은 자신을 찾아온 김 진사의 의도를 알지 못한 무녀가 김 진사를 유혹하려는 마음을 드러내는 행위로 볼 수 있다.
③ '불안한 방법으로써 그 뜻을 이루기 어려운 계교를 성취시키고자 하니, 다만 그 뜻을 이루지 못할 뿐만 아니라 삼 년이 못 가서 황천의 사람이 되겠습니다.'라는 무녀의 말을 고려할 때, ⓒ은 대군의 궁녀인 운영에 대한 자신의 사랑이 현실적으로 이루어지기 어렵다는 것을 알고 있다는 의미로 볼 수 있다.
④ '비천한 무녀로서 비록 신사로 인해 때로 혹 드나들지만, 부르시는 일이 없으면 감히 들어가질 못합니다.'라는 무녀의 말을 고려할 때, ⓔ은 대군이 부르지 않았는데도 무녀가 궁에 온 것을 의아하게 여기는 것임을 알 수 있다.
⑤ 무녀가 사람들이 없는 곳으로 운영을 끌고 가서 김 진사의 편지를 전해 주는 상황을 통해 운영과 김 진사는 떳떳하게 만날 수 없는 사이임을 알 수 있다. 이를 고려할 때, ⓐ은 과거에 운영이 대군 몰래 김 진사에게 자신의 마음을 담은 편지를 전한 것을 의미한다.

3
○정답 풀이
④ 운영과 김 진사가 수성궁을 벗어날 계획을 세운다거나 죽음을 택한 것은 인간의 본성과 인간다운 삶을 억압하는 봉건 사회 제도를 극복하고자 했다는 의미를 지닌다고 볼 수 있으므로, 운영과 김 진사를 운명에 순응하는 인물이라 보는 것은 적절하지 않다.

✗오답 풀이
① 이 글은 일반적인 고전 소설의 결말인 행복한 결말이 아니라 운영과 김 진사의 죽음이라는 비극적 결말로 끝을 맺고 있다.
② 이 글은 김 진사와 운영의 사랑을 주제로 하는 염정 소설로 볼 수 있다.
③ '유영이 취중에 졸다 깨어 보니'라는 구절로 보아 이 글은 일종의 몽유록 형식의 작품으로, 유영을 주인공으로 하는 외부 이야기와 운영과 김 진사를 주인공으로 하는 내부 이야기로 이루어진 액자식 구성을 취하고 있다.
⑤ 김 진사와 운영의 사랑을 가로막는 장애물은 안평 대군이다. 안평 대군은 단순히 특정한 한 개인이 아니라 당시의 사회적 관습과 제도를 상징한다고 할 수 있으며, 결국 운영과 김 진사, 안평 대군의 갈등은 개인과 사회의 갈등이라 할 수 있다.

4
○정답 풀이
④ ④는 해 줄 사람은 생각지도 않는데 미리부터 다 된 일로 알고 행동한다는 말로, 진사가 찾아온 까닭을 알아차리지 못하고 그를 유혹하려 한 무녀의 행동을 비판하기에 적절하다.

✗오답 풀이
① 의술에 서투른 사람이 치료해 준다고 하다가 사람을 죽이기까지 한다는 뜻으로, 능력이 없어서 제구실을 못하면서 함부로 하다가 큰일을 저지르게 됨을 비유적으로 이르는 말이다.
② 모든 일에는 질서와 차례가 있는 법인데 일의 순서도 모르고 성급하게 덤빔을 비유적으로 이르는 말이다.

③ 아무 관계없이 한 일이 공교롭게도 때가 같아 어떤 관계가 있는 것처럼 의심을 받게 됨을 비유적으로 이르는 말이다.

⑤ 남의 일은 잘 처리하여도 자기 일은 자기가 처리하기 어렵다는 말이다.

채봉감별곡

p. 28~30

지문 Master	1 과천 현감	2 강직한		
1 ⑤	2 ④	3 ③	4 ②	

1

○정답 풀이

⑤ 이 글은 주로 대화를 통해 인물의 성격을 간접적으로 제시하고 있다(ㄷ). 그리고 채봉의 결혼에 대한 인물들의 이해관계를 사실적으로 전개하고 있다는 점이 다른 고전 소설과 구별되는 이 글만의 특징이다(ㄹ). 또 이 글에서는 인물 사이의 대화에서 '-이오?', '-냐?'와 같은 의문형 어미를 자주 사용하여 인물 사이의 갈등과 인물의 심리 상태를 효과적으로 나타내고 있다(ㅁ).

✗오답 풀이

ㄱ. 고전 소설은 대부분 전지적 작가 시점을 취하고 있고, 이 글 역시 그러하므로 1인칭 시점에 관한 설명은 적절하지 않다.

ㄴ. 배경을 구체적으로 묘사한 부분은 나타나 있지 않다.

2

○정답 풀이

④ 채봉은 허 판서의 첩으로 자신을 보내고자 하는 부모의 뜻에 대해 반대의 입장을 분명히 밝히고 있으며, 이러한 자신의 의견을 무시하는 부모에 반하여 위기를 모면하고자 꾀를 낸다.

✗오답 풀이

① 추향은 부모가 하는 일을 거역할 수 없다는 입장을 바탕으로, 채봉이 김 진사의 뜻에 반하는 생각을 가진 것을 우려하고 있다.

② 김 진사는 자신의 딸인 채봉을 허 판서의 첩으로 보내는 대신, 벼슬자리를 희망하고 있다.

③ 채봉이 추향을 꾸짖으며 하는 말에서, 신의를 무엇보다 중시하는 강직하고 곧은 채봉의 성품을 알 수 있다.

⑤ 이씨 부인은 자신의 딸인 채봉을 허 판서의 첩으로 보내려는 김 진사의 생각에 처음에 반대하지만, 김 진사의 회유로 결국 채봉을 허 판서의 첩으로 보내는 일에 동조한다.

3

○정답 풀이

③ 이 글의 김 진사는 딸의 부귀영화와 자신의 벼슬자리를 위해 딸을 허 판서의 첩으로 보내겠다는 자신의 의견을 직설적

으로 드러내고 있고, 〈보기〉의 소 주인은 이웃집 사람으로부터 선물을 받았으므로 그와의 약속을 어기기 어려워 소를 빌려 주기 어렵다고 우회적으로 말하고 있다.

✗오답 풀이

① ㉮는 딸을 부잣집에 시집보내는 이유를 '호강'하기 때문이라며 설득의 근거를 제시하고 있으며, ㉯는 소를 빌려 주기 어렵다고 변명하고 있다.

② ㉮는 자신의 주장을 상대방에게 분명하게 밝히고 있고, ㉯는 우회적으로 상대방의 요구를 거절하고 있다.

④ ㉯에서만 벌써 건넛집에 소를 빌려 주겠다는 약속을 하였다는 핑계를 대며 상대방의 요구를 거절하고 있다.

⑤ ㉮와 ㉯ 모두 상대방을 진심으로 배려하고 있다고 단정 짓기가 어렵다.

보기 작품 꼼꼼 확인

박인로, 「누항사」

• **해제** 작가 박인로가 광해군 3년(1611)에 벼슬에서 물러나 고향에 돌아와 생활하던 중에, 한음 이덕형이 찾아와 누항(陋巷) 생활의 어려움을 묻자 그에 대한 답으로 지은 가사이다. 전란 후의 궁핍한 생활을 사실적으로 드러내면서 그 속에서 빈이무원(貧而無怨)하고 충효·우애·신의의 유교적 가치관을 추구하는 삶을 살고자 하는 마음을 노래하고 있다. 특히 몸소 농사를 짓기 위해 이웃집에 소를 빌리러 갔다가 수모만 당하고 돌아오는 부분에서는 이전 양반 가사에서는 찾아볼 수 없는 현실적인 체험이 구체적으로 표현되어 있다.

• **주제** 누항에 사는 선비의 곤궁한 삶과 안빈낙도의 추구

4

○정답 풀이

② 이씨 부인은 김 진사와 채봉 사이에서 갈등하고 있는 것이 아니라, 남편의 벼슬자리와 딸의 부귀영화를 위해 딸이 첩이 되는 것을 반대하던 처음의 입장을 바꾸고 있다. 이씨 부인의 좁은 소견과 변덕스러움이 드러나는 대목이다.

✗오답 풀이

① 자신의 의견에 반대하는 부인의 말에 흥분하는 김 진사의 모습에서 그의 권위적이고 급한 성격이 나타난다.

③ 채봉은 고사를 인용하여 허 판서의 첩이 되기를 원하는 부모님의 뜻에 대한 자신의 반대 의견을 분명하게 전달하고 있다.

④ 채봉은 혼자 생각에 잠기다 앞으로 겪을 험난한 고난을 예감하고 있다.

⑤ 허 판서의 첩이 되는 것에 대한 채봉의 분명한 반대 의견 제시로 채봉은 자신과 부모의 갈등을 겉으로 드러내고 있다.

01-4 숙영낭자전

p. 31~33

> **지문 Master**　**1** 과거　　**2** 매월
>
> **1** ③　　　**2** ④　　　**3** ②　　　**4** ⑤

1

○ 정답 풀이

③ 매월은 숙영이 외간 남자와 정을 통했다는 간계를 꾸며 백상군으로 하여금 숙영을 의심하게 하였다. '내 두 귀로 직접 듣고, 또 내 두 눈으로 똑똑히 보았거늘'에서 알 수 있듯이, 백상군은 자신이 직접 본 것이 매월의 간계임을 알지 못하는 상황에서 숙영의 유죄를 확신하고 있다.

✕ 오답 풀이

① 숙영은 밤에 몰래 선군이 다녀간 이야기를 백상군에게 고백하며 자신의 결백을 호소하고 있으므로 끝까지 숨겼다고 할 수 없다.

② 매월은 선군에 대한 배신감 때문이 아니라 숙영에 대한 질투심 때문에 숙영에게 누명을 씌웠다.

④ '제 몸이 지금은 비록 인간으로 되어 있다 하오나'에서 숙영이 천상계에서 적강했음을 알 수 있지만, 이를 숨겨 왔는지는 제시문에서 확인할 수 없다.

⑤ 선군은 숙영과 이별하기 싫어서 과거 응시에 대한 아버지의 권유를 거절했던 인물이다. 과거를 보러 갔다가 이틀 밤이나 몰래 숙영을 만나고 간 것은, 숙영을 염려해서가 아니라 숙영에 대한 그리움 때문으로 보는 것이 적절하다.

2

○ 정답 풀이

④ [B]에는 선군이 과거에 낙방할 경우 결코 살지 않겠다는 숙영의 말이 나타나 있다. 이는 거짓말이 아니라 선군의 급제를 바라는 숙영의 단호한 의지가 담긴 말로 보는 것이 적절하다.

✕ 오답 풀이

① [A]에서는 선군이 과거에 응시하지 않을 경우에 벌어질 상황, [B]에서는 선군이 과거에 낙방할 경우에 벌어질 상황을 가정하여, 반드시 과거에 응시하여 급제해야 한다는 발화 의도를 강조하고 있다.

② [A]는 선군으로 하여금 과거에 응시하게 하려는 발화 목적이 달성된 반면, [C]는 백상군으로 하여금 자신의 결백을 믿게 하려는 발화 목적이 달성되지 않았다.

③ [A]에서 숙영은 과거에 응시하라고 선군을 설득하였다. 그러나 선군이 과거를 보러 갔다가 밤에 몰래 숙영을 만나러 온 상황으로 인해 [C]에서 숙영은 백상군의 오해를 받고 있다.

⑤ [A]와 [B]에서는 숙영이 선군의 과거 응시에 대한 부정적인 생각을 바꾸려 설득하고 있다. [C]에서도 역시 숙영은 자신을 오해한 백상군의 생각을 바꾸려 설득하고 있다.

3

○ 정답 풀이

② '부화뇌동(附和雷同)'은 줏대 없이 남의 의견에 따라 움직임을 뜻한다. 백상군은 매월의 속임수를 인지하지 못한 상황에서 자신의 뚜렷한 확신에 따라 숙영을 의심하고 있으므로, ②는 적절하지 않다.

✕ 오답 풀이

① '금의환향(錦衣還鄕)'은 비단옷을 입고 고향에 돌아온다는 뜻으로, 출세를 하여 고향에 돌아가거나 돌아옴을 비유적으로 이르는 말이다.

③ '초지일관(初志一貫)'은 처음에 품은 뜻을 한결같이 밀고 나감을 의미한다.

④ '권모술수(權謀術數)'는 목적 달성을 위하여 수단과 방법을 가리지 아니하는 온갖 모략이나 술책을 의미한다.

⑤ '이실직고(以實直告)'는 사실을 있는 그대로 고함을 의미한다.

4

○ 정답 풀이

⑤ 백상군은 선군이 과거에 응시하여 가문을 빛낼 것을 권하고 있을 뿐이며, 여기에 과거 응시를 빌미로 숙영과 선군을 헤어지게 하려는 의도가 있다고 해석하기는 어렵다.

✕ 오답 풀이

① 백상군은 '다행히 급제하게 된다면 조상을 빛내고 부모도 영화롭지 않겠느냐?'라며 선군을 설득하고 있다. 이를 통해 전통적인 입신양명과 가문의 명예를 바라는 백상군의 유교적 가치관을 확인할 수 있다.

② '과거에 응시하고자 집을 나선다면 낭자와는 이별하게 될 것이온즉 사정이 절박하옵니다.'라는 선군의 말에서 확인할 수 있다.

③ 숙영은 '대장부가 세상에 나면 출세하여 부모님을 영화롭게 하여 드리는 것이 자식 된 도리입니다.'라며 선군을 설득하고 있는데, 이는 백상군과 선군의 갈등을 해결하기 위한 노력으로 해석할 수 있다.

④ 과거를 보기 위해 길을 떠났다가 밤에 몰래 돌아와 숙영을 만나고 가는 모습에서, 입신양명보다는 애정을 추구하는 선군의 새로운 가치관을 확인할 수 있다.

 숙향전

p. 34~36

> **지문 Master**　**1** 이선　　**2** 칭병
>
> **1** ⑤　　　**2** ④　　　**3** ③　　　**4** ⑤

1

○ 정답 풀이

⑤ 황제는 처음에는 이선을 두둔하지만 나중에는 양왕의 편에서 일을 해결하려 들었다. 그러나 이선이 병을 핑계로 입궐하지 않아 이선과 양왕의 갈등을 해결해 주지는 못했다.

✕ 오답 풀이

① 양왕은 이선을 부마로 삼으려고 하나 이선이 병을 핑계로 이를 회피하자 앙심을 품게 된다.

② 매향은 이미 혼담이 오간 사이이므로 타문에는 가지 않겠다는 의지를 드러내고 있다.

③ 이선은 입궐하면 매향 공주와 혼인을 해야 하고, 그러면 숙향이 괴

로움을 겪게 될 것이라 생각하여 아예 입궐하라는 황제의 명을 거역하였다.

④ 숙향은 임금에 대한 충성과 여인에 대한 사내의 도리를 근거로 들어 이선을 설득하고 있다.

2
O정답 풀이

④ 〈보기〉는 이미 숙영과 혼인한 백선군이 임 낭자를 부실로 들일 수 없다며 임 진사에게 사죄하는 장면이다. 백선군은 상황을 회피하지 않고 자신의 생각을 당당하게 밝히며 사죄하고 있다. 그러나 이 글의 이선은 병을 핑계로 내세워 매향 공주와의 혼사를 피하려 한다. 따라서 〈보기〉의 선군은 이선의 행동을 당당하지 못하며 비겁하다고 비판할 수 있다.

✘오답 풀이

①, ③ 〈보기〉에 나타난 선군의 태도와 관련이 없는 내용들이다.
② 이선이 속마음을 속이고 있다고 볼 수는 없다.
⑤ 이선은 황제의 명을 거역하고 있기 때문에 개인과 가문의 영달을 꾀한다고 볼 수 없다.

> **보기작품 꼼꼼 확인**
>
> 작자 미상, 「숙영낭자전」
> • 해제 도선(道仙) 사상을 바탕으로 한 애정 소설로, 숙영과 선군의 사랑을 통해 애정 지상주의적 가치관을 강하게 드러내고 있다. 입신양명으로 가문을 빛내고 효행을 중시하던 중세적·유교적 가치관에서 탈피하여 본능적 욕구를 긍정하는 새로운 가치관을 제시하고 있으며, 가부장적 권위가 약화되던 사회 변동상을 반영하고 있다.
> • 주제 현실을 초월한 남녀 간의 사랑

3
O정답 풀이

③ 이선은 부모에게 알리지 않은 채 독단적으로 숙향과 인연을 맺은 것이지, 매향 공주와의 혼약을 스스로 파기한 것은 아니다. '제가 서울에서 귀가의 소저와 약혼한 줄을 모르고 타문에 혼인하였으니'라는 위왕의 말을 통해, 이선은 매향 공주와의 혼약을 모르고 있었음을 알 수 있다. 또한 양왕과 위왕 간에 첨예한 갈등이 일어나지도 않는다. 양왕은 이선의 취처에 대해 위왕에게 항의하지만 위왕은 불가항력이었다고 변명하며 사과한다.

✘오답 풀이

① 이선은 아내인 숙향의 설득에도 불구하고 매향 공주를 자신의 둘째 아내로 맞지 않으려고 황제의 부름에 응하지 않는다. 그리고 이 일 때문에 양왕이 이선을 해칠 앙심을 품게 되는데, 이는 새로운 사건의 유발로 볼 수 있다.
② 매향 공주는 '열녀불경이부'라는 명분을 대며 다른 집안으로 시집가지 않을 것이라는 의지를 강하게 밝힌다. 이는 실제로 이선과 혼인을 한 것은 아니지만 혼인 약속만으로도 자신이 이미 이선과 혼인한 것과 마찬가지라고 생각했기 때문이라고 볼 수 있다.
④ 양왕은 타문에 시집가지 않겠다는 매향 공주를 걱정하다가 이선의 벼슬이 높아지자 그의 둘째 부인으로 보내는 차선책을 제안한다. 그

러자 매향 공주는 '차비됨을 어찌 욕되다 하오리까?'와 같이 양왕의 제안을 수용한다.
⑤ 양왕은 위왕의 아들인 이선을 한번 보고는 바로 위왕에게 딸인 매향 공주의 구혼을 하고, 위왕은 그것을 허락한다. 이는 부모가 자녀의 결혼을 주도해서 결정하는 것이므로 혼인이 가문 간의 결합임을 보여 준다고 할 수 있다.

4
O정답 풀이

⑤ 매향이 출생하기 이전에 양왕의 꿈에 선관이 나타나 매향과 이선의 인연을 이미 언급하였으므로, '하늘이 정하여 준 연분'을 의미하는 '천생연분(天生緣分)'이 가장 적절하다.

✘오답 풀이

① 비단 위에 꽃을 더한다는 뜻으로, 좋은 일 위에 또 좋은 일이 더하여짐을 비유적으로 이르는 말
② 많으면 많을수록 더욱 좋음
③ 비슷한 것이 많으나 서로 같지는 아니함
④ 재앙과 화난이 바뀌어 오히려 복이 됨

01-6 하생기우전

p.37~39

지문 Master	1 점쟁이	2 시		
1 ⑤	2 ⑤	3 ④	4 ③	

1
O정답 풀이

⑤ 이 글은 하생과 죽은 여인의 사랑을 다룬 염정(애정) 소설일 뿐, 영웅 소설적 요소는 드러나지 않는다. 영웅 소설은 일반적으로 '고귀한 혈통-기이한 탄생-비범한 능력-고난과 시련-조력자를 통한 고난 극복-위대한 승리'의 구조를 지닌다.

✘오답 풀이

① (가)는 하생이 점쟁이를 찾아가 그가 일러준 대로 행동했기 때문에 이루어진 것이므로 적절한 설명이다.
② 여인의 부모가 하생을 대할 때 혼인 문제를 거론하지 않은 이유는 딸과 하생의 혼인을 원치 않았기 때문이며, 이로 인해 하생과 여인 사이에 장애가 발생하므로 적절한 설명이다.
③ 하생이 보낸 시로 인해 여인이 부모를 설득하게 되고 결국 혼인을 성취하게 되므로 적절한 설명이다.
④ (다)는 여인의 부모가 여인과 하생의 결혼을 반대하는 부분이다. 이러한 장애는 하생의 편지와 여인의 설득으로 극복되는데, 이 과정에서 하생과 여인의 사랑을 재확인할 수 있다.

2
O정답 풀이

⑤ 하생이 점쟁이를 찾아간 이유는 자신의 운명을 알기 위해

서이지, 운명을 바꿀 수 있는 방법을 물어보기 위함이 아니다.

✖ 오답 풀이

① 처음에 하생은 자신의 능력만 믿고 거만하게 세상을 깔보는 마음을 가졌으므로 적절한 내용이다.

② 〈보기〉에서 글쓴이는 뛰어난 재주를 가지고 있으면서도 신분 때문에 등용되지 못하는 현실에 대해 안타까워하고 있다.

③ 하생은 불공정한 인재 선발로 4, 5년을 학사에서 울적하게 뜻을 굽히고 지냈으므로 적절한 내용이다.

④ 〈보기〉에서 글쓴이는 인재란 하늘이 내는 것이며, 그런 인재를 등용하는 것이 나라를 다스리는 자가 하늘의 순리를 따르는 일이라 하였으므로 적절한 내용이다.

3

○ 정답 풀이

④ 자신의 딸을 살려 준 하생을 극진하게 대접하면서도 혼인 문제에 대해서 언급하지 않는 모습은 하생을 자신의 딸과 혼인시킬 의사가 없음을 보여 주는 것으로 해석할 수 있다. 하지만 이는 하생의 집안이 자신의 집안과 어울리지 않는다고 여기기 때문이지, 하생의 인물됨 때문은 아니다. '하생은 용모와 기개로 보아 실로 보통 사람이 아니니'라는 말에서, 여인의 아버지는 하생의 인물됨을 인정하고 있다는 것을 알 수 있다.

✖ 오답 풀이

① 밝음이 땅속으로 들어간다는 것은 하생이 죽음의 세계를 상징하는 무덤 속으로 들어가는 상황을 암시하며, 정숙한 유인을 만난다는 것은 하생이 여인과 만나는 상황을 암시하는 것이다.

② 싸늘한 안개가 어리고 이슬이 촉촉하게 젖어 있는 밤길은 현실의 공간에서 비현실적인 공간으로 들어가는 듯한 신비로운 분위기를 조성하고 있다.

③ 남편이 알아서 할 일이니 부녀자인 자신이 어찌 나서겠느냐는 부인의 말은 남성 중심의 가부장적 질서에 순종하여 남편의 말에 동의한다는 것을 간접적으로 드러낸 것이다.

⑤ 자신과 하생의 혼인을 허락하지 않으려는 부모의 뜻을 따르지 않겠다는 의지를 행동으로 보이고 있으므로, 이는 하생과 한 혼인 약속을 반드시 지키겠다는 의지를 드러낸 것이다.

4

○ 정답 풀이

③ '봉황이 제 둥지 찾았으니'는 죽어서 무덤에 묻혔던 여인이 되살아나서 원래 살던 집으로 돌아온 상황을 의미한다.

✖ 오답 풀이

①, ② '흙탕물이 옥에 묻어도 옥은 변함이 없을 테지만'은 상황이 변해도 근본은 변하지 않음을 의미한다. 즉 사랑을 방해하는 '흙탕물'이 하생의 사랑을 뜻하는 '옥'에 묻어도 여인에 대한 자신의 마음에는 변함이 없다는 의미이다.

④ '팔 위의 눈물 자국'은 무덤 속에서 여인이 눈물을 흘리며 하생에게 자신의 사정을 말하고 평생을 약속했던 일을 의미한다.

⑤ '꿈속에서나 그대를 보겠구나'는 여인과의 인연을 앞으로는 꿈속에서나 되새길 수 있다는 의미로, 여인과의 혼인을 체념적으로 수용하는 마음을 드러낸 것이다.

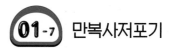

01-7 만복사저포기

p.40~42

지문 Master	**1** 객관적 상관물	**2** 배필
1 ②	**2** ④	**3** ②	**4** ①

1

○ 정답 풀이

② 양생은 일찍 부모를 여의고 장가도 들지 못한 채 홀로 살고 있다. 이와 같이 독신으로 사는 주인공의 외로운 정서가 달밤과 한 그루 배꽃나무를 배경으로 표현되어 있다.

✖ 오답 풀이

① 이 글은 전지적 작가 시점으로 서술자와 등장인물 사이의 거리가 가깝다.

③ 인물 간의 갈등이 아니라, 인물이 갖고 있는 내적 갈등으로 사건이 전개되고 있다.

④ 홀연히 공중에서 소리가 들리고 부처와 저포 놀이를 하는 등 비현실적인 일이 일어나고 있지만, 배경은 '만복사'라는 절로 비현실적이지 않다.

⑤ 대화가 아니라 주로 독백에 의해 등장인물의 생각이 드러나고 있다.

2

○ 정답 풀이

④ 하씨는 해가 저물고 나서 등장하였으므로 조명을 어둡게 해야 하며, 그녀가 귀신이지만 '자태가 아름다워서 선녀나 천녀' 같았다고 하였으므로 환상적이고 아름다운 느낌의 특수 효과를 곁들이는 것이 적절하다.

✖ 오답 풀이

① 만복사에서 등불놀이를 하는 장면은 시대적인 배경을 고려해야 하므로 고증에 따라 재현하는 것이 적절하다.

② 양생과 하씨의 외로움을 드러내 줄 수 있는 노래를 배경 음악으로 하는 것이 효과적일 것이다.

③ 하씨는 이 세상 사람이 아니기 때문에 생기발랄한 분장보다는 창백한 느낌을 주는 분장이 어울린다.

⑤ 하씨의 글에 난리통에 정절을 지켰고 부모님은 여자가 수절한 것이 틀리지 않다 하여 '외딴 곳으로 피하여 들판에 살도록' 하였다는 내용이 제시된다. 여기에서 하씨가 귀신임을 알 수 있고 '들판에 살도록' 하였다는 것은 무덤을 옮겨 준 것으로 이해할 수 있으므로, 작은 집을 짓고 사는 하씨의 모습을 현실적으로 보여 주는 것은 적절하지 않다.

3

○ 정답 풀이

② 하씨는 왜구의 침입을 피해 달아날 수 없어 규방에서 정절을 지키기 위해 자결하였다. 부처에게 올린 '글'에 그러한 사정을 털어놓은 후 하씨는 배필을 얻기를 소망하고 있으므로, 그녀가 환생을 통해 억울한 죽음을 복수하고자 했다는 것은 적절하지 않다.

✘오답 풀이
① '한 아름다운 여인이 나타났는데 나이는 열대여섯쯤이요~자태가 아름다워서 선녀나 천녀(天女) 같았는데'라는 구절을 통해 하씨가 재자가인형의 인물임을 알 수 있다.
③ 만복사 경내에서 하씨가 불전에 바친 글의 내용을 통해 확인할 수 있다.
④ '부처님께서 지시거든 아름다운 여인을 얻어 제 소원을 이루어 주실 것을 빌 뿐입니다.'라는 구절에서 자신의 배필을 구하고자 하는 양생의 세속적 욕망을 엿볼 수 있다.
⑤ 양생이 부처님과 저포 놀이를 한다는 점에서 그가 신의 세계와 인간의 세계를 동일한 이치에 따르는 세계로 생각하고 있음을 알 수 있다.

4
○정답 풀이
① 주인공 양생은 어려서 부모를 잃고 장가도 들지 못한 상태에서 절에 의탁해 살고 있으므로, 이는 가족을 포함한 인간관계에서 단절 내지는 고립된 불우한 상태라고 할 수 있다. 하지만 상대 인물인 여주인공은 본래 양갓집 규수였으나 왜구의 침략으로 목숨을 잃은 원혼이므로 가정 환경이 불우하다고 보기는 어렵다.

✘오답 풀이
② '한 그루 배꽃나무~시름겨워 창에 기대노라.'에는 양생의 외로움과 배필을 원하는 간절함이 잘 드러나 있다.
③ 양생은 남원에서 살고 있으며, 하씨는 왜구의 침입으로 죽은 원혼이다.
④ 수년 전 왜구의 침입으로 인해 죽은 처녀의 환신(幻身)을 만나 사랑을 나눈다는 설정 자체가 기이한 내용이라고 할 수 있다.
⑤ 주인공 양생은 다시 장가들지 않고 세상을 버리고 지리산으로 들어가 버린다.

 01-8 이생규장전

p.43~45

지문 Master	1 가약	2 죽음	
1 ⑤	2 ④	3 ③	4 ①

1
○정답 풀이
⑤ 이 글은 중요 대목에서 시를 삽입하고 있다. 이는 작중 인물의 심리를 효과적으로 드러내는 동시에, '죽음을 초월한 남녀의 사랑'이라는 주제를 지닌 작품의 분위기를 서정적으로 이끄는 효과를 주고 있다. 제시문에서는 여인이 이생에게 술을 권하는 장면에서 시가 삽입되고 있다.

✘오답 풀이
① 이 글에 회상을 통해 과거와 현재가 빈번하게 교차하는 모습은 나타나 있지 않다.

② 이 글은 공간적 배경을 구체적으로 묘사하고 있지 않다.
③ 이 글에 돌려 말하기를 통한 풍자는 드러나지 않는다.
④ 다양한 상징물을 통해 인물의 심리를 제시하고 있는 것이 아니라, 주로 인물의 대화와 서술자의 설명을 통해 인물의 심리를 제시하고 있다.

2
○정답 풀이
④ 작품의 여주인공들은 환신을 통해 남자 주인공과 아름다운 이승에서의 삶을 즐기지만, 결국 자신들의 배필을 이승에 남겨 두고 홀로 저승으로 가게 된다. 그리고 그렇게 맺어진 인연을 두 남자 주인공은 잊지 못해 홀로 지내다 이승에서의 삶을 마감한다. 이러한 두 작품의 비극적인 결말은 세속적인 부귀의 덧없음을 일깨운다기보다는 '생사를 초월한 남녀 간의 사랑'이라는 주제를 부각시키기 위한 의도라고 할 수 있다.

✘오답 풀이
①, ⑤ 두 작품 모두 귀신과 산 사람의 죽음을 초월한 사랑 이야기를 다루고 있다는 점에서 비현실적이라고 할 수 있다. 또 귀신이던 여주인공들이 남자 주인공들과 평생을 해로하지 못하고 홀로 저승으로 먼저 가게 되는데, 이는 죽은 자가 이승에 끝까지 남을 수 없다는 명부의 법칙에 따른 것으로, 결국 자신에게 주어진 운명을 받아들인 것이라고 할 수 있다.
② 두 여자 주인공은 홍건적의 난과 왜구들의 난리 때문에 죽게 되고, 이로 인해 이승을 떠나지 못한 채 한을 지니게 된다. 그리고 그 한을 풀기 위해 환신으로 이승의 남자와 인연을 맺게 된다.
③ 두 남자 주인공은 자신들을 이승에 남겨 두고 먼저 저승으로 간 여인을 그리워하며, 장가도 들지 않고 혼자 살다 쓸쓸히 죽거나 평생을 마치는 모습을 보이고 있다. 이는 먼저 저승으로 간 여인에 대한 자신들의 사랑의 마음을 지키는 모습이라고 할 수 있다.

보기 작품 꼼꼼 확인

김시습, 「만복사저포기」
• 해제 남원의 서생인 양생이 만복사에서 부처와 저포 놀이를 하여 이긴 후 바람대로 여인(하씨)을 만나 사랑에 빠진다는 내용의 고전 소설이다. 양생이 여인과 이별한 후에 지리산에 들어가 혼자 살다가 죽은 것은 그에게 사랑이 절대적 의미를 지니고 있음을 의미한다. 이 글에 와서야 비로소 우리나라의 소설 문학이 완전한 형태를 갖추게 되었다고 할 수 있다.
• 주제 생사를 초월한 남녀 간의 사랑

3
○정답 풀이
③ 이 글에서 여인의 노래는 이생과 이별을 하면서 부르는 것이므로, 슬픈 감정이 잘 드러나게 하는 배경 음악을 삽입하는 것이 적절하다. 따라서 후회의 감정을 살릴 수 있는 배경 음악을 삽입하겠다는 설정은 적절하지 않다.

✘오답 풀이
① 이생은 다양한 감정의 변화를 보이고 있다. 따라서 이생 역을 맡은 배우는 심리의 변화를 잘 나타내야 한다.

② 이생과 여인이 즐겁게 시를 주고받을 때에는 따뜻한 느낌의 조명을 비춰 주는 것이 적절하다.

④ 부모님의 유골을 찾아 제사를 지내는 장면을 표현하기 위해 제사에 필요한 소품을 준비하는 것은 적절하다.

⑤ 다시 만날 수 없는 이별을 하는 이생과 여인이 마지막으로 헤어지기 전에 인사를 나누는 부분이므로, 애절한 감정이 잘 드러나는 표정 연기가 필요하다고 할 수 있다.

4
○정답 풀이
① 이 글의 이생과 여인은 행복하게 살다가 정해진 운명에 따라 어쩔 수 없이 이별을 하게 된다. 따라서 이 글에 나타나는 갈등은 인간의 힘으로는 어쩔 수 없는 운명과 이별을 슬퍼하는 개인 사이에서 발생한다고 할 수 있다.

02-1 유충렬전

p. 46~48

지문 Master	**1** 항서	**2** 천사마
1 ⑤	**2** ④	**3** ⑤	**4** ①

1
○정답 풀이
⑤ 이 글은 조선이 아니라 중국 명나라 시대의 명나라 조정과 대륙을 배경으로 하고 있다.

✗오답 풀이
① '어찌 아니 급히 갈까.', '귀신인들 아니 울며 혼백인들 아니 울리오.', '정한담의 혼백과 간담인들 성할쏘냐.' 등에서 서술자의 개입(편집자적 논평)을 확인할 수 있다.

② 유충렬이 초인적인 활약을 펼치는 부분에서 확인할 수 있다.

③ 유충렬은 영웅적 활약을 펼치는 전형적 인물이다.

④ 선인과 악인의 대결에서 선인인 유충렬이 승리하는 구조를 보이고 있다.

2
○정답 풀이
④ 정한담은 마치 자신이 천자가 될 것처럼 천자를 꾸짖고 있다. 이 글과 〈보기〉에서 한담이 간신이라는 사실을 확인할 수 있으므로, 되지못한 것이 엇나가는 짓만 한다는 말인 '못된 송아지 엉덩이에 뿔이 난다'는 속담과 어울린다.

✗오답 풀이
① 천자를 몰아내고 자신이 천자가 되려고 하는 것은 맞지만, 이는 서로 격이 어울리는 것끼리 짝이 되었을 경우를 두고 이르는 말인 '그 나물에 그 밥'과는 어울리지 않는다.

② 정한담은 자신의 욕심을 마치 하늘의 뜻인 듯 포장하고 있는데, 이는 제대로 잘 되어 가는 일을 도리어 심술궂게 망쳐 버린다는 말인

'다 된 밥에 재 뿌린다'와는 어울리지 않는다.

③ 정한담은 역심을 품고 반란을 일으키고 있으므로, 조금 주고 그 대가로 몇 곱절이나 많이 받는 경우를 비유적으로 이르는 말인 '되로 주고 말로 받는다'와는 어울리지 않는다.

⑤ 천자를 잡으려고 십 년을 노력했다는 간신 정한담의 말은 있으나, 이는 나중에 생긴 것이 먼저 것보다 훨씬 나음(후배가 선배보다 훌륭하게 되었음)을 비유적으로 이르는 말인 '나중 난 뿔이 우뚝하다'와는 어울리지 않는다.

3
○정답 풀이
⑤ 제시된 본문은 〈보기〉에 나타난 영웅 소설의 구조 중 '극복과 승리' 단계에 해당한다. 유충렬이 위기에 닥친 천자를 구해 내는 부분으로, 이 부분의 다음에는 유충렬이 이미 세운 공에 이어 공을 더 세우고 큰 벼슬을 얻어 부귀영화를 누리는 내용이 전개되는 것이 적절하다.

4
○정답 풀이
① 이 글에서 한담은 간신이자 악인이므로 천자를 꾸짖는 장면에서 위용(존경할 만한 위세가 있어 점잖고 엄숙한 모양이나 모습)이 돋보이게 하는 것은 적절하지 않다.

✗오답 풀이
② 천자는 창검을 번득이는 한담 앞에서도 차마 항서를 쓰지 못하고 있으므로, 두려움에 떨면서도 망설이는 천자의 심리를 표현하는 것이 적절하다.

③ 천사마가 본래 천상에서 내려온 비룡(하늘을 나는 용)이며, 눈 한 번 꿈쩍하는 사이에 변수 가에 다다랐다고 하였으므로, 천사마가 하늘을 나는 것처럼 표현하는 것은 적절하다.

④ 유충렬의 호통 소리에 한담이 혼비백산(몹시 놀라 넋을 잃음)을 하는 장면에서 화면 흔들림 효과를 사용하는 것은 적절하다.

⑤ 한담으로 인해 위기에 처했던 천자는 자신을 구한 유충렬이 대견하고 고마웠을 것이다.

02-2 전우치전

p. 49~51

지문 Master	**1** 선관	**2** 벼슬한 이, 가멸한 이
1 ②	**2** ①	**3** ⑤	**4** ③

1
○정답 풀이
② 전우치가 선관으로서 행하는 일들을 전기적인 요소로 파악한 것은 작품 속에 등장하는 인물들의 행동을 중심으로 파악하는 내재적 관점(절대론)의 감상에 해당한다. ①, ③, ④, ⑤는 외재적 관점의 감상에 해당한다.

① 독자가 작품을 통해 의로운 행동이 무엇인지를 깨닫고 있으므로, 외재적 관점 중 하나인 작품이 독자에게 깨달음을 주는 효용론에 의한 감상에 해당한다.
③ 작가가 백성들의 대리인으로서 전우치의 행동을 서술했다고 하였으므로, 외재적 관점 중 하나인 작품을 작가의 창작 의도나 동기와 관련지어 이해하는 표현론에 의한 감상에 해당한다.
④ 당시 백성들의 삶을 힘들게 만들었던 요소를 작품 속에서 찾아냈으므로, 외재적 관점 중 하나인 반영론에 의한 감상에 해당한다.
⑤ 독자인 위정자가 작품을 통해 교훈을 얻을 것이라 하였으므로, 외재적 관점 중 하나인 효용론에 의한 감상에 해당한다.

2
○정답 풀이
① 전우치가 임금에게 황금 들보를 만들어 바치도록 한 것은 맞지만 옥황상제의 명을 받았다는 것은 거짓으로 꾸민 말이므로 ①의 장면은 적절하지 않다.

✗오답 풀이
② 전우치가 황금 들보를 서공 지방에서 팔아 쌀 십만 석을 사서 백성들을 구휼하고, 백성들이 여천대덕을 칭송하였다고 했으므로 적절한 장면이다.
③ 전우치가 몸을 변하여 선관이 되어 청의 동자 한 쌍을 데리고 임금과 신하들 앞에 나타나고 있으므로 적절한 장면이다.
④ 임금이 신하들과 의논하여 팔도의 금을 전부 모은 후, 3일을 재계하고 전우치를 기다리는 글의 내용으로 볼 때 적절한 장면이다.
⑤ 전우치는 '무지개, 비바람, 오색 채운'을 이용하여 조화를 부리고 있으며, 전우치가 황금 들보를 가지고 사라지자 임금과 신하들이 큰 잔치까지 벌이며 즐기고 있으므로 적절한 장면이다.

3
○정답 풀이
⑤ 전우치가 선관으로 변신하여 대궐 위의 공중에 머물러 서 있다가 말을 마친 뒤에 하늘로 올라가는 것은 자신이 옥황의 명령을 받고 내려온 존재임을 보여 주기 위한 것으로, 초월적 세계를 지향하는 심리와는 거리가 멀다. 이는 공중에 머무르면서 '상'에게 황금 들보를 바치라고 말하는 것과 이 황금 들보를 팔아서 백성을 구제하는 자금으로 삼은 것에서 확인할 수 있다.

✗오답 풀이
① 전우치는 임금을 속여 황금 들보를 탈취한 후 이를 가난한 백성들에게 나누어 주었으므로 공공의 이익을 위해 도술 실력을 활용했다고 볼 수 있다.
② 전우치가 백성들의 참혹한 상황을 접하고는 '천하를 집을 삼고 백성으로 하여금 몸을 삼으려' 한 것은 현실 사회에 참여하여 백성을 구제하려는 의지를 드러낸 것으로 볼 수 있다.
③ 백성들의 삶이 피폐해진 직접적인 원인은 해적들의 빈번한 노략과 흉년이며, 근본적인 원인은 위정자들의 무관심이라고 할 수 있다. 이를 해결하지 않은 채 직접 쌀을 나누어 주어 구휼하는 것은 일시적인 방편일 뿐 근본적인 해결책이라고 볼 수 없다.

④ '조정에 벼슬하는 이들은 권세를 다투기에만 눈이 붉고 가슴이 탈 뿐이요. 백성의 질고는 모르는 듯 내버려 두니'에서 백성들의 고통을 외면하는 부패한 정치 상황을 엿볼 수 있다.

4
○정답 풀이
③ ㉠에서 전우치는 백성들의 삶이 참혹한 지경에 이른 것(문제 상황)은 벼슬아치와 부자들이 자신들의 도리를 다하지 못했기 때문(원인)이라고 하고 있다. 또한 빈민을 구제한 자신의 공을 하늘이 시킨 일로 돌려 자신의 행위를 겸손하게 표현하고 있다.

✗오답 풀이
① 현실 상황을 비판하고는 있으나, '대개 나라는~과연 천리에 어그러져'에서 알 수 있듯이, 주관적인 견해가 아니라 보편적인 견해에 의하고 있다.
② 백성들을 참혹한 지경에 빠뜨린 원인 제공자(벼슬한 이, 가멸한 이)를 밝혀 비판하고는 있으나, 백성을 위로하고 있지는 않다.
④ 문제 상황을 해결해야 할 주체는 '벼슬한 이'와 '가멸한 이'라고 제시하였지만, 자신의 행위를 변명하고 있지는 않다.
⑤ '벼슬한 이'와 '가멸한 이'가 빈민을 돌보지 않는 것은 하늘의 이치를 거스르는 일이라 하였을 뿐. 상대방의 감정이 상하지 않도록 우회적으로 표현하지는 않았다.

02-3 조웅전

p. 52~54

지문 Master	1 선생	2 전기성	
1 ③	2 ④	3 ④	4 ⑤

1
○정답 풀이
③ 노옹이 조웅의 비범함을 알아챘다고 볼 만한 내용은 나오지 않는다. 노옹은 조웅을 길을 가다가 지친 나그네로 여기고 빈집과 저녁밥을 제공했을 뿐이다.

✗오답 풀이
① 서번과의 전쟁에 참전하려 한다는 '조웅'의 말을 들은 '부인'은 '자식을 낳아 전장에 보내고 어찌 살아오기를 바라겠는가? 우활한 말을 말라.'라며 반대 의사를 드러낸다. 하지만 '선생의 명령'이라는 '조웅'의 말을 듣고는 위왕을 먼저 도우라는 조건을 달아서 참전을 허락한다.
② 조웅은 절세미인이 방으로 들어와 유혹하자 바로 귀신임을 간파하고는 축귀문을 외워서 쫓아낸다.
④ 선비는 장군 복장으로 조웅 앞에 나타났던 귀신으로, 장군 신분으로 전장을 다니다가 뜻을 이루지 못한 채 죽어 시체로 벌판에 뒹구는 처지이다.
⑤ '선생의 명령이 이러이러하오니 어찌 하오리까?'라는 조웅의 말과 '선생의 지위가 그러하면 마지못하려니와'라는 부인의 반응에서, 두

사람 모두 '선생'의 권위를 인정하고 그의 명령을 수용한다는 것을 알 수 있다.

2

○정답 풀이

④ 이 글에서 조웅은 나라가 위태롭자 전장을 향하여 길을 떠나고 있다. 위기와 시련을 이겨 낸 조웅이 영웅적 면모를 보이는 부분이라 할 수 있는 것이다. 따라서 이 글이 〈보기〉에서 설명하는 영웅 서사 구조를 따른다고 할 때, 제시된 부분은 (라) 단계에 해당된다고 볼 수 있다.

✕오답 풀이

①, ②, ③ 조웅은 전장에 나아갈 만큼 자랐으므로 (가)~(다)의 단계에는 해당되지 않는다.

⑤ 제시된 부분에서 조웅은 아직 소망하던 바를 성취하지 못했으므로 (마)의 단계에 해당되지 않는다.

3

○정답 풀이

④ 이 글의 내용 전개에서 남자와 여자 귀신(대장, 절세미인)은 무엇인가를 바라고 조웅을 찾아왔음을 알 수 있다. 후반부에서 남자 귀신이 말한 '뜻을 이루지 못하고 죽어서 벌판에 뒹구는 시체 신세가 되었사오니 어찌 원이 없사오리까.'를 통해 볼 때, 이들은 자신들의 원한을 조웅에게 해결해 달라고 요청하기 위해 나타난 것임을 짐작할 수 있다.

✕오답 풀이

① 마지막 부분에서 선비가 말한 '이는 나의 원한을 씻을 때이라.'에서 장군이 조웅의 지략을 알아보려 한 것은 그를 찾아온 궁극적 이유가 아님을 알 수 있다.

②, ③, ⑤ 글의 내용 전개와 전혀 무관한 내용들로, ㉮와 ㉯가 조웅을 찾아온 이유와는 거리가 멀다.

4

○정답 풀이

⑤ 제시된 부분에는 인물의 내면적 갈등이 드러나지 않는다. 작품 전체적으로 볼 때도 인물의 내면적 갈등보다는 조웅과 이두병, 조웅과 번왕의 외면적 갈등을 중심으로 이야기가 전개되고 있다.

✕오답 풀이

① 이미 죽은 사람들을 만나는 것은 이상하고 신비스런 내용으로 이 글의 전기적 요소를 엿볼 수 있는 장면이다.

② 이 글은 서술자의 구체적인 설명보다는 등장인물들의 대화를 통해 사건이 진행되고 있다.

③ '누가 능히 당할 자 있으리오.'는 아무도 당할 자가 없다는 서술자의 생각을 강조하여 표현한 것으로, 서술자의 개입이 드러나는 부분이다.

④ 이 글은 영웅적 인물인 조웅이 간신 이두병 일파를 처단하고 태자를 등극시키는 이야기가 중심을 이루고 있는 군담 소설이다.

02-4 임경업전

p. 55~57

지문 Master	**1** 병자호란	**2** 세자, 대군	
1 ①	**2** ②	**3** ⑤	**4** ②

1

○정답 풀이

① 임경업은 호왕에게 붙잡히지만, 죽음을 두려워하지 않는 강직한 성품으로 호왕을 감복시켜 결국 세자와 대군을 구출하는 데 성공한다. 이 과정에서 주인공인 임경업의 충절과 기개가 주로 대화와 행동을 통해 드러나고 있다.

✕오답 풀이

② 제시된 부분에서 공간의 이동과 인물 간의 갈등은 크게 연관이 없다. 그리고 임경업의 충의에 감복한 호왕이 세자와 대군을 풀어 주므로 갈등이 심화되고 있지도 않다.

③ 기이하고 비현실적인 성격을 지니는 전기성(傳奇性)은 드러나지 않는다.

④ 사건 전개에 영향을 미칠 만한 상징적인 소재가 나타나지 않는다.

⑤ '~어찌 대적하리요', '~어찌 도망하리요' 등 서술자가 개입하여 임경업이 처한 상황을 드러내고는 있지만, 서술자가 인물의 심리 변화를 직접적으로 보여 주는 부분은 나타나지 않는다.

2

○정답 풀이

② ㉠에서 경업은 수많은 호군을 물리치지 못하고 붙잡혔으므로 초월적인 능력을 발휘한다고 볼 수 없다. 또 ㉣에서 호왕이 세자와 대군을 풀어 주는 것은 경업의 기개와 충절에 감복했기 때문이지, 경업의 초월적인 능력을 무서워했기 때문은 아니다.

✕오답 풀이

① 이 글은 시간의 순서에 따라 사건이 배열되어 있다.

③ 호왕과 경업의 대화 속에는 호왕과 경업이 대립하게 되는 과정이 요약적으로 제시되어 있다.

④ 경업과 호왕의 갈등은 호왕이 경업의 강직한 성품에 감복하면서 해결되고 있다.

⑤ 경업과 대립하면서 그를 죽이려고 한 호왕은 세자와 대군을 풀어 달라는 경업의 소망을 들어주고 있다.

3

○정답 풀이

⑤ ⓐ는 임경업이 홀로 무수한 호군에 포위되어 벗어날 수 없는 상황이다. 따라서 이 상황에는 '적은 수효로 많은 수효를 대적할 수 없음'을 의미하는 '중과부적(衆寡不敵)'이 적절하다.

✕오답 풀이

① 자식이 객지에서 고향에 계신 어버이를 생각하는 마음

② 고국의 멸망을 한탄함을 이르는 말

③ 서로 적의를 품은 사람들이 한자리에 있게 된 경우나 서로 협력하여야 하는 상황을 비유적으로 이르는 말

④ 자기가 한 말과 행동에 자기 자신이 옭혀 곤란하게 됨을 비유적으로 이르는 말

4

○정답 풀이

② 「임경업전」은 병자호란을 배경으로 조선 인조 때의 명장 임경업의 일생을 영웅화하여 그리고 있는 역사 군담 소설이다. 이는 〈보기〉에 따르면 영웅을 갈망하는 당대 민중들의 소망을 반영한 것으로 볼 수 있다.

✘오답 풀이

① 당시의 국제 정세를 묘사한 부분은 나타나 있지 않다.

③ 호왕이 경업의 강직함에 감복하면서 호왕과 경업의 갈등은 해소되고 있다.

④ 호왕이 세자와 대군을 풀어 주기는 하지만 호왕을 경업의 조력자로 보기에는 무리가 있으며, 그밖의 다른 조력자가 등장하지도 않는다.

⑤ 고통을 겪는 백성들과 사리사욕을 일삼는 관리들을 대비한 부분은 나타나 있지 않다.

02-5 박씨전

p.58~60

지문 Master	**1** 임경업	**2** 선견지명	
1 ②	**2** ⑤	**3** ②	**4** ⑤

1

○정답 풀이

② ⓐ는 서술자가 작품 밖에 존재하는 3인칭 시점을 의미하며, ⓑ는 서술자가 작품 안에 존재하는 1인칭 시점을 의미한다. 이 글은 전지적 작가 시점으로 서술자가 작품 밖인 ⓐ에 위치한다. 또한 '슬프다'와 같은 말을 통해 볼 때 서술자가 작품에 직접 개입하고 있음을 알 수 있다.

✘오답 풀이

①, ④ 이 글은 대부분의 고전 소설과 마찬가지로 전지적 작가 시점으로, 등장인물들의 심리를 '분함을 이기지 못하여', '후회하시니' 등과 같이 직접 서술하고 있다.

③ 이 글은 전지적 작가 시점으로 서술자가 작품 밖인 ⓐ에 위치한다.

⑤ 서술자가 ⓑ에 위치하는 경우는 나타나지 않으며, 자신의 경험을 전달하고 있지도 않다.

2

○정답 풀이

⑤ 임금은 박 씨에게 높은 품계와 상을 주고 조서를 내려 자신이 박 씨의 말을 듣지 않은 것에 대한 아쉬움을 표현하는 한편, 박 씨가 나라와 영화고락을 함께해 줄 것을 당부하고

있다. 따라서 정렬(여자의 지조나 절개가 곧고 굳음)의 덕행을 다하는 규중의 부인이 되라고 당부했다는 것은 적절하지 않다.

✘오답 풀이

① 임경업은 국가 패망을 늦게 듣고 주야배도하여 호병을 공격하였다.

② 앞부분에서 임금이 변을 당함에 봉서를 내려 임경업을 불렀으나 중간에 스러졌다는 내용으로 보아, 첫 편지가 전해지지 않았음을 알 수 있다.

③ 임금은 두 번째 조서에서 강화한 사실과 임경업의 충성이 유공무익함을 밝히며 호진 장졸들에게 항거하지 말 것을 명령하고 있다.

④ 임경업이 적진에 몰입하여 적장을 잡아 두고 이야기하는 대목 중 '네 나라가 지금까지 지탱함은 도시(都是) 나의 힘인 줄 모르고' 역천지심을 보였다고 꾸짖는 부분에서 임경업의 도움으로 호국이 지탱하였음을 알 수 있다.

3

○정답 풀이

② 임경업은 적장을 꾸짖는 대목에서 '아국 운수가 여차 불행'하다는 말을 하고 있으며, 임금은 임경업에게 보낸 조서에서 '도시 천수'라는 말을 사용하고 있는데, 이를 통해 두 인물 모두 운명론적 태도를 지니고 있음을 알 수 있다.

✘오답 풀이

① 임금이 박 씨에 대해 호의적임은 확인할 수 있으나, 임경업이 박 씨에 대해 어떤 태도를 갖고 있는지는 확인할 수 없다.

③ 이 글에는 두 인물의 태도를 미래 지향적, 과거 회귀적이라고 말할 근거가 나타나 있지 않다.

④ 임경업이 분기대발하여 호군을 치는 것은 감정에 따른 행동이라고 볼 수도 있지만, 호군을 보내 주라는 왕명을 따르는 것은 이성적인 행동이므로 그를 감정적이라고 단정지을 수는 없다.

⑤ 백성을 중시하는 임금의 태도는 이 글에 나타나 있지 않다.

4

○정답 풀이

⑤ 이 작품에서 여성과 남성의 협력을 강조했다고 볼 수 없다. 박 씨가 뛰어난 능력으로 나라의 위기를 해결해 가는 모습을 볼 때 오히려 남성 중심의 세계관을 비판하고 있다고 보아야 한다.

✘오답 풀이

① 〈보기〉에서 병자호란이 일어나자 박 씨가 남편을 졸라 국왕에게 방비책을 진언하였다는 내용이나, 이 글에 나타난 조서의 내용으로 볼 때, 박 씨는 비범한 능력과 진취적인 사고를 지녔음을 확인할 수 있다.

② 역사적 실존 인물과 사실의 제시는 독자에게 작품의 내용이 실제 있는 이야기라는 느낌을 준다.

③ 이 작품의 전반부가 박색이었던 박 씨의 개인의 시련이라면, 후반부는 조선 사회의 시련이다.

④ 역사적으로 패배한 전쟁인 병자호란을 허구적 승리로 바꾸어 서술한 것은, 전쟁에서의 패배와 고통을 상상 속에서나마 복수하고자 하는 민중들의 심리적 욕구를 대변한 것이라고 할 수 있다.

 **홍계월전**

p. 61~63

지문 Master	**1** 비녀 꽂은 장부	**2** 영춘		
1 ⑤	**2** ②	**3** ③	**4** ③	

1

◐정답 풀이

⑤ 이 글의 앞부분에서는 계월과 보국의 결혼 장면을 서술자의 서술을 통해 보여 주고 있으며, 뒷부분에서는 계월이 영춘을 죽인 일과 이로 인한 계월과 보국의 갈등을 대화를 통해 보여 주고 있다.

✖오답 풀이

① 작품의 구체적인 배경을 묘사하고 있지 않으며, 이를 통해 사건의 사실감을 살린다는 언급도 적절하지 않다.

② 이 글에는 계월의 결혼 장면, 계월이 보국의 부모를 뵙는 장면, 계월이 영춘을 죽이라고 명하는 장면, 보국이 이 문제로 부모와 대화를 하는 장면 등이 제시되어 있다. 하지만 잦은 장면 전환을 통해 사건을 요약적으로 제시하고 있는 것은 아니다.

③ 이 글에서 구체적인 대상을 비유적 표현으로 추상화하여 제시한 부분은 찾을 수 없다.

④ 이 글에서 회상의 방법을 통해 인물들이 갈등하는 이유를 밝힌 부분은 나타나지 않는다.

2

◐정답 풀이

② 기주후는 죽을 처지에 놓인 계월을 살려서 13년을 양육하였다. 그리고 계월을 친자식처럼 여기며 기르고 공부를 시켰다. 그러나 기주후가 계월을 며느리로 삼기 위해 데려다 길렀다고 추리할 만한 내용은 어디에서도 찾아볼 수 없다.

✖오답 풀이

① '만일 영춘을 죽였다 하고~천자께서 주장하신 바이라.'라는 기주후의 말을 통해, 계월과 보국의 결혼이 천자에 의해 주선된 것임을 짐작할 수 있다.

③ '네 중군의 세로 교만 방자하야~당당히 군법을 세우라.'라고 말하는 것에서, 계월이 영춘을 벌할 때 보국의 아내로서가 아니라 대원수의 지위를 이용하여 벌하고 있음을 알 수 있다.

④ 계월은 영춘을 죽인 일 이후로 자신의 방을 찾지 않는 보국에 대해 '뉘라서 보국을 남자라 하리오. 여자에도 비치 못하리로다.'라며 원망하는 마음을 내비치고 있다.

⑤ 보국은 계월이 자신과 결혼하기 전에 자신을 욕보인 것은 장수와 부하 사이였으므로 그럴 수 있었으나, 결혼 후 자신의 애첩인 영춘을 죽인 것은 자신을 업신여기는 행동이므로 아내로서 해서는 안 되는 일이라고 생각하고 있다. 따라서 보국은 두 일의 의미가 다르다고 생각하는 것이다.

3

◐정답 풀이

③ '계월이 비록 네 아내 되었으나~뉘라서 그르다 하리오?'

에서 '기주후'는 '계월'의 행동에 잘못이 없다는 입장을 내보이고 있음을 확인할 수 있다.

✖오답 풀이

① '너를 내 며느리 삼을 줄 어찌 알았으리오?'에서 '기주후'가 '계월'을 며느리로 대하고 있음을 확인할 수 있다.

② '분한을 이기지 못하여 부모께 엿자오대'와 '부친께서는 부당지설을 하시나이다.'에서, '보국'은 '기주후'에게 자신의 분한 마음과 부당한 상황에 대한 불만을 토로하고 있음을 확인할 수 있다.

④ 이 글에서 '계월'이 실리를 중시하는 모습은 드러나지 않는다. 그리고 '기주후' 역시 '계월'의 능력과 천자의 명을 중시하는 태도를 보일 뿐 명분을 중시하는 모습이 두드러지지는 않는다.

⑤ '부친께서는 부당지설을~계집의 괄세를 당하오리까?'에서, '보국'은 '기주후'의 충고를 받아들이지 않고 자신의 생각도 바꾸지 않고 있음을 확인할 수 있다.

4

◐정답 풀이

③ 계월이 보국의 애첩인 영춘을 죽인 이유는 영춘이 보국의 지위를 믿고 거만한 모습을 보였기 때문이다. 이는 부부간의 문제를 자신의 사회적 지위를 이용하여 해결한 것일 뿐, 여성에게 가정에만 충실하기를 강요하는 당대의 요구를 거부하는 태도와는 관련이 없다.

✖오답 풀이

① 계월은 대원수의 지위를 가지고 보국을 부하로 거느리기도 하고, 보국의 애첩을 방자하다는 이유로 죽여 버리기도 한다. 이는 여성인 계월이 남성인 보국보다 사회적으로 우월한 존재임을 나타내는 것으로, 여성의 능력이 남성에 뒤떨어지지 않음을 의미한다.

② 보국은 계월이 자신의 애첩을 죽이자 대장부로서 계집의 괄시를 당할 수 없다며 계월의 방을 찾지 않는다. 이는 가부장적 가치관에 빠져 치졸한 모습을 보이는 남성의 행태로 볼 수 있다.

④ 계월이 보국과 결혼하기 위해 녹의홍상으로 단장하자 이전과 달리 여성으로서 매력적인 외양이 드러난다. 이는 계월이 여성으로서 매력을 지니고 있음을 보여 주는 장면이다.

⑤ 계월이 여자임이 밝혀지고 보국과 결혼하고 나서도 이전의 벼슬을 유지하고 있는 것은 여성인 계월이 남성 중심의 사회에서 인정받았음을 의미한다.

 정수정전

p. 64~66

지문 Master	**1** 남장	**2** 장연		
1 ②	**2** ④	**3** ③	**4** ⑤	

1

◐정답 풀이

② '전일 선친과 선대인이 서로 언약하여~날을 잡아 성례하

고자 하나니 형의 뜻은 어떠하뇨?'라는 장연의 말에서, 그는 정수정 집안과의 혼인 약속을 지키려 했음을 알 수 있다. 하지만 자신의 정체가 드러날 것을 우려한 정수정의 거짓말을 들은 뒤에 원 씨 여인과 결혼한다.

✗오답 풀이

① 장연이 건의하여 이루어진 별시를 통해 정수정이 관직에 진출한다. 하지만 장연이 별시를 건의한 것은 조정의 여러 관직에 결원이 많은 것을 보완하기 위해서이지 정수정을 위해서가 아니다.

③ 정수정이 벼슬을 제수받자마자 진량을 유배 보낸 것이 아니라 정수정이 아직 벼슬을 제수받기 전에 황제가 그의 간흉함을 깨닫고 유배를 보낸 것이다. 그리고 그 뒤에 정수정에게 벼슬을 내린다.

④ '신의 나이 십일 세에 아비가 절강 유배지에서 죽사오니~신첩이 임금을 기만한 죄를 밝히시옵소서.'에서, 정수정은 자신의 성별을 숨긴 것을 처벌해 달라고 황제에게 청하고 있다.

⑤ 황제는 정수정의 과거 답안을 크게 칭찬하였으나 그것 때문에 정수정의 부친인 정국공에 대한 평가를 바꾼 것이 아니다. 진량의 모해를 믿고 정국공을 유배 보냈지만, 정수정의 말을 계기로 진량의 간흉함을 깨닫고 정국공에 대한 평가를 바꾼 것으로 볼 수 있다.

2

○정답 풀이

④ ㉣은 자신이 여성이라는 것이 탄로 날 것을 우려해 황제의 제안을 거부한 것이지, 장연과의 관계가 발각될 것을 우려한 것은 아니다. 정수정은 남자로 위장했을 때 장연과 만나 자신의 누이가 죽었다고 거짓말하고, 이후에 장연이 결혼한 것을 알고는 홀로 살겠다고 다짐하였다.

✗오답 풀이

① ㉠은 진량이 예전에 자신의 아버지를 모해한 적이 있다는 사실을 언급하며, 그것을 바탕으로 진량이 자신도 모해하고 있다고 항변한 것이다.

② ㉡은 자신의 아버지를 모해하여 유배지에서 죽게 만든 진량을 만나자 분노를 참지 못한 정수정의 반응이라고 볼 수 있다.

③ ㉢은 남장을 한 정수정이 누이가 병이 나서 죽었다고 장연에게 거짓말하는 상황이다. 이는 아버지를 죽인 진량에게 복수하려는 목적을 달성하기 위해 장연과의 혼인을 포기하는 것으로 볼 수 있다.

⑤ '아비 생시에 장연과 정혼하였으나 신이 본적을 감춤에 장연이 원 씨를 아내로 취하였는지라'라는 정수정이 올린 표의 내용을 고려할 때, ㉤은 장연이 정수정이 아닌 다른 여자와 결혼했음을 보여 준다.

3

○정답 풀이

③ ⓐ는 장연이 공무를 보던 중 조정의 여러 관직에 결원이 많은 것을 파악하고 이를 해결하기 위해 올린 것이다. 그런데 ⓑ는 정수정이 자신을 부마로 삼으려는 황제의 의사를 수용할 수 없음을 알리기 위해 자신의 내력을 적어 올린 것이다. 따라서 ⓐ는 공적인 차원의 문제를, ⓑ는 개인적 차원의 문제를 해결하기 위해 황제에게 올린 글이라고 볼 수 있다.

✗오답 풀이

① ⓐ를 통해 수신자인 황제가 장연의 능력을 깨닫는 내용은 나타나지

않는다. 또한 장연은 과거에서 장원을 차지한 인물이므로 이미 능력이 검증되었다고 볼 수 있다.

② ⓐ는 결원을 보충하기 위해 별과 시행을 건의하는 내용일 뿐이므로, 작성자인 장연이 현실과 이상 간의 괴리감을 표출하는 것과는 거리가 멀다.

④ ⓑ는 작성자인 정수정이 자신의 정체를 밝히는 내용이므로, 수신자인 황제에게 결핍되어 있는 요소를 지적하는 것과는 거리가 멀다.

⑤ ⓑ는 황제의 제안을 거절할 수밖에 없는 이유를 자백하는 것이기 때문에 수신자인 황제와 예상되는 갈등 상황을 예방하기 위한 의도를 지닌 글로 볼 여지가 있다. 하지만 ⓐ는 이와 거리가 멀다.

4

○정답 풀이

⑤ 정수정이 황제에게 앞으로 홀로 늙기를 원한다고 한 것은 원래 정혼자였던 장연이 이미 다른 여성과 혼인했기 때문이다. 즉 자신은 장연과 이미 정혼을 했기 때문에 그와 결혼한 것과 마찬가지이므로 다른 사람과는 혼인할 수 없다고 여긴 것이다. 이는 남성 중심의 유교적 가치관에 항거하는 것이 아니라 순응하는 모습으로 볼 수 있다.

✗오답 풀이

① 정수정은 남장을 하고 별시에 급제하여 황제에게 한림학사의 벼슬을 받는다. 〈보기〉에 따르면 이는 여성인 정수정이 남성 중심의 사회에 진입한 것에 해당한다.

② 정수정은 자신이 정국공의 아들이라고 속이고 과거에 급제한다. 이때 정국공을 모함했던 진량이 정국공에게는 아들이 없음을 지적하며 정수정의 정체를 의심한다. 〈보기〉에 따르면 이는 사회적 활동을 시작한 정수정에게 닥친 위기 상황에 해당한다.

③ 정수정은 자신을 부마로 삼으려는 황제의 요구에 천자를 속이고 음양을 변케 하여 입신양명했다고 고백한다. 〈보기〉에 따르면 이는 정수정이 남자로 위장하여 사회적 활동을 한 것을 의미한다.

④ 정수정은 자신이 음양을 변케 한 이유가 원수 진량을 베어 아비 원혼을 위로하기 위해서라고 말한다. 〈보기〉에 따르면 이는 정수정이 남자로 위장해 자신의 정체를 속인 목적에 해당한다.

02-8 최고운전

p. 67~69

지문 Master	**1** 금돼지	**2** 파경노		
1 ③	**2** ②	**3** ①	**4** ④

1

○정답 풀이

③ 자신을 사위로 삼아 달라는 파경노의 요구를 들은 승상은 '어찌 노비를 사위로 삼을 수 있겠느냐?'라며 그것을 거부한다. 그리고는 파경노에게 미인을 그린 그림을 주면서 만약 시를 지으면 그림 속의 여인 같은 미인에게 장가를 보내 주겠다

는 대안을 제시하고 있다.

✘오답 풀이

① 최충은 아내가 금돼지의 자식을 낳은 것이 아닌가 의심하여 자신의 자식을 유기하지만, 아내의 말을 듣고 자신이 오해했음을 깨닫는다. 이때 선녀는 버려진 아이가 무사하도록 돕는 역할을 할 뿐, 최충에게 어떤 말을 하지는 않았다.

② 최치원은 나 승상의 딸 운영과 결혼한 이후에 문득 잠에서 깨어 시를 짓는다. 하지만 운영에게 일어날 일을 예견하지는 않았다.

④ 운영은 최치원과 결혼한 뒤에 석함 속에서 붉은 옷을 입고 푸른 수건을 쓴 사람들이 시를 짓고 글씨를 쓰는 꿈을 꾸었다. 하지만 최치원이 시를 지을 수 있도록 도움을 주지는 않았다.

⑤ 파경노는 곧 최치원이고, 그의 아내는 나 승상의 딸인 운영이다. 운영은 남편인 최치원에게 시 짓기를 재촉했지만 거짓말을 하지는 않았으며 그의 능력을 시험하지도 않았다.

2

○정답 풀이

② ㉡은 그림 속 여인이 아무리 아름다워도 만나지 못하면 소용이 없듯이, 자신은 승상의 딸인 운영과 혼인을 해야만 시를 짓겠다는 의미이다. 따라서 이는 시급히 시를 바쳐야 하는 상대의 처지를 환기하는 것이 아니라, 당장 실현되지 않을 약속은 의미가 없음을 지적하며 자신과 운영의 혼례가 먼저 이루어져야 함을 요구하는 것이다.

✘오답 풀이

① ㉠은 최충이 시비와 자신이 주종 관계임을 전제로 하여 아이를 버리라는 자신의 명령을 따르지 않으면 죽이겠다고 시비에게 위협하는 말이다.

③ ㉢은 운영이 파경노가 요구하는 대로 자신을 그와 혼인시킴으로써 나 승상에게 닥친 시련을 해결할 것을 요청하는 말이다.

④ 나 승상은 석함 속의 물건을 알아내어 시를 지어 바쳐야 하는 과제를 해결하기 위해 딸을 파경노와 성례시켰다. 이는 파경노의 시 짓는 능력을 기대했기 때문이다. 그런데도 ㉣과 같이 시비를 시켜 최치원이 시를 짓는지 엿보라고 한 것은 파경노를 쉽게 믿지 못하는 나 승상의 의구심을 드러낸다고 볼 수 있다.

⑤ 용 두 마리가 오색의 상서로운 기운을 내뿜어 함 속을 환하게 비추고, 그 속에서 신이한 사람들이 시를 읊고 쓴다는 꿈의 내용은 최치원이 석함 속에 든 물건을 정확하게 알아내어 시를 지을 것임을 암시하는 것으로 볼 수 있다.

3

○정답 풀이

① '최충의 아내 임신 4개월에 금돼지에게 잡혀가고 돌아온 지 6개월 만에 아들을 낳으니'라는 서술을 고려할 때, 최충의 처가 금돼지에게 잡혀갔다가 돌아온 지 6개월 만에 최치원을 낳은 것은 결국 임신한 지 10개월 만에 출산한 것이므로 '기이한 출생'이라는 요소와 거리가 멀다.

✘오답 풀이

② 최충이 자신의 자식이 아니라는 이유로 내다 버린 아이를 선녀나 백학이 보호해 주는 것은 최치원이 초월적 존재에게 도움을 받는

영웅적 인물임을 보여 주는 요소로 볼 수 있다.

③ 아이가 바닷가를 거닐며 놀자 모래 위에 문자가 생기고 우는 소리는 글 읽는 소리가 되는 기이한 현상은 최치원이 비범한 능력을 타고났음을 드러내는 장치로 볼 수 있다.

④ 최충의 아내는 남편에게 버린 아이를 다시 데려오자고 권유하지만 최충은 남의 이목 때문에 망설인다. 이때 최충의 아내가 자신이 직접 알아서 문제를 해결하겠다고 나서는 것은 그녀의 적극적인 태도를 보여 준다고 할 수 있다.

⑤ 운영은 아버지인 나 승상에게 제영이라는 여자의 고사를 언급하며 파경노의 요구를 들어주자고 말한다. 이는 자신이 집안을 위해 신분이 낮은 파경노와 혼인하겠다는 희생정신을 보여 준 것이다.

4

○정답 풀이

④ 이 글에서 운영과 최치원 사이의 갈등은 드러나지 않는다. 운영이 시 짓기를 재촉했지만 그것이 치원과의 갈등으로 이어지지는 않는다.

✘오답 풀이

① 중국 황제는 석함 안의 물건을 알아내어 시를 지어 보내지 못하면 신라를 침공할 것이라고 경고하였다. 이를 고려할 때 ⓐ는 신라에 당면한 위기 상황을 해결할 수 있는 수단이라고 할 수 있다.

② 최치원은 나 승상의 딸과 혼인하기 위해 그 집의 노비가 된다. 그리고 중국 황제가 내린 문제를 해결할 시를 지어 주겠다는 조건으로 자신을 사위로 삼을 것을 요구하고, 결국 그것을 관철한다. 따라서 ⓐ는 최치원이 노비가 된 목적을 실현한 수단이라고 할 수 있다.

③ '우리 가문의 성패가 이번 일에 달려 있사옵니다.'라는 운영의 말에서, 중국 황제가 내린 문제를 해결하지 못하면 나 승상의 목숨과 나씨 가문이 큰 위험에 처할 것임을 알 수 있다. 따라서 ⓐ는 나 승상의 목숨과 나씨 가문을 지킬 수단이라고 할 수 있다.

⑤ 나 승상은 최치원의 시 짓는 능력을 기대하여 그를 사위로 삼았음에도 불구하고 시비에게 명하여 최치원이 시를 짓는지 엿보게 했으며, 최치원이 시를 다 짓고 나서도 그 내용이 맞는지 의심하는 모습을 보인다. 이를 고려할 때 ⓐ는 최치원이 나 승상에게 자신의 능력을 증명할 수단이라고 할 수 있다.

03-1 임진록

p. 70~72

지문 Master	1 칭병불출	2 조공

1 ①	**2** ③	**3** ⑤	**4** ②

1

○정답 풀이

① 왜왕이 사명당에게 시험 과제를 부여하고 사명당이 이를 쉽게 해결하는 과정이 반복되어 사명당의 비범함이 강조되고 있다.

✖ 오답 풀이

② 유사한 소재가 나열되고 있지 않으며, 시대적 상황이 소재를 통해 구체적으로 제시되고 있다고 보기도 어렵다.

③, ④ 시험과 시련, 극복 과정이 반복되고 있으나, 이러한 반복이 인물의 내면 심리를 세밀하게 묘사하거나, 내용에 신빙성을 부여하고 있지는 않다.

⑤ 다른 상황에 유사한 방식으로 대처하고 있지 않으며, 사건의 긴장감이 조성되는 것은 매우 어려운 시험 과제가 부과되기 때문인 것으로 보아야 한다.

2

○ 정답 풀이

③ 사명당이 왜왕에게 '다시 반심을 두면 팔천 생불이 일시에 왜국을 공지로 만들 것이니 부디 조심하라.'라고 겁박하고 있지만, 이는 더 많은 조공을 받아 내기 위해서가 아니라 조선을 침범할 생각을 다시는 하지 말라는 의도로 말한 것이다.

✖ 오답 풀이

① '조선 생불이 온다 하니 반드시 묘계 있으니 어찌하리오.'라며 신하들과 의논하는 왜왕의 말에서, 왜왕은 사명당이 사신으로 자국을 찾는 상황을 부담스러워하고 있음을 알 수 있다.

② 왜왕은 승상 홍굴통의 제안대로 사명당이 지나는 길에 일만 팔천구백구십 장의 병풍을 세워 일만 팔천구백구십 자 시문을 써 붙이고 사명당에게 그것을 외우게 함으로써 사명당의 재주를 시험하고 있다.

④ 왜왕은 사명당을 무리한 상황에 빠뜨려 시험하고자 하나, 사명당은 비범한 능력으로 위기에서 빠져나오고 역으로 왜왕에게 춤을 추라고 요구하고 있다. 사명당의 능력에 두려움을 느낀 왜왕은 사명당의 요구대로 춤을 추는데, 이는 사명당이 왜왕의 계략을 역이용하여 그를 모욕하는 상황으로 볼 수 있다.

⑤ 사명당은 중이라는 이유로 자신을 홀대하는 동래 부사 서원덕의 머리를 베어 효수하는데, 이는 어명을 받은 사신으로서의 권위를 보여 주는 것으로 볼 수 있다.

3

○ 정답 풀이

⑤ [A]에서는 왜왕이 사명당에게 구리쇠로 만든 천 근 방석을 타고 물 위에 선유하도록 하고 있는데, 이는 불가능한 일을 실현하도록 요구하는 모습으로 볼 수 있다.

✖ 오답 풀이

① [A]와 〈보기〉 모두 갈등과 대립의 상황이 나타나지만, [A]가 〈보기〉에 비해 내적인 갈등이 첨예하게 드러난다고 볼 근거는 없다.

② [A]와 〈보기〉 모두 인물의 비범한 능력이 잘 드러나고 있다.

③ [A]와 〈보기〉 모두 전기적 요소가 강하게 드러나고 있다.

④ [A]와 〈보기〉 모두 인물의 지략보다는 비범한 능력이 사건 해결의 주요 역할을 하거나, 대상을 응징하는 주요 요소로 작용하고 있다.

4

○ 정답 풀이

② 제시문에서 왜왕이 잔명을 살려 주면 천추만대라도 은혜를 갚겠다는 약속을 하는 것으로 볼 때, 또 사명당의 비범한

능력을 보고 항서를 쓰는 것으로 볼 때 ㄱ, ㄹ은 항서에 들어갈 내용으로 적절하다.

✖ 오답 풀이

ㄴ. 사명당의 말을 통해 왜왕이 반심을 두어 조선을 항거하려 했음을 알 수 있다. 따라서 왜왕 자신이 반심을 품을 줄 모른다는 내용은 적절하지 않다.

ㄷ. 사명당이 왜왕에게 조공 바칠 내역을 제시한 부분은 나오지만, 왜왕이 조공을 조금 바치라고 해서 다시는 조선에 대항하지 않겠다고 한 부분은 찾을 수 없다.

 03-2 최척전

p. 73~75

지문 Master	1 퉁소 소리	2 우연성	
1 ④	2 ④	3 ⑤	4 ③

1

○ 정답 풀이

④ 두홍은 최척이 처한 상황에 도움을 주고자 하지만 송 공에 의해 실천에 옮기지는 못하는 인물이다. 두홍은 최척의 말을 듣고 분연히 일어서 최척의 아내를 찾겠다고 하지만, 내일 아침에 정중히 찾아보자는 송 공의 만류로 인해 실천하지 못하고 있다.

✖ 오답 풀이

① '깊은 밤에 ~ 좋을 듯하이.'라는 구절로 보아, 송 공은 논리적인 상황 판단력을 지닌 침착하고 신중한 성격의 인물임을 알 수 있다.

②, ③ 최척과 옥영은 서로를 그리워하며 사랑하는 부부의 모습을 보여 주고 있다.

⑤ 후반부에 최척과 옥영의 재회를 보고 감동하는 주변 인물들은 모두 그 둘의 사연에 안타까워하고 있다.

2

○ 정답 풀이

④ '아내가 저 배를 타고 있는 것은 아닌지, 아니 도저히 그럴 리 없어.'라는 최척의 말을 고려할 때, 최척은 옥영이 배에 타고 있을지도 모른다고 생각하면서도 이를 확신하지 못하고 있다. 최척이 아침을 기다리며 뜬눈으로 밤을 지새운 것은 왜선에 옥영이 있을 수도 있다는 기대감 때문이다.

✖ 오답 풀이

① 모두가 자고 있는 밤에 이따금 들리는 물새 울음소리는 왜선에서 들리는 염불 소리와 더불어 고즈넉하고 쓸쓸한 분위기를 조성하여, 가족과 헤어져 이국땅에서 홀로 지내는 최척의 애상감을 부각하고 있다.

② 옥영은 배 안에서 퉁소 소리를 듣고 혹시 남편인 최척이 배에 와 있는 것이 아닌가 하는 생각이 들어 시험 삼아 시를 읊었다. 이를 고려하면 ©은 옥영이 조선에서 헤어진 최척을 떠올리게 하고 더불어 그와 만날 수 있다는 기대감을 들게 하는 것이다.

③ 최척이 시 읊는 소리를 듣고 쓰러지며 기절한 것은, 그 시가 자신과 옥영만 아는 시였기 때문이다. 따라서 ⓒ은 예상치 못한 일로 인한 최척의 심리적 충격이 신체적 반응으로 나타난 것으로 볼 수 있다.

⑤ 집안 소식을 묻는 최척의 말에 옥영은 '날은 저물고 창황 중에 배를 타느라고 그만 서로 헤어지고 말았어요.'라고 대답하는데, 이를 고려하면 ⓜ은 최척과 옥영이 전란 중에 헤어진 다른 가족들의 소식을 알지 못해 안타까움을 느껴 통곡하는 것으로 볼 수 있다.

3

○정답 풀이

⑤ 〈보기〉에 제시된 바와 같이 이 글의 '옥영'은 역경을 극복하고 운명을 개척해 내는 능동적이고 강인한 여인상이다. 그러나 ⑤와 같이 고전 소설에서 흔히 등장하는 재자가인형의 인물이라고 판단할 만한 내용적 근거는 찾을 수 없다.

✕오답 풀이

①, ② 이 글은 최척과 옥영의 이별과 만남을 통해 전란으로 인한 민중의 고통을 제시하고 있다.

③ 최척과 옥영을 동정하는 인물들은 전란으로 인해 고생하는 우리 민족의 아픔에 공감하고 있다고 할 수 있다.

④ 이 글에서 최척과 옥영은 영웅적 활약상으로 민족의 자존심을 높이는 일반적 영웅 소설의 주인공들과는 다른 모습을 보여 주고 있다.

4

○정답 풀이

③ ⓐ는 송 공이 최척의 말을 듣고 서두르는 두홍을 만류하며 설득하는 말하기이고, ⓑ는 최척이 왜선에 다가가 같은 조선 사람이니 만나 달라고 상대방을 설득하는 말하기이다.

✕오답 풀이

①, ⑤ ⓐ와 ⓑ 모두에 해당하지 않는다.

② ⓐ에는 해당될 수 있으나, ⓑ에는 적용될 수 없는 설명이다.

④ ⓐ에는 해당하지 않고, ⓑ도 친근감을 과시하는 것은 아니므로 적절하지 않다.

03-3 박태보전

p. 76~78

지문 Master	1 상소문	2 대화

| 1 ④ | 2 ⑤ | 3 ④ | 4 ③ |

1

○정답 풀이

④ 이 글은 임금(상)과 태보의 대화, 다른 동료들 및 일가 제족에 대한 태보의 말을 활용하여 사건을 전개하고 있다. 이때 사건은 시간의 자연스러운 흐름에 따라 전개되고 있다.

✕오답 풀이

① 빈번하게 장면이 전환된다고 볼 수 없으며, 긴박한 분위기는 임금의

추궁과 태보의 답변이 팽팽하게 이어지는 과정에서 조성되고 있다.

② 서술자가 작품에 개입하여 작중 상황이나 인물에 대해 논평하는 편집자적 논평은 나타나 있지 않다.

③ 임금이 태보를 신문하는 궐내와 태보가 동료 및 친척들을 만나는 궐 밖이라는 공간적 배경이 드러나지만 공간적 배경에 대한 묘사는 나타나 있지 않다.

⑤ 태보와 임금의 성격이 말과 행동을 통해 간접적으로 드러날 뿐 인물의 성격을 보여 주는 일화들을 삽화 형식으로 나열하고 있지 않다.

2

○정답 풀이

⑤ '치상은 어리석어 사리에 어두운 행동을 한 죄가 있지만 소신에게는 무슨 죄가 있사옵니까?'와 '신의 행실이 치상과 다른 줄을 모르시옵니까?'에서, 태보는 자신이 벼슬을 할 때 홍치상과 달리 사리에 어두운 짓을 하지 않고 행실이 올곧았다고 임금에게 항변하고 있다.

✕오답 풀이

① '네가 상소의 말을 다 하였으니, 숨기려고 한들 어찌 숨기리오.'에서, 임금(상)은 태보가 한 말이 상소의 내용과 같음을 인정하고 있다. 임금이 태보 무리가 상소한 내용과 다른 속셈을 지니고 있다고 확신하는 부분은 찾을 수 없다.

② 태보의 일가 제족은 태보가 고문을 당하고 사경을 헤매는 모습을 보고 슬퍼할 뿐, 태보에게 목숨을 부지할 수 있는 길을 따르기를 권유하고 있지는 않다.

③ '이튿날에 형조 판서 마지못하여 위계를 갖추고 대강 직계로 올렸더니'에서, 형조 판서는 태보를 징벌하는 것을 꺼려 마지못해 태보와 관련된 사항을 대강 정리하여 임금에게 보고했음을 알 수 있다.

④ 제원들은 태보가 궐문 밖으로 나온 뒤에 고문을 받은 후유증으로 기절하는 모습을 보고 안타까워하며 자신들을 부끄럽게 여기고 있을 뿐, 신문을 미루어 주기를 간청하고 있지는 않다.

3

○정답 풀이

④ [A]에서 제원들은 죽음을 각오하고 임금의 잘못을 간하는 태보의 강직함을 칭송하고 있고, [B]에서 태보는 자신이 죽어도 주야로 임금에게 간하여 왕비를 다시 환궁하게 할 것임을 밝히고 있다. 따라서 [A]에서 제원들이 칭송한 태보의 강직함이 [B]에 나타난 태보의 다짐에서 구체화된다고 볼 수 있다.

✕오답 풀이

① [A]에서 태보와 함께 상소에 이름을 올린 제원들은 태보만 홀로 벌을 받자 안타까워하며 민망해하고 있다. 따라서 태보가 제원들의 태도에 심리적 상처를 받았다고 보기 어렵다. 또한 [B]에서 태보가 일가친척들과의 만남을 통해 심리적 상처를 해소하는 모습도 나타나 있지 않다.

② [A]에서 기절할 정도로 심한 고문을 받은 태보를 본 제원들은 자신들의 책임을 통감하며 태보를 위로하고 있다. 하지만 [B]에서 태보는 죽음을 각오하고 임금에게 계속 간하겠다는 의지를 드러낼 뿐 자신의 무죄를 밝히겠다는 결심을 드러내고 있지는 않다.

③ [A]에서 제원들은 상소에 대한 책임을 태보가 혼자 지게 된 상황을 안타까워할 뿐 태보에게 책임을 전가한 것에 대해 후회하고 있다고

볼 수 없다. 또한 [B]에는 태보의 굳건한 의지만 드러날 뿐 특정한 일에 대한 제원들의 각오가 드러나 있지 않다.

⑤ [A]에서 제원들은 태보가 심한 고문을 받아 사경에 이르게 된 상황에 책임감을 느끼고 있을 뿐 임금의 분노를 유발한 것에 대해 탄식하고 있지는 않는다. 또한 [B]에서 태보가 임금의 분노를 유발한 책임이 자신에게 있다고 자책하고 있지도 않다.

4

O 정답 풀이

③ '상소를 골똘히 읽어 보시면 제가 무고한 것이 아닌 줄을 아실 것'이라는 박태보의 말은, 자신이 상소를 올린 것은 죄가 아니라고 주장하는 것이지 자신이 상소를 주동하지 않았다고 항변하는 것이 아니다.

X 오답 풀이

① 상소문의 '문자를 취사하고 문장을 윤색하였'다는 박태보의 말에서, 동료들의 인정을 받을 만큼 그의 문장력이 뛰어났다는 사실을 확인할 수 있다.

② '상소'에 대해 '간악한 여인을 위하여 독 같은 일을 행'한 것이라는 임금의 말에서, 숙종이 인현 왕후의 폐위를 반대하는 신하들의 간언을 받아들이지 않았음을 확인할 수 있다.

④ 박태보에게 '이러한 역적은 즉시 베어야 나라의 기강이 바로' 설 것이라고 하는 임금의 말에서, 숙종은 인현 왕후의 폐위를 반대하는 상소를 왕권에 대한 도전으로 받아들였음을 확인할 수 있다.

⑤ 희빈 장씨의 아들이 태어난 뒤부터 인현 왕후의 과실과 관련된 말이 들리기 시작했다는 박태보의 말에서, 희빈 장씨의 아들을 왕세자로 만들고 인현 왕후를 폐위하려고 하는 음모가 있었음을 확인할 수 있다.

04-1 흥보전

p. 79~81

지문 Master	1 마삯	2 가난	
1 ⑤	2 ②	3 ④	4 ②

1

O 정답 풀이

⑤ ㄹ. 가족을 위해 매품팔이를 하려는 흥보와 이를 만류하는 아내, 매품을 팔지 못하고 돌아온 흥보를 보고 기뻐하는 아내와 가난을 슬퍼하는 아내를 위로하는 흥보의 대화와 행동을 통해 흥보와 아내의 착한 성품을 확인할 수 있다. ㅁ. '샘물같이 솟아나오는 눈물 가랑비같이 흩뿌리며 목이 막혀 기절하더니' 등에서 확인할 수 있다.

X 오답 풀이

ㄱ. 주로 인물의 대화와 행동이 나타날 뿐, 인물의 내면 심리가 치밀하게 묘사된 부분은 찾기 힘들다.

ㄴ. 공간 이동은 나타나지만, 인물의 성격 변화가 나타나고 있지는 않다.

ㄷ. 과거와 현재가 반복적으로 교차되고 있지 않다.

2

O 정답 풀이

② '마음만 옳게 먹고 의롭지 않은 일 아니하면 장래 한 때 볼 것이니 서러워 말고 살아나세.'라는 흥보의 말에서, 흥보는 언젠가는 가난을 극복할 수 있을 것이라고 생각하고 있음을 알 수 있다. 따라서 가난을 하늘이 정해 준 운명이라고 생각하며 체념적으로 수용한다는 설명은 적절하지 않다.

X 오답 풀이

① '그 돈으로 양식 팔아 배불리 질끈 먹고.'와 '쓸데없는 이내 볼기 놀려 무엇 한단 말인가. 매품이나 팔아 먹세.'라는 흥보의 말에서, 흥보는 가족의 생계를 책임지기 위해 남의 매를 대신 맞아 돈을 버는 매품팔이를 하려고 했음을 알 수 있다.

③ '저 모습 저 몰골에 곤장 열을 맞으면 곤장 아래 혼백 될 것이니 제발 덕분 가지 마오.'라는 흥보 아내의 말에서, 흥보 아내는 흥보가 매품을 파는 과정에서 죽을 수도 있음을 염려하고 있다는 것을 알 수 있다.

④ '우정 가장 애중 자식 배 곯리고 못 입히는 내 설움 의논컨대, ~ 만경창파 너른 물을 말말이 다 되인들 끝없는 이내 설움 어디다 하소연할꼬.'라는 흥보 아내의 하소연에서, 흥보 아내는 가족들이 제대로 먹지도 입지도 못하는 상황을 몹시 서럽게 여기고 있음을 알 수 있다.

⑤ '그 돈은 웬 돈이며 삼십 냥은 웬 돈이오?'와 '먹으니 좋소만 그 돈은 어디서 났소?'라는 흥보 아내의 말에서, 흥보 아내는 흥보가 다섯 냥의 돈을 가져온 것을 마냥 기쁘게 여기기보다 그 돈이 어디서 난 것인지를 더 궁금해하고 있음을 알 수 있다.

3

O 정답 풀이

④ 매품을 팔기 위해 각자 자신이 더 가난하다며 과장된 표현으로 상대를 압도하려 하고는 있으나, 학식이 있음을 자랑하는 현학적인 표현은 보이지 않는다.

4

O 정답 풀이

② ⓑ는 흥보가 자신의 신분으로는 실현 불가능한 경우를 나열하여 아무런 쓸모가 없는 볼기로 매품팔이를 하여 돈을 벌겠다고 말하는 내용으로, 이를 통해 흥보의 가난하고 초라한 처지를 알 수 있을 뿐 신분 질서가 동요하던 당대의 시대상을 알 수는 없다.

X 오답 풀이

① 흥보가 매품을 팔고 돈을 받아 왔다는 말에서 화폐를 매개로 한 경제 활동이 있었음을 알 수 있다.

③ '거동 보소'는 서술자가 독자에게 말을 건네는 것 같은 말투로, 이는 관객에게 말을 건네는 듯한 판소리 창자의 말투가 남아 있는 것으로 볼 수 있다.

④ '피눈물이∨반죽 되면∨아황 여영∨설움이요, / 홍곡가를∨지어 내던∨왕소군의∨설움이요' 등과 같이 4 · 4조, 4음보의 운율이 형성되고 있다.

⑤ '뉘 아니 슬퍼하리.'에서 흥보 부부의 안타까운 상황에 대해 서술자가 직접 자신의 주관적 견해를 제시하는 편집자적 논평이 드러나 있다.

수는 있으나, 이를 통해 남성 중심의 사회가 유지되기 어려운 이유를 설명하고 있다고 보기는 어렵다.

4
○정답 풀이

③ ⓒ는 춘풍을 혼내 주기 위해 비장으로 변장한 아내가 하는 말로, '실속은 없으면서 큰소리치거나 허세를 부림'을 의미하는 '허장성세'와는 거리가 멀다.

✗오답 풀이

① 어찌 감히 그런 마음을 품을 수 있겠냐는 뜻으로, 전혀 그런 마음이 없었음을 이르는 말

② 죽어서 백골이 되어도 잊을 수 없다는 뜻으로, 남에게 큰 은덕을 입었을 때 고마움의 뜻으로 이르는 말

④ 눈앞에 벌어진 상황 따위를 눈 뜨고는 차마 볼 수 없음

⑤ 처음부터 끝까지의 과정

p. 82~84

지문 Master	**1** 아내	**2** 비장	
1 ③	**2** ⑤	**3** ④	**4** ③

1
○정답 풀이

③ 춘풍은 평양에서 돌아와 박 승지 댁에 간 적이 없다. 비장으로 변장한 아내가 춘풍을 속이기 위해 자신이 박 승지 댁에 갔다가 술이 취하여 춘풍의 집에 왔다고 말하고 있을 뿐이다.

✗오답 풀이

① 춘풍과 아내의 말 중에서 '가장을 형틀에 올려 매고 볼기를 몹시 치니', '비장으로 내려갈 제는~더 치지 못하고'를 통해 확인할 수 있다.

②, ⑤ 아내의 말 중에서 '그때 자청하여 글을 써서~자주 차려 정성으로 대접하고'를 통해 확인할 수 있다.

④ 아내의 말 중에서 '네 평양에서 추월의~헌 누더기 어떻더냐?', '먹으라. 추월의 집에서~먹던 생각하고 먹으라.'를 통해 확인할 수 있다.

2
○정답 풀이

⑤ ⓜ에 나타난 춘풍의 허세를 통해 무능한 남성이 자신의 권위를 지키려는 가부장적 성향을 엿볼 수는 있으나, 물질적 가치만을 중시하는 왜곡된 가치관을 확인하기는 어렵다.

3
○정답 풀이

④ [A]에서는 춘풍의 아내가, 〈보기〉에서는 홍계월이 남장하는 모습을 보여 주고 있다. 이는 조선 후기 유교 이념에서 탈피하여 남성을 능가하는 능력을 지닌, 능동적이고 적극적인 여성의 모습을 보여 주려는 의도가 담긴 것이라 할 수 있다.

✗오답 풀이

① [A]의 춘풍 아내와 〈보기〉의 홍계월이 남장하는 모습은 나타나지만, 초인적 능력은 보이지 않는다.

② [A]와 〈보기〉에서는 여성이 남장을 하고 권력을 지닌 모습이 나타나 있는데, 이는 당대 사회 현실이나 분위기를 사실적으로 드러내는 것이라 하기 어렵다.

③ [A]와 〈보기〉를 통해 당대 사회에서 여성이 남성 못지않게 대접을 받았다고 판단할 수는 없다. 오히려 여성이라는 이유만으로 관습적·제도적으로 억압을 받던 당시의 상황을 비판하려는 의도로 보는 것이 적절하다.

⑤ [A]와 〈보기〉 모두 남장을 한 여성들이 지위를 갖춘 모습을 확인할

p. 85~87

지문 Master	**1** 동무	**2** 인품	
1 ④	**2** ②	**3** ⑤	**4** ②

1
○정답 풀이

④ 이 글은 광문이라는 주인공을 중심으로 '비렁뱅이 아이의 죽음 → 광문이 구멍집에서 쫓겨남 → 주인 영감과의 만남 → 약방 부자와의 만남'의 순서로 사건을 서술하고 있다.

✗오답 풀이

① 가치관의 차이로 인한 인물 간의 갈등은 제시문 어디에서도 찾아볼 수 없다.

② 주인공이 도술을 부리는 등의 사건이 나오는 전기 소설이 아니므로 비현실적인 사건은 찾아볼 수 없다.

③ 이 글에서 광문의 비범한 능력을 평가하는 부분은 찾을 수 없다. 이 글의 주인공인 광문은 통상적인 고전 소설에 등장하는 비범한 주인공과는 달리 거지라는 비천한 계급 출신이다.

⑤ 등장인물들의 대화보다는 사건에 대한 서술자의 직접적 서술 위주로 이야기가 전개되고 있다.

2
○정답 풀이

② 이 글의 주인공 '광문'이 비천한 거지 출신이라는 점은 나타나 있으나, 그가 부지런하고 지식이 풍부한 인물이라는 점은 찾을 수 없다. 약방 부자가 그를 자꾸 기쁘지 않은 기색으로 바라보았을 때 '잠자코 일만 했을 뿐'이라고 하였는데, 이를 부지런함과 연관 짓기는 어렵다. 또 지식이 풍부한지를 알 수 있는 내용은 언급되어 있지 않다.

✘오답 풀이

① 약방 부자와 주인 영감 모두 양반 계층이 아니라 시정(市井)을 배경으로 활동하는 사람들이다.

③ 약방 부자의 기쁘지 않은 기색 속에서도 묵묵히 일하는 모습에서 광문의 착하고 신의 있는 면을 알 수 있다.

④ 구멍집에서 같이 살던 아이가 죽은 뒤 장사 지내 주는 모습에서 광문의 따뜻한 마음씨를 확인할 수 있다.

⑤ ⓒ, ⓓ에서 드러나는 광문의 긍정적인 모습을 통해 비천한 거지도 보통의 인간과 같다는 사실을 강조하고 있다.

3

○정답 풀이

⑤ [A]의 마지막 부분인 '광문이는 실로 그러는 이유조차 모르는 채'를 통해 볼 때, 광문은 약방 부자가 왜 자신을 눈독 들여 보며 얼굴빛이 변하는지 알지 못했음을 알 수 있다. 따라서 약방 부자에게 의심받는 것을 알면서도 서운함을 표현하지 않았다는 것은 적절하지 않다.

✘오답 풀이

① 약방 부자는 광문이 돈을 훔쳤다고 의심하지만, 정확한 증거가 없기 때문에 함부로 발설하지 않는 모습을 보인다. 이 부분을 통해 약방 부자의 신중한 성격을 엿볼 수 있다.

② 광문이 보통 사람이었다면 계속해서 자신을 기쁘지 않은 기색으로 쳐다보는 약방 부자의 태도에 불만을 품고 약방을 떠날 수 있었겠지만, 착한 심성을 지녔기에 떠나지 않고 묵묵히 자신의 일을 수행한 것이다.

③ 광문은 우선 약방 부자의 돈에 손을 대지 않았고, 약방 부자가 의심할 때에도 자신의 일을 열심히 수행한다. 이 일을 계기로 약방 부자는 주변 사람들에게 광문을 정의를 지닌 사람이라고 칭송하게 되므로, [A]는 약방 부자에 의해 광문의 명성이 장안에 퍼지는 계기로 작용한다고 볼 수 있다.

④ 약방 부자는 평소 신뢰하던 주인 영감의 소개로 광문을 채용하였지만, 계속해서 자물쇠를 보살피는 행동을 하는 것으로 보아, 광문을 전적으로 믿고 있지는 않았다는 사실을 알 수 있다.

4

○정답 풀이

② 〈보기〉에서 선생님은 이 글이 풍자 소설인 이유에 대해서 설명하고 있으므로, ㉮에는 이 글에서 풍자하고 있는 것이 무엇인지에 대한 내용이 들어가야 한다. 따라서 ㉮에는 광문같이 의롭고 정직한 사람이 드물었을 정도로 부정과 권모술수로 가득한 당시 사회에 대한 내용이 들어가야 한다.

✘오답 풀이

① 광문의 일화에서 확인할 수 없는 내용이며, 작품에서 풍자하고 있는 대상과도 거리가 멀다.

③ 광문의 행동에서 그가 따뜻한 인간애를 지닌 인물임을 확인할 수 있지만, ㉮에는 작품에서 풍자하고 있는 대상에 대한 내용이 들어가야 한다.

④ 광문의 일화에서 확인할 수 없는 내용이며, 작품에서 풍자하고 있는 대상과도 거리가 멀다.

⑤ 광문의 행동에서 욕심내지 않고 자신의 처지에 만족하는 자세를 확인할 수 있지만, ㉮에는 작품에서 풍자하고 있는 대상에 대한 내용이 들어가야 한다.

04-4 옹고집전

p. 88~90

지문 Master	**1** 부정적	**2** 실용	
1 ②	**2** ③	**3** ②	**4** ①

1

○정답 풀이

② 이 글은 인색하고 부도덕한 인물에 대한 풍자가 나타나 있지만, 뇌물이 횡행하는 세태에 대한 풍자가 나타나 있지는 않다. 옹고집을 조선 후기에 등장한 신흥 서민 부자 계층으로 볼 때, 이 글은 악덕 신흥 서민 부자에 대한 일반 서민들의 반감을 풍자적·해학적으로 표현한 것으로 볼 수 있다.

✘오답 풀이

① '양 옹이 옹옹하니', '그놈 호적은 옹송망송하다' 등에 언어유희를 이용한 해학적 표현이 나타나 있다.

③ 부정적 인물인 옹고집을 징벌하기 위해 도술로 가짜 옹고집을 만든다는 비현실적 요소가 나타나 있다.

④ '그동안의 진위를 뉘가 알리오.' 등에서 서술자가 직접 개입하여 상황에 대해 논평하고 있다.

⑤ 불교의 인과응보 사상을 바탕으로 악인은 벌을 받는다는 윤리적 교훈을 드러내고 있다.

2

○정답 풀이

③ ㉢은 관가에 간 옹고집이, 가짜 옹고집이 나타나 진짜라고 우기는 상황을 설명하고 자신의 억울함을 풀어 달라고 호소하는 장면이다.

✘오답 풀이

① ㉠은 지극한 효성을 지녔던 중국의 왕상에 얽힌 고사를 언급하면서, 옹고집의 모친이 옹고집의 불효를 지적하는 장면이다. 효도의 방법을 일깨운다는 설명은 적절하지 않다.

② ㉡에서 옹고집은 다양한 중국의 고사를 열거하면서 모친이 죽음을 받아들여야 함을 강조하고 있다. 현재의 충실한 삶과는 관련이 없다.

④ ㉣의 제안은 외모로는 진짜 옹고집을 구별하기 어려운 상황에서 나온 말이다. 즉 1차 판단에 대한 근거를 보완하는 것이 아니라 1차 판단 자체가 불가능한 상황에서 나온 제안이다.

⑤ ㉤은 곤장을 맞은 옹고집이 자포자기의 심정으로 말한 것이지 새로운 대응 방안을 모색하고 있는 것이 아니다.

3

○정답 풀이

② 이 글의 진짜 '옹고집'은 가짜 옹고집으로 인해 위기에 봉착하지만, 〈보기〉에서는 '능옥'이 가짜 선옥으로 인해 위기에

인할 수 있지만, ㉮에는 작품에서 풍자하고 있는 대상에 대한 내용이 들어가야 한다.

봉착하게 된다.

✗오답 풀이

① 이 글의 '도사'는 불도를 능멸한 옹고집을 혼내 주기 위해, 〈보기〉의 '형옥'은 재산을 빼앗기 위해 가짜 인물을 만들어 분란을 주도했다.

③ 이 글에는 가짜 옹고집을 알아차리는 인물이 없다. 이와 달리 〈보기〉에서는 '능옥'이 가짜 선옥의 정체를 인식하고 있다.

④ 〈보기〉의 '진 어사'는 진짜 선옥을 찾아내어 사건을 제대로 해결하지만, 〈보기〉의 '사또'는 진짜 옹고집을 가짜로 판단하여 사건을 제대로 해결하지 못하였다.

⑤ 이 글은 '옹고집'이 자신의 잘못을 뉘우치는 개과천선에 초점이 맞춰져 있다. 반면 〈보기〉는 위기를 극복하는 '능옥'의 절개에 초점이 맞춰져 있다.

<보기 작품 꼼꼼 확인>

작자 미상, 「화산중봉기」

• 해제 진가쟁주(眞假爭主) 이야기를 근간으로 한 송사 소설로, 영웅의 일대기로서의 성격과 가문 소설적 성격도 지니고 있다. 그러나 능동적이고 지혜로운 여성 주인공이 등장하고 열행록적(烈行錄的) 성격이 나타난다는 점 등에서 진가(眞假)를 구분하는 다른 송사계 소설과 구분된다. 이 중 가장 큰 비중을 지닌 진가쟁주 이야기는 실감 나는 내면 묘사와 치밀한 구성이 두드러져 흥미를 높이고 있다.

• 주제 ① 오해가 빚은 인간사의 희비 ② 지혜로운 부인의 정절

4

○정답 풀이

① ⓐ는 옹고집의 모친이 옹고집의 학대를 서러워하며 떠올린 노래이다. ⓑ 역시 진짜 옹고집이 가짜로 몰려 내쫓긴 상황에서 볼 수 없는 자식을 생각하고 서러워하며 부른 노래이다.

✗오답 풀이

② ⓐ와 ⓑ는 모두 자식에 대한 부모의 지극한 사랑이 담긴 노래이다.

③ ⓐ는 자식에 대한 배신감을, ⓑ는 자식에 대한 그리움을 부각하고 있다.

④ 어린 자식을 키우던 화자의 과거를 떠오르게 하는 것은 ⓐ이다.

⑤ 혼잣말로 특정한 청자를 설정하지 않고 부르는 것은 ⓑ이다. ⓐ는 이어지는 내용으로 볼 때 옹고집이 청자이다.

04-5 배비장전

p. 91~93

지문 Master	**1** 배 비장	**2** 방자
1 ③	2 ④	3 ②	4 ①

1

○정답 풀이

③ 이 글은 방자와 애랑이 서로 짜고 배 비장의 위선적 태도를 폭로하는 내용이 중심을 이루고 있는데, 방자와 배 비장

사이에서 이루어지는 대화와 애랑에게 빠진 배 비장의 우스꽝스러운 행동을 통해 배 비장을 희화화하고 있다.

✗오답 풀이

① 제시된 부분에서 서술자의 요약적 진술은 나타나지 않으며, 전체적으로 인물의 대화를 중심으로 사건이 진행되고 있다.

② 방자가 여러 가지 방법으로 배 비장을 골탕 먹이고 배 비장은 방자의 속임에 넘어가지만 이를 선인과 악인의 대립이라고 볼 수는 없으며, 방자와 배 비장 사이에 첨예한 갈등이 나타난다고 볼 수도 없다.

④ 배 비장이 애랑의 집을 찾아가는 과정을 우스꽝스럽게 그리고 있을 뿐, 다른 장소에서 동시에 벌어지는 두 사건을 교차하여 보여 주고 있지는 않다.

⑤ 비현실적인 장면이 나타나지 않으며, 방자가 배 비장을 속이고 배 비장이 방자의 속임에 넘어가는 상황이 반복적으로 나올 뿐 사건의 진행이 극적으로 전환되고 있지는 않다.

2

○정답 풀이

④ 방자가 배 비장에게 불만을 표출하는 장면은 나타나지 않는다. 방자가 배 비장에게 자신의 제안대로 하지 않으려면 그만두라고 말하는 것은 애랑을 만나고 싶은 배 비장의 마음을 자극하여 도리어 자신의 제안을 따르게 하기 위해서이다.

✗오답 풀이

① 배 비장은 방자를 다른 곳에 보낸 뒤 홀로 빈방에서 무인의 의관을 정성 들여 차려입는데, 이는 애랑에게 잘 보이기 위해서이다.

② '가만가만 걸어가서 여자 문전에 들어서며~한 번 이렇게 군례로 뵈렷다.'에서, 배 비장이 애랑의 집을 방문할 때 자신이 어떻게 할 것인지를 계획하며 이를 연습하고 있음을 알 수 있다.

③ 배 비장은 애랑을 만나고 싶은 마음에 기껏 차려입은 관복을 벗어 버리고 방자의 제안에 따라 개가죽 두루마기를 입고 노벙거지를 쓴 채, 담벼락에 난 구멍을 통해 애랑의 집으로 들어가고 있다. 이를 고려할 때 배 비장이 관리로서의 체통보다 본능적 욕망을 우선시하는 인물임을 알 수 있다.

⑤ 방자는 배 비장을 애랑의 방 앞까지 데려다 준 뒤에, 몸을 숨기고 몰래 상황을 지켜보고 있다.

3

○정답 풀이

② [A]에서 ④에 해당하는 발화는 '벗기는 초라하구나.'와 '그것은 과히 초라하구나.'이다. 그런데 배 비장이 이런 말을 하며 망설이는 것은 자신의 체면을 생각했기 때문이지 방자의 속셈을 짐작했기 때문이라고 볼 수 없다. 사건의 전개 과정을 고려할 때, 배 비장은 자신을 조롱하려는 방자의 속셈을 전혀 눈치채지 못하고 있다.

✗오답 풀이

① [A]에서 ㉮에 해당하는 발화는 '그 의관 다 벗으시오.', '개가죽 두루마기에 노벙거지를 쓰시오.' 등이다. 방자는 이러한 말을 통해 배 비장을 조롱하고 그의 권위를 깎아내리고 있다.

③ [A]에서 ④에 해당하는 발화는 '초라하거든 가지 마옵시다.'와 '초라하거든 고만두시오.'이다. 이러한 말은 애랑에게 가고 싶은 배 비장

의 마음을 자극하여 배 비장이 자신의 제안을 따르도록 하기 위한 것이다.

④ [A]에서 ⓓ에 해당하는 발화는 '내 벗으마.'와 '개가죽 아니라 도야지가죽이라도 내 입으마.'이다. 배 비장이 이와 같이 방자의 제안을 따르는 것은 서둘러 애랑을 만나고자 하는 자신의 목적을 달성하기 위해서이다.

⑤ [A]에서는 '나으리, 소견 바이 없소.~그 의관 다 벗으시오.'라는 방자의 말에서 '얘야, 요란히 굴지 마라. 내 벗으마.'라는 배 비장의 말까지 ㉮~㉲의 과정이 이루어지고 있다. 그리고 '그것이 원 좋소마는.~제주 인물 복색으로 차리시오.'라는 방자의 말에서 '그러하단 말이다.~도야지가죽이라도 내 입으마.'라는 배 비장의 말까지 ㉮~㉲의 과정이 한 번 더 이루어지고 있다. 이 과정에서 방자가 상황에 대한 주도권을 장악하고 있다.

4

〇정답 풀이
① ㉠은 배 비장이 담 구멍을 통과할 수 있도록 방자가 배 비장의 발목을 잡아당기는 상황으로, 이 과정에서 배 비장의 배가 담 구멍에 끼이는 해학적인 모습이 연출된다. 이는 방자가 지배 계층에 해당하는 배 비장을 조롱하기 위해 의도한 것으로 볼 수 있지만, 그것이 사회적 지위가 전도된 상황을 드러내고 있다고 보기는 어렵다.

✖오답 풀이
② ㉡은 담 구멍에 배가 끼어 매우 고통스럽고 급박한 상황에도 한자어 문장을 사용하는 배 비장의 모습으로, 이를 통해 배 비장으로 대표되는 지배 계층의 허세를 풍자하고 있다.
③ ㉢은 배 비장이 고생 끝에 담 구멍에서 빠져나온 상황에 대해 서술자가 주관적으로 논평한 것으로, 이는 판소리 창자의 목소리가 서술자의 개입이라는 형태로 나타난 것으로 볼 수 있다.
④ ㉣에서는 '사뿐사뿐', '배비작배비작'과 같은 의태어를 활용하여 배 비장의 행동을 생동감 있게 제시하고 있다.
⑤ ㉤에서는 '켠 불 등화ˇ밝다 한들ˇ너를 보니ˇ어두운 듯. / 피는 도화ˇ곱다 하되ˇ너를 보니ˇ무색한 듯'과 같이 4·4조, 4음보의 운율이 나타나는데, 이런 부분적인 운문체의 사용은 판소리계 소설의 특징에 해당한다.

 05-1 사씨남정기

p. 94~96

지문 Master	1 처첩	2 사 씨	
1 ③	2 ②	3 ⑤	4 ④

1

〇정답 풀이
③ 이 글은 전지적 작가 시점으로 서술자가 작품 외부에서 인물의 내면 및 사건을 분석하여 전달하며 장면에 따른 서술자의 변화는 나타나지 않는다.

✖오답 풀이
① 이 글의 형상화 대상은 처인 사 씨와 첩인 교 씨 사이의 갈등 상황이다.
② 이 글은 시간의 순서대로 사건을 진행하고 있다.
④ 유연수가 교 씨에게 노래를 불러 달라고 요청하는 장면에서, 유연수의 청을 교 씨가 거절하자 유연수는 여자의 도리에 대해 논하고 있다. 이를 통해 조선 시대 남성 중심의 가치관을 엿볼 수 있다.
⑤ 이 글은 교 씨와 납매의 대화 장면과 교 씨의 심리 묘사를 통해 간교한 꾀를 부리는 악인(惡人)의 전형적 성격을 형상화하고 있다.

2

〇정답 풀이
② 사 씨는 교 씨가 겉으로는 공손히 대하므로 교 씨의 간교함과 시기하는 마음을 알지 못한다. 교 씨가 잉태한 사 씨를 해할 목적으로 낙태할 약을 여러 번 주었으나, 먹이는 데는 매번 실패하였다. 이는 사 씨가 조심해서 그런 것이 아니라 우연히 또는 천지신명의 도움으로 토해 버렸기 때문이다.

✖오답 풀이
① 추향은 사 씨의 시비이다. 따라서 사 씨의 회임을 기뻐할 것이므로 적절한 반응이다.
③ 납매는 교 씨의 시비로, 교 씨와 음모를 꾸며 사 씨가 먹는 약에 낙태할 약을 탔으므로 적절한 반응이다.
④ 유연수는 사 씨와의 사이에서 오랫동안 후사를 보지 못했으므로 적절한 반응이다.
⑤ 교 씨는 사 씨가 아들을 낳으면 자신은 쓸데없이 될 것이라 걱정했으므로 적절한 반응이다.

3

〇정답 풀이
⑤ 유연수는 교 씨의 모함에도 불구하고 사 씨는 그럴 사람이 아니라며 옹호하고 있다. 이는 평소 사 씨에 대한 유연수의 깊은 믿음을 보여 주는 것으로 교 씨의 말을 듣고 사 씨에게 실망한 유연수의 모습을 떠올릴 수는 없다.

✖오답 풀이
① '교 씨는 시기하는 마음을 참지 못하여 납매와 음모를 꾸며 낙태할 약을 여러 번 사 부인 먹는 약에 타서 드렸'다는 구절로 보아, 사 씨의 약에 낙태할 약을 타는 납매의 모습을 떠올릴 수 있다.
② '사 부인의 태기가 확실해지니, 온 집안이 모두 기뻐하였다.'는 구절로 보아, 집안사람들에게 축하를 받는 사 씨의 모습을 떠올릴 수 있다.
③ '교 씨의 공교한 말과 아리따운 빛으로 말은 공손하매 사 부인이 교 씨의 안과 밖이 다름을 어찌 알리오.'라는 구절로 보아, 사 씨를 받들어 모시며 공손하게 대하는 교 씨의 모습을 떠올릴 수 있다.
④ 교 씨가 '바람이 차매 몸이 아파 노래를 부르지 못하겠소이다.'라고 말하는 구절로 보아, 유연수의 명을 거절하는 교 씨의 모습을 떠올릴 수 있다.

4

〇정답 풀이
④ '사 씨'와 '교 씨'의 선과 악의 대립은 이 글에서 잘 드러나

지만 이러한 대립이 그들의 아들인 '인아'와 '장주'의 대립으로 이어진다는 것은 내용상 근거를 찾기 힘들다.

✘오답 풀이

① 유 한림이 인아만 안아 주고 장주는 보지 않았다는 유모의 말을 듣고 교 씨는 위기감을 느끼고 무녀인 십랑을 청하여 의논하였다. 따라서 인아에 대한 유 한림의 총애로 인해 처첩 간의 갈등은 더욱 심화될 것이다.

② 사 씨가 아들을 낳자 교 씨가 위기감을 느끼고 계략을 꾸미고 있으므로, 사 씨의 득남은 사 씨가 위기에 봉착하는 계기에 해당한다.

③ 인아의 씩씩한 기상이 장주와 달라 유 한림의 총애를 받고 있다. 이에 교 씨가 불안함을 느끼면서 인물 간의 갈등이 심화되고 있다.

⑤ 이 글에서 교 씨는 악인의 전형으로, 사 씨는 선인의 전형으로 나타나고 있다. 주인공이 악인을 물리치고 승리하게 되는 가정 소설의 전개상, 교 씨는 사 씨에게 패하고 선과 악의 질서는 유지될 것이다.

05-2 월영낭자전

p. 97~99

지문 Master	**1** 육례	**2** 월영

1 ③	**2** ③	**3** ②	**4** ⑤

1

○정답 풀이

③ 최 대부가 월영에게 경성으로 함께 갈 것을 권하였으나, 월영은 격식을 갖춰 혼례를 올릴 수 있기를 바라면서 육례를 갖춰 자신을 맞아 달라고 최 대부에게 부탁을 한다. 월영이 유모 춘홍의 물음에 답하는 부분에서 최 대부가 부인이 있는 사실을 언급하기는 하지만, 이에 못마땅해하는 태도를 보이지는 않고 있다.

✘오답 풀이

① 최 대부가 경성에 올라가 부모에게 월영을 만난 사실을 말하는 모습에서 부모에 의해 정혼한 사이인 월영과 혼례를 이룰 수 있기를 적극적으로 희망하고 있음을 알 수 있다.

② 최 대부의 말을 들은 최 상서가 노복에게 월영을 모셔 올 것을 지시하는 것으로 볼 때 월영을 며느리로 맞을 수 있게 된 것을 기뻐하고 있음을 알 수 있다.

④ 유모 춘홍의 '최 대부를 만나 계시니~거절하심은 어쩐 일이시나이까?'에서 춘홍이 최 대부의 제의를 거절한 월영의 의도를 이해하지 못하고 있음을 알 수 있다.

⑤ 경 어사 부인과 월영이 이별하며 나누는 대화를 볼 때 경 어사 부인이 월영을 떠나보내게 되어 몹시 슬퍼하고 있음을 확인할 수 있다.

2

○정답 풀이

③ [A]는 월영이 소주자사 위현의 박해를 피해 절강에 갔을 때 만난 경 어사 부인의 말이다. 월영은 경 어사 부인의 양육

으로 시련을 극복하게 된다. 따라서 [A]의 인물인 '경 어사 부인'은 '조력자'에 해당하고, [A]는 경성으로 돌아가게 된 상황에서 나누는 이별의 대화이므로 '시련의 극복'과 관련이 있다고 볼 수 있다.

3

○정답 풀이

② 월영에게 경성으로 함께 가기를 청한 희성이 이를 거절하는 월영의 편지를 읽고 더 이상 말을 하지 않는 것은, 자신을 따라나서지 않는 월영에 대한 원망의 마음 때문이 아니라, 월영이 원하는 대로 하지 않으면 그녀를 데려갈 수 없다고 판단했기 때문으로 보는 것이 적절하다. 희성이 경성에 가서 부모에게 월영을 만난 일을 바로 고하는 것을 보면 짐작할 수 있으므로 원망하고 있다는 설명은 적절하지 않다.

✘오답 풀이

① ㉠에서 월영은 희성이 집안과 상의하여 정식으로 자신을 데려가 주기를 바라고 있다.

③ ㉢에서 월영은 정식으로 아내가 되는 것을 원하며, 첩이 되는 것은 후세에 부끄러운 일임을 말하고 있다.

④ ㉣에서 경 어사 부인은 다시 만나보기를 정하기 어려우니 저승에 가게 되면 다른 날에 자신의 외로운 혼백을 위로해 달라고 말하고 있다.

⑤ ㉤에서 월영은 오래지 않아 경 어사 부인의 귀한 몸을 받들 것이라며 경 어사 부인을 위로하고 있다.

4

○정답 풀이

⑤ 설영의 터무니없는 계책으로 모함을 당해 옥에 갇힌 월영의 입장에서는, 자신을 혹독하게 대하는 설영과 최 시랑만으로도 감당하기 벅찬 상황인데 황제의 심문까지 받게 되었으니 엎친 데 덮친 격으로 설상가상의 심정이었을 것이다.

✘오답 풀이

① 설영은 아버지의 권세를 믿고 민 씨와 월영을 몹시 구박한다고 하였으므로, 겉과 속이 다르게 행동했다기보다는 초지일관 민 씨와 월영을 괴롭혔을 것임을 짐작할 수 있다.

② 최 시랑에 의해 하옥된 월영이 어떤 심정이었을지 직접 드러나지는 않지만, 이 글에서 최희성의 제안에 바로 따라나서지 않고 명분을 중히 여기는 태도를 보이는 것이나 옥에서 쌍둥이를 낳은 것으로 볼 때, 모든 것을 포기하는 자포자기의 상태는 아니었을 것으로 짐작할 수 있다.

③ 하늘에서 선관이 내려와 황제를 꾸짖는 것을 볼 때, 황제는 하늘의 뜻을 제대로 헤아리지 못하는 어리석음을 범했거나 월영이 처한 상황을 바르게 파악하지 못하는 잘못을 저질렀을 것으로 미루어 짐작할 수 있다. 따라서 황제는 주와 객이 뒤바뀐 상황을 바로잡으려고 악행을 징벌했다기보다는 하늘의 꾸짖음에 자신의 잘못을 뉘우치고 모든 것을 바로잡은 것으로 볼 수 있다.

④ 최 시랑은 설영의 간계에 넘어가 월영을 하옥하고 월영을 없애려고 하는 것이지, 큰 목적을 위하여 자신이 사랑하는 사람을 버리려고 하는 것은 아니다.

05-3 창선감의록

지문 Master 　**1** 한무제　**2** 조 씨

1 ④　**2** ⑤　**3** ⑤　**4** ④

1

○정답 풀이

④ 임 씨는 죄악을 저지른 게 아니라, 조 씨에 의해 모함을 당하고 있는 상황이다. 춘은 조 씨의 참소를 듣고 임 씨를 쫓아내려고 하고 있으므로, 춘이 임 씨가 저지른 죄악의 내용을 밝혀냈다는 진술은 적절하지 않다.

✘오답 풀이

① 조 씨는 임 씨를 몰아내고 자신이 정실이 되기 위해 춘에게 임 씨를 참소하고 있다.

② 조 씨는 심 씨가 임 씨를 내치자는 춘의 제안을 수용하지 않자, 악하고 더러운 물건을 심 씨의 침소에 묻어 두고 임 씨의 소행인 것처럼 여기도록 계략을 꾸몄다.

③ 춘은 한무제가 투기를 저지른 황후를 폐한 것처럼, 자신도 투기를 저지른 임 씨를 내치는 것이 정당하다는 근거를 마련하기 위해 진에게 한무제에 관해 물은 것이다.

⑤ 진은 이유 없이 처를 버리고 첩으로써 정실을 삼는 것은 옳지 않다며 춘에게 충고하고 있다.

2

○정답 풀이

⑤ '진이 갓을 벗고 맨발로 계하에서 통곡하니'에서 화진이 한탄하며 통곡하는 장면이 나오지만, 이는 자신이 화춘의 질문에 솔직하게 대답한 것을 후회해서가 아니라 임 씨가 억울하게 내쫓기는 상황이 안타까워서이다.

✘오답 풀이

① '조 씨를 정실로 삼으니, 조 씨는 양양자득하여~이러므로 집안이 해이하여 기강이 전혀 없더라.'에서, 정실이 된 조 씨가 남편을 농락하며 집안의 질서를 어지럽히고 있음을 알 수 있다.

② '지금까지 참고 내치지 아니함은 고모의 총애하심이~또 고모는 복건에 가고 없으니, 이때를 타서 임 씨를 내치고'에서, 화춘은 임 씨를 총애하는 고모가 없는 틈을 타서 임 씨를 내쫓으려 하고 있음을 알 수 있다.

③ 심 씨는 투기가 심해 임 씨를 내치려고 한다는 화춘의 말을 믿지 않고 반대하다가, 조 씨가 꾸민 계략에 넘어가 임 씨에 대한 생각이 바뀌어 임 씨를 내쫓았다.

④ '임 씨가 집을 걸어 나와 장차 교자에 오를 새, 화욱의 사당을 돌아보며, 눈물을 흘리면서 재배하며 하직하고'에서, 임 씨는 화씨 집안을 떠나면서도 며느리로서의 도리를 하고 있음을 알 수 있다.

3

○정답 풀이

⑤ [E]에서는 절차의 정당성을 문제 삼은 것이 아니라, 상대편의 결정이 도덕적으로 옳지 않음을 문제 삼은 것이다. 또

상대편으로 하여금 결정을 뒤집도록 강력하게 요구하고 있다기보다는 상대편이 바른 판단을 할 수 있도록 충고하고 있다고 보는 것이 적절하다.

✘오답 풀이

① [A]에서 춘은 임 씨에게 죄가 있다고 동조하는 한편, 임 씨를 몰아내는 것이 쉽지 않을 것이라며 걱정하고 있다.

② [B]에서 조 씨는 임 씨가 죽더라도 춘에게 해됨이 없을 것이라며, 춘으로 하여금 임 씨를 내치도록 유도하고 있다.

③ [C]에서 춘은 임 씨를 몰아내고자 하는 자신의 행동을 정당화하기 위해, 여자의 투기는 죄악이라는 진의 답변을 이끌어 내려고 하고 있다.

④ [D]에서 심 씨는 임 씨를 내치자는 춘의 주장이 이치에 맞지 않다며 반대 입장을 드러내고 있다.

4

○정답 풀이

④ 이 작품은 일반적인 고전 소설과 달리 심 씨와 춘이 개과천선을 하고 화목한 가정을 회복하는 것으로 끝을 맺는다. 하지만 조 씨가 춘의 정실이 되는 모습은 악인이 일시적으로 승리하는 것일 뿐, 반동적 인물의 개과천선과는 아무런 관련이 없다.

✘오답 풀이

① 임 씨는 춘의 정실이고 조 씨는 춘의 첩으로, 두 사람의 갈등은 처첩 간의 갈등이다.

② 흉계를 꾸며 현명한 처를 내쫓고 간교한 첩을 정실로 삼는 춘의 어리석은 행동으로 인해 집안의 기강이 흔들리고 있다.

③ 심 씨는 어진 성품의 진을 학대하고 정숙한 성품의 임 씨를 내쫓았으므로, 이들의 대립은 선인과 악인의 대립으로 볼 수 있다.

⑤ 임 씨가 심 씨를 원망하지 않고 화욱의 사당에 재배하고 집을 떠나는 것은 효를 강조하는 유교적 이념에 충실한 것으로 볼 수 있다.

05-4 유씨삼대록

지문 Master 　**1** 공주　**2** 장 씨

1 ③　**2** ④　**3** ①　**4** ⑤

1

○정답 풀이

③ 장 씨는 자신이 공주의 위세에 눌려 더욱 초라해질 것을 염려하고 있지만 공주가 교활하게 시집 식구들을 속이고 있다고는 생각하지 않았다. '공주가 짐짓 교활한 술책으로~낭군의 마음도 완전히 달라질 것이다.'라는 장 씨의 우려는 실제 일어난 일이 아니라 앞으로 일어날 수도 있는 상황을 가정한 것이다.

✘오답 풀이

① '유 승상은 사람됨이 엄숙하여 집안의 자잘한 일을 알지 못했다.'를 고려하면, 유 승상은 부마가 장 씨에게 빠져 공주를 멀리하고 있음을 모르고 있다.

② '부마는 안 그래도 장 씨의 외로움을 가련하게 여기고 공주의 위세가 장 씨를 억누르는 것을 좋지 않게 여기고 있다가'를 고려하면, 부마는 장 씨가 공주의 위세에 눌려 기를 펴지 못하는 상황을 부정적으로 여기고 있다.

④ '나의 재주와 용모가 저 사람보다 떨어지는 것이 없고'라는 장 씨의 생각을 고려하면, 장 씨는 자신의 재주와 용모가 공주에 뒤지지 않는다고 생각하고 있다.

⑤ '상궁 장손 씨로부터 모든 궁인이 장 씨가 방자하게 총애를 얻은 것과 부마의 편벽함을 원망하지 않는 사람이 없었다.'를 고려하면, 진양궁의 궁인들은 장 씨에 대한 부마의 편애를 원망하고 있다.

2

○정답 풀이

④ [B]에서 장 씨는 대화 상대인 부마(세형)에게 공주의 권세로 인해 자신의 신세가 구차하게 되었다며 한탄하고 있을 뿐, 그를 좇은 자신의 선택을 성찰하거나 부마의 의견을 수용하고 있지는 않다.

✘오답 풀이

① [A]에서는 장 씨와 먼저 정혼했던 유세형이 부마로 간택된 사건에 대한 정보를 제공하고 있다. 그리고 [B]에서는 장 씨가 공주의 위세에 억눌리고 천대를 당했던 사건에 대한 정보를 제공하고 있다.

② [A]에서는 '나와 공주의 현격함은 하늘과 땅 같도다.', [B]에서는 '변변찮은 재주 가진 하졸이 머릿수나 채워 우물 속에서 하늘을 바라보는 것 같게 만드옵니다.'와 같은 비유적 진술을 통해, 장 씨가 공주에 비해 초라한 자신의 처지를 강조하고 있다.

③ [A]에서는 '나로 하여금 공주 저 사람의 아래가 되게 하셨는가?'와 '이처럼 남의 천대를 달게 받을 줄 어찌 알았으리오?'라는 의문형 표현을 활용하여, 장 씨가 공주에 대한 원망을 드러내고 있다. [B]에도 '어찌 깊은 규방에서 홀로 늙는 것을 달게 받아들였겠습니까?'라는 의문형 표현이 나타나지만, 장 씨가 이를 통해 타인에 대한 원망을 드러낸 것은 아니다.

⑤ [A]에서는 '공주가 짐짓 교활한 술책으로~낭군의 마음도 완전히 달라질 것이다.'라고 미래 상황을 추정하여 장 씨가 자신의 앞날에 대한 우려를 드러내고 있다. 그리고 [B]에서는 진양궁에서 궁녀와 시비들에게 겪은 일을 세형에게 토로하며 장 씨가 자신의 처지에 대한 우려를 드러내고 있다.

3

○정답 풀이

① '부마'가 약혼 상대인 '장 씨'를 두고서 '공주'와 먼저 혼인한 이유는 부마로 간택되어 임금의 명령을 어길 수 없었기 때문이므로, 이를 사리에 밝지 못한 행동이라고 이해하는 것은 적절하지 않다. 사리에 밝지 못한 '부마'의 행동은 '장 씨'의 거짓된 말과 외모에 현혹되어 어진 덕을 지닌 '공주'를 멀리한 것으로 볼 수 있다.

✘오답 풀이

② '부마는 아침저녁으로 부모에게 문안한 뒤에는 발자취가 이화정을 떠나지 않았다.'에서 '부마'가 부모에 대한 효를 충실하게 실천했음을 알 수 있다.

③ '공주'는 '부마'에게 화가 미칠 것을 염려하여 부마의 행동이 태후의 귀에 들어가지 않도록 궁녀들의 입을 엄하게 단속했는데, 이는 자신을 희생하여 가정을 지키려는 태도로 볼 수 있다.

④ '부마'의 둘째 부인인 '장 씨'가 부마의 첫째 부인인 '공주'를 시기하고 불편하게 여기는 것은 일부다처제에서 비롯된 가정 내의 대립으로 볼 수 있다.

⑤ '장 씨'는 '부마'의 총애를 얻기 위해 위선적인 모습을 보이는데, 이러한 '장 씨'의 언행은 '공주'의 자애로움과 가정을 위한 희생적인 태도를 부각하는 효과를 낳는다고 볼 수 있다.

4

○정답 풀이

⑤ ㉠에서 장 씨는 약혼자였던 세형이 부마가 되면서 자신의 신세가 구차해졌다고 한탄하고 있다. 따라서 ㉠은 장 씨가 한탄을 표출하는 공간이다. 장 씨의 하소연을 들은 세형은 장 씨에 대한 애정이 샘솟아 ㉡을 떠나지 않고 부부의 정을 나누었다. 따라서 ㉡은 장 씨가 세형의 애정을 확인하는 공간이다.

✘오답 풀이

① ㉠에서 장 씨는 공주에 비해 초라한 처지 때문에 자신의 앞날이 부정적으로 펼쳐질 수도 있음을 우려하고 있으므로, ㉠은 문제점을 깨닫는 공간이라고 할 수 있다. 반면 ㉡에서 장 씨는 위선적인 말과 행동으로 세형의 애정을 받고 있으므로, ㉡은 대책을 모색하는 공간이라고 할 수 없다.

② ㉠에서 장 씨는 '공주가 짐짓 교활한 술책으로~낭군의 마음도 완전히 달라질 것이다.'라며 공주를 불신하고 있으므로, ㉠은 공주에 대한 장 씨의 불신을 드러내는 공간이라고 할 수 있다. 반면 ㉡에서 장 씨는 세형의 사랑을 한 몸에 받고 있으므로, ㉡은 비웃음을 당하는 공간이라고 할 수 없다.

③ ㉠에서 장 씨는 혼자서 자신의 처지를 한탄할 뿐 오해를 일으키고 있지 않으므로, ㉠은 오해를 일으키는 공간이라고 할 수 없다. 그리고 ㉡에서 장 씨는 세형과 부부의 정을 나눌 뿐 오해를 해소하고 있지 않으므로, ㉡은 오해를 해소하는 공간이라고 할 수 없다.

④ ㉠에서 장 씨는 공주와 자신의 차이를 인식하며 자신의 처지를 한탄하고 있으므로, ㉠은 차이를 인식하는 공간이라고 할 수 있다. 반면 ㉡에서 장 씨는 세형을 자신의 곁에 두고 싶은 욕망을 실현하였으므로, ㉡은 욕망을 억제하는 공간이라고 할 수 없다.

 06-1 장끼전

p. 106~108

지문 Master	**1** 해학적	**2** 수절		
1 ②	**2** ④	**3** ④	**4** ⑤	

1

○정답 풀이

② 장끼는 '예라 이년 요란하다~죽은 놈이 탈없이 죽으랴.' 하며 죽어 가면서도 자신의 행동을 변명하고 합리화하려는 모습을 보여 준다. 그리고 까투리의 뒷일을 걱정하기보다는 수절 과부로 살 것을 당부하고 있다.

✗오답 풀이

① 이 글에서 장끼와 까투리가 나누는 대화를 보면 길이가 길다는 것을 알 수 있다. 아이들의 집중력을 고려할 때 대사의 길이를 짧게 조절하는 것은 적절하다.

③ 장끼가 덫에 치이는 장면에서는 극적 긴장감을 부여하기 위해 짧고 날카로운 효과음을 사용하는 것이 좋다.

④ 장끼가 덫에 치이는 장면은 장끼가 까투리의 말을 듣지 않고 행동했기 때문이므로 안타깝거나 슬프기보다는 해학적으로 표현되고 있다. 따라서 배우의 행동을 과장되게 하여 웃음을 유발하는 것은 적절하다.

⑤ '까투리 거동 볼작시면~두 발로 땅땅 구르면서 붕성지통 극진하니', '슬피 서서 통곡하니 눈물은 못이 되고 한숨은 폭우 된다.' 등의 구절을 통해 까투리의 애통해하는 심정을 알 수 있다.

2

○정답 풀이

④ 장끼는 까투리가 만류했음에도 불구하고 자신의 고집 때문에 결국은 죽음을 맞게 된다. 이러한 상황에서는 '자기가 저지른 일의 결과를 자기가 받음'을 뜻하는 자업자득(自業自得)이 어울린다.

✗오답 풀이

① '곡학아세'는 바른 길에서 벗어난 학문으로 세상 사람에게 아첨한다는 의미로, 까투리의 만류에도 불구하고 고집을 부려 콩을 집어먹은 장끼에 대한 평가로 적절하지 않다.

② 장끼는 끝까지 자신의 고집을 굽히지 않고 콩을 먹다 덫에 치이게 되었으므로, 줏대 없이 남의 의견에 따라 움직임을 뜻하는 '부화뇌동'은 적절하지 않다.

③ '일장춘몽'은 한바탕의 봄꿈이라는 의미로, 인생의 부귀영화가 덧없이 사라짐을 비유하는 말이다. 장끼 가족은 엄동설한에 먹을 것을 구하러 다닐 정도로 가난할 뿐, 풍족함과는 거리가 멀다.

⑤ 장끼는 '상부 잦은 네 가문에 장가가기 내 실수라.' 하며 자신의 죽음을 까투리의 탓으로 돌리고 있을 뿐, 자신의 행동에 대해 후회하고 있지는 않다. 따라서 시기가 늦어 기회를 놓쳤음을 안타까워하는 탄식이라는 의미의 '만시지탄'은 적절하지 않다.

3

○정답 풀이

④ 콩을 먹을 것인지에 대해 자신의 의견을 당당히 피력하고, 남편이 죽자 개가하는 까투리의 모습을 통해 당시의 여권 신장 현실을 엿볼 수 있다. 그러나 남편의 죽음을 자신의 팔자와 도화살 때문이라 말하는 것은 오히려 가부장제와 운명적 사고에 순응하는 모습으로, 가부장제의 영향에서 벗어나지 못한 당대 여성들의 한계를 보여 준다고 할 수 있다.

✗오답 풀이

① 아내의 말을 듣지 않고 자신의 의견만 고집하는 장끼는 권위적이고 남성 우월적인 인물이라 할 수 있고, 그런 장끼가 죽음에 이르게 함으로써 작가는 남성 우월 의식과 권위주의의 허구성을 비판하고 있다.

② 자신의 잘못된 판단으로 인해 죽으면서도 이를 까투리의 운명 탓으로 돌리는 장끼를 통해 남성들의 위선적 태도를 비판하고 있다.

③ 까투리가 남편이 죽은 후 개가하는 것은 여필종부와 개가 금지를 미덕으로 삼던 당대 유교 도덕에 대한 비판과 풍자라고 할 수 있다.

⑤ 장끼가 먹이를 구하러 엄동설한에 들판을 헤매는 모습이나 콩 한 알을 포기하지 못하고 끝내 고집하다 결국 죽는 모습을 통해 당대 서민들의 힘겨운 경제적 생활상을 엿볼 수 있다.

4

○정답 풀이

⑤ ㉮에서는 장끼가 콩을 먹으러 가는 모습과 덫에 걸리는 상황을 장끼의 행동 묘사를 통해 나열하고 있으며, '꾸벅꾸벅', '조츰조츰' 같은 의태어나 '와지끈 뚝딱 푸드득' 같은 의성어를 적절히 활용하여 장면의 현장감을 더욱 부각시키고 있다.

✗오답 풀이

① 먹이를 먹으려다 덫에 걸리는 장끼의 모습을 통해 해학성은 느낄 수 있지만, 언어유희는 나타나 있지 않다.

② '반달 같은, 버금 수레 마치는 듯'과 같은 비유적 표현은 사용되고 있지만, 이를 통해서는 인물의 심리가 아니라 인물의 처지를 구체화하고 있다.

③ '장끼란 놈 거동 보소, 변통없이 치었구나.'와 같은 편집자적 논평은 드러나지만, 이를 통해 까투리가 애통해하는 마음을 표현하고 있지는 않다.

④ '박랑사중, 저격시황'이라는 고사를 통해 장끼의 처지를 과장해서 이야기하고 있을 뿐, 장끼의 허세를 우회적으로 풍자하고 있지는 않다.

06-2 황새결송

p. 109~111

지문 Master	1 따오기	2 뇌물		
1 ①	2 ②	3 ⑤	4 ④	

1

○정답 풀이

① ⓐ 황새, 따오기, 꾀꼬리, 뻐꾸기 등 인물 간의 대화를 통해 사건을 전개하면서 뇌물에 의해 송사가 좌우되는 현실을 풍자하고 있다. ⓑ '황새놈이 이 말을 듣고 속으로 퍽 든든히 여겨', '좋지 못하다 한즉 공정치 못한 것이 정체가 손상할지라', '형조 관원들이 대답할 말이 없어 가장 부끄러워하더라.' 등 인물의 내면 심리를 서술자가 직접 제시하고 있다.

✗오답 풀이

ⓒ 날짐승들이 자기 목소리를 자랑하는 과정에서 일부 과장된 표현이

나타나기는 하지만, 이를 통해 극적 긴장감을 조성하고 있지는 않다.
ⓓ 시대적 배경이 나타나 있지 않으며, 주로 날짐승들의 송사 이야기를 다루고 있으므로 사건이 사실적이라고 볼 수도 없다.
ⓔ 비현실적 공간을 묘사한 부분은 나타나 있지 않으며, 사건이 극적으로 전환되는 부분도 찾을 수 없다.

2
○정답 풀이
② ㉡은 뇌물 받은 일이 외부에 알려지면 입장이 난처하니 조심하라고 당부하는 말이다. 뇌물을 받고 억지 판결을 내리는 황새가, 따오기가 청을 하지 않았는데도 그의 편에서 판결을 할 것이라고는 생각하기 어렵다.
✗오답 풀이
① 따오기는 자신의 소리가 꾀꼬리나 뻐꾸기에 미치지 못한다는 것을 알고 있기 때문에 황새에게 뇌물을 준 것이다.
③ ㉢은 꾀꼬리 소리가 듣기 싫어 쫓아냈다는 뜻으로, 임을 그리워하는 여인의 애절한 심정을 담은 당시의 일부이다. 이를 인용하여 꾀꼬리 소리가 애잔하기 때문에 높게 평가할 수 없다는 판결의 근거로 활용한 것이다.
④ 황새는 뇌물을 받았기 때문에 따오기 소리를 항 장군의 위풍과 장익덕의 호통에 비유하며 치켜세우고 있다.
⑤ 부자는 판결이 번복되지 않을 것이기 때문에 그에 대해 언급하는 것이 쓸데없다고 생각하고 있다.

3
○정답 풀이
⑤ 이 글은 외화 속에 내화가 삽입된 액자식 구성으로 이루어져 있는데, 형조 관원들은 황새에, 못된 친척은 따오기에, 그리고 부자는 꾀꼬리와 뻐꾸기에 각각 대응된다. 〈보기〉에서 이 글은 뇌물을 받은 관원들과 당시 사회의 부패 양상을 비판하고자 하는 의도가 담겨 있다고 했으므로, 뇌물을 준 따오기가 더 문제라고 감상하는 것은 적절하지 않다.
✗오답 풀이
① 외화의 부자는 내화의 꾀꼬리와 뻐꾸기에 대응된다.
② 외화의 형조 관원들은 내화의 황새에 대응된다.
③ 뇌물을 받은 형조 관원들에 의해 부당한 판결을 받은 부자는 내화를 통해 당시 사회의 부패 양상을 풍자하고 있다.
④ 형조 관원들은 부자가 황새 우화를 말한 의도를 알았기 때문에 부끄러워한 것이다.

4
○정답 풀이
④ ㉮의 앞에서 송사는 옳고 그른 것을 따지지 않고 꾸며대기에 따라 달라진다고 하였으므로, 이러한 상황에는 '어떤 원칙이 정해져 있는 것이 아니라 둘러대기에 따라 이렇게도 되고 저렇게도 될 수 있음을 이르는 말'인 '귀에 걸면 귀걸이 코에 걸면 코걸이'가 적절하다.
✗오답 풀이
① 성품이 흉악한 사람도 사귀기에 따라서는 잘 지낼 수 있음을 비유

적으로 이르는 말
② 남을 해치려고 하다가 도리어 자기가 해를 입게 된다는 것을 비유적으로 이르는 말
③ 끝없이 높은 하늘의 높이를 장대를 가지고 재려 한다는 뜻으로, 가능성이 전혀 없는 짓을 함을 이르는 말
⑤ 수단이나 방법은 어찌 되었든 간에 목적만 이루면 된다는 말

 07-1 구운몽

p. 112~114

지문 Master	**1** 꿈	**2** 인세	
1 ②	**2** ①	**3** ①	**4** ⑤

1
○정답 풀이
② 제시된 부분에서는 서술자가 직접 개입하여 자신의 생각을 드러내는 부분을 찾을 수 없다.
✗오답 풀이
① 성진이 꿈에서 깨어나 육관 대사에게 가르침을 받는 것, 팔선녀가 찾아와 불가에 귀의하는 것 등이 시간의 순서를 따르고 있다.
③ '처음에 스승에게 수책하여~여섯 낭자로 더불어 즐기던 것'에서 과거 행적이 요약적으로 제시되고 있다.
④ 이 글은 주인공 '성진'이 꿈속에서 '양소유'로 태어나 인생무상을 느끼고 현실로 돌아오는 환몽 구조를 취하고 있다.
⑤ 대사가 성진의 꿈의 내용을 알고 있다거나, 새로 오는 제자가 있을 것임을 맞춘다거나, 백호 빛이 세계에 쏘이고 하늘 꽃이 비같이 내린다고 한 부분 등에서 전기적 요소를 확인할 수 있다.

2
○정답 풀이
① 대사는 성진이 아직 깨달음이 부족하여 꿈과 현실을 구별하려 한다고 여기고 있다. '인세와 꿈을 다르다 함이니 네 오히려 꿈을 채 깨지 못하였도다.'에서 확인할 수 있다.

3
○정답 풀이
① ⓐ는 성진, 나머지는 팔선녀를 가리킨다.

4
○정답 풀이
⑤ 이 글에서는 성진이 깨달음을 얻는 과정에서 육관 대사가 조력자의 역할을 하고 있지만, 〈보기〉에서는 조력자가 구체적으로 드러나지 않는다.
✗오답 풀이
① 이 글의 '성진'과 〈보기〉의 '조신'은 모두 세속적 욕망은 허망하다는

인생무상의 깨달음을 얻고 있다.
② 이 글의 '성진'은 꿈속에서 다른 인물인 양소유로 등장하는 반면, 〈보기〉의 '조신'은 다른 인물로 등장하지 않는다.
③ 이 글의 '성진'은 꿈속에서 입신양명하여 부귀영화를 누리지만, 〈보기〉의 '조신'은 가난으로 인해 고통을 겪는다.
④ 이 글의 '성진'은 꿈에서 깬 후 소화상의 몸 그대로이지만, 〈보기〉의 '조신'은 수염과 머리털이 모두 희어진다.

보기작품 꼼꼼 확인

작자 미상, 「조신의 꿈」
• 해제 인간의 세속적인 욕망과 집착은 한순간의 허망한 꿈과 같은 것임을 '현실 – 꿈 – 현실'이라는 환몽 구조를 통해 보여 주는 설화이다. 이 글 전체에서 조신이 정토사를 건립한다는 내용은 이 글이 사원 연기 설화임을 나타낸다. 환몽 소설의 연원이 되는 설화로, 김만중의 「구운몽」 등 몽자류 소설에 영향을 주었다.
• 주제 고통의 원인이 되는 세속적 욕망에서 벗어나야 함

원생몽유록

p. 115~117

지문 Master 1 꿈 2 둥근 달

1 ④   2 ②   3 ③   4 ⑤

1

○정답 풀이
④ 이 글이 꿈속이라는 환상적이고 낭만적인 공간을 배경으로 설정하고 있는 것은 맞지만, 그것이 탈속적 분위기를 조성하는 것은 아니다.

✗오답 풀이
① 첫 번째 삽입시의 '영혼은 끊어지고 접동새만 슬피 우는구나', 두 번째 삽입시의 '살아서 충성하고 죽어서는 의로운 혼백 되기를 마음에 품으니' 등의 구절을 통해 인물의 정서를 확인할 수 있다.
② '자허도 역시 놀라 깨어 보니 모두 한바탕 꿈이었다.'를 통해 확인할 수 있다.
③ 글의 후반부에 등장하는 해월 거사의 '임금도 현명하고 여섯 신하도 또한 모두 충성스러운~그런데도 멸망의 화가 닥쳤으니 정말로 참혹할 뿐이네'라는 말을 통해 이 글의 임금과 여섯 명의 신하는 단종과 사육신임을 짐작할 수 있다.
⑤ 임금과 여섯 명의 충신이 화를 입었다는 해월 거사의 말을 통해 세조의 왕위 찬탈 사건(계유정난)의 비극성을 드러내고 있음을 알 수 있고, '착한 이에게 복을 주며, 악한 놈에게 재앙을 주어야 하는 게 아닌가?'라는 말을 통해 이 사건을 비판하고 있음을 확인할 수 있다.

2

○정답 풀이
② 이 글의 '꿈'과 〈보기〉의 '꿈'은 모두 인물들이 현실에서 이루지 못했던 욕구를 충족하는 공간으로서 기능한다. 이 글의 '꿈'은 세조의 왕위 찬탈을 비판하는 공간이고, 〈보기〉의 '꿈'도 화자가 항아(선녀)를 만나 '장원 급제를 주었다 뺏음은 공평하지 않다.'라고 항의하자 항아가 '공업 이룰 날이 가'까우며 '내년에 꺾어 취'한다는 말을 하는 것으로 보아 현실에서 이루지 못했던 장원 급제에 대한 소망을 성취하는 공간이라고 볼 수 있다.

✗오답 풀이
①은 이 글의 '꿈'에만 해당하는 내용이고, ③과 ④는 이 글과 〈보기〉 모두와 관련이 없는 내용이며, ⑤는 〈보기〉의 '꿈'에만 해당하는 내용이다.

보기작품 꼼꼼 확인

임춘, 「기몽」
• 해제 꿈의 내용을 기록한 한시로, 작가와 선녀 '항아'가 대화를 나누는 대화체 형식으로 되어 있다. 실제로 작가는 뛰어난 재능을 가졌음에도 불구하고 수차례 과거에 응시했으나 급제하지 못한, 불우한 문인이었다. 현실에서 충족되지 못한 작가의 욕망(장원 급제)에 대한 보상 심리가 꿈을 통해 드러나고 있다.
• 주제 장원 급제에 대한 소망

3

○정답 풀이
③ '씩씩한 무인'은 '다섯 사람들'을 돌아보며 '썩은 선비들'이라고 책망하고 있다. 〈보기〉의 내용을 고려할 때, 이 여섯 명은 단종의 복위를 꾀하다가 죽은 사육신임을 알 수 있다. '씩씩한 무인'이 '다섯 사람들'을 썩은 선비들이라고 꾸짖은 것은 계유정난이 일어났을 때 수양 대군을 막지 못해서가 아니라, 실천력이 부족하여 세조 암살과 단종 복위에 실패했기 때문이다.

✗오답 풀이
① '복건 쓴 이'와 '왕'은 신하로서 임금을 쳐서 임금의 자리를 빼앗고도 요·순·우·탕의 선위 사례를 빙자하여 정의를 외치는 인물들을 '도적'이라고 비난하고 있다. 〈보기〉의 내용을 고려할 때 '요·순·우·탕'을 '빙자하는 놈'은 단종을 폐위시키고 선위의 형식으로 왕위에 오른 수양 대군을 지칭한다고 볼 수 있다.
②, ④ 〈보기〉의 내용을 고려할 때, 원자허가 꿈속에서 만난 사람들은 단종과 사육신이다. 따라서 꿈속의 신하들이 '남몰래 품은 원한'은 단종의 복위를 실현하지 못한 응어리를 의미한다고 볼 수 있다.
⑤ 작가는 작중 인물인 '해월 거사'의 입을 빌려 현명한 임금과 충성스러운 신하들이 있었음에도 불구하고 세조가 왕위를 찬탈한 일을 '멸망의 화'라고 지적하고, '이것이 정말 하늘의 뜻이란 말인가?'라며 안타까워하고 있다.

4

○정답 풀이
⑤ [A]에서는 '접동새만 슬피 우는구나'와 '달은 지고 갈대꽃만 우수수 소리치네'에서 화자(원자허)의 슬픔과 안타까움을 자연물에 투영하고 있다. 그리고 [B]에서는 '바람이 쓸쓸하여 /

잎 지고 물결 찬데'에서 화자(씩씩한 무인)의 애상감을 자연물에 투영하고 있다.

✕오답 풀이

① [A]에서는 '지난 일 아득하니 누구에게 물을까'와 '고국에는 어느 때나 돌아갈까'에서 설의적 표현을 활용하여 화자의 의도를 강조하고 있다. 그런데 [B]에서도 '어찌 강에 비친 한 조각 둥근 달과 같겠는가'와 '썩은 선비를 누가 책망하리오'에서 설의적 표현을 활용하고 있다.

② [A]와 [B]에서는 모두 지나간 일에 대한 안타까움과 원통함을 드러내고 있을 뿐, 초월적 세계에 대한 지향을 드러내고 있지는 않다.

③ [B]에서는 '다섯 사람들'을 책망하고 있지만 우스꽝스럽게 묘사하여 희화화하고 있지는 않다. [A]에도 특정 대상을 희화화한 표현은 나타나 있지 않다.

④ [A]와 [B]에서는 모두 독백적 어조로 애상적 분위기를 조성하고 있다.

 **공방전**

p. 118~120

지문 Master	**1** 공방	**2** 농업		
1 ①	**2** ①	**3** ②	**4** ③

1

○정답 풀이

① 이 글에서 공방은 나라를 편안하게 하는 것은 질그릇이나 쇠그릇을 만드는 생산 방법에만 있는 것이 아니라고 생각했으므로, 생산 방법의 혁신을 꾀하려 했다고 볼 수 없다.

✕오답 풀이

② 경제가 악화되자 임금은 소금과 철을 관장하는 염철승 근과 함께 공방으로 하여금 재정을 충당하도록 하였으므로, 소금과 철, 돈은 국가 재정에 중요한 역할을 담당했다고 볼 수 있다.

③ 공우의 상소를 보면, 당시에는 농사가 국가의 근본이었음을 알 수 있다. 그러나 공방은 백성들로 하여금 농업을 버리고 장사에 종사하게 하였다.

④ 공방은 권세 있는 사람들을 등에 업고 벼슬을 팔아 승진시키고 갈아치우는 것마저도 마음대로 하였다.

⑤ 공방은 재물만 많이 가졌다면 모두 함께 사귀어 상통한다고 하였으므로, 결국 재물의 많고 적음에 따라 사람들을 대하였다고 볼 수 있다.

2

○정답 풀이

① 이 글의 '공방'은 권세를 이용해 뇌물을 받아 챙기는 탐욕적 인물이며, 〈보기〉의 '국성'은 만절이 넉넉함을 알고 스스로 벼슬자리에서 물러나는 무욕적 인물이다.

✕오답 풀이

② '공방'은 권력을 이용하여 대인 관계를 유지하는 모습을 보이고 있어 대인 관계가 원만하다고 할 수 없다.

③ '공방'은 물질과 권력에 대한 욕심이 많은 인물이고, '성'은 무욕적인 인물이다. 활달함의 정도는 파악하기 어렵다.

④ '공방'과 '성'은 모두 한때 임금의 총애를 받는다.

⑤ '공방'은 자신의 퇴출을 어쩔 수 없이 받아들이고 있고, '성'은 스스로 물러나는 모습을 보이고 있다.

이규보, 「국선생전」

• **해제** 술을 의인화하여 지은 가전체 작품으로, '국선생'은 맑은 술을 의미한다. 작가는 이 글을 통해 인간과 술(국성)의 관계를 임금과 신하 간의 관계로 옮겨 놓고, 유생의 삶이란 근본적으로 신하로서 군왕을 보필하여 치국의 이상을 바르게 실현하는 데 있음을 드러내고 있다.

• **주제** 위국충절의 교훈 및 군자의 처신 경계

3

○정답 풀이

② 이 글의 작가는 돈이 사람들을 간사하게 만들고, 백성들로 하여금 이익을 좇는 상업에만 몰두하게 하여 사회를 어지럽게 만든다고 지적하고 있다. 즉 작가는 돈에 대해 비판적이고 부정적인 시각을 지니고 있다.

✕오답 풀이

① 이 글에서 작가는 현물 거래에 대해 언급하고 있지 않다.

③ 작가는 돈에 대해 부정적 인식을 드러내므로, 돈에 대해 부정적으로만 생각하지 말 것을 지적하는 대답은 부적절하다.

④, ⑤ 돈의 건전한 유통과 올바른 사용을 강조하고 있으므로, 돈에 대한 작가의 부정적인 시각과는 다르다.

4

○정답 풀이

③ '염량세태(炎凉世態)'는 '세력이 있을 때는 아첨하여 따르고 세력이 없어지면 푸대접하는 세상인심을 비유적으로 이르는 말'이다. ⓒ에는 '돈이나 재물을 받고 벼슬을 시킴'을 뜻하는 '매관매직(賣官賣職)'이 적절하다.

✕오답 풀이

① 아랫돌 빼서 윗돌 괴고 윗돌 빼서 아랫돌 괸다는 뜻으로, 임시변통으로 이리저리 둘러맞춤을 이르는 말이다.

② 여우가 호랑이의 위세를 빌려 호기를 부린다는 데에서 유래한 말로, 남의 권세를 빌려 위세를 부린다는 뜻이다.

④ 세상을 어지럽히고 백성을 미혹하게 하여 속인다는 뜻이다.

⑤ 큰 목적을 위하여 자기가 아끼는 사람을 버림을 이르는 말이다.

08-2 **심청가**

p. 121~123

지문 Master	**1** 반어법	**2** 황성		
1 ②	**2** ②	**3** ④	**4** ③

1

○정답 풀이

② 심 봉사에게 출가한 뺑파의 못된 행실과 심 봉사의 어리숙함 등을 내용으로 하고 있는 이 글에는 회상이 드러나 있지 않으며, 사건이 시간의 흐름에 따라 전개된다.

✗오답 풀이

① 전체적인 사건이 시간의 흐름에 따라 추보식으로 구성되고 있다.

③ '웬일이여', '먹는가' 등의 구어체적 서술을 통해 서민들의 현실적인 생활을 그리고 있다.

④ 두 번째 [아니리] 부분의 뺑파와 심 봉사의 대화가 끝난 뒤 '막상 떠날라고 허니 도화동이 섭섭하든가 보드라.'에서 확인할 수 있다.

⑤ [자진모리] 부분과 [중모리] 부분에서 반복, 대구, 열거를 통한 장면의 극대화가 나타나고 있다.

2

○정답 풀이

② 작가는 언어 자체의 형식미와 다양한 표현을 통해 자신의 생각과 느낌을 형상화하여 전달한다. 이 형식미와 표현 효과에 초점을 맞추어 작품을 감상한 것이 〈보기〉의 밑줄 친 '문학의 심미적 기능'에 주목한 관점이다. 이러한 관점에서 이 글을 적절히 감상한 것은 ②이다.

✗오답 풀이

①은 문학의 인식적 기능. ③과 ⑤는 문학의 윤리적 기능. ④는 문학의 공동체 통합 기능과 관련된 반응이다.

3

○정답 풀이

④ 심 봉사는 돈궤를 만져 보고 나서 돈이 없어진 것을 알고 뺑파에게 어떻게 된 일이냐고 묻고 있기는 하지만, 뺑파의 변명과 거짓말을 듣고 관심을 다른 곳으로 돌리고 있으므로, 물질(돈)에 집착하는 인물이라고 볼 수는 없다.

✗오답 풀이

① [자진모리] 부분의 '남의 혼인허랴 허고 단단히 믿었난디 해담(害談)을 잘 허기'에서 확인할 수 있다.

② 첫 번째 [아니리] 부분의 '심 봉사 딸 덕분에~먹성질로 망하는디'에서 확인할 수 있다.

③ 두 번째 [아니리] 부분에서 아이를 가진 척하는 뺑파의 속임수를 눈치채지 못하는 심 봉사를 통해 확인할 수 있다.

⑤ [중모리] 부분의 '일모(日暮)가 되니~도망을 허였는디'에서 확인할 수 있다.

4

○정답 풀이

③ 〈보기〉의 언어유희와 관련된 예 중 ⊙은 '열(烈)'과 '열(十)'이라는 동음이의어를 통한 말놀이에 해당한다. ③ 역시 '눈〔目〕과 눈〔雪〕', '눈물(淚)과 눈물(雪水)'의 동음이의어를 통해 언어유희를 하고 있다.

✗오답 풀이

① 의미나 끝음절을 이어 가는 끝말잇기이다.

② 운이 맞는 문장을 통한 두운·각운 놀이이다.

④ 제3자에게 숨기기 위해 'ㅂ' 음을 필요 이상으로 첨가시킨 숨김말 놀이이다.

⑤ 영어와 우리말의 조합을 통한 새말 만들기이다.

09-1 수오재기

p. 124~125

지문 Master	1 수오재	2 귀양	
1 ④	2 ②	3 ④	

1

○정답 풀이

④ 글쓴이는 '수오재'라는 당호를 보고, '나'는 굳이 지키지 않더라도 어디로 가지 않는데 왜 '나를 지키는 집'이라는 의미의 당호를 지었는지 의아해하며, 일상적이고 상식적인 차원의 생각을 드러낸다. 하지만 자신의 삶을 되돌아보고 깨달음을 얻는 과정에서 이러한 자신의 상식적인 생각이 잘못된 것임을 알게 된다. 따라서 이 글에서는 통념을 근거로 제시한 것이 아니라, 통념에 문제를 제기한 것으로 볼 수 있다.

✗오답 풀이

① 천하 만물은 모두 지킬 필요가 없음을 드러내는 예와 천하에 '나'보다 더 잃어버리기 쉬운 것은 없음을 드러내는 예를 들고, 맹자의 말을 인용하여 글의 설득력을 높이고 있다.

② 글쓴이는 귀양을 온 후 성찰과 반성의 과정을 통해 큰형님이 '수오재'라는 당호를 지은 이유를 깨닫고 있다.

③ 천하 만물은 모두 지킬 필요가 없음을 강조하기 위해 스스로 묻고 답하는 형식으로 여러 가지 예를 열거하고 있다.

⑤ '수오재'의 명칭에 대해 의문을 제기하고, 깨달음을 통해 알게 된 내용을 바탕으로 큰형님이 '수오재'라고 이름 붙인 까닭을 서술하고 있다.

2

○정답 풀이

② 〈보기〉에서 (가)는 본질적 자아를 잃고 세상의 유혹에 흔들리며 살아온 삶을 의미하고, (나)는 본질적 자아를 지키며 살아온 삶을 의미한다. 글쓴이는 자신과 둘째 형님은 본질적 자아를 잃고 (가)의 삶을 살았지만, 큰형님만은 본질적 자아를 잃지 않고 (나)의 삶을 살았다고 하였다. 큰형님이 당호를 '수오재'라고 지은 것 역시 본질적 자아를 잃지 않고 (나)의 삶을 살겠다는 의지를 드러낸 것이다.

✗오답 풀이

① 둘째 형님 좌랑공 역시 글쓴이와 마찬가지로 (가)의 삶을 살다가, 귀양지에 와서야 (나)의 삶을 살게 되었다고 하였다.

③. ④ 이 글에 나타나 있지 않은 내용들이다.

⑤ 글쓴이는 그동안 (가)의 삶을 살았던 것을 반성하며 (나)의 삶을 지향하고 있다.

3

○정답 풀이

④ 앞뒤 문맥을 고려할 때 ㉠, ㉡, ㉢, ㉤은 지켜야 할 '나'의 모습, 즉 본질적 자아를 의미하지만, ㉣은 지켜야 할 '나'를 잃은 현상적 자아라고 할 수 있다.

 09-2 꼭두각시놀음 / 하회 별신굿 탈놀이

p. 126~128

지문 Master	1 언어유희	2 문상시대	
1 ⑤	**2** ①	**3** ①	**4** ①

1

○정답 풀이

⑤ [나]의 선비는 양반과 마찬가지로 허위적이면서도 무식한 당대 양반 계층의 모습을 보여 준다. 즉 선비 역시 양반처럼 비판의 대상이 되는 인물이다.

✗오답 풀이

① [가]에서 중들이 여색을 가까이 한다는 것, 소무당녀들이 처음 보는 상좌들과 어울려 논다는 것 등은 당대의 성도덕의 문제점을 보여 주는 것이다.

② '홍 동지는 급히 가며 보느라고 상좌 머리를 자기 머리와 부딪쳤다.', '머리로 상좌와 소무당을 때려서 쫓아 보내고' 등에서 홍 동지의 급하고 호전적인 성격을 알 수 있다. 또한 이러한 홍 동지의 행위에서 해학적인 면이 드러나고 있다.

③ [가]에서 박 첨지는 상좌들이 미색을 데리고 노는 것을 비판하면서도, 자신 역시 미색들 앞에서 춤을 추며 놀고 있다.

④ [나]에서 양반은 자신의 가문과 학식을 자랑하는데, 이를 통해 허위적이고 무식한 당시 양반 계층의 모습을 보여 준다.

2

○정답 풀이

① [가]에서는 당대 성도덕의 해이를 비판하고 있으며 그 주된 비판의 대상은 상좌(중)이다. 하지만 이를 통해 유교가 불교보다 우위에 있음을 말하고 있지는 않다.

✗오답 풀이

② [가]에서는 중을 비하하는 말이나 '딘둥이', '주릿대를 앵겨라' 등 비속어와 사투리를 사용해 당시 「꼭두각시놀음」의 연희 대상이 서민 계층이었음을 드러내고 있다.

③ 양반과 선비의 대화는 상대방보다 자신이 우월함을 논쟁하는 것이다.

④ [가]에 드러난 '파계승'의 비윤리성, [나]에 드러난 '양반'과 '선비' 계층의 허위의식 등의 비판을 통해 당대 사회를 풍자하고 있다.

⑤ [가]는 인형극으로, 등장인물의 대화와 동작을 바탕으로 장단 같은 음악적 요소와 춤 등이 더해지고 있다. [나]는 탈춤으로, 역시 등장인물의 대화와 동작을 바탕으로 춤이 더해지고 있다.

3

○정답 풀이

① 질녀들을 타이르려는 박 첨지의 의도는 [가]에 나타나 있지 않다. 따라서 '늙어서 질녀들을 타이를 수 없고'는 적절하지 않다.

✗오답 풀이

② 박 첨지는 퇴장하였으므로 '어딘가의 안에서 들려오는 듯하게 멀리서 말하는 것은 적절하며, '주릿대를 앵겨라.'를 청취자들이 이해하기 쉽도록 모진 고문을 실행하라는 대사로 바꾼 것 역시 적절하다.

③ 홍 동지는 상좌들이 소무당녀들을 하나씩 데리고 양편에 서 있자 그 사이에서 왔다 갔다 하며 방향을 잡지 못하고 어수룩한 모습을 보인다. 라디오라는 매체의 특성을 고려할 때 '어수룩한 목소리로' 방향을 제대로 잡지 못한다는 내용의 대사를 직접 제시하는 것은 적절하다.

④ 홍 동지가 방향을 제대로 잡지 못하자 박 첨지가 직접 방향을 지시하고 있다.

⑤ 이 글에는 홍 동지가 '거리 노중이냐 보리 망중이냐 7월 백중이냐'라는 언어유희를 통해 상좌들을 비하하는 장면이 나타나 있다. 라디오 드라마에서 상좌들을 비하하는 '땡중'이라는 표현을 사용하는 것은 적절하다고 볼 수 있다.

4

○정답 풀이

① ㉠은 선비가 자신의 집안이 양반의 집안에 뒤지지 않는다는 것을 강조하기 위해 반문하는 것일 뿐, 언어유희와는 거리가 멀다.

✗오답 풀이

② '사대부'라는 말의 '선비 사(士)'를 그것과 발음이 같은 '넉 사(四)'로 이해하고 그것의 두 배인 '여덟 팔(八)'을 이용하여 '팔대부'라고 말하고 있으므로, ㉡은 동음이의어를 활용한 언어유희라고 볼 수 있다.

③ '문하시중'은 그 자체로 벼슬의 명칭인데 '아래 하(下)'보다 '위 상(上)'이 높고 '가운데 중(中)'보다 '큰 대(大)'가 크다고 말하며 아버지의 벼슬을 자랑하고 있으므로, ㉢은 상황에 어울리지 않는 어휘를 사용한 언어유희라고 볼 수 있다.

④ '사서삼경'은 그 자체로 유교 경전을 지칭하는 말인데 '사(四)'의 두 배인 '팔(八)'과 '삼(三)'의 두 배인 '육(六)'을 이용하여 '팔서육경'이라고 말하고 있으므로, ㉣은 상황에 어울리지 않는 어휘를 사용한 언어유희라고 볼 수 있다.

⑤ 논리적으로 연관이 없는 대상을 나열하며 '경' 자를 반복하고 있으므로, ㉤은 비슷한 음절의 반복을 통한 언어유희라고 할 수 있다.

명강

고전
산문

고전산문의 명품 실전서

- 수능 출제 유형과 그 바탕이 되는 핵심 개념 압축 정리
- 교과서, EBS, 평가원 및 교육청 빈출 필수 작품 주제별 수록
- 다양한 유형의 실전 문제를 통해 최신 출제 경향과 해법 제시

내신과 수능을
한번에 잡자!

"국어 실력 UP, 내신 고득점 OK
고1 국어 교과서 핵심 내용을
한 권으로 완벽하게 총정리한다."

"내신과 수능 출제 가능성이 높은
필수&빈출 문학 작품 194편을
한 권으로 완벽하게 총정리한다."

▶ 꿈틀 고등 국어 통합편

▶ 문학 비책

전통 있는 최고의 국어 교육 전문 출판사 '꿈을담는틀'에서 만듭니다.

꿈틀 국어 교재 목록

고등 국어 기초 실력 완성

고고 시리즈

고등 국어 공부, 내신과 수능 대비에 필요한 모든 내용을 알차게 정리한 교재

기본
문학
독서
문법

일목요연한 필수 작품 정리

모든 것 시리즈

새 문학 교과서와 EBS 교재 수록 작품, 그 밖에 수능에 나올 만한 작품들을 총망라한 교재

현대시의 모든 것 | 고전시가의 모든 것
현대산문의 모든 것 | 고전산문의 모든 것
문법·어휘의 모든 것

수능 학습의 나침반

첫 기본완성 시리즈

수능의 기본 개념과 핵심 유형별 문제를 수록한 수능의 기본서

수능 국어 기본완성
수능 문학 기본완성
수능 비문학 기본완성

밥 먹듯이 매일매일 국어 공부

밥 시리즈

기출 공부를 통해 수능 필살기를 익힐 수 있도록 돕는 친절한 학습 시스템

처음 시작하는 문학 | 처음 시작하는 비문학 독서
문학 | 비문학 독서
언어와 매체 | 화법과 작문
어휘력

문학 영역 갈래별 명품 교재

명강 시리즈

수능에 출제될 만한 주요 작품과 실전 문제가 갈래별로 수록된 문학 영역 심화 학습 교재

현대시
고전시가
현대소설
고전산문

국어 기본 실력 다지기

국어 개념 완성

국어 공부에 꼭 필요한 개념을 예시 작품을 통해 완성할 수 있는 교재

문이과 통합 수능 실전 대비

국어는 꿈틀 시리즈

문이과 통합 수능 경향을 반영하여 수능 실전에 대비할 수 있도록 구성한 교재

문학
비문학 독서
단기 언어와 매체

내신·수능 대비

고등 국어 통합편

고1 국어 교과서 핵심 내용을 한 권으로 총정리하는 교재

문학 비책

필수&빈출 문학 작품 194편을 한 권으로 총정리하는 교재

고전시가 비책

고전시가 최다 작품의 필수 지문을 총정리한 고전시가 프리미엄 교재